文春文庫

悪　人

吉田修一

文藝春秋

悪人　目次

第一章　彼女は誰に会いたかったか？　7
第二章　彼は誰に会いたかったか？　92
第三章　彼女は誰に出会ったか？　178
第四章　彼は誰に出会ったか？　267
最終章　私が出会った悪人　356
解説　光について　斉藤壮馬　450

悪人

第一章 彼女は誰に会いたかったか?

２６３号線は福岡市と佐賀市を結ぶ全長48キロの国道で、南北に脊振《せふり》山地の三瀬《みつせ》峠を跨《また》いでいる。

起点は福岡市早良《さわら》区荒江《あらえ》交差点。取り立てて珍しい交差点ではないが、昭和四十年代から福岡市のベッドタウンとして発展してきた土地柄にふさわしく、周囲には中高層のマンションが建ち並び、東側には巨大な荒江団地がひかえている。またこの早良区は福岡の文教地区でもあり、荒江交差点から半径三キロ内には福岡大学、西南学院大学、中村学園大学などの有名校が点在し、その学生たちが多く暮らしているせいか、交差点を行き交う人々や停留所でバスを待つ人々には、たとえ年配の人であろうと、どこか若やいだ印象がある。

この荒江交差点を起点に早良街道とも呼ばれる２６３号線が真っすぐに南下する。街道沿いにはダイエーがあり、モスバーガーがあり、セブンイレブンがあり、「本」と大きく書かれた郊外型の書店などが並ぶ。ただ、何店舗かあるコンビニだけを注意して見ていくと、荒江交差点を出てしばらくは通りに面して直接店舗の入口があるのだが、それが野芥《のけ》の交差点を過ぎた辺りから、店先に一、二台分の駐車場がつくようになり、その次のコンビニでは五、六台分、そのまた次のコンビニでは十数台分と駐車場の規模が広がって、室見川《むろみがわ》と交わる辺りまでくると、いよいよ大型トラックも楽に数台停《と》められる広大な敷地の中に、小箱のようなコンビニの店舗が、ぽつんと置かれたようになってしまう。

そしてこの界隈《かいわい》から、平坦《へいたん》だった道がゆるやかに傾斜していき、須賀《すが》神社の前で道が大きく右へカーブすると、街道沿いの民家は減り、真新しいアスファルトと白いガードレールだけに導かれるように三瀬の峠道がはじまる。

ここ三瀬峠には昔から霊的な噂話《うわさばなし》が絶えない。古くは山賊の住処《すみか》があったという江戸時代初期、佐賀の北方《きたがた》町で七人の女性を殺害した犯人がここへ逃げ込んだとの噂がある昭和の怪事件、そして一番新しく、この峠に肝試し気分でドライブに訪れる若者たちに有名なのは、以前この峠にあったチロル村という宿泊施設で、泊まり客の一人が発狂し、同宿していた他の客を殺害したという噂話だ。

実際に霊を見たという証言も胡散《うさん》臭いながらあり、その目撃地点として福岡と佐賀の県境にある三瀬トンネル出口付近がよく挙げられる。

この三瀬トンネルは「やまびこロード」と呼ばれる有料道路で、冬季、急カーブや急勾配《こうばい》の多い峠道の交通難を解消するために、一九七九年に事業化、七年後の一九八六年に開通した。

普通車が片道250円、特大車でも870円であるため、長崎―福岡間を走る運転手の間では、金と時間を天秤《てんびん》にかけて、高速を使わずにこの峠越えをする者も少なくない。

実際、長崎から高速を使って博多まで行くと、普通車でも片道3650円かかるのだが、この峠越えを選べば、仮にトンネル代を支払ったとしても千円近くが節約できる。

しかし、昼間でも鬱蒼《うっそう》とした樹々《きぎ》が左右から車道を覆《おお》って薄気味が悪い上、夜間ともなれば、どんなにスピードを上げて走ったとしても、まるで懐中電灯を頼りに山道をとぼとぼと歩いているような心持ちになる。

それでも長崎から走り出した車が、節約のためにこの峠越えをする場合、長崎―大村―東彼杵《そのぎ》―武雄《たけお》と乗り継いだ高速・長崎自動車道を、「佐賀大和《さがやまと》」のインターで下りる。

そしてこの東西に走る長崎自動車道が、ここ「佐賀大和」のインター付近で交差するのが、福岡市早良区を起点に、三瀬峠を越えてきた国道263号線になる。

二〇〇二年一月六日までは、三瀬峠と言えば、高速の開通で遠い昔に見捨てられた峠道でしかなかった。

敢《あ》えて特徴づけるとしても、トラック運転手にとっての節約の峠道、暇を持て余した若者たちにとっての胡散臭い心霊スポットのある峠道、そして地元の人にとっては、事業費五十億円を投じた巨大トンネルが開通した県境の峠道でしかなかったのだ。

しかし、九州北部で珍しく積雪のあったこの年の一月初旬、血脈のように全国に張り巡らされた無数の道路の中、この福岡と佐賀を結ぶ国道263号線、そして佐賀と長崎とを結ぶ高速・長崎自動車道が、まるで皮膚に浮き出した血管のように道路地図から浮かび上がった。

この日、長崎市郊外に住む若い土木作業員が、福岡市内に暮らす保険外交員の石橋佳乃《いしばしよしの》を絞殺《こうさつ》し、その死体を遺棄した容疑で、長崎県警察に逮捕されたのだ。

九州には珍しい積雪のあった日で、三瀬峠が閉鎖された真冬の夜のことだった。

◇

ＪＲ久留米駅からほど近い場所にある理容イシバシの店主、石橋佳男《よしお》はその日、二〇〇一年十二月九日の日曜日、休日だというのに朝から一人も来ない客を捕まえようとでもするかのように、白衣のまま店先に出て、北風の吹きつける通りを窺《うかが》っていた。すでに妻、里子《さとこ》の作った昼食を店の奥で済ませて一時間が経《た》つのに、店の外にもまだそのカレーの匂いが漂っていた。

店の前の通りから遠くにＪＲ久留米駅が見えた。閑散とした駅前のロータリーには、もう一時間も前から客待ちのタクシーが二台停まっている。この閑散とした駅前広場を見るたびに、もしも自分の店がＪＲではなく、西鉄久留米駅前にあれば、客の入りも少しは違ったのではないかと佳男は思う。実際、福岡市内とここ久留米を結ぶ両路線は、ほとんど平行に走っているのだが、ＪＲ特急が片道１３２０円で26分なのに対し、西鉄の急行なら42分と時間はかかるが、半額以下の６００円で福岡市内へ行けるのだ。

16分という時間を取るか、７２０円の金を取るか。

佳男は年々寂しくなってくるこのＪＲ久留米駅前を店先から眺めるたびに、人というのは16分という時間を、簡単に７２０円で売ってしまえるのだなと思う。もちろんみんながみんなとは言わない。たとえば、同じ石橋という苗字《みようじ》でも、ここ久留米が世界に誇るブリヂストンの創業者、石橋家の人々なら貴重な時間を、そんなはした金に換えるわけがない。ただ、そういう人はこの街にはほんの一握りで、師走《しわす》の日曜日の昼下がり、店先で客が来るのを待っている自分と同じく、ほとんどの住民が多少駅まで遠くても、福岡へ出るときには安い西鉄駅へと向かうのだ。

一度、佳男はＪＲと西鉄の差で、ある計算をしたことがある。16分を７２０円として、七十歳まで生きたとすると、いったい人間の値段というのはいくらぐらいになるのかと考えたのだ。計算機片手に計算してみると、最初、はじき出された金額を見て、計算間違いでもしたかと思った。出てきたのが、十六億に達する金額だったのだ。ただ、慌《あわ》てて計算し直してみても、やはり同じ金額しか出てこない。人の一生が十六億。俺の一生、十六億。

暇潰《ひまつぶ》しで叩《たた》いた電卓上の金額で、何の意味もない数字とはいえ、この値段は客足が遠のくばかりの理容店店主、石橋佳男を一瞬幸福な気持ちにしてくれた。

佳男には今年の春、短大を卒業し、福岡市内で保険の外交員を始めた佳乃という一人娘がいた。同じ県内であるし、歩合制の給料も当てにできないのだから、短大のときのように自宅から西鉄で通えと二週間かけて反対したのだが、「家賃補助もあるし、それに自宅やったら、仕事をがんばらんようになるけん」と言い張って、結局、職場に近い会社の借り上げアパートに引っ越してしまった。

それが原因というわけでもないのだろうが、佳乃は博多に引っ越して以来、ほとんど家に寄りつかない。土日に戻れと電話をしても、顧客の接待が入っているから駄目だとつれなく、さすがに今度の正月くらいは帰ってくるだろうと思っていると、つい先日、妻から、「今度の年末年始ね、佳乃、会社の同期の人たちと大阪に行くけん、こっちには戻らんってよ」と教えられた。

「大阪に？　何しにか！」と佳男は妻を怒鳴った。

ただ、妻もそれを見越していたようで、「私に怒鳴っても知らんよ。女の子たちでユニバーサルなんちゃらに行くらしか」と答え、さっさと台所で二人分の夕食の支度を始めた。

「お前、そぎゃん大事なこと、なんで今まで俺に言わんか？」

その背中に佳男はまた怒鳴ったが、妻は鍋に醤油《しょうゆ》を垂らしながら、「佳乃だって社会人になったとよ。いっちょん休みも取れんとに、休みくらい自由にさせとったらよかやんね」と静かに言う。

出会ったころは、それこそミス久留米に選出されるような女だったが、佳乃を出産して以来、体についた脂肪のせいで、今は見る影もない。

「お前、いつから知っとったとや？」

そう怒鳴った瞬間に、店のドアがチリンと鳴った。佳男は舌打ちしながら店へ戻った。妻は何も答えなかったが、「お父さんには飛行機のチケットとか予約するまで内緒にしとってよ」とかなんとか電話で頼んできたはずの娘に、「分かっとる、分かっとる」と面倒臭そうに相づちを打つ妻の様子がありありと目に浮かんだ。

店に入ってきたのは、最近まで母親に連れられて来ていた近所の小学生で、鎧兜《よろいかぶと》をつけた日本人形のように可愛《かわい》いのだが、赤ん坊のころあまり母親に抱いてもらえなかったのか、後頭部が笑ってしまうほどの絶壁だった。

それでもこの子のように、近所の床屋に通ってくれるうちはいい。それが中学校、高校と上がるうちに洒落《しゃれ》っ気が出て、髪を伸ばしたいだの、あの床屋で切ったらダサくなるだのと敬遠されるようになり、気がつけば、週末に西鉄に乗って、予約を入れた博多の洒落た美容院なんかでカットするようになっている。

先日、市内の理容・美容の組合で、そんな話を佳男がすると、横で焼酎を飲んでいた美容リリーの女主人が、「男の子なんかまだよかよ。女の子なんか、中学生はもちろん、今ごろじゃ、小学生のころから博多のサロン通いやもんねぇ」と口を挟んできた。

「お前だって子供のころから色気づいとったろうが。今の子のことだけ言われるもんや」

　同年代の気安さで、佳男は茶化した。

「うちらのころは、博多のサロンやなかよ、自分でクルクルカーラー片手に、二時間も、三時間も鏡の前に立っとったもん」

「聖子ちゃんカットやろ？」

　佳男が笑うと、近くで飲んでいた数人も、「もう二十年も前の話やもんなぁ」とグラス片手に二人の会話に加わってくる。

　世代的には佳男たちのほうが少し上だが、たしかにこの街からあの松田聖子は巣立ったのだ。一九八〇年代の初め、当時のことを振り返ると、今ではくすんでしまったこの久留米の街が彼女の透き通った歌声に乗って、再びきらきらと輝き出してくるように佳男は思う。

　佳男は若いころ、一度だけ東京へ行ったことがあった。当時組んでいた下手くそなロカビリーバンドの連中と、ポマードをたっぷりとつけたまま夜行列車を乗り継いで、原宿の歩行者天国を見学に行ったのだ。

　初日はただただその人の多さに圧倒されただけだったが、二日目にはそれにも慣れて、気がつけば、田舎者の劣等感と焦燥感から、歩行者天国で踊る男たちに喧嘩《けんか》をふっかけていた。ただ、九州訛《なま》りの売り言葉に、東京の若者たちは、「あのさ、邪魔だから、どいてくれないかな」と顔色一つ変えなかったことを覚えている。そしてもう一つ、あれはガイドブックで調べたバーを探して六本木を歩いているときだったか、ドラムを担当していた政勝《まさかつ》が、「しかし、松田聖子はやっぱりすごかなぁ。久留米から出てきて、この街で成功したとやもんなぁ」としみじみと呟《つぶや》いた、その言葉を佳男は未《いま》だに忘れられない。考えてみればあの旅行から戻ってすぐに、当時まだ未入籍だった里子から、佳乃を妊娠したと告げられたのだ。

店先に立って客を待っていたのが功を奏したのか、この日、夕方になってとつぜん客が立て込んできた。最初に来たのは、昨年県庁を定年退職した近所の男で、退職金や年金のおかげで老後の心配もないのか、最近、一匹十万円もするというミニチュアのダックスフントを三匹もまとめ買いし、散髪に来るときでさえ、両手にその三匹の犬を抱えてくる。

三匹のうるさい犬を店先に繫《つな》ぎ、この男の薄くなった髪を切っていると、やはり近所の中学生がやってきた。あいさつするでもなく、店に入るとさっさと背後のベンチに座り、持参したマンガ本を読みふける。一瞬、佳男は妻を呼んで刈らせようかとも思ったが、ダックスフントの飼い主のほうがそろそろ終わりそうだったので、「すぐやけん、ちょっと待っとってね」と無愛想な少年に声をかけた。妻は佳男との結婚を機に博多の学校に通い、理容師免許を取得して、将来的にはもう一軒店を出そうなどと夢を抱いていたのだが、もちろん八〇年代の景気はすぐに陰りを見せ、その上、三年前に母親を脳血栓で亡くすと、「他人の髪ば触っとると、なんか死体に触れとるような気がしてくるとよ」などと薄気味の悪いことを言い出して、最近では店に立とうともしない。しかし繁盛するときはするもので、県庁を退職した客の髭を剃っている最中、三人目の客が来てしまった。仕方なく店の奥に声をかけ、妻に刈らせようとしたのだが、「今、ちょっと手が離せん」という不機嫌な声が返ってくる。

「手が離せんちなんか？　お客さんが待っとらすとぞ」

「だって、ちょうど今、海老《えび》のワタ抜き始めたばっかりとよ」

「海老のワタなんか、あとでよかろうが！」

「だって、今、してしもうたほうが……」

妻の言葉を聞き終わる前に、佳男は内心諦《あきら》めていた。鏡の中で、昨年県庁を退職した男が呆《あき》れたように微笑《ほほえ》んでいる。おそらく、この手のやりとりを以前にもここで聞いたことがあるのだろう。

「ごめんねぇ、ちょっと待っとってね」

佳男は背後の中学生に声をかけた。中学生は気にもせず、じっとマンガを読んでいる。

「床屋の嫁のくせに、どうにもならん」

ハサミを持ち直した佳男が舌打ちすると、鏡の中で目が合った客が、「……うちも一緒たい。こっちがちょっと犬の散歩ば頼んだだけで、『あんたはいっちょん家事の大変さば分かっとらん！　私ば家政婦さんか何かと思うとる！』ち怒り出すし」と舌を出す。

佳男は客の話に一応愛想笑いは返したが、年金生活者が頼む犬の散歩と、床屋の妻に客の髪を刈れと頼むとでは話が違う。

その後も珍しく客足は途絶えなかった。閉店の七時までに、白髪染めの客を含めて八人。まるで月に一度のペースで来る常連客が、纏《まと》めて来たような忙しさだった。呼ぼうにも海老のワタを抜き終えた妻は、さっさと買い物に出かけていた。

この日、最後の客を送り出して、床に散乱した髪を掃き取りながら、毎日とは言わないが、せめて週に一度くらいこんな日があればいいのに、と佳男は思った。立ちっぱなしで足腰は限界だったが、レジ代わりにしている古びた革の財布が、千円札で膨れてくる感触は、もう十年以上も味わったことのないものだった。

店を閉めて居間へ上がると、妻が電話で娘と話をしていた。必ず週に一度、日曜の夜には連絡を入れろ、という約束だけは辛うじて破っていない。ただ、娘と話をする妻を眺めながら、佳男はその内容ではなく、つい電話代のほうを気にしてしまう。数カ月前、娘はＰＨＳを解約し、新たに携帯を購入した。部屋に固定電話があるのだからそれを使えと佳男が何度言っても、娘は手元にあるほうが便利だと言って、必ず携帯からかけてくる。

◇

このとき佳男の一人娘、石橋佳乃は、福岡市博多区千代《ちよ》にある平成生命の借り上げアパート「フェアリー博多」の一室で、「常連客が連れてきたミニチュアダックスフント が可愛かった」と話し続ける母親の声に生返事を繰り返しながら、マニキュアを塗り直していた。

ここ「フェアリー博多」には三十室ほどのワンルームがあり、その全室に平成生命で外交員をする女性たちが住んでいる。いわゆる会社が管理する寮とは違い、食堂や寮規則などはないのだが、勤務地区は違えど同じ会社で働く者同士、ベランダ越しに会話をしたり、中庭にある小さな東屋《あずまや》では、毎晩、何人かが缶ジュースを片手に集まって、その賑《にぎ》やかな笑い声が響く。

会社からの補助は三万円、入居者たちはそれに三万円をプラスして家賃を支払う。部屋にはユニットバスと小さなキッチンもついており、食費を浮かすために、誰かの部屋に集まって共同で夕食を作る者も多い。

なかなか終わらない母親の犬の話に、佳乃はさすがにうんざりして、「お母さん、私、これから友達とごはん食べに行くけん」とその話を遮った。

母親は、電話がかかってきたときにまず訊《き》いたくせに、娘がまだ夕食を済ませていないことを今さら気づいたようで、「あら、そうね？　ごめん、ごめん」と謝ると、「ちょっと待たんね。お父さんと代わるけん」と一方的に電話口を離れた。

佳乃は面倒くさく思いながらベランダに出た。二階のベランダから中庭の東屋が見え、この寒い中、数人が談笑している。中に仲町鈴香《なかまちすずか》という埼玉出身の女がおり、言葉に訛りがないのがよほど自慢なのか、誰よりも大きな声でくだらないテレビドラマの話をしている。

佳乃がベランダから部屋へ戻ろうとすると、「もしもし」と父親の声が聞こえた。

「これから友達とごはん食べに行くけんが」

佳乃は牽制《けんせい》するように言った。ただ、父親のほうも特に話はないらしく、いつものように店の景気が悪いと愚痴をこぼすこともなく、「そうね。気をつけて行かやんよ。……ところで仕事はどうね？」と珍しく機嫌がいい。佳乃は、「仕事？　飛び込みですぐに契約取れるってわけでもないし」と短く答え、「とにかく、もう行かやんけん。じゃあね」と電話を切った。

これが両親との最後の会話になるとも知らずに。


アパートのエントランスでしばらく待っていると、沙里《さり》と眞子《まこ》が歩調を合わせるように階段を下りてきた。それぞれ勤務地区は違うのだが、この「フェアリー博多」で佳乃がもっとも親しく付き合っている二人だった。

背が高く痩《や》せた沙里と、ちょっとずんぐりむっくりした眞子が、階段を並んで下りてくると、同じはずの段差が違って見える。

この日、三人は昼間も天神《てんじん》のデパートなどを一緒にぶらついていたのだが、夕食には少し早すぎていったんアパートに戻ってきていた。

階段を下りてきた沙里は、昼間三越のティファニーで買ったばかりのオープンハートピアスをすでにつけている。この二万ちょっとのピアスを買うまでに、沙里は一時間近くも店内で迷った。

値段と相談しながら、あれこれと違う種類の商品を手に取る沙里に、「迷っとるときは、定番を買うのが一番って」と、さすがに待ちくたびれて佳乃は口を挟んだ。

階段を下りてきた沙里のピアスをさりげなく褒めながら、佳乃はどこか違和感のあったブーツを履き直した。すでに踵《かかと》がすり減り、ファスナーが壊れかけている。横に立つ二人も同じようなブーツを履いている。

立ち上がって、「ねぇ、どこ行く?」と佳乃が尋ねると、「鉄鍋餃子《ギョーザ》は?」と、こういうとき滅多に意見を言わない眞子が言った。

「あ、餃子食べたいかも」

すぐに沙里が賛成して、同意を求めるような目を佳乃に向けてくる。

佳乃は握っていた携帯を短大の卒業祝いに父親に買ってもらったヴィトンのカバ・ピアノにしまうと、やはりヴィトンの財布を取り出して、一万円に満たない残金をため息混じりに確認した。

「中洲《なかす》まで出るの、面倒やない?」と佳乃が答えると、その言い方で何か感じ取ったのか、「なんか約束でもあると?」と沙里が訊いてくる。佳乃は曖昧《あいまい》に首を傾《かし》げた。

「もしかして増尾《ますお》くん?」

沙里が半分驚き、半分疑《うたぐ》るような声を上げて顔を覗《のぞ》き込んでくる。佳乃は、「え、なんで？」と質問をはぐらかし、「でも、今日はちょっと会えばよかっちゃん」と早口に答えた。

「じゃあ、餃子やめといたほうがよかよ」

横から眞子が口を挟んでくる。その言い方がやけに切迫していて、佳乃は思わず笑った。

「フェアリー博多」から地下鉄千代県庁口駅まで歩いて三分とかからなかった。ただ、向かう途中に東《ひがし》公園という鬱蒼とした公園沿いの道があり、昼間ならいいが、夜間はなるべく一人で歩かないようにと、町内会の掲示板にも張り紙がある。

東公園は福岡県庁に併設された公園で、十三世紀の元寇《げんこう》の際、「我が身をもって国難に代わらん」と伊勢神宮に祈願したことで有名な亀山《かめやま》上皇や、日蓮宗の開祖である日蓮聖人《しょうにん》の銅像が建っている。広い敷地にはえびす様を祭った十日恵比須《とおかえびす》神社や元寇史料館などの建物が点在してはいるものの、日が暮れてしまうと、公園全体が鬱蒼とした森のようになってしまう。

駅へ向かいながら、佳乃は数日前に届いた増尾圭吾《けいご》からのメールを沙里と眞子に見せた。

《ユニバーサルスタジオ　俺も行きてぇ！　でも年末年始は混んでるよ。そんじゃ、もう寝るよ。おやすみ》

沙里と眞子は順番にメールを読み終えると、やはり順番に身悶《みもだ》えるようなため息をつく。

「ねぇ、これってユニバーサルスタジオに一緒に行こうって誘われとるっちゃない？」

根が素直なのか、メールを読み終えた眞子が羨《うらや》ましそうに佳乃に言う。「そうかなぁ」と佳乃が曖昧に微笑むと、「佳乃から誘えば、絶対に増尾くんも断らんよ」と今度は沙里が口を挟んでくる。

増尾圭吾は、南西学院大学商学部の四年生だった。実家は湯布院《ゆふいん》で旅館などを経営しているらしく、博多駅前に広いマンションを借り、車はアウディのA6に乗っている。佳乃たちはこの年、二〇〇一年の十月半ばに、増尾と天神のバーで知り合っていた。三人でたまたま入ったバーだったのだが、奥で騒いでいた増尾たちのグループに誘われ、十二時近くまでダーツをして遊んだのだ。

その晩、増尾からメルアドを訊かれたのは事実だった。だが、それ以来、何度か彼とデートをしているという佳乃の話は嘘《うそ》だった。

「このあと、増尾くんと会うっちゃろ？　そのとき誘ってみれば？」

さっき「誰と会うのか？」と訊かれたときに、佳乃がはぐらかしたせいで、二人はこれから佳乃が増尾と会うのだと信じていた。

佳乃は沙里の視線から逃れるように、「今日はほんとにちょっと会うだけやけん」と繰り返した。

三人の靴音が静まり返った東公園の暗闇《くらやみ》に吸い込まれていく。

駅に着くまで三人はずっと増尾圭吾の話で盛り上がっていた。薄気味悪い公園沿いの道ではあったが、三人の明るい声のせいで、いつもよりも街灯の数が多く感じられた。

地下鉄の駅に着いて、天神へ向かう車内でも三人は増尾圭吾の話に終始した。芸能人で言えば誰に似ているかとか、インターネットで調べた彼の実家の旅館には露天風呂のついた離れがあるとか。

天神のバーで知り合ったとき、佳乃は三人の中で自分だけがメルアドを訊かれたことを誇りに思っていた。その誇りがつい、「ねぇ、増尾くんからメールきた？」という沙里の質問に、「うん、きたよ。今週末会う」という咄嗟《とっさ》の嘘をつかせてしまった。その週末、佳乃は二人に服装やヘアスタイルまでチェックされて、賑やかにアパートから見送られた。弾みでついた小さな嘘が取り返しのつかないものになり、その日、佳乃は西鉄で実家に帰って時間を潰したのだ。

しかし、天神のバーで会って以来、一切連絡がないということもなかった。こちらが送ればだが、必ず返信は返ってくるし、「ユニバーサルスタジオって行ってみたいよねぇ」と佳乃が送れば、「俺もすげぇ行きてぇ！」と「！」つきで返ってくる。ただ、そのまま「じゃあ、一緒に」という話にはならない。実際メールは何度か交わしているが、天神のバー以来、佳乃は一度も増尾圭吾と会っていない。

中洲の鉄鍋餃子店に入ってからも、増尾談議は続いた。テーブルには手羽煮やポテトサラダ、そしてメインの餃子が並び、三人とも生ビールを飲みながら、眞子は彼氏のできた佳乃を素直に羨ましがり、沙里は嫉妬半分、浮気されないようにと忠告していた。

「ねぇ、佳乃ちゃん、まだ時間大丈夫？」

眞子にそう言われ、佳乃が店の壁時計を見ると、脂《あぶら》ぎったガラスの中で、針はすでに九時を指していた。

「よかよ。今日は向こうもそのあとに友達と約束があって、ほんとにちょっとしか会えんし」と佳乃は答えた。すかさず眞子が、「うわ、やっぱりちょっとでも会いたいとやねぇ」とため息を漏らす。佳乃は眞子の勘違いを訂正することもなく、「こっちも明日、仕事あるしねぇ」と肩をすぼめた。

この夜、佳乃が実際に待ち合わせをしていたのは増尾圭吾ではなかった。その増尾からなかなかメールが来ないのに焦《じ》れて、つい退屈しのぎに登録した出会い系サイトで知り合った男の一人だったのだ。

◇

佳乃が、沙里、眞子と中洲で鉄鍋餃子を食べながら増尾圭吾の噂話に花を咲かせているころ、十五キロほど離れた三瀬峠のカーブで、その男は急ハンドルを切り、砂利敷きの路肩に車を停めた。国道と呼ぶにはあまりにも見放された峠の道だった。

踏み越えた白線が車のハロゲンライトに浮かび、一瞬、白蛇のようにのた打って見えた。白蛇は峠を縛り上げるように伸びている。ぎりぎりと縛り上げられた峠が身を捩《よじ》り、そのせいで山の葉々が揺れているようだった。

　この峠道を背後に辿《たど》れば、昏黒《こんこく》の闇の中、ぽっかりと口を開けた三瀬トンネルの出口が遠くに見える。逆に峠を下りていけば、眼下には博多の街明かりが次第に広がってくる。

　路肩に停めた車のハロゲンライトが、土埃《つちぼこり》と、その先の藪《やぶ》を青白く照らしていた。蛾《が》が一匹、光の中を横切っていく。

　佐賀大和のインターチェンジからここまで、勢いのある峠のカーブが続いた。そのせいでハンドルを切るたびに、ダッシュボードに置かれた十円玉が右に左に移動した。

　この十円玉は、峠の手前で立ち寄ったガソリンスタンドで受け取ったおつりだった。いつもは三千円分とか、三千五百円分とか、料金分でしか給油しないのだが、ドアの向こうに立った若い女の店員が可愛く、つい見栄《みえ》を張って、「ハイオク、満タンで」と告げた。料金は５９９０円だった。千円札で払うと、男の財布にはあと五千円札が一枚だけになった。

　スタンドの女は両手でぶっといノズルを給油口に突っ込んだ。その様子を男はじっとサイドミラーで眺めた。給油中、女は前へ回り込んできて、でかい胸を押しつけるようにフロントガラスを拭《ふ》いた。十二月初旬、夜風は冷たく、女の頬は赤らんでいた。殺風景な田園を走る街道に、そこだけ白昼のようにぽつんと明るいスタンドだった。

「日曜日、友達とごはん食べる約束あるけど、遅い時間なら……」

「俺は、遅くてもよかよ」

「でも寮の門限十一時ちゃけど……」

数日前、電話で聞いた佳乃の声が蘇《よみがえ》る。

男はダッシュボードの十円玉をジーンズのポケットに突っ込んだ。指先に硬くなった性器が触れる。佳乃のことを考えていたわけではなかったが、峠の急なカーブを一つ一つ制覇してくるうちに、いつの間にかこうなっていた。

男は名前を清水祐一《しみずゆういち》といった。長崎市の郊外に住む二十七歳の土木作業員で、先月二度会ったきり、なかなか連絡が取れなくなった石橋佳乃にこれから会いに行くところだった。

佳乃と待ち合わせた十時まで、峠を下りていくことを計算に入れても充分に間があった。場所は前回彼女を車で送った市内の東公園正門前。たしか車を停めた場所からも中に建つ大きな銅像が見えた。

祐一は車のドアを開けると、足だけを運転席から外へ出した。車高を低く改造してあるので、足はちゃんと地面につく。

ここでたばこでも吸えば、ちょっとした時間潰しになるのだが、祐一に喫煙の習慣はない。仕事中、現場での休憩時間など、他の作業員たちがみんなたばこを吸うので、つい手持ち無沙汰《ぶさた》になることも多いが、たばこを吸うよりも、そのあいだ目を閉じて時間を過ごしているほうがずっと気が紛れた。

車内の暖かい空気が外へ流れ出ていくのが首筋に伝わった。

遠くにトンネルの出口が見えたが、それ以外に色のついているものはなかった。しかし、峠を包む闇にもいろんな色があって、山嶺《さんれい》の紫色に近い闇、雲に隠れた月の周囲の白い闇、そしてすぐそこの藪を覆うドス黒い闇など、きちんと見分ければ幾通りもの色がある。

しばらく目を閉じたり開けたりしながら、盲目と闇の違いを比較していると、山麓《さんろく》から峠を上ってくる車のライトが小さく見えた。カーブを曲がると消え、また次のカーブで現れる。小さなライトの光でも、そこにある白いガードレールやオレンジ色のカーブミラーが照らし出される。

そのとき、トンネル方面から一台の軽トラックが近づいてきて、祐一の目の前をあっという間に走り去った。走り去ったとたん、ふいに強烈な家畜の臭《にお》いがした。峠の澄《す》んだ冷たい夜気に、とつぜん混じった獣の臭気は、まるでクラゲのように祐一の鼻を嚙んだ。

祐一は臭いから逃れてドアを閉めると、シートを倒して寝転んだ。携帯をポケットから取り出してみたが、佳乃からのメールは入っていない。代わりに画像を開くと、佳乃の下着姿の画像が出てくる。顔は写っていないが、肩口に一つある小さなニキビまでくっきりと写っている。

このたった一枚の画像の保存に、佳乃は三千円を要求してきた。

「ちょっと、やめてよ」

博多湾の埋め立て地に建つラブホテルの一室で、祐一が携帯のカメラを向けたとき、佳乃はその胸を白いシャツで隠した。これから着ようと手にしていたシャツだったが、慌てたせいで強く握ったらしく、「ちょっと、ほら、皺《しわ》になったやん！」と、露骨に不機嫌な顔をした。

ラブホテルの内壁は、コンクリートにそのまま壁紙を貼《は》ったような、息がつまる部屋だった。三時間４３２０円で、安っぽいカーペットが敷かれた室内には、パイプ製のセミダブルベッドが置かれ、一応ベッドマットはあるのだが、なぜかその上にマットよりも一回り小さい和布団《わぶとん》が敷いてあった。部屋には開閉不能のサッシ窓があり、港の風景ではなく、都市高速の高架が見えた。

「ねぇ、写真、撮らせてくれんね」

懲《こ》りずに祐一がぼそっと頼むと、「馬鹿じゃない」と佳乃は失笑した。それよりもシャツについた皺のほうが気になるようだった。

「一枚だけ。顔は写さんから」

祐一はベッドに正座して頼み込んだ。一瞬、ちらっと上目遣いに見た佳乃が、「写真？……いくらくれると？」と面倒臭そうに言う。

祐一は下着だけしか身につけていなかった。ベッドの下に脱ぎ捨てられたジーンズが落ちており、財布が入っている尻のポケットがこんもりと盛り上がっている。

黙り込んでいると、「三千円ならいいよ」と佳乃が言った。もう胸は隠しておらず、白いシャツよりも光沢のあるブラジャーが乳房に食い込んでいた。

親指でボタンを押した。カシャリと乾いた音が鳴り、そこに半裸の佳乃の姿が残った。

佳乃はすぐにベッドに飛び乗ってきて、画像を見せろとせがんだ。そして自分の顔が写っていないことを確認すると、「ほんとに、そろそろ行かんと、門限あるし」とベッドを降り、白いシャツに腕を通した。

ホテルの駐車場から遠くに福岡タワーが見えた。首を伸ばして眺めようとする祐一を、「ちょっと、急いでって」と佳乃が急《せ》かした。

「福岡タワーの展望台に上ったことあるね？」と祐一は訊いた。

面倒臭そうに、「子供のころ」と答えた佳乃が、早く車に乗り込むように、と顎《あご》をしゃくる。祐一は、「あれ、灯台みたいやね」と言おうとしたが、佳乃はすでに助手席に乗り込んでいた。

◇

「今度の正月休みにユニバーサルスタジオに増尾くんと行くとしたら、とうぜん二泊くらいするよね？」

すでに冷えた餃子を一つ、佳乃は鉄鍋からつまみながら言った。

清水祐一とは十時に待ち合わせしていたが、すでに店の時計がその十時を指している。

「佳乃ちゃん、大阪って行ったことあると？」

生ビールを二杯も飲んで、顔を真っ赤にしている眞子に訊かれ、「私、なかとやんね」と佳乃は首を振った。

「私もないとよ。従兄弟《いとこ》が住んどるけど」

日ごろ無口な眞子は、酔うとよく喋《しゃべ》るようになる。普段から舌足らずな感じなのだが、酔うとそれが甘えたような声になり、男の子たちとの合コンなどではちょっと目障《めざわ》りな存在だった。

「私、海外もないし……」

座布団の上で脚を崩した眞子が、テーブルに肘《ひじ》をついてそう言うので、「私も海外まだないんよ」と佳乃も答えた。

「沙里ちゃんはハワイに行ったことあるんやもんねぇ」

トイレに立っている沙里の、空いた座布団に視線を落としながら、特に羨ましそうな感じもなく眞子が呟く。

眞子のこういう無欲なところに、佳乃はときどき歯嚙みしたくなることがある。どうせ私は、という枕詞《まくらことば》が、自分の話をする眞子の言葉には必ずついているように感じてしまうのだ。

たしかに佳乃と眞子、それと今トイレに立っている沙里は、アパートでも仲の良い三人組で通っている。しょっちゅうではないが、夕食を誰かの部屋で集まって食べることもあれば、中庭の東屋を占領し、日が沈むまでその笑い声を響かせることもある。揃《そろ》ってあまり営業成績が良くないことも三人の絆《きずな》を深めている。入社したばかりのころは、気の強い佳乃と沙里の二人が毎月の成績を争うこともあったのだが、互いに親戚《しんせき》縁者の契約を取りつけてしまうと、あっという間にやる気は失《う》せ、もともと営業能力のない眞子も含めて、最近では営業所での朝礼に出たあと、意味のない飛び込み営業を放棄して、映画を観《み》に行ったりすることも多い。

どちらかといえば、のんびり屋の眞子がクッションになり、佳乃と沙里を結びつけていた。

「ねぇ、もし増尾くんとユニバーサルスタジオに行くことになったら、眞子ちゃんも一緒に行かん？」と佳乃は言った。

トイレから沙里はまだ戻っていなかった。

「私も？」

テーブルに頬づえをついた眞子は少し驚いてその顎を手のひらから離した。

「増尾くんにも誰か友達誘ってもらって、四人で行こうよ。ああいうところって人数多いほうが楽しいやん？」

このとき佳乃と増尾の間で、ユニバーサルスタジオに行く約束などなかったのだが、空想の計画に他人を巻き込むことで、それが徐々に現実へ変わっていくような甘い興奮を佳乃は味わっていたのかもしれない。それにたとえここで眞子を騙《だま》しても、実際にその時期がくれば、「増尾くんが、急に用事ができて行けんくなったらしいったい。でもチケットもったいないけん、二人で行こうよ」と言える。もちろん増尾と二人で行くのが一番いいのだが、たとえその相手が眞子になっても、佳乃は今度の正月休みにユニバーサルスタジオへ行ってみたかった。

「でも、沙里ちゃんは誘わんでもいいんやろか？」

眞子が心細そうに佳乃の目を覗き込んでくる。

「それちゃけど、増尾くん、沙里ちゃんのことがちょっと苦手みたいなんよ」

佳乃はわざと声を潜めた。

「嘘？　バーでは仲良さそうやったのに」

「沙里ちゃんには内緒よ。可哀想《かわいそう》やけん」

深刻ぶった佳乃の言葉に、眞子は真剣に頷《うなず》いた。

もちろん増尾が沙里のことを嫌っているなど真っ赤な嘘だった。ただ、ときどき佳乃はなんでもすぐ真に受ける眞子に、他愛もない嘘をつき、その反応を楽しむことがあったのだ。

安達《あだち》眞子は熊本県人吉《ひとよし》市の出身だった。中古車販売の営業マンである父親と、その営業所でバイトをしていた母親の間に生まれた一人娘で、夫婦仲の良い家庭に育った女の子らしく、仕事はあくまでも腰掛けで、短大を卒業したら早く結婚したいと考えていた。

子供のころから友達を自ら選ぶというのではなく、いつも誰かに選ばれるのを待っているような性格で、そのくせ高校卒業後は福岡の短大に進むと決めると、そこに知り合いがいようがいまいが突き進んでしまい、結果、女子高からエスカレーター式の短大でひとりぼっちになった。よほど人吉に帰ろうかと思ったが、肝心の仕事がなかった。仕方なく平成生命に就職し、借り上げアパートに引っ越して、やっとできた友達が佳乃と沙里だった。高校時代の友達に比べると、いくぶん二人とも派手だったが、それでも眞子は、これで結婚相手が見つかるまで、寂しがらずに済むとホッとした。

「そういえば、この前、中庭で仲町鈴香ちゃんに呼び止められたんよ」

小鉢にへばりついていたポテトサラダのキュウリを箸《はし》で器用に取りながら、眞子がふと思い出したように言う。

「いつ？」

佳乃は中庭の東屋で、自慢げに東京言葉で喋る鈴香を思い出し、少し顔を歪《ゆが》めて訊き返した。

「三日くらい前。それでね、『沙里ちゃんから、増尾くんと佳乃ちゃんが付き合い始めたって話を訊いたんだけど、それ本当？』って。ほら、仲町鈴香ちゃんの友達が、増尾くんと同じ大学やろ？」

口調の割に、それほど興味もないらしく、眞子はポテトサラダのキュウリをポリポリと齧《かじ》る。

「それで眞子ちゃん、なんて答えたと？」

佳乃は落ち着いたふりで訊き返した。

「『たぶん、そう』って答えたけど……」

佳乃の口調が厳しかったせいか、眞子が怯《おび》えた様子でキュウリを噛んでいた顎の動きを止める。

ちょうどそのとき、一階のトイレから沙里が戻ってきた。

「え？　何？　なんの話？」

ブーツを脱ぎながら、沙里が声をかけてくる。

この店のように座敷のある店でトイレに行く場合、客用の下駄や草履が用意されていることが多いが、沙里は必ず自分の靴でトイレへ向かう。潔癖性で他人と履物を共有するのに不快感があると自分では言うのだが、その発言を佳乃はずっと疑っていた。佳乃はまたポテトサラダに箸を伸ばした眞子を眺めながら、「仲町鈴香のこと、あの子、増尾くんのことが好きらしいっちゃんね。それで私にライバル心持っとるんよ」と言った。

咄嗟に出た嘘だったが、これが思わぬ牽制になりそうだった。万が一、増尾と同じ学校に通う友人から、鈴香が何か知り得たとしても、この嘘が鈴香の真実を嫉妬《しっと》からの負け惜しみに変えてくれる。

ブーツを脱いで、座敷へ上がってきた沙里は、「本当？」と、すぐに佳乃の作り話に食いついてきた。そして沙里のこういうところが佳乃にはどうしても潔癖性とは思えない。アパートの部屋で佳乃がパンを食べていれば、「一口ちょうだい」とすぐに手を出してくるし、ハンカチを何日も続けて使うこともある。高校のときずっと付き合っていた彼氏がいたと沙里は言うが、実はそれも嘘で、本当はまだ処女ではないだろうかと、佳乃は一度こっそりと眞子に言ったことがある。

実際、このとき沙里は二十一歳で、まだ一度も男と夜を過ごしたことがなかった。佳乃や眞子には、「短大のときは誰とも付き合ってなかったけど、高校のころ、バスケット部の男の子と三年間付き合っていた」という作り話をしていて、たしかに沙里が語る男の子は学校に存在したのだが、彼は沙里ではなく、別の女の子と三年間付き合っており、言わば三年間の片思いを、過去の自分を知る者のいない福岡に来たことを幸いに捏《ねっ》造《ぞう》し、たった一枚だけ持っていた体育祭でのツーショット写真を佳乃と眞子に見せていたのだ。

その写真を見た眞子は、「うわぁ、カッコいい」と素直に感嘆の声を漏らした。そしてこの一言が、沙里に嘘と現実との境を見失わせた。

眞子から「カッコいい、脚長い、目がきれい、歯が白い」と褒められるたびに、沙里はまるで自分が褒められているような錯覚に陥った。実際には彼のそういうところが好きで思い続けていたのだが、まるでそういう男に自分が三年間思い続けられていたような気になれたのだ。

「フェアリー博多」にも営業所にも、高校のころの沙里を知っている者はいなかった。

本人さえ黙っていれば、昔の自分などどのようにでも書き換えられた。沙里はこの福岡で、理想的な自分を作り上げることに喜びを見出《みいだ》していた。

しかし、馬鹿がつくほど素直な眞子は騙せても、横にはいつも疑り深い目をした佳乃がいる。実際、初めて体育祭の写真を見せたとき、素直に歓声を上げる眞子の横で、佳乃は「ねぇ、ちょっと電話してみようよ」と言ったのだ。

もちろん、もう別れてるからと慌てて沙里は拒んだのだが、「でもさ、向こうはまだ沙里ちゃんのこと好きやんね？　沙里ちゃんが福岡に引っ越すんで、泣く泣く別れたとやんね？　電話したら喜ぶっちゃない？」と食い下がり、戸惑う沙里を前にほくそ笑んでいるようだった。

そのせいもあって、沙里は佳乃と二人きりになると、たまに息がつまることがある。眞子と二人のときは自分が主人公でいられるのだが、佳乃と二人だと、まるで偽物《にせもの》のブランド品を自分が身につけているような、そんなやましい気にさせられるのだ。ただ、たとえば街で男の子たちに声をかけられても、引っ込み思案の眞子では一緒に楽しめないが、佳乃と一緒だと、美味《おい》しいものを奢《おご》らせ、カラオケを楽しませてもらったあと、「門限がある」と嘘をついて、さっさと手を振って姿を消す大胆さが手に入れられた。

最後に一人前だけ注文した餃子を、佳乃たちはあっという間に平らげた。すでに四人前を完食していたので、一人平均十三個を食べたことになる。

テーブルの下に脚を伸ばした佳乃は、「ちょっと食べ過ぎ。せっかく一キロ瘦せとったとよ」と大げさにおなかをさすった。同じように姿勢を崩した沙里と眞子も、さすがに満腹になったらしく、フーと大きく息を吐く。

佳乃が伝票を取って、料金を三等分していると、「ほんとに大丈夫？ もう十時半になるよ」と、眞子が壁の時計を見上げた。

佳乃は一瞬、何が大丈夫なのか分からず、「何が？」と答えてしまった。

「何がって、ほら、増尾くん……」と眞子が首を傾げる。

そこでやっと佳乃は思い出した。これから自分が増尾と会うことになっていると、二人は勘違いしたままなのだ。

「あ、うん。そろそろ」と佳乃は慌ててみせた。まるで増尾と本当にこれから会うかのように。

実は、十時になったころ、佳乃は「少し遅れる」と祐一にメールを打とうかとも思ったのだが、そのときちょうど仲町鈴香の悪口に夢中になり、そのまま連絡を入れていない。

祐一が会いたいとしつこく言うので、仕方なくした約束だった。「この前の金を払いたいから」と祐一は言った。もしそれだけであれば、五分も会えば事は足りる。

伝票に書かれた金額をきちんと三等分すると、佳乃は二人にその金額を告げた。餃子が一人前４７０円、ポテトサラダが５２０円で、手羽先、いわし明太《めんたい》などに生ビールを加えて、合計７１００円だった。一人、２３６６円。その数字を読み上げると、沙里と眞子が財布から一円も過不足なく自分の分をテーブルに出す。それを待つ間、佳乃はバッグから携帯を取り出し、何かメールが入っていないか確かめた。数件、着信はあったが、待ち合わせしている祐一からのものはなく、もちろん増尾からのメールも届いていない。

◇

約束の十時を五分過ぎて、清水祐一は佳乃にメールを送るべきか迷っていた。すでに東公園前の通りに駐車した車のエンジンは止め、並木道にある一時間200円のパーキングエリアに並んでいる他の車同様、まるでもう何日もここに置かれているように見える。

すぐそこにJR吉塚《よしづか》駅があるにもかかわらず、午後十時を過ぎた公園沿いの通りを行き交う車は少なく、ときどきカーブを曲がってくるタクシーのライトが、パーキングエリアに並ぶ車列を照らした。

ライトに照らされるどの車の運転席にも人影はなかった。ちょうど公園正門前に停められた一台の運転席にだけ、祐一の現場灼《や》けした顔が浮かぶ。

間違いなく佳乃は「東公園の正門前で」と言った。友達と食事をする約束があるが、十時には着けるからと。

祐一は公園を車で一回りしてみようかと思ったが、一周すると公園裏の細道などを抜けるのに三分以上はかかってしまう。その隙《すき》に佳乃が駅のほうから現れて、来ていないと勘違いするかもしれない。

　祐一は回しかけたキーから手を離した。エンジンを止めてすでに五分以上が経つのに、三瀬峠を越えてきた車体の熱が、まだシートの下から尻に伝わっていた。ハロゲンライトの青白い光の中だけにあった峠の道。その光の中に突っ込むようにアクセルを踏み、後輪を滑らせてカーブを曲がる。前方を照らす青白い光塊は、追っても追っても先へ逃げた。

　夜の峠道を走るたび、祐一はいつか自分の車があの光塊を捕らえられるのではないかと空想する。光塊を捕らえた車は、一瞬にしてそこを突き抜け、突き抜けた先には、これまでに見たこともない光景が広がっている。ただ、その光景を祐一はまったく想像できない。昔、映画で観た地中海というヨーロッパの蒼《あお》い海や、やはり映画で観た銀河など、いろんな光景を当てはめてみるのだが、どうしてもこれに違いないというものがない。映画やテレビで観たものに頼らず、自分で想像してみることもあるのだが、そうするとたんに目の前が真っ白になり、車のライトが作る光塊など通り抜けられるわけがないと思えてしまう。

　祐一は目を閉じて、たった今、走り抜けてきた峠の道、そして光に溢《あふ》れていた天神の街を、まぶたの裏に思い起こした。

待ち合わせ時刻から十五分が過ぎていた。今、佳乃が来たとしても、そう長くは話せないが、何を話したいのかと自問してみても、そこに言葉が浮かばない。

公園沿いの歩道に人通りはまったくなかった。車道を走る車もない。三十分あれば、この車内で佳乃にしゃぶってもらうことはできる。もちろん最初は嫌がるだろうが、まず無理やりにでもキスをして、それから佳乃の乳房を揉《も》んで……。

峠を下りてすぐの自動販売機で烏龍茶《ウーロンちゃ》のペットボトルを一気飲みしたせいか、祐一は急に尿意を感じた。

通りのどちら側からも歩いてくる人影はない。すぐそこに公園の公衆便所があるのは知っていたが、前回、佳乃をここまで車で送ったあと、目についたその公衆便所で小便をしていると、いつの間にか背後に若い男が立っており、隣の便器は空いているのにこちらの小便が終わるまで、じっとそこを動かなかった。そのくせ何か声をかけてくるでもないので、祐一は小便もそこそこにジッパーを上げ、逃げるように公衆便所を飛び出した。

車へ戻る道すがら、何度も振り返ってみたが、男が出てくる気配もなく、いよいよ気味が悪くなった。

携帯を開くと、また五分が過ぎていた。まさか佳乃がすっぽかすとは思えなかったが、不安になり、車を降りて外へ出た。

ずっと車内にいたので気づかなかったが、峠の冷気が街まで下りてきたような夜だった。腰を伸ばして深呼吸すると冷たい空気が喉《のど》につかえた。遠く天神方面の空が紫色に染まっていた。ふと、佳乃は今夜自分と朝までいるつもりなんじゃないか、と祐一は思った。長崎からわざわざ会いにきた自分と、この前のラブホテルに行くつもりなんじゃないだろうか、と。そう考えれば、この二十分の遅刻にも合点がいく。しかし、今夜博多のラブホテルに泊まるわけにはいかない。明日はまた朝の七時から仕事があるのだ。

祐一はガードレールを跨ぐと、通りに誰もいないのを確認してから、公園の生け垣に立ち小便をした。泡立った小便が布をかけるように生け垣を濡《ぬ》らし、だらしなく自分の足元に広がってくる。

◇

「ねぇ、そこの『であい橋』で、前に声かけてきた男の人たちがおったろう？　佳乃、覚えとう？」

背後から沙里に声をかけられて、「いつごろ？」と佳乃は振り返った。

中洲の鉄鍋餃子店を出た三人は、川面《かわも》にネオンを映した那珂川《なかがわ》沿いに、地下鉄の駅へ急いでいた。

「今年の夏ごろ」

佳乃の横に並んだ沙里が、明るい川面にかかる「福博であい橋」に目を向ける。

「そんなことあったっけ？」

「ほら、大阪から出張で来とった二人組」

沙里にそこまで言われて、「ああ」と佳乃は頷いた。たしかに今年の夏ごろ、天神で食事をした帰りに橋を渡っていると、「カラオケ行かへん?」と気安く声をかけてきた若い男たちがいた。二人とも細身のスーツを着こなしていて、なかなか見かけはよかったのだが、眞子が悪酔いしていたせいもあり、そのときはあっさりと断ったのだ。

「ほら、あのとき無理やり名刺渡されたろう? その名刺が昨日見つかったっちゃけど、あの人たち、大阪のテレビ局の人たちやったとよ」

沙里にそう言われ、佳乃は、「嘘? そうやったと?」と少しだけ興味を持って訊き返した。

「でね、私、もし転職するなら、マスコミ関係がよくって、ちょっと連絡取ってみようかと思って」

「道でナンパしてきた人に?」

佳乃は沙里の考えを鼻で笑った。沙里が卒業した短大ごときで、マスコミ、それもテレビ局などに就職できるわけがない。

橋を渡っていると、「そういえば、この前のソラリアの横の公園で声かけてきた人って、どうなったん?」と、沙里が話を変えた。

「ソラリア?」と佳乃が訊き返すと、「ほら、長崎から遊びに来とった人で、なんやったか、カッコいい車に乗っとる」と言う。

佳乃がこれから会う祐一のことだった。佳乃は、「ああ」と、話を打ち切るように答え、眞子のほうをちらっと見遣《みや》った。

実際は出会い系サイトで知り合っていたのだが、沙里には天神の公園で声をかけられたことにしていたのだ。

サイトで知り合い、二週間ほどメールのやりとりをしたあと、初めて祐一と会ったのが、ソラリアの玄関前だった。当初、祐一は長崎在住ということもあって、ソラリアというそのファッションビルを知らなかった。

「天神、来たことないと？」と佳乃が訊くと、「車で何度か行ったことはあるけど、街ば歩いたことはなか」と答える。一瞬、会うのが面倒な気もしたが、その前日に送ってもらった写メールが予想に反してちょっといい男だったので、ソラリアの詳しい位置を説明してやることにした。

当日、約束の時間にソラリアに着くと、それらしき背の高い男が玄関脇のショーウインドーに凭《もた》れて立っていた。正直、写メールで送られてきた写真よりも、ハンサムだった。

佳乃は、会う前にメールや電話で交わした言葉の数々を思い出し、こんなことならもっと正直に応対しておけばよかったと後悔した。

少しドキドキしながら男の前に立つと、とつぜん近づいてきた佳乃に、男のほうもドギマギした様子で、何やらボソボソと言う。

「え？　何？」と佳乃が訊き返せば、またボソボソと何か呟く。

きっと緊張しているのだろうと思った佳乃は、「え？　何？」とわざと彼の腕に触れ、その顔を笑顔で見上げた。

「俺、レストランとか、よう分からんよ」

男が小さな声で言う。

「そんなん、どこでもいいよ」

佳乃が笑顔で答えると、やっと男の顔がかすかに弛《ゆる》んだ。

ただ、初対面の緊張のせいだと思っていた男の口調は、時間が経ってもそのままだった。ボソボソ、ボソボソと、佳乃の質問に答えはするのだが、決して一度では聞き取れない。初対面の緊張ではなく、それが男の普段の話し方らしかった。

「一緒におると、なんかイライラするったい」

佳乃は地下鉄への階段を下りながら、両脇にいる沙里と眞子に、まるで唾《つば》を吐くように言った。

「でも、カッコいいんやろ」

それでも羨ましそうな声を上げる眞子に、「見かけはいいっちゃけど、話は面白くないし、それに私には、ほら、増尾くんがおるやん」と答えた。

「そうよねぇ。……でも、なんで佳乃ちゃんばっかり、そういう男の人、寄ってくるっちゃろう」

眞子の言葉に、しばらく黙っていた沙里が、「でも、増尾くんと出会ったばっかりで、よく他の人とも会う気になるよね」と嫌み混じりに口を挟んでくる。

混んだ地下鉄のつり革に摑《つか》まって、佳乃はガラス窓に映る沙里と眞子に言った。

「……車は改造したスカイラインのGT‐Rに乗っているし、背はたぶん増尾くんより高いし、でも、話とか、ほんと面白くないとやんね。それになんか頭も悪そうやし」

「何回くらい会ったと？」

眞子がガラス窓に向かって訊いてくる。

「二、三回かな」と佳乃もやはりガラス窓に向かって答えた。

「でも、長崎からわざわざ佳乃ちゃんに会いに福岡まで来とったっちゃろ？」

「でも、一時間半くらいで着くって」

「そんなもんで来られるん？」

「その人、すごいスピード出すもん」

「一緒にドライブしたと？」

「ドライブっていうか、百道《ももち》のほう行ったり」

ガラス窓で交される二人の会話を、じっと訊いていた沙里が、「百道って、ハイアットとかに泊まったっちゃろ？」と、少し声を落として、佳乃の脇腹を突《つつ》く。

「まさかぁ、行くわけないやろ」

佳乃はわざとどっちにも取れるような答え方をした。

実際に行ったのは、百道のハイアットなどではなく、博多湾に突き出した埋め立て地に建つ「ＤＵＯ２」とかいう安いラブホテルだった。

初めて祐一とソラリアで待ち合わせた日、その足で近くのピザレストランに入った。祐一という男は何をするにも自信がないようで、忙しく立ち動くウェイトレスを呼び止めることもなかなかできず、そのウェイトレスが料理を間違えて運んできたときでさえ、おろおろして文句の一つも言えなかった。そんな態度を見るにつけ、天神のバーで一緒にダーツをしたときの増尾の姿ばかりが思い出された。

「フェアリー博多」に入居したばかりのころ、佳乃は一時期出会い系サイトにハマった。まだ沙里や眞子と仲良くなる前で、夜、アパートの部屋で一人過ごすのが退屈で、常時メールを交換するいわゆるメル友が十人以上はいた。その誰もが自分と会いたがっていた。夜、アパートの部屋で、その誘いのメールに断りの返信を打っていると、まるで自分がとても忙しい女になったような気がした。実際は、まだ馴染《なじ》めない博多という街の片隅で、忙しく親指を動かしていただけだったのに。

沙里や眞子と仲良くなってから、佳乃がメル友と過ごす一人の時間はなくなった。それが今年の十月に増尾と出会い、メルアドを訊かれたにもかかわらず、なかなかメールが来ないことに焦れて、ついまたその手のサイトに登録したのだ。結果、三日ほどで百通近いメールがあった。もちろん中にはストレートに援助交際を求めてくる者もいたが、まず年齢で選《え》り分けて、その次に、書かれた言葉で年齢詐称《さしょう》を判断し、適当な何人かにだけ返信をした。

その中の一人が清水祐一だった。送られてきたメールには《車に興味がある》と書かれてあった。佳乃はその時期、増尾が乗っているというアウディの助手席に座る自分の姿ばかりを想像していた。まだ誘いのメールも来ないのに、増尾とどこへ行くかとか、車内で誰のCDを聴くかとか、そんなことばかりを夢想していた。もしかするとそれが、百通近いメールの中で、祐一のメールにふと引っかかった要因だったのかもしれない。

待ち合わせ場所で初めて祐一を見た瞬間には、「今は誰とも付き合う気がない」とか、「彼氏はいるけど、今、ちょっとうまく行ってない」とか、電話やメールで適当なことを言った自分に少し後悔したのだが、時間が経つにつれ、どこかおどおどした祐一の態度ばかりが目立ち、その上、やっと口を開いたかと思えば、オチもない車の話ばかりで、正直、「こりゃ、ハズレだな」と心の中で呟いていた。

実際、佳乃はただドライブがしたかったわけではなかった。誰もが羨む、たとえば増尾圭吾のような男の車で、颯爽《さっそう》と博多の街を走り抜けたかったのだ。そうなると、長崎で土木作業員をしているという祐一の無骨な手も、野性的なものではなく、単にこき使われた労働者の手に変わってしまった。

中洲《なかす》川端《かわばた》駅から二つ目、千代県庁口駅で地下鉄を降りた佳乃たち三人は、狭い階段を上がって市民体育館の裏に出た。決して寂しい町ではないのだが、県庁を中心にしたこの界隈は、夜、それも週末の夜ともなると、まるで夢の中に出てくる街のようにシンと静まり返る。

「どこで待ち合わせしとうと？」

前を歩く眞子に訊かれ、佳乃は一瞬迷って、「えっと、吉塚駅前」と嘘をついた。まさか二人がこっそりとあとをつけてくるわけもないのだが、これから増尾と会うと嘘をついているので、なんとなく警戒したのだ。

「駅まで一人で大丈夫？」

薄暗い公園脇を歩いてきたせいか、眞子が心配してくれた。

「うん、大丈夫」

佳乃が笑顔で頷くと、「それじゃあ、先に帰っとるね」と、さっさと沙里が道を曲がる。

祐一と待ち合わせをしている公園正門までは、もうしばらくこの薄暗い道を進んで行かなければならない。

街灯の下にポストのある角で二人と別れ、佳乃は少し歩調を速めて薄暗い道を歩き出した。角を曲がって「フェアリー博多」に向かった二人の足音がしばらく背中に聞こえていたが、それも次第に遠くなり、いつの間にか自分の足音だけが細い歩道に響く。

すでに十時四十六分になっていた。ただ、本当に三分もあれば話は済む。わざわざ時間をかけて長崎から来てもらったのは申し訳ないが、それも向こうが、約束していた一万八千円をどうしても今夜返したいからと、しつこく言ったからなのだ。会う時間はないから、振り込んでくれ、と佳乃が頼んだにもかかわらず。

公園沿いの道を次第に遠ざかっていく佳乃の足音を、眞子と沙里も同じように背中で聞いていた。通りの先に煌々《こうこう》と明かりを照らした「フェアリー博多」のエントランスが見える。

「佳乃ちゃん、ほんとにすぐ帰ってくるとかなぁ」

遠ざかる足音に、ちらっと背後を振り返った眞子が言った。その声につられて沙里が振り返ると、モノクロ写真のような通りに、ぽつんと赤いポストだけが浮き上がって見える。

「ねぇ、ほんとに佳乃ちゃん、増尾くんに会いに行ったと思う？」

ふと沙里の口からそんな言葉がこぼれた。

「どういうこと？……じゃあ、佳乃ちゃん、どこ行ったと？」

相変わらず眞子が呑気《のんき》そうに首を傾げる。

「私、なんか佳乃ちゃんと増尾くんの関係って信じ切れんちゃんねぇ」

「だって、佳乃ちゃん、最近よくデートに出かけとろう？」

「でも、二人が一緒のところ、私たち見たことないやん？　今だって、もしかしたらコンビニとかに行っただけかもよ」

そう言った沙里の言葉を、「まさかぁ」と眞子は笑い飛ばした。

◇

車内灯をつけると、祐一はルームミラーをくるりと自分のほうに回した。真っ暗な車内に自分の顔だけがぼんやりと映っている。

祐一は首を左右に動かして、手櫛《てぐし》で髪を整えた。どちらかというと柔らかい猫っ毛で、細い髪が無骨な指のあいだをさらさらと流れていく。

去年の春先に、祐一は生まれて初めて髪を染めた。最初は、黒と言ってもいいような茶色にしたのだが、それが現場の仕事仲間に気づかれなかったこともあって、次にもう少し明るい茶色に変え、その次はもっと明るい色、その次はもっととエスカレートして、今ではほとんど金髪に近い色になっている。

徐々に色を変えたこともあって、周りで祐一の金髪のことを冷やかす者はいなかった。一度、現場主任の野坂《のさか》から、「そういや、お前の髪、いつの間に金髪になったとや？」と笑われた程度で、日々、野外で仕事をしているせいか、浅黒い肌に、金色の髪はさほど違和感もなく、けっこう似合っていたのかもしれない。

祐一は決して派手好みの性格ではないのだが、たとえばユニクロなどへ仕事用のトレーナーを買いに行くと、つい赤やピンクに手を伸ばしてしまうことがあった。車で店へ向かうときには、黒やベージュのような汚れが目立たない色を買うつもりで行くのだが、いざ店に入り、幾色ものトレーナーの前に立つと、ほとんど無意識に赤やピンクを手に取ってしまうのだ。

どうせ汚れるんだ、どうせすぐに汚すんだ、と思えば思うほど、なぜかしらつい、赤やピンクのトレーナーに手が伸びる。

祐一の部屋の古いタンスを開けると、そんなトレーナーやTシャツが山ほど詰め込まれていた。どれもこれも襟首はすり切れ、裾《すそ》の糸はほつれ、生地自体も薄くなっていたが、そのくせ色が妙に明るいせいで、その印象はまるで寂れてしまった遊園地のようだった。

それでも着古したトレーナーやTシャツは、よく汗や脂を吸い込んでくれた。着れば着るほど、まるで裸でいるような、そんな解放感を味わえた。

髪をセットし終えた祐一は、腰を浮かしてルームミラーに顔を近づけた。目が少し血走っているが、ここ数日膨れていた眉間《みけん》のニキビは消えている。

高校を卒業するまで、祐一はそれこそ髪に櫛を入れることもないような少年だった。特に運動部に属していたわけでもないのだが、通い続けていた近所の床屋で、子供のころから数カ月に一度いつもと同じように短く刈っていた。

あれは工業高校に進学したばかりのころだったか、床屋の主人に、「祐一も、そろそろ、ああしてくれ、こうしてくれって、うるさかこと言うようになるとやろねぇ」と言われたことがある。店の大きな鏡には背だけがひょろっと伸びた、男の出来損ないのような少年の姿が映っていた。

「なんか、注文があれば言うてよかぞ」と主人は言った。自費で演歌レコードを制作し、そのポスターを店の壁に貼っているような男だった。

正直、注文と言われても、祐一には何をどう注文すればいいのか分からなかった。どこをどうカットすれば、どうなって、どうなったからと言って、それがどうなるのかが分からなかった。

結局、高校を卒業してからも、祐一はこの店に通っていた。卒業後、小さな健康食品会社に就職したがすぐに辞めてしばらく家でぶらぶらしているうちに、高校の同級生に誘われてカラオケボックスでバイトするようになった。しかし、その店が半年ほどで潰れてしまい、ガソリンスタンドで数カ月、コンビニで数カ月と職を変え、気がつくと二十三歳になっていた。

今の土建屋で働くようになったのはそのころだった。扱いとしては社員ではなく、日雇いに近いのだが、ここの社長が祐一の親戚に当たり、普通よりも少しだけ日当を高く設定してくれている。

この土建屋に勤めてすでに四年目になる。仕事はきついが、晴れたら働き、雨が降れば休みというこの不安定さが、自分には合っていると祐一は思う。

公園前の通りを走り抜けていく車の数は、ますます少なくなっていた。ついさっき二台前に停まっていた車に若いカップルが乗り込んで走り去った気配が、まだその場に残っているような静まり返った通りだった。

暗い公園沿いの通りを、特に急ぐでもなく歩いてくる佳乃の姿が見えたのはそのときだった。祐一は車内灯の下で爪《つめ》にこびりついた汚れを取っていた。

数十メートルごとに並ぶ街灯の下で、佳乃の姿がはっきりと浮かび、また消えて、また次の街灯の下で浮かぶ。

祐一は軽くクラクションを鳴らした。その音で、一瞬ビクッと佳乃の足が止まった。

◇

二〇〇一年十二月十日、月曜日の朝、福岡市博多区にある「フェアリー博多」の302号室で、谷元《たにもと》沙里は珍しく目覚まし時計が鳴る五分前に、自然と目を覚ましていた。元々、朝が弱く、鹿児島市内の実家に暮らしていたときには、それこそ毎朝、母親が癇癪《かんしゃく》を起こすほどで、実家を出て博多で暮らすようになってからも、たまに母親から電話がかかってくると、「あんた、ちゃんと朝は起きられとるの？」と、まず訊かれてしまう。

朝が弱いのは、寝付きが悪いせいもあった。朝がつらいので、いつも早めに布団に入るのだが、布団に入って目を閉じると、その日学校で友達と話したことなどが浮かんできてしまい、ああ、あのときはこう言い返せばよかった、ああ、あのときは先に教室へ戻っていればよかったなどと、大したことでもないのに、ついうだうだと考え出してしまうのだ。ただ、それだけなら珍しくもないのだが、沙里の場合、日常の些末《さまつ》な出来事への後悔をしているつもりが、ふと気がつくと、ある情景を思い描いていることがあった。

この情景を一言で言い表すのは難しい。中学に入学したばかりのころ、その情景は布団に入ってもなかなか眠れない沙里の頭の中に、いつの間にか侵入してきて、以来、どんなに考えまいとしても、必ず寝る前に出てきてしまう。

いつの時代なのかは分からない。昭和の初め、もしくはもっと前？　とにかく、その情景の中で沙里はいつも小部屋に閉じ込められており、手にはある女優の写真を握りしめている。写真は、その女優がいわゆる洋装をしたピンナップ写真のときもあれば、女優が主演するらしい映画を知らせる新聞の切り抜きだったりする。沙里はその女優が誰なのか知らない。ただ、この空想の中の自分は、それが誰なのかを知っていて、理由は分からないが、下唇《こうし》を噛み切ってしまうほど彼女に嫉妬しているのだ。

小部屋にある格子の入った窓からは、桜並木を颯爽と歩いていく若い軍人たちが見えることもあれば、雪合戦をして遊ぶ子供たちの声が遠くに聞こえることもある。

空想の中で、沙里はいつも「ここさえ出られれば」と歯痒《はがゆ》い思いをしている。ここさえ出られれば、その女優の代わりに自分が映画に出られることを知っている。この空想に物語はない。他に登場人物がいるわけでもない。ただ、沙里の分身らしい主人公の感情だけが、眠れない沙里に伝わってくる。

目覚まし時計が鳴る寸前に、沙里は布団から腕を出してアラームをオフにした。鳴らなかったアラームが、まるで聞こえたような気がする。枕元にあった携帯を開き、やはり佳乃からの連絡が入っていないことを確認した。

沙里は布団を出ると、カーテンを開けた。三階の窓からは朝日を浴びた東公園が見渡せる。

昨晩、十二時ちょっと前に沙里は佳乃の携帯に電話をかけた。もう戻っているだろうと思っていたのだが、佳乃は電話に出なかった。

沙里は留守電に切り替わった電話を切ると、ベランダへ出て、真下にある二階の佳乃の部屋を覗き込んだ。電気はついていなかった。自分たちと別れたあと、増尾圭吾と会い、すでに帰ってきているとすれば、あまりにも早すぎる就寝だった。

沙里は一瞬迷ってから、今度は眞子に連絡を入れた。こちらはすぐに出て、歯でも磨いているのか、「もしもし？」と聞き取りにくい声を出す。

「ねぇ、佳乃ちゃん、まだ戻っとらんよね？」と沙里は訊いた。

「佳乃ちゃん？」

「すぐに戻るみたいなこと言うとったやろ？　でも、今、携帯に電話したら出らんとよ」

「シャワーでも浴びとるっちゃない？」

「でも、部屋の電気ついとらんよ」

「じゃあ、まだ増尾くんと一緒なんやないと？」

明らかに眞子の声が面倒臭そうだったので、「そうかなぁ」と沙里もとりあえず同意した。

「もうすぐ帰ってくるよ。なんか用やったん？」

眞子に訊かれ、「いや、そうやないけど……」と答えて、電話を切った。

用があったわけではなかったが、暗い公園のほうへ歩いて行った佳乃の足音が、ふと耳に蘇ったのだ。

普段ならそれで忘れてしまうのだが、シャワーを浴びて、布団に入ってからまたなんとなく気になった。迷惑だろうとは思いながらも、もう一度、佳乃の携帯にかけた。ただ、今度は電源が切られているのか、呼び出し音も鳴らず、すぐに留守電に切り替わる。その瞬間、博多駅前にあるという増尾圭吾のマンションが目に浮かんだ。沙里は馬鹿らしくなって、携帯を枕元に投げ出した。

この朝、沙里が博多駅前にある博多営業所に出勤したのは、朝礼の始まる八時半ぎりぎりだった。「フェアリー博多」から直線にして一キロほどの距離で、沙里はいつも自転車を使っているのだが、たまたまこの朝、アパートの駐輪場で自転車に乗ろうとしていると、「今日、博多営業所にちょっと用があるとよ」と、いつもは地下鉄で城南営業所に通う眞子に声をかけられ、ならばと、一緒に地下鉄で向かったのだ。

駅へ向かう途中、「そういえば、佳乃ちゃんからなんか連絡あった？」と沙里は訊いた。

「佳乃ちゃん？　戻っとらんと？」

眞子が相変わらずのんびりとした口調で訊いてくる。

「携帯には連絡なかったけど」

「じゃあ、あれなんやない、昨日、あのまま増尾くんのところに泊まりに行って、今日はそこから出勤するっちゃない？」

不思議なもので、眞子にのんびりと言われると、実際そうなのかもしれないと思えてくる。二人は話もそこそこに地下鉄の駅に駆け込んだ。

ぎりぎり間に合った朝礼が終わると、営業部長が小さな応接室にあるテレビをつけた。普段、部長がテレビをつけることなどなかったので、その場にいた職員たちも一斉にそちらへ目を向けた。

「なんか、三瀬峠で事件があったらしいな」

テレビをつけた部長がそう言って、みんなのほうを振り返る。職員の何人かは知っていたようで、ぼそぼそと営業所の片隅で声が上がり、別の何人かがテレビのほうへ近寄っていく。

朝日の差し込む大きな窓には、まだ七夕の飾りが残っており、そこにだけ夏の暑さが戻ってきたように見える。

沙里は、段ボールに入った販促品の残りを数えている眞子の元へ向かい、「眞子ちゃん、それ買うと？　高すぎん？」と声をかけた。

「新しいのが出るらしいんよ。それでこれ、三掛けで買えるらしくて」

段ボールの中には、客にプレゼントするための可愛くもないうさぎのぬいぐるみが詰まっている。

「こんなもんあげたって、誰も契約なんかしてくれんよねぇ?」

そう言った沙里の言葉に、「でも、とりあえず、ぬいぐるみだけはちょうだいって言ってくる人もおるし」と眞子が生真面目《きまじめ》に答える。

応接室のテレビの前に集まっていた数人の間で、「うそ、こわ〜い」という声が上がったのはそのときだった。

どちらかというと、切迫感もなく、間の抜けた声だったので、沙里は見るともなくテレビのほうへ目を向けた。

いつもなら地元放送局のワイドショーが、市内の商店街の安売り情報などを紹介している時間帯だったが、今朝、棚の上に置かれたテレビには、眉間に皺を寄せた若いレポーターが山道をバックに映っている。

「三瀬峠で死体が発見されたって」

テレビの前にいた一人が、誰に言うともなく振り返った。

その声につられるように、テレビから離れた場所にいた者たちが、一人、二人と立ち上がり、テレビのほうへ近寄っていく。

「今朝、若い女性の遺体が発見されたのは、この先に見える崖《がけ》の下になります。現在は警察のロープが張られ、これより先に行くことはできませんが、ここから見ても分かるように、かなり急な崖でその遺体は発見された模様です」

現場に到着したばかりなのか、息の荒いレポーターがほとんど叫ぶような声を上げていた。

沙里はふと嫌な予感がして、隣の眞子に目を向けた。が、眞子はテレビではなく、熱心に段ボールのぬいぐるみを選《よ》り分けている。

「ねぇ」

沙里が声をかけると、眞子はぬいぐるみを催促されたと勘違いして、掴んでいた一番小さなうさぎを沙里のほうへ差し出した。

「じゃ、なくて、あれ」と沙里は少し苛立《いらだ》って、テレビのほうへ顎をしゃくった。ゆっくりと眞子もテレビに目を向ける。

「……現在、まだ身元は確認されていない模様です。関係者の話によると、死体が遺棄されたのはおそらく今日未明、少なくとも死後八時間から十時間が……」

そこまでレポーターの説明を聞いて、眞子が視線を戻した。沙里はその口から出てくる言葉を、半ば恐れるように待ったのだが、少し顔をこわばらせた眞子の口から出てきたのは、「三瀬峠って、幽霊出るっちゃろ？」という、なんとも筋違いな言葉だった。

「じゃなくて、ねぇ！」と沙里は怒鳴った。ちゃんと説明すれば、眞子にも伝わるのだろうが、それを口にするのがなんとなく憚《はばか》られる。

「え？　何？」

眞子はまた段ボールのぬいぐるみに手を伸ばしていた。

「佳乃ちゃん、もう出勤しとうよね？」

沙里はやっとそこまで言った。ただ、眞子にはまだ伝わらないようで、「そりゃ、しとうよ」と呑気に答える。

「ねぇ、連絡入れてみる？」

沙里が心細げにテレビのほうへ目を向けると、ここでやっと話が繫がったらしい眞子が、「まさか、増尾くんのところから出勤しとるとよ、きっと」と呆れたように言う。

何か言い返そうかとも思ったが、またぬいぐるみに手を伸ばした眞子を見ていると、たしかに考え過ぎのような気がしてくる。

「でも、心配なら連絡してみれば」

「でも……」

「じゃ、私してみようか？」

眞子は面倒臭そうに自分のバッグから携帯を取り出した。

「留守電になっとるみたい」

眞子がそう言って、「もしもし、佳乃ちゃん、これ聞いたら連絡ちょうだい」とメッセージを残して電話を切った。

「直接、営業所にかけてみたら？」と沙里は言った。

「ちゃんと出勤しとうって」

眞子がそう言いながらも、佳乃が勤める天神地区の営業所の番号にかける。

「もしもし。あの城南の安達と申しますが、石橋佳乃さん、いらっしゃいますでしょうか？」

そこまで言うと、眞子は携帯を耳に当てたまま、また段ボールに手を突っ込んだ。しばらくして体を起こした眞子が、「はい。え？　そうですか。ああ、はい。はい」と明るい返事を返す。

電話を切った眞子がきょとんとした顔で沙里を見つめる。

「出勤しとらんと？」と沙里は訊いた。

「なんかね、今朝は直行でお得意さん回りするって、ボードに書いてあるって。たぶん、この前、佳乃ちゃんが言いよった、ほら、飛び込みで入った喫茶店のご主人やない？」

もしもこのとき同じ「フェアリー博多」に暮らす仲町鈴香に声をかけられなければ、話はそこで終わっていたのかもしれないと沙里は思う。

みんな仕事に戻り始めていたし、ぬいぐるみを数えた眞子も営業所へ戻ろうとしていた。

「怖いね。あの三瀬峠って、前にドライブしたことあるんだよね」

事件を伝えるテレビに目を向けたまま、仲町鈴香が大げさに身震いして見せる。

同じ地区担当とはいえ、仲が良いわけでもないのに、鈴香はいつも沙里たちに馴《な》れ馴《な》れしく話しかけてくる。

眞子はそれほどでもないのだが、特に鈴香を嫌っている佳乃は、「そういうところが、私、すかんとやんね」と身悶えしていた。

「ねぇ、仲町さん」

テレビを横目で見ながら、沙里は声をかけた。

「仲町さんって、南西学院の増尾圭吾って知っとうよね？　連絡先って知らん？」

沙里の質問に、鈴香は少し警戒して、「増尾くんの？　なんで？」と訊き返してきた。

「佳乃ちゃんがね、泊まりに行っとっちゃけど、携帯に電話しても連絡つかんとよ。それでもし知っとうなら、教えてもらえんかと思って」

沙里の言葉を鈴香は表情を変えずに聞いていた。

「私、直接は知らないんだよね。私の友達がその増尾くんとちょっと知り合いってだけで」

「その人、増尾くんの連絡先、知らんかな？」

「さぁ、どうだろう……」

そう答えた鈴香の表情を見て、こりゃ、協力してくれそうにないな、と沙里は思った。

横で二人の会話をぼんやりと聞いていた眞子が、「私、そろそろ行くね」と段ボールの蓋《ふた》を閉める。ちょうどそのとき、テレビに第一発見者だという老人が現れて、レポーターの質問に答え始めた。なぜかその映像を見ていた数人から、弾《はじ》けるような笑い声が上がる。

どうやら老人の鼻毛が異様に長かったらしい。おかげでどこか張りつめていた朝の営業所に、いつもながらののどかな雰囲気が戻る。

「どうも荷台のロープが解けとるような気んなって、ちょうどあすこのカーブで車を停めたんですたい。そいで車ば降りて、なんげなしに崖の下ば覗いてみたら、なんか木の根っこに引っかかっとるですもんねぇ。そいでよう見てみたら……。そりゃあ、たまげたですよ」

◇

この日、仲町鈴香が三越前の喫茶店に到着したのは、午前十時を回ったころだった。久しぶりに契約までこぎつけられそうな客との待ち合わせで、掛け金としてはそれほど高い商品ではなかったが、これがうまくいけば、客の従妹《いとこ》夫婦にも紹介してもらえることになっていた。

待ち合わせの十時半まで時間があった。鈴香は南西学院大学に通う土浦洋介《つちうらようすけ》という友人に電話をかけた。もちろん、連絡のつかなくなった佳乃のことを心配していたわけではない。これを機会に、以前から気になっていた増尾圭吾に近づけないかと考えたのだ。

土浦は鈴香と同じ埼玉の出身で、高校の同級生だった。土浦が高校を卒業後、縁もゆかりもない福岡の私立大学に通うことになったとき、周りの友人たちは、「なんでまた、よりによって九州なんかに」と呆れていたが、唯一、鈴香だけは、「どうせなら、学生時代の数年間、誰も知らないところで過ごしてみたい」という土浦の気持ちに、どこか引かれるものを感じていた。

東京郊外の短大卒業後、もちろん彼を追って福岡に来たわけではないのだが、なかなか決まらない東京での就職活動に疲れていた鈴香の耳に、ふと彼の言葉が蘇ったのは確かだ。

二年遅れではあったが、福岡へ来た鈴香は土浦としばしば会うようになった。からだの関係が皆無というわけでもないのだが、お互いにお互いを恋人とは思っていない。

鈴香が電話をかけると、土浦はまだ寝ていたようで、「も、もしもし？」と眠そうで、面倒臭そうな声が返ってきた。

「まだ寝てたの？」

「鈴香？　今、何時だよ？」

「もう十時過ぎてるって。今日、授業ないの？」

一言ごとに土浦の声から眠気が消えていく。鈴香は、起こしたことを簡単に詫《わ》びたあと、「ねぇ、ところで土浦の一年先輩に、増尾圭吾って人いるよね？」と本題に入った。

「増尾？」

「ほら、前に天神のバーで飲んでたときにその人がいて、教えてくれたじゃん」

「ああ。増尾さんな。なんで？」

「土浦って、あの人の連絡先とか知らないよね？」

「連絡先？」

そう言った土浦の声色にかすかな嫉妬が混じり、鈴香はちょっとだけ気分が良かった。

「あのね、私の同僚がその増尾さんって人と付き合ってるらしいんだけど、昨日から連絡が取れないんだって。それで、もし連絡先知ってたら教えてもらえないかと思って」

鈴香がなるべく事務的に尋ねると、「知らないよ。一年先輩だし、俺なんかとつるむような人じゃないだろ、あの人」と土浦が自分を笑うように答える。

「じゃあ、知らない？　連絡先？」

「知らないよ。……あ、でも、そうだ。二、三日前だったか、増尾さんの噂、聞いたよ。なんか、あの人、今、行方不明なんだって」

「行方不明？」

「そう。と言うか、みんな面白がって言ってんだろうけど、ここ数日マンションにもいないし、実家にも帰ってないらしいよ」

「それで？　行方不明？」

「まぁ、どっかにふらっと一人旅にでも出てるんじゃねぇの？　ほら、湯布院かどっかの旅館のボンボンで、金は持ってるだろうし」

鈴香は街中で偶然に増尾圭吾とすれ違ったことが三度あった。本当にただの偶然に過ぎなかったのだが、さすがに三度目のときには、不思議な縁を一方的に感じてしまった。

土浦の口調があまりに呑気だったので、鈴香は「一人旅」説をうっかり信じてしまいそうになった。

「でも、私の同僚が昨日、近所で待ち合わせしたらしいのよ」

「昨日？　だから行方不明なんて、ただの噂だからさ。いるんじゃねぇの、ちゃんと自分ちに」

土浦に断言され、ベッドでじゃれ合う増尾圭吾と佳乃の姿が浮かんだ。

天神のバーで見かけた彼に、鈴香が一目《ひとめ》惚《ぼ》れしたのは確かだ。ただ、土浦や土浦の友人たちからいろんな噂を耳にするうちに、自分には到底手の届かない人だと諦めた。「フェアリー博多」の中庭で、増尾圭吾と佳乃が付き合っているらしいと話す沙里と眞子の会話を聞いたとき、正直、鈴香にはそれが信じがたかった。それまで耳にしていた増尾圭吾の噂は、それこそ学校一の有名人らしく、地元放送局のアナウンサーとデートしているだとか、華やかなものばかりだったのだ。

なのに、その増尾圭吾が、「フェアリー博多」の中でも、中の上くらいでしかない石橋佳乃と付き合っているという。

◇

午前中に主要契約者たちの集金を終えた沙里は、焦《あせ》る気持ちを抑えて博多営業所へ戻った。

契約者たちの家を回りながら、何度かメールを佳乃に送ったが、やはり返信はなく、休憩中にかけた電話も、すぐ留守電に切り替わってしまう。

もちろん佳乃に何かあったと決まったわけではないのだが、朝の営業所で三瀬峠での事件を伝えるワイドショーを見て以来、なぜかしら心がざわついていた。

営業所へ戻ると、すぐに佳乃が勤める天神営業所へ電話を入れた。いてくれ、と思う気持ちと、いや、いるわけがないという気持ちが混じった感じで、いざ番号を押そうとすると、指先が少し震えた。

電話に出た中年女性は、朝と同じように佳乃の不在を知らせた。

「今日はお客様のところに直行で、十一時出社になってますけど。あれ？　でもまだみたいやねぇ」

沙里は電話を切ると、ランチ時でがらんとした営業所を見渡した。ちょうど視線の先に営業部長のデスクがあり、不在を知らせる札が立っている。この札を見た瞬間、「そうだ、天神営業所にもう一度連絡を入れて、佳乃の実家の電話番号を訊こう」と沙里は思い立った。

応接室のほうからテレビの音が聞こえてきたのはそのときだった。振り返ると、二、三人の職員が熱心にテレビに見入っている。映っているのは、三瀬峠で起こった事件の続報らしい。

沙里はテレビの音に誘われるように応接室へ入った。沙里が立てるヒールの音に、振り返る者もいない。

遺体発見現場の深い谷を、上空から撮影するヘリコプターの轟音《ごうおん》に混じって、被害者女性の特徴をレポーターが金切り声で伝えている。

「沙里ちゃん……」

テレビの前で声が上がって、沙里はそちらへ目を向けた。テレビ画面に夢中で、そこに眞子がいることに気づいていなかった。

「佳乃ちゃんから連絡あった?」と、眞子が言った。心配しているというよりも、もう悲しんでいるような顔だった。

沙里が首を振ると、「ねぇ、これ」と眞子がテレビを指さす。

深い谷の映像から、被害女性の特徴を記すイラストに変わっていた。髪型も、服装も、体型も、昨夜、別れたままの佳乃にそっくりだった。

沙里はテレビの前から、眞子の手を引いて、少し離れたところへ移動した。午前中、眞子は自分の営業所でテレビを見ていて恐ろしくなり、思わず沙里のいる営業所へ来てしまったらしい。

「誰かに知らせたほうがよくない?」と沙里は言った。

「知らせるって、誰に?」と眞子が心細そうに訊き返してくる。

「とりあえず、営業部長さんに相談してみる? あ、そうだ、眞子ちゃんって、佳乃ちゃんの実家の連絡先知っとろう?」

「あ、そうやね、実家に戻っとうかもしれんね」

眞子がホッとしたように頷いて、すぐにバッグから携帯を取り出す。

佳乃の実家に電話をかける眞子と、テレビに映し出されている三瀬峠の映像を、沙里は交互に眺めた。

「もしもし、あの、安達眞子と申しますが、佳乃さん、いらっしゃいますでしょうか？」

かなり長く続いたらしい呼び出し音のあと、眞子が慌てたように話し出し、ちらちらと沙里のほうへ視線を向ける。

「あ、いえ、こちらこそ、いつもお世話になってます。……あ、いえ、……あ、いえ、……あ、はい。いえ……」

しばらく相手の話に相づちを打っていた眞子が、とつぜん携帯を耳から離し、送話口を手で押さえて、「どうしよう？　佳乃ちゃんが昨日から戻っとらんって、言ってもいいと？」と沙里に携帯を突き出してくる。

いきなりそう訊かれても、すぐに言葉が出てこない。それを告げなければ話が進まないような気もするし、まだ何かあったと決まったわけではないわけで、もしもこのあと佳乃がふらっと戻ってきた場合、外泊したことを実家の両親に伝えたことだけが事実として残ってしまう。

「佳乃ちゃんが今日の午後、実家に戻るとか言ってたから、電話したって言わんね。もしかしたら、もうすぐこっちに戻ってくるかもしれないけどって」

沙里は咄嗟に思いついた嘘を眞子につかせることにした。目の前ですぐに眞子が、その通りに繰り返す。その言葉を聞いていると、何もかもが自分たちの思い過ごしのような気もしてくる。

電話を切った眞子が、「もし帰ってきたら、連絡するように言ってくれるって」と、やけにのんびりした口調で言う。

事態が急変したのは、三十分後、仲町鈴香が営業所に戻ってきてからだった。

沙里と眞子はその後もずっと事件を伝えるワイドショーを見ながら、営業部長か警察に知らせたほうがいいのか、それとももう少し佳乃の帰りを待っていたほうがいいのか、と結論の出ぬ議論を繰り返していた。

営業所に戻ってきた仲町鈴香を見つけて、すぐに沙里が声をかけた。

「増尾圭吾の連絡先、知ってる人おった?」

テレビに目を向けながら、鈴香が駆け寄ってくる。

「なんかね、増尾くん、ここ何日か、行方不明なんだって」

思いもかけぬ鈴香の言葉に、沙里と眞子は思わず顔を見合わせ、「行方不明?」と声を揃えた。

「うん。もちろん本人じゃなくて、増尾くんの知り合いの知り合いから聞いたんだけど、ここ二、三日、誰も連絡取れなくて、みんな探してるんだって。ただ、行方不明っていうか、どっかに旅行に出かけてるだけかもしれないらしいんだけど……」

「だって！」

声を上げたのは眞子だった。その声に、「昨日の晩、佳乃ちゃんとそこの駅前で待ち合わせしとったとよ！」と沙里が続ける。

「まだ、石橋さんと連絡つかないの？」

事件を伝えるテレビのほうへ鈴香が目を向けながら訊いてくる。

沙里と眞子は、「まだ」と同時に首を振った。

「いちおう誰かに知らせといたほうがいいんじゃない？　もちろん、増尾くんが行方不明っていうのは大げさな噂で、昨日の晩、そこで石橋さんと待ち合わせしてたのかもしれないけど」

いつになく親身になってくれる鈴香の態度に、沙里は背中を押されたような気分になった。

「警察？」と沙里が首を傾げると、「まず、石橋さんとこの営業部長でいいんじゃない？　でも電話じゃなくて、直接行ったほうがいいかも」と鈴香が答える。

沙里と眞子は、まるで鈴香に手を引かれるように営業所を出た。

佳乃が勤める天神営業所まではタクシーで数分の距離だった。やはりそこでもテレビがついていて、数人が弁当をつまみながら事件報道を見つめている。

沙里たちは互いに背中を押すようにして、天神地区営業部長、寺内吾郎《てらうちごろう》の前に立った。

椅子に座って昼寝をしていた寺内吾郎に、沙里はざっと事のあらましを話した。もちろん半ば杞憂《きゆう》で、不確定な情報として。

しかし、被害者の特徴が佳乃に似ていると話したとたん、寺内の顔色がさっと変わる。

寺内吾郎はここ平成生命天神営業所の部長になって四年目を迎えようとしていた。地区採用の入社から二十年がむしゃらに働きつめ、やっと手に入れたのが、従業員数五十六名の福岡で二番目に大きな営業所の部長職だった。

寺内は少し足が悪く、右足を引きずって歩くようなところがあるが、営業に支障をきたすほどのものではない。所内を歩いているときは、かなりスローペースに見えるのだが、逆に顧客獲得の嗅覚は鋭く、若いころには退職しそうな女性職員を口説き、その顧客をそのまま受け継ぐことで、今の役職を手に入れたという噂もある。

部長になったとき、寺内は心を入れ替えようと決心した。もう契約一件いくらの歩合で働くこともないのだから、これからは必死に金を稼ごうとする、それこそ実の娘よりも更に若い職員たちの良き父親代わりになってやろうと。

実際、若い女子社員たちの話にはいつも耳を傾けていた。話をすればするほど太い絆《きずな》ができると信じてもいた。しかし、若い女の子たちから持ち込まれてくるのは、人生や恋愛への指南を仰ぐ相談ではなく、「○○さんが自分の顧客に色目を使った」「親戚から嫌われ始めた」など、自分がこの二十年で嫌というほど味わってきて、もう見たくも聞きたくもない悩みばかりだった。

それでも寺内が部長になってからの過去三年に、天神営業所は飛躍的に成績を伸ばしていた。以前の部長はヒステリックで、せっかく入ってきた社員たちが、研修期間さえ耐えられずに辞めていたのだが、社員を循環させることで新規の顧客を増やすこの手の業界では、顧客よりもまず外交員たちをおだてるのが部長の仕事なのだ。

福岡地区の春入社社員、谷元沙里と安達眞子から、同じく春入社の石橋佳乃と昨夜から連絡がつかない、その上、三瀬峠で発見された被害者に似ているようだ、と報告を受けたとき、寺内がまず感じたのはかすかな怒りだった。それも事件や犯人に対するものではなく、この天神営業所の評判が落ちるかもしれないことに、また石橋佳乃の顧客を受け継ぐ小さな争いが起こるかもしれないことに、そして同僚が事件に巻き込まれたかもしれないというのに、まるで切迫感のない沙里たちに対する怒りだ。

寺内は沙里の話を聞き終えると、まず平成生命の福岡支店に電話を入れた。応対した女子事務員が要領を得ず、「いいけん、総務部長に代わらんね！」と思わず声を荒らげた。

寺内から事情を聴いた総務部長は、「だ、だったら、い、いちおう、警察に……」と、おどおどと答えた。まだその被害者が石橋佳乃だと決まったわけではなかったが、寺内がまるで断定したように告げたせいか、特に指示を出すわけでもなく、できることなら寺内に任せたいという気持ちが見え見えだった。

寺内は電話を切ると、机の向こうにぼけっと突っ立っている三人を見上げた。

「これから、警察に連絡入れてみるけんね」と告げると、「あ、え？……は、はい」となんとも頼り無げに三人が頷く。

「昨日から連絡が取れんちゃろ？　テレビに出とった特徴と似たような服を着とったっちゃろ？」

寺内は怒鳴りつけるように言った。身を寄せ合うように立つ三人が、怯えたように同時に頷く。

110番にかけた電話は、事件を扱う部署に回された。最初に出た女性の応対がとても丁寧だったせいか、次に電話に出て、詳しく状況の説明を求めてくる男の刑事の口調が、どこか高圧的に感じられた。

ただ、電話の向こうで、何かが慌ただしく動いている様子は伝わってきた。スピーカーで漏れているのか、複数の受話器で聞かれているのか、とにかく寺内は自分の声を大勢の人に聞かれているような気がした。

警察からの指示を受け、寺内はタクシーを呼んだ。谷元沙里たち三人も同行したいと申し出てきたが、万が一、遺体の確認などがあった場合のことを考え、まずは一人で行ってみるからと言い聞かせた。

警察署に着いて受付に名前を告げると、すぐに五階の捜査本部に案内され、さっき電話で話した刑事が現れた。寺内は用意してきた社員証と名刺を、とりあえずその背の高い刑事に見せ、背中を押されるようにして遺体安置所へ向かった。向かう途中、刑事に天神営業所と「フェアリー博多」の詳しい位置を尋ねられた。

テレビや映画で見た通りの体験だった。部屋には線香が焚《た》かれ、刑事がもったいぶるように遺体にかけられた薄緑色のシートをとった。

間違いなかった。そこには今春入社してきたばかりの石橋佳乃が横たわっていた。

「間違いありません」

寺内は言葉を呑《の》み込むように言った。言いながら、テレビや映画で見たことのある科白《せりふ》を自然と口にする自分に驚いた。

「絞殺でした」

刑事に言われ、寺内は佳乃の首に目を向けた。白い首筋に赤紫色の痣《あざ》が残っている。佳乃が営業所で笑う姿や、朝礼ギリギリに駆け込んでくる様子が脳裏を過《よぎ》った。五十人もの社員の、その一人の顔を、こんなにも鮮明に覚えていることに、我ながら驚いてしまうほどだった。

◇

寺内が遺体の確認をしているころ、石橋佳乃の父、佳男は、そこから三十キロほど離れた久留米市内の自宅の居間で、遅い昼食をとったあと、座布団を枕にごろんと寝転がっていた。

寝転んだ場所からは、月曜定休の店内が見えた。電気の消された店内に、入口のガラス窓から日が差し込み、そこに白いペンキで書かれた「理容イシバシ」という文字が、コンクリートの床に影を落としている。

父の代から続くこの店を、佳男が継ぐことになったのは、佳乃が生まれてすぐのことだった。それまで地元の悪友たちとのバンド活動に明け暮れ、親の金をせびっては遊び回っていたのだが、妻、里子の説得もあり、床屋での修業を始めたのだ。その父親も佳乃が小学校に上がる年に脳溢血《のういっけつ》で亡くなった。母親をその十年前に亡くしていたこともあり、誰もいなくなったこの家に、佳男たちは近所のアパートから親子三人で越してきた。あのときもし里子が佳乃を身ごもっていなかったらと、佳男はときどき考えることがある。ただ、そう思ったところで、これ以外の人生が浮かんでくることもない。子供のころから、佳男は父親の職業を嫌っていた。その職業に、佳乃が出来たことで仕方なく就いた。ある意味、娘のために就いた仕事だった。それなのに、最近、その娘が自分の仕事を毛嫌いしていることを、佳男は肌で感じる。

ぼんやりと暗い店内を見つめていると、「あの子、帰って来るとやろか？」と里子が台所から声をかけてきた。昼過ぎに同僚から、そんな電話があったらしかった。

「どうせまた『誰か保険に入る人、紹介してくれ』やろうけどな……」

佳乃は嫌がるだろうが、どうせやることもないし、佳男は西鉄の駅まで自転車で迎えに行ってやろうかと思った。

警察から電話がかかってきたとき、佳男はうつらうつらしていた。電話に出た里子が、「え、ええ。そうです。はい。そうですけど」と受け答える声を、途中まで夢で聞いているつもりでいた。それが、「ねぇ、あんた！」と呼ぶ里子の声で一気に覚めた。遠くに聞こえていた声が、狭い我が家の、すぐそこから響いたのだ。

寝返りを打つと、受話器を手で押さえた里子が、まるで自分を踏みつけるように見下ろしている。

「あんた、……ちょっと、なんか知らん……、警察から……」

途切れ途切れの里子の言葉に、「警察？」と佳男は身を起こした。コードレスの受話器を握った里子の手が、かすかに震えている。

「警察がなんてや？」

突き出された受話器から、佳男は身を反らして訊いた。

「ちょっと、あんたが訊いて。私、よう分からんけん……」

里子の目が焦点を失っていた。顔からすっと血の気が引いていくのがはっきりと見てとれた。

佳男は里子の手から受話器を奪うと、「もしもし！」と怒鳴りつけるように電話に出た。

受話器から聞こえてきたのは女性の声で、事務的というわけでもないのだが、声が小さく聞き取りにくかった。耳に当てているのは、昨年、佳乃が選んで買ったコードレス電話だった。買ったときから通話中に雑音が入り、どうも好きになれなかったのだが、「電波やけん、それが普通たい」と佳乃に言われ、もう一年近くも我慢して使っていた。その雑音が今日に限ってまるで耳鳴りのように強く響く。

「え？　は？　なんて？」

佳乃が事件に巻き込まれた、すぐに署で身元確認をしてほしい、と伝えてくる電話の相手でなく、それを邪魔する雑音に訊き返しているようだった。

電話を切ると、傍らに里子が座り込んでいた。呆然《ぼうぜん》というよりも、何かを諦めたような表情だった。

「ほら、行くぞ！」

佳男はそんな里子の手を引いた。

「信用できるか！　会社の部長ごときが、何十人もおる社員たちの顔を一つ一つ覚えとるもんか！」

腰が抜けたような里子の手を、佳男は無理やり引っ張った。佳乃を産んだ直後から、徐々に肉付きのよくなった里子の尻が、古い畳の上を滑る。

「今日、帰ってくるとやろが！　佳乃は今日、ここに戻ってくるとやろが！」

◇

警察署での身元確認を終えた寺内から、天神営業所へ連絡が入ったのは、午後三時を回ったころだった。寺内を送り出したあと、不安な気持ちでその帰りを待っていた営業所員たちは、沙里を中心に応接室でテレビを囲み、事件を伝える番組を探して、忙しくチャンネルを変えていた。

寺内からの電話を受けた社員の声が響くと、真っ先に駆けつけたのは沙里だった。その後ろ姿を目で追いながら、眞子はなぜかしら、「ああ、やっぱり佳乃ちゃん殺されたんだ……」と直感した。

その直後、受話器を受け取った沙里が、「えー！」と叫ぶ悲鳴が響いた。テレビの前にいた数人から、眞子は一斉に目を向けられ、思わず、「ほら、やっぱり……」と消え入るような声をこぼした。

寺内からの報告を受けた沙里は、受話器を置くと感電でもしたように喋り始めた。伝えなければならないことがたくさんあって、その言葉が一斉に口からこぼれ出しているようだった。

やはり被害者が佳乃だったこと、首を絞められていたこと、寺内が戻るまでここで待機するように言われたことなど、まるで喘《あえ》ぐように伝える沙里を見ているうちに、眞子のからだはガタガタと音を立てるほど震え出した。横にいた誰かが、「大丈夫？」と肩を抱いてくれたのは分かったが、それが誰なのか見上げることもできなかった。がらんとした印象の昼の営業所が、急に窮屈に感じられた。息を吸おうとしても、もう他の誰かに吸われて、いくら吸っても空気がからだに入ってこない。目の前で沙里が喋り続けているのだが、その声が聞こえない。みんなが口々に何か言っているのだが、まるでみんな溺《おぼ》れているように、その口がパクパクと動いているだけにしか見えない。誰か泣いて！　と眞子は心の中で叫んだ。今ここで誰かが泣いてくれたら、自分もすぐに泣き出せる。泣き出せれば、きっと呼吸も楽にできる。

「これから警察の人が来るって！　昨日、佳乃ちゃんとどこでどう別れたか、詳しく説明するようにって！」

まるで脅迫するような沙里の声に、眞子は辛うじて頷いた。自分でも気づかぬうちに椅子から立ち上がっていた。膝《ひざ》がガクガクと震えている。足元が遠かった。まるで自分がとても高い場所に立たされているようだった。

元々、佳乃と沙里は張り合っているようなところがあったと眞子は思う。もちろん直接、何かを言い合うようなことはなかったが、自分を仲介役にして相手を中傷していたのだと思う。

たとえば佳乃は、自分が出会い系サイトなどを利用して、ときどきその相手とデートをしていることを眞子には自慢げに教えるくせに、「この話、絶対に沙里ちゃんには内緒やけん」と、沙里に知られることを嫌がった。眞子としては、別にそういう相手とたまに会って食事をするくらい、隠すこともないいんじゃないかと思うのだが、佳乃にとっては、楽しいけれども恥ずかしいことでもあるようで、そういう弱みを沙里に握られたくなかったのだと思う。

「フェアリー博多」に入居したばかりのころ、「佳乃ちゃんって久留米が実家なんやろ？ 苗字が石橋ってことは、もしかしてブリヂストンの社長と親戚？」と、沙里が冗談半分で訊いたことがあった。そのときすでに、眞子は佳乃の実家が床屋だと知っていたので、当然否定するだろうと思っていたのだが、「え？ うち？ 遠い親戚っちゃんね」としれっと答えたのだ。

「うそー！」

もちろん沙里は悲鳴のような声を上げた。その声に逆に驚いて、「で、でも、本当に、遠い遠い親戚っちゃけん」と佳乃は慌てて付け加えた。

沙里がいなくなると、「うちが床屋ってこと、誰にも言わんどってよ」と佳乃に言われた。一瞬、何か言い返そうかとも思ったのだが、そこにあった佳乃の顔があまりに凶暴で、せっかくできた友達を失うことも怖く、「うん、分かった」と眞子は小さく頷いた。

なんで佳乃がそんな嘘をつくのか分からなかった。せっかく三人仲良くなれたのに、どうしてそんな嘘をつくのか不思議で仕方なかった。

詳しい人数までは知らないが、佳乃には少なくとも常時四、五人のメル友がいた。ときどき沙里がいないときなどに、佳乃はそれら男たちからのメールを眞子に見せた。「ねぇ、超キモいやろ」などと言いながら見せてくれるメールには、《写真ありがと！ マジ可愛い！ 一時間くらいずっと眺めちゃったよ！》という本当に気持ちの悪いものも多かった。

佳乃はその手のサイトで知り合った男たちと、三人、いや四人ぐらいは、実際に会っていたはずだ。

メールで知り合った男と会うと、佳乃は必ず眞子に報告した。それが何歳くらいの男で、何をやっている人で、どんな顔なのかを教えてくれるわけではなく、「有名な鉄板焼きの店で、一万五千円もするテンダーロインステーキを奢ってもらったとよ」とか、「その人ね、BMに乗っとるとやん」とか、本人の付属品のようなものだけを。

そんな話を眞子はいつも黙って聞いていた。羨ましいと思ったことは一度もなかった。初対面の相手と食事をしても緊張するだけだし、それよりは部屋で本でも読んでいるほうが、自分には合っていると思っていた。そのせいもあって、眞子は佳乃の話を聞くのが苦痛ではなかった。まるで自分には縁のない青春を、佳乃が代わりに謳歌《おうか》してくれているような気がすることさえあった。


「沙里ちゃんは、昨日の晩、佳乃ちゃんが会いに行ったのは増尾くんじゃないような気がするって話したらしいですけど、私は、やっぱり佳乃ちゃん、増尾圭吾っていう人と待ち合わせをしてたんだと思います」

「フェアリー博多」のエントランスホールで個別に行われた警察からの聴取で、眞子はそう答えている。

「……増尾圭吾って人の行方が、何日か前から分からなくなってたって話は、仲町鈴香さんから聞いてます。でも、連絡を取り合おうと思えば取り合えるし、もしその増尾圭吾って人に何か事情があって、昨日の晩、ちょっとだけでも会おうとしたのかもしれませんし……」

このとき、眞子は話しながら少し後悔していた。若い刑事から、「石橋佳乃さんのことで何か知っていることがあれば教えてもらえないですか？」と訊かれたとき、つい沙里と実は仲が良くないことや、メル友が大勢いたことなどから話し出してしまった自分が、佳乃の印象を悪くしてしまったような気がしたのだ。

エントランスホールには若い刑事と眞子しかいなかった。いや、ときどき制服を着た警官たちが慌ただしく若い刑事に報告に来ることはあったが、ビニール製のレース風クロスがかけられたガラスのテーブルで対峙《たいじ》しているのは眞子と若い刑事だけで、もちろん刑事と面と向かって話をするなど、生まれて初めての経験だった。若い刑事の右眉の横に、小さな縫い傷があった。二の腕の筋肉がスーツに皺を作っていた。

「石橋佳乃さんのメル友の話を、もう少し詳しく聞かせてもらえませんか？」

あれは先月の上旬だったか、朝から冷たい雨の降る日曜日だった。それほど激しくもなかったが、眞子が暮らす三階のベランダから眺めると、街全体から音を奪うような雨だった。

そんな景色を眺めていると、部屋にやってきた佳乃にコンビニへ行こうと誘われた。

たかがコンビニくらい一人で行けばいいのに、といつも思うのだが、そう言えば角が立つし、かといって「用があるんよ」などと嘘をついて断るほどのことでもない。

傘を差して吉塚駅前のコンビニへ向かう道すがら、水たまりを避けながら歩いていると、「ちょっとこれ見て」と、佳乃に携帯を差し出された。

そこには見知らぬ若い男の画像があって、「これね、最近、メールのやりとり始めた人なんよ」と佳乃が教えてくれる。

眞子は水滴のついた液晶画面に目を向けた。決して映りのいい画像ではなかったが、野性的というのか、浅黒い肌に、鼻筋が通って、こちらを見つめている目が、どこか寂しげなその男は、つい見入ってしまうほどカッコよかった。

「どう?」と佳乃に訊かれて、「むちゃくちゃ、カッコよくない?」と眞子は素直に答えた。

正直、こういう男性と知り合えるなら、出会い系サイトも悪くないとさえ思った。

眞子の感想に、佳乃も満足したようで、「でももう会う気はないんよ。だって、ほら、増尾くんがおるし」とわざと乱暴に携帯を閉じる。

「もう会う気ないって……、じゃあ、もう会ったと?」と眞子は訊いた。

「この前の日曜日」

「え?　そうなん?」

「ほら、ソラリアの前の公園で、男に声かけられたって話……」

佳乃にそこまで言われて、眞子は、「あっ」と声を上げた。

「沙里ちゃんには内緒よ。あれね、本当は偶然ナンパされたんじゃなくて、待ち合わせしとったとよ、この人と」

「へぇ、そうやったと……」

出会い系サイトで男と知り合うのが恥ずかしいのなら、やめればいいのにと眞子は思う。自分でも恥ずかしいと思っているくせに、こうやって自慢げに男の写真を見せる佳乃の性格が、眞子には理解できなかった。

「顔はいいとやけどね、ほんとに話は面白くないし、一緒おって、ぜんぜん楽しくないっちゃんね。仕事も肉体労働系で、ぱっとせんし」

傘を畳んでコンビニへ入りながらも、佳乃は男の話を続けた。

別に買いたいものがあって来たわけではなかったが、コンビニに入ると、とたんに眞子は甘いものが食べたくなってくる。

「……セックスだけなら、いいとやけど」

とつぜん佳乃に耳元で囁《ささや》かれたとき、眞子は苺《いちご》プリンに手を伸ばそうとしていた。

「え？」

思わず、眞子は辺りを窺った。幸い、お菓子売り場に客はおらず、二人の店員はレジで宅配便を送ろうとするおばあさんにかかりきりになっている。

「だけん、セックスはいいとよ」

佳乃が小声で眞子に囁き、意味深な笑みを浮かべて、目の前のエクレアに手を伸ばす。

「ってことは、もう……したと？　初めて会った日に？」と眞子は目を丸くした。

数種類あるエクレアを順番に手に取りながら、「だって、そのために会うたんやけん」と佳乃が嫌な笑い方をする。

「なんか、すごいうまいとやんね。自然に声が出てしまうっていうか、ベッドの上で自由に動かされてしまうような感じ。すごい指の動きとかが滑らかで、仰向《あおむ》けやったはずなのに、気づいたらうつ伏せにされとって、背中とかお尻とかを、その指が動いていくとやん。からだから力が抜けていくっていうか、自分では力を入れとるつもりっちゃけど、その人の手が膝に置かれただけで足から力が抜けてしまうっていうか、普通は声なんか出すの、少しは照れるっちゃけど、その人が相手やと、ぜんぜん恥ずかしくないとやん。おもいっきり声が出せるんよ。で、声、出せば出すほど、自分のからだがいうこときかんようになって、狭いホテルの部屋なのに、なんかえらい広いとこにぽつんとおるような気になってきて、私、男の人の指、あんなに夢中で舐《な》めたの、ほんと初めてやった」

場所もわきまえない佳乃の破廉恥な話を、眞子は辺りを気にしながら聞いていた。心では話を拒絶しているくせに、愛撫《あいぶ》から逃れるように白いシーツの上を這《は》う自分の姿が浮かんでくる。そしてそんな自分の肌で、さっき佳乃が写真を見せてくれた男の指が動き、「我慢せんでいいんよ」と、会ったこともないのにその声が聞こえる。

コンビニの外、雨に濡れた街の景色が重かった。さっきまで男との行為を恥ずかしげもなく語っていたくせに、佳乃はレジで会計を済ますと、最近観た「バトル・ロワイアル」という映画の暴力シーンが残酷過ぎて気分が悪くなった、と別の話を始めていた。

「じゃあ、その人とはもう会う気ないいん？」と眞子は訊いた。

一瞬、佳乃の目に意地悪そうな色が浮かんで、「あ、もしあれやったら、眞子ちゃんに紹介しよっか？」と言った。

眞子は慌てて、「いや、やめてよ」と断った。まるでさっき佳乃の話を聞きながら、想像してしまった自分の痴態を盗み見られたようだった。

佳乃が、女として自分のことを下に見ていることを、眞子はなんとなく感じていた。たしかに二十歳になっても男と付き合ったことがなく、それを沙里のように隠そうともしなければ、三人の中で一番経験が豊富な佳乃に軽く見られても仕方はない。

ただ、これまでいくら男の話をされようとも、佳乃に対して、劣等感を持ったことはない。出会い系で知り合った男たちとのデートの話も、増尾圭吾とのその後のなりゆきも、どこか遠く、ちょうどテレビドラマでも見ているようで、羨ましくもなければ、軽《けい》蔑《べつ》するわけでもなかった。が、今回に限って、眞子の心に佳乃の男が侵入してきた。佳乃の男関係など、聞き流して忘れてしまえばいいはずなのに、雨の日のコンビニで、会ったこともない男に愛撫を受ける自分の姿を想像してしまい、その愛撫を実際に受けた佳乃が羨ましく、そして増尾圭吾という男がいながら出会い系サイトで知り合った男と、初めて会った日にそんなことをしたという佳乃を、心の底からはしたない女だと蔑《さげす》んでいた。ただ、蔑めば蔑むほど、自分がそんな女になりたがっているのではないかと不安になった。

自分は佳乃のように出会い系サイトまで使って男と知り合いたいと思う女じゃない。かといって、沙里のように行動できずに悶々《もんもん》として、行動できる佳乃を陰で悪く言うような女でもない。

できれば熊本出身の人と結婚し、いつかは熊本で幸せな家庭を持ちたい。それだけを望んでいるのに、佳乃の男に愛撫される自分を想像したとたん、まるでその夢が壊されるためにあるような気がして仕方なかった。

「えっと……」

右眉の横に小さな縫い傷のある刑事が、眞子の顔を覗き込む。

エントランスホールには強い夕日が差し込んでいる。自動ドアに少し隙間《すきま》があるのか、風が集まり、ヒュー、ヒュー、と気味の悪い音を立てている。

眞子に話を聞く刑事とは別に、五、六人の警官たちがさっきから二階にある佳乃の部屋とエントランスを行ったり来たりしている。

佳乃の部屋にあった品物が段ボールに入れられて運び出されるたびに、ああ、ほんとに佳乃ちゃんは殺されたんだ、と思いはするのだが、先に話を聞かれた沙里のように、大声で泣き崩れることが眞子にはできない。もちろん悲しくないわけではない。ただ、どうしても涙が出てこない。

「じゃあ、石橋佳乃さんから直接お聞きになったのは、その三人だけですね？」

若い刑事の質問に、眞子はふと我に返って、「え、ええ。はい」と頷いた。

「夏ごろに二人、そして秋の終わりごろに一人。夏ごろに会った男たちは、二人とも福岡の人間で、食事に連れてってもらったり、洋服なんかを買ってくれるような男で、年齢は分からんが、かなり年上の人」

「はい、そうです」

「で、秋の終わりごろに聞いたのが、佐賀の男性で、こちらは大学生、たまにドライブなんかに出かけとった？」

「はい。そう聞きました」

「他にはおらんのですね？」

「はい。はっきり覚えてるのは三人だけです。他にも聞いたことがあったかもしれませんけど……。もちろんメールを交換するだけの人ならもっと大勢いたと思います」

眞子はそこまで一気に言うと、自分は佳乃の捜査に協力しているのであって、佳乃のことを悪く言っているわけではない、と心の中で自分に言いきかせた。

「えっと、あなたの他にも、石橋佳乃さんからそういう話を聞いてるような人はおらんですかね？」

若い刑事の長い指には、健康そうな爪がついていた。癖なのか、その爪先を指の腹に突き立て、深い爪のあとを残す。

「私にしか、話してないと思います」

眞子は答えた。

「じゃあ、繰り返しになりますけど、やっぱり昨日の晩、石橋佳乃さんは、その増尾圭吾に会いに行ったと思いますか？」

大きくため息をついた刑事に、眞子は、「沙里ちゃんは疑っとるみたいやけど、それはほんとだと思います」と強く頷いた。

「そうですか……」

「そのあとに誰かに連れていかれたとか……」

「もちろんそっちも調べとります」

刑事にさっと遮られ、眞子は出過ぎたことを言ったと、すぐに俯《うつむ》いた。

「やっぱり、その増尾圭吾と会うたんやろうねぇ。行方が分からんっていうし……」

刑事が下手くそな字の並ぶ手帳に視線を落とす。

「……分かりました。すいませんね、いろいろ訊いてしもうてから」

刑事にとつぜんそう言われ、眞子は一瞬、「え？　もう終わりですか？」と訊き返しそうになった。そんな眞子の気持ちも知らずに、さっさと立ち上がった刑事が、「おーい！」と玄関口に立っている警官に声をかける。

「あの……」と眞子は声をかけた。

「何か？」

「もういいんでしょうか？」

「あ、はいはい。ほんと時間取らせてすいませんでしたね。お友達がこんなことになって大変なときに」

　廊下へ出ると、次に話を聞かれるらしい仲町鈴香が、泣き腫《は》らした目で立っていた。眞子は黙ってすれ違った。

　エレベーターに乗ったとたん、なんで言わなかったのだろうかと眞子は思った。もちろんこの事件に関係ないとは思う。しかし佳乃が出会い系サイトで知り合った男で、眞子が覚えているのはもう一人いる。でも、その男のことがどうしても若い刑事に言えなかった。言えば、自分まで佳乃と同類の女だと思われそうだった。出会い系で男を求めるような女の友達。そう思われるのが嫌で、若い刑事に言えなかった。

　この判断が、その後の捜査方向を狂わせてしまうことも知らずに。

第二章　彼は誰に会いたかったか？

二〇〇一年十二月十日月曜日の早朝、長崎市郊外で解体業を営む矢島憲夫《やじまのりお》は、走行距離二十万キロを超えた老朽のワゴン車を、まるで我が身をいたわるように運転しながら、昨夜からどうも調子の悪い喉《のど》を鳴らしていた。

簡単に言えば痰《たん》が詰まっている感じなのだが、いくら咳《せ》き込んでもなかなか取れず、無理に咳き込めば、逆にえずいてしまって、酸《す》っぱい胃液が口内に広がる。

昨夜、寝床でえずいていると、妻の実千代《みちよ》に、「うがいしてこんね」と声をかけられたが、うがいなどとうに試していたので、「あー、くそ、イライラするな！」と、誰にともなく怒鳴った。

いつもの交差点で、憲夫は左にハンドルを切った。実千代がルームミラーに結びつけた交通安全のお守りが大きく揺れる。

この交差点はとてもグロテスクな形をしていた。まるで巨人が造った広い道路と小人たちが造った細い路地が交わっているように見えるのだ。

たとえば広い国道のほうから走ってくると、直角に右へ曲がっているL字型の道にしか見えない。しかし実際はL字型カーブと見えた先には細い路地が伸びており、国道と平行に走る水路にかかる小さな橋がある。そしてこの水路が、昭和四十六年に埋め立てが完了し、沖合の島が陸続きになるまでの海岸線だったのだ。

陸続きになった島には造船所の巨大なドックがある。これが巨人の街だ。そして海岸線を奪われた以前の漁村には、未だに細い路地が張り巡らされている。

国道から路地に直進した憲夫は、喉に詰まる痰を気にしながら、慣れたハンドルさばきで奥へ進んだ。

左手に教会が見え、朝日にステンドグラスが輝いている。路地の先に海の気配を感じる辺りまで来ると、いつものように派手なトレーナーを着た清水祐一が、眠そうな顔で立っている。

憲夫はその前でワゴン車を停めた。乱暴にドアを開けた祐一が、「おはようございます」とぼそっと挨拶して後部座席に乗り込んでくる。憲夫は、「おお」と短く声を返し、すぐにアクセルを踏み込んだ。

毎朝、憲夫はここで祐一を拾い、小ケ倉《こがくら》でまた一人、その先の戸町《とまち》で一人と、順番に作業員を拾いながら、長崎市内の現場へ向かう。

短い朝の挨拶のあと、いつものように黙り込んだ祐一に、憲夫はアクセルを踏みながら、「また寝不足か？」と声をかけた。

「……どうせ昨日も、夜遅うまで、車、乗り回しよったとやろ？」

憲夫の言葉に、ルームミラーの中で祐一がちらっと顔を上げ、「いや」と短く答える。

午前六時の迎えが、若い祐一にとって苦痛なのは分かるが、まるで三分前に布団から出てきたばかりのような寝癖と、目ヤニでくっつきそうなまぶたを見ると、つい小言の一つも言いたくなる。赤の他人なら、ここまで苦々しく思うこともないのだろうが、憲夫の母が、祐一の祖母と姉妹という間柄で、憲夫の一人娘、広美《ひろみ》と祐一は年の近いまたいとこになるのだ。

祐一の実家がある路地の突き当たりから出てくると、この辺りの住人たちが共同で使っている小さな駐車場がある。古びたワゴン車や軽自動車の中、祐一が大事に乗っている白いスカイラインだけが、まるで新車同然に、明るい朝日を浴びている。

中古のくせに二百万以上もするという車を、祐一は七年ローンで購入したらしい。

「もっと安かとにせんねって、何度も言うたとばってん、どうしてもこれがよかって、きかんとやもんねぇ。まぁ、大きか車があったほうが、じいちゃんを病院に連れて行ってもらうときとか、便利は便利なんやけどさ」

祐一の祖母、房枝《ふさえ》はそう言って、嬉しいのか心配なのか、よく分からない顔をしていた。

この房枝と、今はほとんど寝たきりの夫、勝治《かつじ》の間には、重子《しげこ》、依子《よりこ》という二人の娘がいる。長女重子は現在、長崎市内で洒落《しやれ》た洋菓子店を営む男と所帯を持ち、二人の息子はそれぞれ大学に通わせたあと独り立ちさせている。房枝によれば、「ぜんぜん心配のいらんほうの娘」になる。一方、次女の依子が祐一の母親なのだが、こちらがどうも落ち着かない。若いころ、市内の同じキャバレーに勤めていた男と結婚し、すぐに祐一を産んだはいいが、祐一が保育園に入るころには男が出奔、仕方なく祐一を連れて実家に戻り、その後、またすぐ男を作り、祐一を房枝たちに押しつけて家を出た。今では雲《うん》仙《ぜん》の大きな旅館で仲居をしているらしいが、祐一にとっては、そんな両親に連れ回されるよりも、造船所で長年勤め上げた祖父と祖母に育てられ、結果的によかったのではないかと憲夫は思っている。なので祐一が中学に上がる際に、彼らが祐一を養子にすると言い出したとき、憲夫は真っ先に賛成したのだ。

祐一は祖父母の養子となることで、当時、苗字《みようじ》が本多《ほんだ》から清水に変わった。

翌年の正月だったか、憲夫がお年玉を手渡しながら、「どうや？　本多祐一より、清水祐一のほうがかっこよかやろが」と冗談混じりに尋ねると、当時から車やバイクに興味があった祐一は、「いや、ＨＯＮＤＡのほうがかっこよか」と、畳の上にローマ字で書いてみせた。

巨人の国と小人の国が強引に縫い合わされたような交差点まで戻り、なかなか変わらない信号を待っていると、「おじさん、今日は午前中にもう養生外してしまうとやろ？」

と祐一が後部座席から声をかけてきた。

「昼からでもよかばってん。全部外してしまうとに、どれくらいかかりそうや？」

「正面残すなら、一時間もあればできるやろけど……」

この時間、逆車線は造船所へ向かう車で渋滞しており、どの車にも欠伸《あくび》をかみ殺したような男たちが乗っている。

信号が変わり、憲夫はアクセルを踏み込んだ。勢いよく踏み込んだせいで、後ろに積んである工具箱がガタンと大きな音を立てる。

祐一が窓を開けたらしく、すぐそこにある海の匂いが車内に吹き込んでくる。

「昨日はなんしよったとか？」

憲夫がルームミラー越しに声をかけると、「なんで？」とふいに祐一が顔を緊張させた。

憲夫としては、祐一のことというよりも、近々また入院する勝治のことを訊《き》くつもりだったのだが、祐一が過剰に反応したせいで、「いや、どうせまた、車で遠出でもしたとやろうと思うてさ」と話を合わせた。

「昨日はどこにも行っとらんよ」と、祐一はぼそっと答えた。

「あの車で、リッターどれくらい走るとや？」

話を変えた憲夫の質問に、面倒臭そうな顔をする祐一がルームミラーに映る。

「十キロも走らんやろ？」

「そげん走るもんね。道にもよるけど、七キロも走ればよかほうよ」

ぶっきらぼうな口調だったが、車の話をするときだけ、祐一の表情は生き生きとする。六時を過ぎたばかりだったが、すでに市内へ向かう車が渋滞の兆《きざ》しを見せていた。これがあと三十分も遅れると、市内に入る前に完全に渋滞にはまってしまう。

この道は長崎半島を南北に走る海沿いの唯一の国道で、市内とは逆方向に、この半島を下りていけば、沖合に廃墟《はいきょ》の軍艦島《ぐんかんじま》が見え、夏になれば市民で賑《にぎ》わう高浜《たかはま》、脇岬《わきみさき》の海水浴場があり、樺島《かばしま》の美しい灯台に突き当たる。

「そういや、じいちゃんはどうや？　また体調悪かとやろ？」

国道を市内へ向かいながら、憲夫は後部座席の祐一に尋ねた。

返事がないので、「……また入院か？」と憲夫は訊いた。

「今日、仕事終わったら、俺が車で連れて行く」

窓の外を眺めながら答えた祐一の声が、風に飛ばされる。

「なんで言わんとか、言えば、先に病院に連れて行ってから現場に来てよかったとに」

おそらく房枝にそうしろと言われたのだろうが、それを水臭く感じて、憲夫は非難した。

「いつもの病院やけん、夜でもよかって」

祐一が房枝の言い訳を代弁するように答える。

祐一の祖父、勝治が重い糖尿を患《わずら》ってすでに七年ほどになる。年齢もあるのだろうが、いくら病院に通っても体調が改善される様子はなく、月に一度、憲夫が見舞いに行くたびに、その顔色が土色に変化しているのが分かる。

「しっかし、我が娘のせいとはいえ、祐一がうちにおってくれて、ほんと良かったよ。これで祐一がおらんかったら、じいさんの送り迎えだけでも、ふーこらめ遭うところやった」

最近、房枝は憲夫と顔を合わすたびに、そんな弱音を吐く。実際、若い祐一は役に立っているのだろうが、房枝がそう言えば言うほど、若く無口な祐一がまるで老夫婦にがんじがらめにされているように思えなくもない。その上、祐一が暮らす集落には、独居する老人や年老いた夫婦も多く、ほとんど唯一と言っていい若者である祐一は、自分の祖父母だけでなく、それら他の老人たちの病院への送り迎えを頼まれることも多く、頼まれれば文句を言うでもなく、黙って車に乗せているという。

息子のいない憲夫には、祐一が息子のように思える。なのでローンまで組んで派手な車を買えば文句も言うが、せっかく買ったその車が、病院へ通う老人たちの送り迎えばかりに使われているかと思えば、少しだけ不憫《ふびん》にも思う。

ほかの若いヤツらと違って、祐一は寝坊することもなく仕事は真面目にこなしている。ただ、いったい何が楽しくて、この若者が生きているのか、憲夫には分からない。

この日、憲夫はいつものように祐一を含めた三人の作業員を順番に拾いながら、数日前から作業を始めた長崎市内の現場へ向かった。

祐一を除けば、ワゴン車に乗っているのは、憲夫も含め、倉見《くらみ》も吉岡《よしおか》も五十代後半で、現場に着く前に吸い溜《だ》めするたばこの煙と一緒に、朝の移動中は、「やれ、膝が痛い」だの、「やれ、女房の鼾《いびき》がうるさい」だのと、そんな所帯じみた話ばかりが車内にこもる。

憲夫は元より、同乗する倉見と吉岡も、祐一が無口な男だと知っているので、今ではほとんど話しかけることはない。まだ祐一がこの組に入ったばかりのころは、競艇に誘ってみたり、銅座《どうざ》のスナックへ連れて行ったりと、そこそこ祐一を可愛《かわい》がろうとしていたのだが、競艇へ連れて行っても、舟券を買うわけでなし、スナックへ連れて行っても、カラオケ一曲歌うわけでもない祐一に、「最近の若っかもんは、一緒に遊んでもいっちょん張り合いのない」と、今では二人ともすっかり愛想を尽かしている。

「おい、祐一！　どうした？　顔、真っ青して」

とつぜん倉見の声がして、憲夫は思わずブレーキを踏みそうになった。道は市内へ入る少し手前、海岸線に並ぶ倉庫の間から、朝日を浴びた港が見える辺りだった。

とつぜんの倉見の声に、憲夫が慌ててルームミラーを覗《のぞ》き込むと、しばらく存在を忘れるほどおとなしかった祐一が、血の気の失《う》せた顔を窓に押しつけている。

「どうした？　気分悪かとか？」

憲夫が声をかけると、祐一の前に座っている吉岡が、「吐きそうか？　窓開けろ、窓！」と、慌てて身を乗り出して窓を開けようとする。その手を祐一が力なく払い、

「いや、大丈夫」と小さく答える。

あまりの顔色の悪さに、憲夫はとりあえず車を路肩に停めた。煽《あお》るように背後についていたトラックが、その瞬間、悲鳴のようなクラクションを鳴らして追い抜いていき、その風圧でワゴン車が揺れる。

車を停めると、祐一は転げるように外へ出て、二、三度、腹を押さえて地面にえずいた。ただ、胃から出てくるものはないらしく、苦しそうな息遣いだけが続く。

「二日酔いやろ？」

ワゴン車の窓から顔を出した吉岡が、その背中に声をかけた。祐一は歩道の敷石に手をついたまま、身震いするように頷《うなず》いた。

◇

夕日に染まったカーテンを少しだけ指で開けて、鶴田《つるた》公紀《こうき》は下の通りを盗み見た。十二階の窓からは大濠《おおほり》公園が一望できる。通りには白いワゴン車が二台並び、その一台にさっきまでこの部屋にいた若い刑事が乗り込んでいく。

大学に近いこのマンションを両親が買ってくれたとき、鶴田はここからの眺めが好きになれなかった。この景色を眺めるたびに、自分が何の取り柄もない小金持ちのボンボンだと思い知らされるからだ。

ベッド脇のデジタル時計はすでに五時五分を指している。刑事が乱暴にドアをノックしたのが四時半すぎ、起き抜けのまま、三十分以上も刑事の質問に答えていたことになる。

　鶴田は乱れたベッドに腰を下ろすと、ペットボトルの生ぬるい水を一口飲んだ。

　とつぜん現れた刑事が、どうやら増尾圭吾を追っているらしいことを理解するまで、鶴田はかなり無愛想な応対をした。朝方までビデオを見ていたせいで、しつこくノックをされたことにムカつき、その気持ちが顔にも出ていたはずだ。そう年も変わらない若い刑事に手帳を見せられ、「ちょっとお聞きしたいことがあるんですけどね」と言われたときには、どうせまたそこの大濠公園で痴漢でも出たのだろうと思った。

「増尾圭吾くんと仲が良かったって聞いたもんで」

　若い刑事にそう言われ、一瞬、鶴田は圭吾が痴漢でもしたかと思った。どっかの飲み屋で知り合った子をレイプしたんだと。浮かんできた圭吾の顔には、痴漢より、レイプという言葉のほうが似合っていた。

　やっと目の覚めた鶴田を前に、若い刑事が事のあらましを話してくれた。

　三瀬峠。石橋佳乃。遺体。絞殺《こうさつ》。増尾圭吾。行方不明。

　話を聞いているうちに、膝から力が抜けた。圭吾はレイプどころじゃないことをしでかして、逃亡していた。思わず床に座り込みそうになった鶴田に、「まだ何もはっきりはしとらんとですよ。ただ、もし行き先を知っとるなら、教えてもらえんかと思うて」と刑事は言った。

最近、圭吾から連絡がなかったか？

鶴田は寝ぼけた頭を軽く叩きながら記憶を呼び起こした。目の前にメモとペンを持った刑事がじっと自分の返事を待っている。

「あの……」

鶴田は刑事の顔色を窺《うかが》うように口を開いた。

「あの、なんていうか、ここ三、四日、あいつと連絡がとれないんですよ。いや、みんな面白がって行方不明なんて言ってますけど、たぶんふらっとどこかに旅行にでも出てると思うんですが」

鶴田はそこまで一気に言うと、また刑事の顔色を窺った。

「ええ、そうみたいですね。最後に話したのはいつですか？」

刑事が顔色一つ変えずに答え、ペン先で手帳をトントンと叩く。

「最後ですか？　えっと、たしか先週の……」

鶴田は記憶を辿《たど》った。電話で圭吾と交わした会話は浮かんでくるのだが、それが何曜日のことだったか思い出せない。

電波が悪く声がよく聞き取れなかった。「どこにおる？」と鶴田が訊くと、圭吾は、「今、山ん中なんよ」と笑っていた。

大した用件ではなかった。圭吾は来週のゼミの試験が何時からなのかを知りたがっていたはずだ。たしか前の晩、「処刑人」という映画をビデオで観ていた。その話を圭吾にしようと思っていたら、電話が切れてしまった。

鶴田は慌てて部屋へ戻ると、ビデオ店のレシートを確かめ、「先週の水曜日です」と玄関の刑事に告げた。

圭吾が遊びにくると、鶴田は自分の好きな映画を無理やり観せることがあった。圭吾は映画には興味がなく、途中で寝るか、帰ってしまうのだが、鶴田が将来映画を撮りたいという夢には興味があって、そのときが来たら共同で製作しようと話が盛り上がっている。

圭吾は映画の話をしようと、鶴田を夜の街によく誘い出した。ただ、誘い出しておきながら、映画の話などそっちのけで、店にいる女たちに声をかけて回る。男から見ても華のある圭吾には、すぐに女が引っかかる。女を引っかけ、やっと鶴田の元へ戻ってくると、「こいつ、来年、映画撮るんよ」と鶴田を紹介し、「その映画に出てくれんかねえ」などと、適当な話でその場を盛り上げた。ただ、圭吾が引っかける女には、まったくと言っていいほど華がなかった。あるとき圭吾に尋ねると、「俺さ、どっか貧乏臭い女のほうがチンポ勃《た》つんよね」と笑っていたことを思い出す。

若い刑事の口からこぼれた石橋佳乃という名前に、鶴田は聞き覚えがあった。

もちろん最初は、「三瀬峠で石橋佳乃さんという女性の遺体が発見された」という刑事の言葉に、見ず知らずの女、というか、何かの映画で見たことのある凍結した白人女の死体映像を当てはめたのだが、何度か「イシバシヨシノ」という名前が刑事の口からこぼれるうちに、二カ月ほど前に天神のダーツバーで圭吾が声をかけた保険の外交員の名前だと気がついた。

その晩、鶴田も店にいた。みんなと一緒にダーツを投げたり、バカ騒ぎをしていたわけではないが、カウンターの隅に座って、バーテン相手にエリック・ロメールの映画について話をしていた。

石橋佳乃とその二人の友達が、「これからカラオケに行こう」と誘う圭吾たちを、「寮の門限があるから」と振り切って帰ろうとしたとき、鶴田はロメールの「夏物語」が一番だと言い張る若いバーテンに、「いや、『クレールの膝』が一番いい」と言い返していた。

圭吾は佳乃たちをカウンターのほうまで追ってきて、鶴田のすぐ後ろで、その中の一人に、「メルアド教えてよ。今度、メシ食いに行こうよ」と誘っていた。

振り返ってみたが、正直、ぱっとしない女だった。女はメルアドをすぐに教えた。女たちが階段を上がっていくと、「バイバーイ。またねー」などと軽薄な声でしばらく見送っていた圭吾が戻り、バーテンにビールを注文しながら、女のメルアドが書かれたコースターを見せてくれた。そこに、石橋佳乃の名前があったのだ。

鶴田がそれを覚えていたのは、同じ映画研究会に所属する石橋里乃《りの》という後輩と一文字違いだったからだ。

バーテンからビールを受け取った圭吾に、「俺が知っとうイシバシのほうが数倍可愛いぞ」と鶴田は言った。

　圭吾は鶴田の言葉など気にもしていないようで、コースターを指先でもてあそびながら、「だけん、俺、今の子みたいなんが好みなんよ。なんかこう、一皮剝《む》けきらん感じがあるやろ？　いっぱしにヴィトンのバッグ持って、ツンツンしとるわりに、どっかこう田舎の姉ちゃん臭が残っとってさ。ヴィトンのバッグ持って、安物の靴履いて、田んぼの畦道《あぜみち》を歩いとう女がおったら、俺、絶対に我慢できずに飛びかかるね」と笑った。

　大学で圭吾と知り合ったばかりのころ、趣味も性格もまったく違う彼と、妙に気が合うことが鶴田自身、とても不思議だった。互いに裕福な家庭に育った者同士、他の学生たちと違い、どこかのんびりしているところがあった。もし圭吾がわがままな主演スターなら、さしずめ自分は、彼を唯一うまく操ることのできる芸術家肌の映画監督だ。

　あれはいつだったか、圭吾と長浜《ながはま》の屋台にラーメンを食べに行ったことがある。ちょうど彼が新車を買ったばかりのころで、少しでも時間があれば運転したかったのだと思う。

　混んだ屋台でラーメンを啜《すす》っていると、「鶴田の親父さんって浮気とかするほうや？」といきなり訊かれた。

「なんで？」

「いや、どうなんやろと思うて」

　鶴田の父親は福岡市を中心に貸しビルを多く持っていた。すべて祖父から受け継いだもので、息子の鶴田から見ても、時間と金を持て余し、尊敬できるとは言いがたい父親だった。

「さぁ、どうやろ、まったく浮気もせんってこともないやろうけど……、それこそ飲み屋の女たちとちょこちょこ遊んどるくらいやないや」と鶴田は言った。

「ふーん」

自分で訊いておきながら、圭吾はあまり興味も示さずに、まだかなり残っている丼《どんぶり》のラーメンの上に半分に折った割り箸《わばし》を投げ入れた。

「お前んとこの親父は？」

なんとなく鶴田が訊き返すと、使い古されたプラスチックのコップで水を飲んだ圭吾が、「うち？　うちはほら、昔から旅館しとるけん」と吐き捨てる。

「旅館しとるけん、なんや？」

「旅館には女中がおるんぞ」

圭吾は意味深な笑みを浮かべた。

「俺、子供のころ、何度も見たことあるんよ。親父がうちの女中たち、裏の部屋に連れ込むところ。あれって、どうやったんやろ？　あの女たち、嫌がっとったんやろか？……いや、もちろん嫌がっとったんやろうけど、俺にはそう見えんかった」

屋台を出るとき、圭吾は店の主人に、「ごちそうさん、まずかった」と言った。

一瞬、屋台にいた客たちの手が止まった。嫌な雰囲気だった。ただ、鶴田は圭吾のこういうところが好きだった。実際、観光客相手の料金だけが高い屋台だったのだ。

◇

平たいドラム缶に溜めた水で、熱心に指の汚れを洗い落としている祐一の背中を、矢島憲夫はたばこを吸いながら眺めていた。

ドラム缶はコンクリをこねるときに使われるもので、いくら真水が入っているとはいえ、洗った手が乾けば蛇のような模様が皮膚に浮かぶ。

すでに夕方の六時を回り、作業場のあちこちで各組の人夫たちが帰り支度を始めていた。さっきまで外壁を壊していた数台の重機も、今では一カ所におとなしく並んでいる。

元産婦人科の病棟だったビルも、作業を始めてすでに四日目、その三分の二が無惨《むざん》に取り壊されている。こういう大きな現場の場合、憲夫の会社は下請けに回る。いちおう自社でも15mロングの重機を一台所有しているのだが、鉄筋の三階建てともなると一台ではどうにもならず、大手の解体業者の下請けに回るしかない。

ドラム缶の水で洗った手を、首にかけたタオルで拭き始めた祐一に、「お前も、そろそろ重機の免許取ったらどうや？」と憲夫は声をかけ、吸っていたたばこを灰皿に押しつけた。

憲夫の言葉に振り返った祐一が、「はぁ」となんともやる気のない返事をし、今度は顔をゴシゴシとタオルでこする。こすればこするほど、顔の汚れが目立つ。

「来月、一週間くらい休んでよかけん、免許取りに行かんか？」

憲夫の言葉に、行きたいという意味なのか、行きたくないという意味なのか、祐一が口を尖《とが》らせながらも小さく頷く。正直なところ、祐一のほうからこの話を言い出してくれないものかと、憲夫はずっと待っているのだが、いくら待っても祐一が積極的になることはなかった。

ゴム手袋などを自分のバッグにしまい始めた祐一に、「ところで気分はもうよかとか？」と憲夫は声をかけた。今朝、車の中でとつぜん顔色を変えて吐きそうになったわりに、現場に着くといつもと変わらずおとなしく働いていた。ただ、いつも持参してくる弁当に、ほとんど手をつけなかったことを憲夫は知っている。

「今日帰ったらすぐ、じいさん、病院に連れて行くとやろ？」と憲夫は訊いた。

「たぶんメシ食うてから」

埃《ほこり》っぽい寒風の中、バッグを抱えて立ち上がった祐一が、ぼそっと答える。

憲夫は、いつものように倉見、吉岡、そして祐一をワゴン車に乗せた。

夕日に赤く染まった長崎湾を眺めながら国道を走っていると、またいつもの如《ごと》く倉見が焼酎《しょうちゅう》のワンカップを飲み始める。

「家に着くまで、たかが三十分くらい我慢できんとや？」

憲夫は鼻先へ流れてきた焼酎の臭いに顔をしかめた。

「仕事が終わる一時間も前から我慢しとるとに、それからまた三十分も我慢できるもんね」

倉見が呆れたとばかりに笑って、カップからこぼれそうな焼酎に口をつけ、濃い無精《ぶしよう》髭《ひげ》がとろっとした液体に濡れる。

窓を開けているにもかかわらず、焼酎と乾いた土のにおいが車内で混じる。

「そう言えば、きのう、福岡の三瀬峠で女の子が殺されたらしかな」

窓の外を眺めていた吉岡が、ふと思い出したように言った。

「保険の勧誘しとる女の子らしかけど、あげんことされたら親はたまったもんじゃなかねえ」

同じ年頃の娘を持つ倉見がそう言って、焼酎で濡れた指を舐《な》める。内縁の妻と二人で暮らしている吉岡には、被害者の親の気持ちは実感できないようで、「三瀬って言えば、俺が、前にトラック運転しよるとき、よう使いよった道やもんね」と話を変える。吉岡本人が詳しく話すことはないが、県営住宅で一緒に暮らしている女は、もう十年になるというのに、まだ前の旦那《だんな》との籍を抜いていないらしい。

「祐一、お前も三瀬の峠とか、ようドライブするとやろが？」

吉岡に声をかけられて、一番後ろに座っている祐一が窓の外から車内に視線を戻した。その様子がルームミラーに映る。

市内へ向かう反対車線が渋滞し始めていた。造船所で一日働いた男たちの車が、数珠《じゆず》繋《つな》ぎに街道を伸びている。夕日を浴びた男たちの顔は、どこか般若《はんにや》の面のように見える。

「なぁ、三瀬峠とか、ようドライブするとやろが？」

返事をしない祐一に、改めて吉岡が訊いた。

「三瀬は……あんまり好かん。あそこ、夜走ると気色悪か」

ぼそっと答えた祐一の言葉が、なぜかハンドルを握る憲夫の耳に残った。

倉見と吉岡を順番に降ろすと、憲夫は祐一の実家へと車を走らせた。

国道から狭い路地に入り、軒先の表札がサイドミラーに触れてしまうような道が、くねくねと漁港のほうへ伸びる。埋め立てでほとんどの海岸線を奪われたあと、辛うじて残った小さな漁港には、小型の漁船が数艘《そう》停泊している。波止めで囲まれた湾内はおだやかで、漁船を繋ぐロープの軋《きし》む音だけが、ときどき思い出したように辺りに響く。

漁港の周囲にはいくつかシャッターを下ろした倉庫がある。一見、漁業関係の倉庫に見えるが、中にはペーロンと呼ばれる競技用ボートが収納されている。

この地域はペーロンが盛んで、毎年夏になると各地区対抗の大会が開かれる。十数人の男たちが一斉に櫂《かい》を漕《こ》ぐ姿は勇壮で、毎年数多くの見物客も集まってくる。

「来年も、ペーロン出るとやろ？」

たまたま半分ほどシャッターの開いている倉庫を目にして、憲夫は祐一に声をかけた。荷物を膝に抱え、祐一はすでに車を降りる準備をしていた。

「練習はいつごろから始まるとか？」

ルームミラー越しに尋ねると、「いつもと一緒やろ」と、祐一が答える。

高校生だった祐一が初めてペーロンに参加したとき、地区のリーダーを務めたのが憲夫だった。

練習中、ぶつくさと文句ばかり言う他の少年たちと違い、黙々と櫂を漕ぐのはいいのだが、祐一は加減というものを知らず、手のひらの皮が剝けるまで練習してしまい、結局、大会当日には使い物にならなかった。

あれから十年近く経つが、祐一は毎年ペーロン大会に参加している。「好きなのか？」と問えば、「別に」と答えるくせに、毎年練習が始まると、誰よりも先に倉庫に現れるらしい。

「ちょっと寄って行こうかな」

祐一の家の前で車を停めると、憲夫はそう言ってエンジンを切った。

すでに降りようとしていた祐一が、ちらっと憲夫へ目を向ける。

「今日は何時ごろ、じいさん、病院に連れて行くとか？」と憲夫はまた訊いた。

「晩メシ食うてから」

祐一がまたぼそっと呟いて車を降りる。

祐一のあとを追って玄関に入ると、病人がいる家特有のにおいがした。祐一が一緒に暮らしているとはいえ、元は老夫婦の家なので、一歩足を踏み入れただけで、視界から色が抜け落ちてしまったような感覚に襲われる。祐一が脱ぎ捨てた赤いスニーカーだけが、汚れてはいても、唯一、そこに明るい色を残す。

「おばさん！」

さっさと廊下を歩いていく祐一に呆れながら、憲夫は奥へ声をかけた。

靴を脱いでいると、「あら、憲夫が来たとね？　珍しか」と祐一に尋ねる房枝の声が聞こえた。

「じいさん、これから病院に行くって？」

靴を脱いで廊下に上がると、台所にいたらしい房枝が出てきて、「この前、退院したかと思うたら、また入院よ」と言いながら濡れた手を首にかけた手ぬぐいで拭く。

「うん、祐一がそう言うけんさ……」

憲夫は気兼ねなく廊下を進み、勝治の寝ている部屋の障子を開けた。

「じいさん、また入院するって？　病院より家のほうがよかやろが？」

障子を開けた途端に、かすかにしものにおいがした。畳に差し込んでいる街灯が、古い畳の上で点滅する蛍光灯と混じっている。

「病院に行けば、家に帰りたいって言うし、家に連れてくれば、病院のほうがよかって言うし、ほんと、もうどうにもならんよ、この人は」

房枝がそう言いながら蛍光灯をつけ直す。布団の中で、勝治の濁った咳《せき》がこもる。

憲夫は枕元《まくらもと》に腰を下ろすと、乱暴に布団を捲《まく》った。固そうな枕に染《し》みだらけの勝治の顔がのっている。

「じいさん」

憲夫は声をかけながら、勝治の額に手のひらをのせた。自分の手が熱かったのか、一瞬、ぞっとするほど冷たかった。

「祐一は？」

痰をからませるように勝治が尋ね、額にのせられた憲夫の手を払う。

ちょうどそのとき、祐一が階段を上がっていく足音が聞こえ、家全体が揺れた。

「なんでもかんでも祐一に頼っとったら駄目ばい」

憲夫は寝ている勝治だけではなく、背後に立つ房枝にも伝わるように言った。

「なんも頼ってばっかりおるもんね」

蛍光灯の下で房枝が口を尖らせる。

「いや、そりゃそうやろうけど、祐一もまだ若っか男よ。じいさん、ばあさんの世話ばっかりさせとっても、それこそ嫁ももらえんたい」

憲夫はわざとふざけた口調で言い返した。おかげで房枝の険しい表情が少しだけ弛《ゆる》む。

「そいでもさ、正直、祐一がおらんやったら、それこそ、じいさんば、風呂に入れることもできんとよ」

「それこそ、ホームヘルパーでも頼めばよかろうに」

「あんたも簡単に言うねぇ、ヘルパーさんに来てもらうとに、いくらお金がかかるか知らんとやろ？」

「高いとね？」

「そりゃ、あんた、そこの岡崎《おかざき》のばあさんなんて……」

房枝がそこまで言ったとき、布団の中で、「うるさい！」と勝治が怒鳴り、苦しそうに咳き込んだ。

「ごめん、ごめん」

憲夫は布団を軽く叩いて立ち上がり、房枝の背中を押して部屋を出た。

台所のまな板に活《い》きの良さそうなブリがのっていた。ドス黒い血が濡れたまな板に広がっている。天井に向けられた眼と半開きの口が、何かを訴えかけているように見える。

「そういや、祐一は昨日、遅かったとやろ？」

包丁を握った房枝の背中に、憲夫は何気なく声をかけた。今朝、現場へ向かう途中に顔色を変えて車を飛び降り、苦しそうにえずいたことを思い出したのだ。

「さぁ、知らん。出かけとったとやろか？」

「珍しゅう、二日酔いやったばい」

「二日酔い？　祐一がね？」

「今朝、顔真っ青させて……」

「へぇ、どこで飲んだとやろか、車で出かけたとやろうに」

年季の入った包丁で、房枝がブリの身を切り分けていく。グツッ、グツッと包丁が骨を砕く。

「あんた、ブリ一匹、実千代さんに持って帰らんね。今朝、漁協の森下《もりした》さんにもろうたとやけど、うちじゃ、祐一くらいしかおらんけん」

房枝が包丁を握ったまま振り返り、テーブルの下を指す。濡れた包丁から水が一滴、黒光りした床に落ちる。

テーブルの下を覗き込むと、発泡スチロールのケースにブリが一匹入っていた。

房枝にもらったブリをケースごと玄関へ運んで、憲夫は横の階段を二階へ上がった。上がるとすぐに祐一の部屋のドアがある。

ノックするのも気恥ずかしく、憲夫は、「おい」と声をかけながら勝手にドアを開けた。

風呂にでも向かうつもりだったのか、パンツ一枚で立っていた祐一が、開けたドアにぶつかりそうになる。

「今から風呂か？」

筋肉に薄い皮膚が貼《は》りついたような祐一の上半身を眺めながら憲夫は言った。

「……風呂入って、メシ食うて、病院」

祐一が頷いて部屋を出て行こうとする。憲夫はからだを躱《かわ》して祐一を通した。

一緒に下りるつもりだったが、部屋の床に「クレーン免許」と書かれたパンフレットが落ちているのが目についた。

「ほう、一応、取るつもりはあるとたい」

返事はなく、すでに階段を下りていく足音が高くなる。

憲夫はなんとなく部屋に入って床からパンフレットを拾い上げた。階段を下りた祐一の足音が今度は廊下を遠ざかっていく。

潰《つぶ》れた座布団に腰を下ろすと、憲夫は部屋の中をぐるりと見渡した。古い土壁には、すっかり黄ばんでしまったセロハンテープで、いくつか車のポスターが貼ってあり、床には同じく車関係の雑誌があちこちに積まれている。

正直、それ以外、何もない部屋だった。若い女のポスターがあるわけでもなし、テレビも、ラジカセもない。

あるとき房枝が、「祐一の部屋はここじゃなくて、自分の車の中やもん」と言っていたが、この部屋を見ると、房枝の言葉が大げさではなかったのがよく分かる。

捲《めく》ろうとしたパンフレットを投げ出して、憲夫は低いテーブルに置かれた給料袋を手に取った。先週、自分が渡した袋だったが、手にした瞬間、中に何も入っていないのが分かる。

封筒の横にガソリンスタンドのレシートがあった。見るつもりもなかったのだが、やはりなんとなく手に取ると、５９９０円と記された金額の下に、佐賀大和の地名がある。

「昨日か」

憲夫はレシートの日付を口にした。口にしてすぐ、「『昨日はどこにも行っとらんよ』って言いよったのになぁ」と首を傾《かし》げた。

◇

ブリの頭を、房枝はまな板から落とした。ボトッと重い音がシンクに響いて、半開きの口をこちらに向けた頭が、排水口へ滑っていく。

廊下を歩いてくる足音に振り返ると、パンツ一枚の祐一が、テーブルにあったかまぼこを一つくわえて風呂場へ向かう。

「憲夫はもう帰ったとね？」

房枝はその背中に尋ねた。

くちゃくちゃとかまぼこを噛《か》みながら振り返った祐一が、黙って自分の部屋を指さす。

「お前の部屋で何しよると？」

「さぁ」

祐一は首を傾げて風呂場のドアを開けた。木枠にガラスをはめ込んだドアが、まるで薄いトタンのように大きくしなり、大げさな音を立てる。

脱衣所がないので、祐一はその場でパンツをさっとおろし、身を震わせながら風呂場へ駆け込んだ。白い尻がすっと残像のように流れていく。

再び閉められたドアが、割れそうなほどガシャンと音を立てた。

房枝は包丁を持ち直して、ブリの身を切り分け始めた。

階段を下りてくる足音が響き、「おばさん、帰るけん」と憲夫の声が聞こえたとき、房枝は鍋の中にみそをといていた。手が離せず、「ああ、またおいでよ」と声を返した。

立て付けの悪い玄関がガラガラと音を立て、家全体が軋むようにドアが閉まる。遠ざかる憲夫の足音が消えてしまうと、一瞬、台所には鍋の音だけが残る。

静かなもんだ、と房枝は思う。ほとんど寝たきりとはいえ勝治がおり、年をとったとはいえ自分がいる。その上、若い盛りの祐一がすぐそこで風呂に入っているにもかかわらず、恐ろしいほど静かな家だった。

みその香りを嗅《か》ぎながら、房枝は風呂場の祐一に声をかけた。

「今朝、二日酔いやったって？」と訊くと、返事の代わりに、ザブンと湯から出る水音がする。

「どこで飲んどったとね？」

返事はなく、お湯をかぶる音が返ってくる。

「車で出かけたとやろうに、危なかねぇ」

房枝はもう返事を期待していなかった。

沸騰《ふっとう》しそうな鍋の火を消し、魚の血で汚れたまな板を水につけた。

風呂から出た祐一がすぐに食べられるように、ブリの刺身を盛りつけ、夕方のうちに揚げておいたすり身と一緒に食卓に並べた。炊飯器を開けると、米もふっくら炊《た》きあがっており、肌寒い台所に濃い湯気が立つ。

勝治が病に臥《ふ》す前は、朝三合、夕方五合の米を毎日炊いた。男二人の胃袋を満たすのに、この十五年、ずっと米を研いでいたような気さえする。

子供のころから、祐一はよくごはんを食べた。沢庵《たくあん》一切れ与えれば、それで軽々と茶《ちゃ》碗《わん》一杯のごはんを食べるほど、炊きたての米が好きだった。

食べたものは全部身になった。中学に入学したぐらいから、毎朝、祐一の身長がちょっとずつ伸びているのではないかと思うほどだった。

房枝は自分が作り与える食事で、一人の少年が一端《いっぱし》の男に成長していく姿を、呆れながらも感嘆の思いで眺めてきた。

男の子に恵まれなかったこともあるが、娘たちのときには味わえなかった何か、女の本能のようなものを、孫を育てていくうちに感じている自分に気づいた。

もちろん当初は、実の親である次女の依子にどこか遠慮していたところもあった。しかし、その依子がまだ小学生の祐一を置いて、男と姿を消してからは、これで自分が祐一を育てられるのだと、娘の不貞を嘆きながらも、力の漲《みなぎ》ってくる思いがあった。房枝は、五十歳になろうとしていた。

男に捨てられた依子に連れられて、この家にやってきたとき、祐一はすでに母親を信じていないように見えた。口では、「お母さん、お母さん」と甘えてみせるのだが、その目はもう依子を見ていなかった。

当時、依子の目を盗んで、房枝は孫の祐一にこっそりと昔の写真を見せ、「お母さんより、おばあちゃんのほうが美人やろが？」と冗談半分に訊いたことがある。

自分では冗談のつもりだったのだが、埃を被《かぶ》った結婚式のアルバムを押し入れから取り出すとき、どこか緊張している自分に気づいてもいた。

祐一は差し出された写真を見て、しばらく黙り込んでいた。

その小さな後頭部を見下ろしているうちに、自分がとんでもないことをしているような気がとつぜんしてきた。

房枝は思わずアルバムを閉じ、「おばあちゃんが美人なもんかね、あー、恥ずかし、恥ずかし」と年甲斐《としがい》もなく顔を赤らめた。


床に臥せる勝治の枕元で、房枝は入院用のバッグに下着や洗面道具を詰めた。初めて入院したときに買った合革のバッグだったが、どうせ一度使うだけだろうと安物を選んだのに、入退院の繰り返しで、今では縫い目までほころび始めている。

「お茶やら、ふりかけは、明日、私が持っていくけん」

口の中が渇くらしく、音を立てて唾《つば》を呑《の》み込んでいる勝治に、房枝は声をかけた。

「祐一はもうメシ食うたとか？」

時間をかけて寝返りを打った勝治が、這《は》うように布団を出て、房枝が運んできた夕食の盆へ近づいていく。

「ブリの刺身、食べるなら持ってくるよ」

野菜の煮物とおかゆだけの食事に、勝治がため息をついたので、房枝は慌ててそう言った。

「刺身はいらん。それより病院の看護婦たちに、ちょっと渡しとけよ」

勝治がかすかに震える手で箸を握る。

「渡しとけって、何を？」

「何って、金に決まっとるやろ」

「金？ またぁ、そげんこと言い出して、今どき、そんなもん受け取ってくれる看護婦さんがおるもんね」

いつものように房枝は撥《は》ねつけながら、こういうところが、勝治というか、男の悪いところだとほとほと嫌になる。体裁を気にするのはいいが、そのための金が空から降ってくるとでも思っているのだ。

「今どき、そんなもんもらったってサービスなんてようならんとよ。立派な仕事しとるのに、そんなもんもらったら、逆にバカにされたように思うに決まっとるたいね」

房枝はそこまで言うと、「ヨイショ」と声をかけて立ち上がった。最近、注意しないと、立ち上がるときに膝に痛みが走る。

背中を丸めておかゆを掻《か》き込む勝治を、房枝は眺めた。その背中に、一昨年夫を亡くした岡崎のばあさんの声が重なる。

「二月《ふたつき》に一回、年金が振り込まれるたんびに、『ああ、あの人はもう死んだとやねぇ』って思わされるよ」

最初、房枝はこの言葉を聞いて、ばあさんもばあさんなりに、旦那を愛していたのだろうと思っていた。ただ、勝治がからだを壊し、日に日に衰えていく姿を見るにつけ、この言葉がまったく違った意味を持っていたことに気がついた。夫婦のどちらかが亡くなれば、生活費もまた半分なくなるということなのだ。

風呂上がりの祐一が椅子にあぐらをかいて、ごはんを掻き込んでいた。よほど腹が減っていたのか、みそ汁もつがずに、ブリの刺身一切れに対して、ごはんをささっと二、三口、掻き込む。

「大根のみそ汁があるとよ」

房枝は声をかけながら、ひっくり返して置かれたままだったお椀《わん》に、みそ汁をついでやった。

渡せばすぐに手にとって、熱いながらも音を立てて旨《うま》そうに啜る。

「ばあちゃんも一緒に行ったほうがいいやろか?」

房枝は椅子に座ると、顎《あご》に米粒を一つつけた祐一に尋ねた。

「来んでいいよ。五階のナースステーションに連れてけばいいとやろ?」

九州特有の甘い刺身醤油に、祐一がねりわさびをといていく。

「七時からそこの公民館で、また寄り合いがあるとやもんね。ほら、健康食品の説明会。……いや、買うつもりはないとよ。でも、ほら、話ば聞くだけなら無料《タダ》やけん」

房枝は魔法瓶から急須《きゆうす》にお湯を入れた。残りが少なかったらしく、二、三度押すと、ゴボゴボと嫌な音が立つ。

湯を足そうと椅子から立ち上がったときだった。たった今まで旨そうに刺身やすり身揚げを口に入れていた祐一が、とつぜん、「うっ」と唸《うな》って口を押さえた。

「どうした？」

房枝は慌てて祐一の背後に回ると、その広い背中を強く叩いた。

何か喉に詰まらせたと思ったのだが、房枝を押しのけるように立ち上がった祐一が、口を押さえたまま便所へ駆け込んでいく。

房枝は呆気《あっけ》にとられて立ちすくんだ。

便所からすぐに嘔吐《おうと》する声が聞こえた。房枝は慌てて食卓に並んだ刺身やすり身揚げのにおいを嗅いだが、もちろん腐っているものなどない。

しばらく苦しそうにえずいたあと、顔を真っ青にした祐一が出てきた。

「どうしたとね？」

房枝が顔を覗き込もうとすると、その肩を押しのけた祐一が、「なんでもない。……ちょっと喉につまった」と見え透いた言い訳をする。

「喉につまったって、あんた……」

房枝は床に落ちた箸を拾った。目の前に祐一の脚があった。風呂から出たばかりで、寒いわけでもないだろうに、その脚が小刻みに震えていた。

なんだかんだとぼやきながらも床を出て服を着替えた勝治を、祐一が車で病院へ連れていった。たかが五十メートル先の駐車場ぐらいまで、歩けないはずもないのだが、勝治は、「玄関先まで、車持ってこい」と命じて、祐一は面倒臭そうな顔をしながらも素直に車をとりにいった。

祐一が後部座席にバッグを投げ入れたあと、シートを戻した助手席に、勝治は不機嫌そうに乗り込んだ。運転席へ回り込む祐一に、「婦長さんがおらんやったら、今村《いまむら》さんっていう看護婦さんが担当やけん」と房枝は声をかけた。

古い民家の建ち並ぶ暗い路地に、祐一の白い車は不似合いだった。ステレオだかラジオだか分からないが、車内にともる細かい光が、まるで季節外れの蛍の群れのように見える。

房枝が助手席のドアを閉めると、車はすぐに発車した。遠くに聞こえていた波音が、一瞬、車のエンジン音に掻き消される。

路地を抜けていく車を見送り、房枝はすぐに台所へ戻って後片付けをした。片付けが済むと、あちこちの電気を消して回り、草履をつっかけて公民館へ出かけた。

風は冷たかったが、海は凪《な》いでいた。港内に繋がれた漁船を月が照らし、頭上でときおり電線が風になぶられて音を立てた。

ぽつんぽつんと街灯の立つ岸壁に、やはり公民館へ向かっている岡崎のばあさんの姿が見え、房枝は足を速めた。

月明かりの小さな漁港の岸壁を、のんびりと歩いていく老婆《ろうば》の後ろ姿は、どこか不気味にも、滑稽《こっけい》にも見える。

「ばあちゃんも、今からね」

横に並んで声をかけると、ショッピングカートを杖《つえ》代わりに歩いていたばあさんが足を止め、「ああ、房枝さんね」と顔を上げる。

「この前、もろうた漢方薬、飲んでみたね？」と房枝は訊いた。

ゆっくりと歩き出した岡崎のばあさんが、「やっぱり、ちょっと調子よかもんねぇ」と答える。

「そうやろ？　私も半信半疑で飲んでみたとやけど、どうも飲んだ翌朝はからだの調子がいいとさねえ」

一カ月ほど前から町の小さな公民館で、製薬会社の主催する健康セミナーが開かれていた。本社は東京にあるという。

興味があったわけでもないが、婦人会会長たちに誘われて、房枝も毎回参加していた。

岸壁を歩いていると、海を渡ってきた寒風にからだの節々が痛くなる。漁港独特の潮のにおいが寒風と混じり合い、感覚のなくなりかけた鼻をくすぐる。

房枝はショッピングカートを押す岡崎のばあさんに、少しでも寒風が当たらないようにと、わざと海側を歩いた。

「そうそう、今度、また祐一に米をお願いできんかねぇ……あんたんとこの買い物の、ついででよかとばってん」

公民館が見えた辺りで、岡崎のばあさんが言った。

「あら、早う言えばいいとに、ちょうどこの前、頼んだばっかりやったとに」

房枝は岡崎のばあさんの背を押すように公民館への路地に入った。

「そこの大丸ストアに配達してもらってもよかとけど、十キロで四千円以上もするくせに、配達料が三百円かかるとさ」

「大丸ストアなんかで買うもんがあるもんね。十キロで四千円て？　向こうの安売りストアまで車で行ってもらえば、それこそ半額で買えるとに」

房枝は石段に足をかけた岡崎のばあさんの手をとった。ばあさんが房枝の手首をぐっと握って石段を上がる。

「そりゃ、知っとるさ。ばってんうちには房枝さんちのように、車で米を買いに行ってくれる者がおらんもん」

「水臭かこと言うねぇ。それくらいいつでも頼んでくれればよかとに。どうせうちでも祐一に頼んで買い出ししてもらうとやもん。そのついでに、なんてことないとやけん」

短い石段の突き当たりに、まるで神社のような門構えの公民館があった。そこに屋内の蛍光灯に照らされて、こちらを見下ろしている影がある。

「まだ米は残っとるとやろ？」と房枝は訊いた。最後の石段を上がった岡崎のばあさんが、「まだ四、五日は大丈夫」と心細げに呟く。

「明日にでも祐一に行かせるけん」

そう言った房枝の言葉に重なるように、公民館のほうから、「岡崎のおばあちゃんたちゃろ？ よう来たねぇ」と声がした。

こちらを眺めていた影は、健康セミナーで講師を務めている堤下《つつみした》という医学博士で、声と共に小太りな男が駆け下りてくる。

「この前の漢方薬、試してみたね？」

堤下の言葉に、岡崎のばあさんが無理に背中を伸ばして、嬉しそうな笑顔を向ける。

堤下に背中を押されて公民館へ入ると、すでに近所の人たちが集まっており、それぞれが好き勝手に座布団を並べて談笑していた。

房枝は岡崎のばあさんの分と二枚の座布団を運ぶと、婦人会の会長をやっている早苗《さなえ》の隣に腰を下ろし、早速、先日もらった漢方薬のおかげで寝るときに足が冷えないなどと感想を言い合っている早苗と岡崎のばあさんの話に耳を傾けた。

すぐに堤下が紙コップに熱いお茶を入れてもってきてくれる。房枝は、「あら、すいませんねぇ、男の人を使うてから」と恐縮しながらも、盆に載せられた紙コップを受け取った。

「ばあちゃん、嘘じゃなかったやろ？ あれ飲んだら、風呂から出ても、ぽかぽかしたまんまやったろ？」

堤下が岡崎のばあさんの肩を撫《な》でながら、横に座り込む。

「ほんとにぽかぽかしとったよ。貰《もろ》うたときは騙《だま》されとるような気がしとったけど」

岡崎のばあさんが大きな声でそう言うと、広間のあちこちから、「いや、ほんとねぇ」などと笑い声が上がった。

「わざわざ、ばあちゃんたちを騙すために、この短い足でえっちらおっちら、こんなところまで来るもんね」

堤下が座ったまま、その短い足を伸ばしてバタバタと動かし、その仕草にドッと笑いが起こる。

一カ月ほど前から始まった公民館での健康セミナーで、毎回、六十歳を過ぎてからの健康管理の話をしてくれるのが、この中年の医学博士、堤下だった。

最初は婦人会会長に誘われて、嫌々顔を出した房枝だったのだが、こうやって自分の短所をネタにして、冗談混じりに説明をする堤下の話が面白く、今夜などは昼過ぎから楽しみにしていたほどだった。

「さぁ、そろそろ始めましょうかね」

立ち上がった堤下が、広間にちらばっている町内の老人たちに声をかける。中には晩酌で焼酎でも飲んできたのか、顔を赤らめているじいさんもいる。

「今日は血の廻《めぐ》りの話をしますからね」

よく通る堤下の声が広間に響く。小さな壇上に上がる堤下を追うみんなの顔が、まるで高座に上がる落語家でも待つかのように、もうほころび始めている。

壇の横には、最近ではペーロン大会でしか使われなくなった大漁旗がかけてある。

◇

夜間の病院には、独特の空気が流れている。重く、寂しいだけではない。もちろん、陽気で、楽しいわけでもない。

その夜、金子美保《かねこみほ》は待合ホールのベンチに腰を下ろすと、病室から持ってきた雑誌を広げた。

まだ八時前だというのに外来受付の明かりが消されてしまった待合ホールは、薄暗い蛍光灯の中、古びたベンチが並んでいる。

昼間、ここで百人を超す人々が順番待ちをしていたとは思えないほど狭い。

人々の姿が消え、夜間の待合ホールに残されているのは、古びたベンチと、カラフルなペンキで床に示された各病棟への矢印だけだ。

ピンク色の矢印は産婦人科へ。黄色い矢印は小児科へ。そら色の矢印は脳外科へ。

薄暗い蛍光灯の下、カラフルな矢印だけが華やいで見える。カラフルな矢印だけが場違いに見える。

ときどき入院患者たちがホールを足早に横切って、たばこを吸いに外へ出ていく。九時になれば、ここ正面玄関は施錠され、喫煙所へ出られなくなるからだ。点滴のポールを押しながら出ていく者、尿パックを片手に出ていく者、松葉杖で、車椅子で、それぞれが今日最後の一服を求めて外へ出ていく。同じ病室なのか、初老の男と青年が野球の話をしながら歩いていく。車椅子の女性が携帯で夫と話をしながら出ていく。

それぞれがそれぞれの病気や怪我《けが》を連れて、寒風の吹く屋外の喫煙所へ向かう。

待合ホールの奥へ目を転じると、昼間はつけっぱなしにされている大型テレビの前にベビーカーを置いて、今夜もまた、髪を赤く染めた老婆がぽつんと座っている。何をするわけでもないのだが、ときどき思い出したように、ベビーカーを揺すったり、中の男児に、「なんね？　どうしたとね？」とやさしく話しかける。

ベビーカーには小児麻痺《まひ》の男の子が乗っている。ベビーカーに乗せるには、少し大きすぎる男の子で、歪《ゆが》んだ手足がフリルのついたベビーカーから突き出している。

老婆は毎晩、この時間になるとここへくる。ここへ来て、返事をしない男の子に話しかけ、痛がって捩《よじ》るからだを摩《さす》ってあげる。

病室には若い母親ばかりなのだろうと美保は思う。どんな事情なのか知らないが、若い母親に囲まれた病室では居心地が悪く、髪を赤く染めた老婆は、この男の子を連れて、毎晩ここにやってくるのだろうと。

喫煙所へ出ていく入院患者たちや、ベビーカーの男の子をあやす老婆の声を聞きながら、美保は雑誌のページを捲った。

病棟のレクリエーション室にあった二カ月も前の女性誌だったが、歌舞伎役者と女優の結婚を報じるグラビアページから、一ページずつ丁寧に読んでいった。

　担当の看護師が慌ただしくエレベーターから降りてきたのは、三分の一ほどページを捲ったころで、「あら、金子さん」と声をかけられ、美保は小さく会釈《えしゃく》した。

　近寄ってきた看護師が雑誌を覗き込み、「病室じゃ、雑誌もゆっくりと読めんもんねぇ」と顔を歪める。

「いや、そんなことないとよ。ただ、一日中、病室におったら、やっぱり気が滅入ってきて……」

「今朝、諸井《もろい》先生から話あったろ？」

「はい。明日の検査結果がよければ、木曜日には退院できるって」

「よかったねぇ。入院してきたときに比べれば、別人やもんねぇ」

　三日ほど高熱が続いたのは、二週間ほど前のことだった。熱はあったが、やっとオープンさせた店を休むわけにもいかず、無理を承知で働き続けた。とつぜんめまいがして倒れたとき、運良く常連客が一人いて、すぐに救急車を呼んでくれた。

　検査の結果、過労と診断された。肺炎になりかけていたとも言われた。小さな小料理屋とはいえ、無理がたたったらしかった。

　やっと開店させて、たったの二カ月で休業。我ながら、ついていないと美保は思う。

　立ち去った看護師が、今度は待合ホールの隅で、例の老婆と話をしていた。

「マモルくんはいいねぇ、いつもおばあちゃんと一緒で」

　ベビーカーの男の子に看護師がやさしく語りかける声が、静かな夜の待合ホールに響く。まるで彼女の言葉に答えるように、すぐそこにある自動販売機のモーターがウーンと唸る。

病室に戻ろうと、美保は雑誌を閉じてベンチを立った。自動ドアが開き、寒風が吹き込んできたのはそのときで、たばこを吸い終えた人が帰ってきたのだろうと、何気なく目を向けた。

そろりそろりと歩く老人のからだを支えて、背が高く、髪を金色に染めた青年が入ってくる。着古したピンク色のトレーナーが、妙にその金髪に似合っている。

金髪の青年は、ほとんど足元に目を向けていた。老人の歩行を少しでも楽にするためなのか、腋《わき》の下に差し込まれた青年の腕に、かなりの力が入っているのが見てとれる。

美保はなんとなく二人を眺めながらも、先に歩き出してエレベーターの前に立った。上階行きのボタンを押すと、すぐに扉が開く。

入口からゆっくりと歩いてくる二人を待つつもりだった。中に入って開ボタンを押していると、大きな柱の陰から二人が姿を現した。

その瞬間だった。

美保は慌ててボタンから手を離し、突き指してもかまわないような力で横の閉ボタンを押した。

ドアはすっと音もなく閉まった。閉まる直前、視線を上げかけた金髪の青年の顔が見えた。

間違いなかった。老人のからだを支えていた青年は、清水祐一に違いなかった。

美保は上昇し始めたエレベーターの中で、思わずあとずさり、壁に背中をぶつけた。

もう二年も前の話になるが、当時美保が勤めていたファッションヘルスに、祐一は毎晩のようにやってきて美保を指名していたのだ。

長崎市内最大の繁華街にある、まだオープンしたばかりの店だった。一階にはゲームセンターがあり、通りの向こうに川が流れていた。川沿いの通りには看護師や女子高生の扮装《ふんそう》をしたキャバクラの女の子たちが立ち、客引きしているような界隈《かいわい》だった。

決して奇妙な行為を強要するような客ではなかったが、最終的には彼から逃れるために美保はその店を辞めたようなものだった。一言で言えば、恐ろしくなったとしか言いようがない。何が恐ろしかったかといえば、そんな店での出会いなのに、祐一があまりにも普通すぎて、それが徐々に恐ろしくなってきたのだ。

五階に到着したエレベーターを降りると、美保は辺りを窺うようにして病室へ戻った。すでに見舞客の姿もなく、左右に三つずつ並べられたベッドには、美保の場所だけを残してカーテンが引いてある。

美保は自分のベッドへ向かうと、すぐにカーテンを閉めた。隣のベッドからすでに眠っているらしい吉井《よしい》のおばあちゃんの寝息が聞こえる。

美保はカーテンで囲まれたベッドに腰掛け、「別に怖がることはない。そう、別に怖がることはない」と自分に言い聞かせた。

清水祐一が初めて店に来たのは、たしか日曜日だった。

週末は朝の九時から営業している店で、この時間帯であれば、いくらでも言い訳の利《き》く妻帯者の客が多かった。

その朝、店に待機していたのは、美保ともう一人、大阪出身ですでに三十代半ばになる女性だけだったと思う。

いつものように待合室で客に相手を選ばせたあと、マネージャーが美保を呼びにきた。まだ出勤したばかりだった美保は、慌ててオレンジ色のネグリジェに着替えて個室へ向かった。

五室ほど並んだ個室の一番奥のドアを開けると、二畳ほどの室内に背の高い男が突っ立っている。

美保は笑みを浮かべて自己紹介し、居心地悪そうな若者の背中を押して、小さなベッドに座らせた。

この時間に来る客は、たいがい言い訳から始めるのが常だった。一番多かったのは、「昨日、徹夜で仕事していて、一睡もせずにここにきた」というもので、美保にしてみればどうでもいいことなのだが、男としては早起きをしてまでこんな店に来ている自分が、どこかで情けなかったのだと思う。

ベッドに座ると、祐一は狭い室内をきょろきょろと見回していた。こういう店に来るのは初めてですと、告白しているようなものだった。

店のマニュアル通り、シャワー室へ誘うと、「風呂ならもう入ってきたけど……」と心細そうな顔をする。

汚れたからだを触らせようとする客にも見えず、実際、祐一の髪からはシャンプーの匂いもした。

「でも、そう決まっとるとよ。ごめんね」

美保は祐一の手を引いて狭い廊下をシャワー室へ向かった。

シャワー室といっても小さなユニットバスのことで、二人入れば自然とからだも触れる。

祐一に服を脱ぐように言い、美保はシャワーの温度を指先で整えた。

振り返ると、パンツ一枚で股間《こかん》を押さえた祐一が、どこを見ていいのか分からないように、狭い室内をきょろきょろと見ている。

「パンツ穿《は》いたまま、シャワー浴びると？」

美保が微笑みかけると、祐一は一瞬だけ躊躇《ためら》ったあと、さっとパンツを下ろした。パンツのゴムに引っかかったペニスが撓《しな》り、下腹に当たって音を立てた。

そのころ、美保には年配の客が続いていた。相手を選べるような職業ではないが、正直、勃たせるだけで汗だくになるような客が続くと、吹っ切っているつもりでも、自分の人生に嫌気がさしてくる。

美保は祐一の手を引いて、ぬるいシャワーの下に立たせた。お湯が肩から胸へ流れ落ち、痛そうなほど勃起《ぼっき》した祐一のペニスを濡らす。

「今日、仕事休み？」

スポンジに泡を立て、祐一の背中を洗ってあげながら、美保は尋ねた。からだをこわばらせている祐一を、少しでもほぐしてやろうと思った。

「もしかして、まだ学生さん？」

背中の泡を流しながら尋ねると、「いや、もう働いとるよ」と祐一がやっと返事をする。

「運動しよったとやろ？　筋肉隆々たい」

特に興味はなかったが、美保は場繋ぎに祐一のからだを褒めた。

祐一はほとんど口を開かずに、じっと自分のからだを撫でる美保の手だけを見つめていた。やけに真剣なまなざしで。

美保が泡立った性器に触れようとすると、さっと腰を引いて逃げる。少しでも触れると、我慢できずに射精してしまいそうなほど、祐一のペニスは脈打っていた。

「恥ずかしがらんでよかとよ。ここはそういうことをする店やけん」

半ば呆れて美保が微笑むと、祐一は美保の手からシャワーヘッドを奪い、まだ残っているからだの泡を自分で流した。

乾いたバスタオルでからだを拭いてやり、先に祐一を部屋へ帰らせた。ユニットバスを使ったあとは、必ずタオルで水滴を拭き取る規則になっている。

掃除を済ませ、個室へ戻ると、腰にバスタオルを巻いた祐一が、自分の服を抱えたまま突っ立っていた。

「この町の人？」と美保は訊いた。

それまで客にプライベートなことを尋ねたことはなかったが、自然と口が動いた。

祐一は一瞬躊躇って、美保が聞いたことのない郊外の町の名前を挙げた。

「私、半年前にこの町に来たばかりやけん、よう知らんとよ」

美保の言葉に、祐一の表情が少しだけ曇った。

美保は祐一の背中を押してベッドに寝かせた。バスタオルを取ると、遠吠《とおぼ》えでもしそうなペニスがそこにあった。

正直なところ、一度きりの客だと思っていた。シャワー室から個室へ移って、たったの三分で果ててしまったし、残りの時間でもう一回やってあげることもできると、美保が勧めたにもかかわらず、祐一はさっさと服を着て、部屋を出て行ってしまったのだ。いくらこういう店へ来るのが初めてとはいえ、決して楽しんでいるようには見えなかったし、自分が放ったものをティッシュで拭《ぬぐ》ってもらうのも待ちきれないようで、最後まで居心地が悪そうだった。

なのに、祐一はその二日後にまた店に現れ、ファイルも見ずに美保を指名したのだ。マネージャーに呼ばれて個室に入ると、今度は少し場慣れしたのか、祐一はベッドに腰かけて待っていた。初回とは違い、平日の夜で店はかなり混んでいた。

「あら、また来てくれたと」

美保が愛想笑いを浮かべると、祐一は小さく頷き、なにやら手に持っている紙袋を差し出してくる。

「何、これ？」

美保は何かヘンな道具でも入っているのではないかと、多少注意しながら受け取った。受け取った瞬間、思わず悲鳴を上げそうになった。予想に反して、紙袋が生温かかったのだ。

思わず投げ出そうとした瞬間、「ぶたまん。ここの、旨かけん」と祐一がぼそっと呟く。

「ぶたまん？」

美保は投げ出そうとした紙袋を、辛うじて持ちこたえた。

「私に？」

美保が尋ねると、祐一が小さく頷く。

それまでにもプレゼントを持ってきてくれた客がいなかったとは言わないが、食べ物を、それもクッキーやチョコレートではなく、まだ熱いものをもらったのは初めてだった。

きょとんとした美保に、「あんまり好かん？　ぶたまん」と祐一が尋ねる。

「いや、好きよ」と美保は慌てて答えた。

祐一は美保の手から紙袋を取ると、自分の膝の上で開けた。一瞬、たれを入れる小皿を探すような仕草を見せたが、二畳ほどのファッションヘルスの個室に、そんなものがあるはずがない。

紙袋が破られたとたん、窓もない個室に、ぶたまんの匂いがこもった。薄い壁の向こうから、男の下品な笑い声が聞こえた。

祐一はそれからも三日にあげず店へ通ってきた。

シフトで美保が休んでいると、別の子を指名するわけでもなく、肩を落として帰っていくのだとマネージャーは言っていた。

正直、自分のどこが良くて、祐一が通ってくるのか、美保には分からなかった。初めて来たときも、通り一遍のサービスをしただけで、特別、祐一を喜ばしてあげたわけでもない。いや、もっと言えば、シャワーを浴びたあと、ものの三分で果ててしまった祐一は、逃げるように部屋を出て行ったのだ。

それが二日後、ケロッとして来店し、おみやげに「ぶたまん」まで持参してくる。

狭いファッションヘルスの個室のベッドで、二人はまだ熱いぶたまんを食べた。

会話が弾んだわけでもない。美保が何か質問しても、祐一はぼそっと一言答えるだけで、祐一のほうから何か尋ねてくることもない。

「仕事帰り？」

「そう」

「仕事場はこの近所？」

「仕事場はいろいろ。工事現場やけん」

祐一は必ずいったん家へ帰って風呂に入り、きちんと着替えてから店に来た。

「ここ、シャワーあるけん、そのまま来てもよかとに」

美保の言葉に、祐一は何も答えない。

その日、ぶたまんを食べてからシャワー室へ連れていった。初めてのときよりはおどおどしていなかったが、やはり泡のついた手で性器に触れようとすると、さっと腰を引っ込めた。

祐一がいつも選択するのは、一番人気のある「四十分・５８００円」のコースだった。シャワーを浴びる時間を除けば、二人きりでいる時間は三十分にも満たないのだが、逆にそれだけあれば、客が求めていることには充分だった。

時間が余ると、たいていの客は二度目を望んだ。時間いっぱい何かをしてもらおうと貪欲《どんよく》だった。しかし祐一の場合、シャワーのあと、あっという間に果ててしまうと、美保が手を伸ばしても自分の性器には触れさせようとせず、腕枕をして一緒に天井を眺めていることを好んだ。

楽な客ではあった。回が重なってくるうちに美保のほうでも慣れてしまい、腕枕をされながらついうとうとしてしまうことさえあり、いつの間にか、無口な祐一に身の上話までするようになっていた。

祐一はぶたまんの次にケーキを買ってきた。来るたびに何か食べ物を買ってきて、狭い個室で一緒に食べた。徐々に慣れてきた美保も、祐一が来ればまずシャワーではなく、冷たい紅茶か、珈琲《コーヒー》を出してやるようになっていた。

祐一が手作りの弁当を持ってきたのは、たしか五回目か、六回目、休日の午後だったと思う。

またいつものように何か持ってきたのだろうと、差し出された紙袋を受け取ると、中にスヌーピーの絵柄がついた二段重ねの弁当箱が入っている。

「弁当？」

思わず声を上げた美保の前で、祐一が照れくさそうに蓋《ふた》を開ける。

一段目には卵焼き、ソーセージ、鶏《とり》の唐揚げとポテトサラダが入っていた。下の段を開けると、びっしりと詰まったごはんに、丁寧に色分けされたふりかけがかけてあった。

弁当箱を渡されたとき、一瞬、祐一には彼女がいて、その彼女が祐一のために作った弁当を、自分に持ってきたのではないかと思った。しかし、「これ、どうしたと？」と美保が尋ねると、照れくさそうに俯いた祐一が、「あんまり、旨うないかもしれんよ」と呟く。

「……まさか清水くんが作ったわけじゃないよね？」

思わず尋ねた美保の手に、祐一が割り箸を割って持たせてくれる。

「唐揚げとかは、昨日の晩、ばあちゃんが揚げた残りやけど……」

美保は呆然と祐一を見つめた。テストの結果を待つ子供のように、祐一は美保が食べるのを待っている。

祐一が祖父母と三人暮らしだということは、すでに聞いていた。客の素性などなるべく知りたくないと思っていたので、もちろんそれ以上は訊かなかった。

「ほんとに、これ、自分で作ったの？」

美保はふんわりと焼かれた卵焼きを箸でつまんだ。口に入れると、ほのかな甘さが広がる。

「俺、砂糖が入っとる卵焼きが好きやけん」

言い訳するような祐一に、「私も甘い卵焼きが好き」と美保は答えた。

「そのポテトサラダも旨かよ」

春の公園にいるわけではなかった。そこは窓もなく、ティッシュ箱の積まれた、ファッションヘルスの個室だった。

その日から、祐一は店に来るたびに手作りの弁当を持ってきた。

美保のほうでもシフトを訊かれれば素直に教え、「九時ぐらいが一番おなか減るかな」などと、知らず知らずのうちに、祐一の弁当を当てにするようになっていた。

「誰かに習ったわけじゃなかけど、いつの間にか作れるようになっとった。ばあちゃんが魚を下ろすのを眺めとるのも好きやったし、ただ、後片付けは面倒やけど……」

祐一は派手なネグリジェ姿で弁当を食べる美保を眺めながら、そんな話をした。

実際、祐一の弁当は美味《おい》しくて、「この前のヒジキ、また作ってきてよ」などと、美保がリクエストすることも多かった。

弁当を食べ終わると、祐一は腕枕で添い寝することを好んだ。

本来ならシャワーを浴びてもらう規則だったが、いつの間にか、平気で規則を破るようにもなっていた。

その日のおかずの感想を述べながら、美保は祐一の性器を弄《いじ》った。ちゃんと料金はもらっているのに、どこか弁当へのお礼のような気持ちもあった。

「清水くんって、外で会おうとか、誘ってこないよね」

残り時間五分のアラームが鳴ったあとだった。美保の手は祐一のパンツに突っ込まれたままで、祐一の指は忙しく美保の乳首を弄っていた。

「普通、常連さんになったら、絶対に誘ってくるよ。今度、外でデートしようって」

祐一が返事をしないので、美保は改めて聞き直した。その途端、乳首を弄っていた祐一の指がとつぜん止まる。

「誘われたら、外で会うとや？」

殺気立った声だった。口ではなく、指が喋《しゃべ》ったようで、痛みはないのに、乳首が強くつままれているのが分かった。

美保は身を捩り、「会わんよ。会うわけないたい」と告げてベッドを出た。その腕を祐一が強く摑《つか》む。

「俺はここで会えればよかよ」と祐一は言った。「ここなら、ずっと、誰にも邪魔されんで、二人きりでおれるやろ？」と。

「ずっと、って、四十分だけたい」と美保は笑った。祐一は真面目な顔をして、「だったら、今度から一時間のコースにするけん」と言った。

最初、冗談かと思った。ただ、祐一の目はどこからどう見ても真剣だった。

◇

消灯時間を迎えて、看護師が病室の明かりを消しにきた。

ベッドに横たわり、天井を見つめたまま、祐一のことを思い出していた美保は、病室の電気が消されるとすぐにベッドを抜け出した。

入口に一番近いベッドにだけ、まだ明かりがついており、暗い病室の中、そこだけ時間が流れているように見える。内側から照らされたカーテンに、本を読む人影がかすかに映る。読んでいるのは、市内の短大に通っているという女の子で、幼いころから腎臓を患っているらしく、どこかくすんだ肌をしているが、愛くるしい笑顔の持ち主で、彼女が家族中から愛されて育ったことがよく分かる。

美保はスリッパの音を立てないように病室を出て、エレベーターホールへ向かった。廊下には浴室とトイレを示すオレンジ色のビニールテープが伸びている。

担架も入る大きめのエレベーターに乗り込むと、自分が下っているのでなく、病棟全体が上がっていくような感覚に襲われる。

　一階の待合ホールには、まだベビーカーの男の子をあやしている老婆がいたが、シンと静まり返った様子はそのままで、自動販売機の音だけが響いている。

　今さら、祐一と会って何を話したいというわけでもなかった。結局、祐一の気持ちを踏みにじったのは自分で、合わせる顔などないことも分かっていた。ほとんど見舞客もない入院生活を二週間近くも送り、自分が弱気になっているせいかもしれなかった。

　それでもさっき老人のからだを支えてここへ入ってきた祐一に、何か声をかけたかった。残酷に別れを告げてしまった祐一の口から、「今は普通の女の子と付き合ってて、楽しくやってる」とでも言ってもらえれば、あのときの自分が許されそうな気もした。

　ファッションヘルスで知り合った女なのに、祐一は一緒に暮らそうと小さなアパートまで借りてくれたのだ。

　ぼんやりとベビーカーの男の子をあやす老婆を眺めていると、ふとこちらに目を向けた老婆が、「ここは静かで落ち着くもんねぇ」と声をかけてきた。もう何度もここで顔を合わせていたが、声をかけられたのは初めてだった。

　これから祐一に会うのだという緊張で、少しからだを強張《こわば》らせていた美保は、引きつけられるように老婆のほうへ近寄った。

　ベビーカーの男の子を間近で見るのは初めてだった。遠目にもなんとなく想像はしていたが、男の子のからだは、想像以上に捩れており、弱々しい斜視が、焦点なくさまよっている。

「マモルくん」

美保は男の子の細い腕を摩った。

横で老婆が、どうして名前を知っているのかと、怪訝《けげん》そうな顔をする。

「さっき、看護師さんがそう呼んでたでしょ？」

美保が慌てて説明すると、嬉しそうな顔をした老婆が、「マモルは、人気者やねぇ、みんな、マモルのこと知っとるよ」と男の子の汗ばんだ額を撫でる。

「こうやって撫でてやっとると、痛みが減るとやもんねぇ」

そう言いながら、老婆はぐったりとした男の子の肩を摩った。自動販売機が、かすかに音を上げて唸る。

いくらでも言葉は浮かんだが、なぜか口から出てこなかった。美保は老婆の横に座って、ベビーカーから突き出された男の子の腕や脚を、見よう見真似《みまね》で摩り続けた。

エレベーターのドアが開き、祐一が降りてきたのはそのときだった。横に老人はおらず、ジーンズのポケットに両手を突っ込んで、不機嫌そうな顔だった。

祐一はちらっとこちらに目を向けたが美保には気づかなかったようで、すぐに視線を逸《そ》らして歩き出した。

「清水くん！」

そろそろ施錠される入口へ向かう背中に、美保は思い切って声をかけた。

一瞬、ビクッと足を止めた祐一が、警戒するように振り返る。

美保はベンチから立ち上がり、まっすぐに祐一を見つめた。

たった今まで摩ってあげていた男の子の足が、かすかに美保の太ももに触れていた。もっと摩ってくれとねだるように、男の子の足が動いていた。

目が合った瞬間、祐一のからだからすっと力が抜けた。美保は思わず手を差し伸べた。ただ、手を差し伸べて届くような距離ではない。

美保は慌てて祐一に近寄った。祐一の顔が見る見る青ざめていくのが分かる。

「だ、大丈夫？」

美保は祐一の腕をとった。たった今まで、男の子の細い腕を摩っていたので、一瞬、その感触の違いに鳥肌が立つ。

「さっき、おじいさん連れて入ってくるの見かけて、ここで待っとったとよ」と美保は言った。

一瞬、あの老人を送ってきたのではなく、彼自身が病気なのかもしれないとさえ思える。

「とりあえず、そこにちょっと座ったら？」

美保が腕を引くと、祐一がすっと逃れるように身を躱す。

「別に、今さら謝ろうとか、そういうんじゃないとよ。もう二年も前の話だし……。ただ、久しぶりに清水くんの顔を見たら、懐かしくなって……」

思いがけず縮めてしまった距離を離すように美保は言った。真っ青だった祐一の顔に少しずつ血の気が戻ってくる。

「ごめんね、呼び止めて」

美保は謝った。

今は普通の女の子とうまくやってる。祐一にそう言ってもらいたくて声をかけただけだった。ただ、自分の顔を見たとたん、祐一は青ざめた。

どう考えても、祐一がまだ自分を許していないとしか考えられなかった。もう時間が経ったのだからと気軽に声をかけるなど、裏切ったほうの身勝手だったのだと美保は痛感した。

「俺、ちょっと……」

祐一が言いにくそうに入口のほうへ目を向ける。美保は素直に手を放し、「うん、ごめんね、声なんかかけて」と謝った。

祐一がまだ自分に気があるなどと考えていたわけではなかった。ただ、それにしても祐一の態度は冷たすぎた。

祐一はまるで逃げるように病院を出て行った。駐車場へ向かう祐一の姿が、月明かりに照らされていた。すぐそこにある駐車場へ向かっているはずなのに、美保の目には、彼がもっと遠くへ向かっているように見えた。夜の先に、また別の夜があるのだとすれば、彼はそこへ向かっているようだった。

祐一の背中は駐車場へと消えた。二年ぶりの再会などなかったように、彼は一度も振り返らなかった。

◇

三瀬峠の事件から三日が経った。

この日もテレビのワイドショーは一斉に三瀬峠の事件を報じている。

どのチャンネルをつけても、見知ったキャスターやレポーターたちが、真冬の峠の映像を背景に顔を歪ませて犯人への憎しみを吐露していた。

ワイドショーでの報道は、おおかた次のようなものだった。

福岡市内で生命保険会社に勤める二十一歳の女性が、何者かによって殺害され、三瀬峠に遺棄された。

女性はその夜十時半ごろ、会社の借り上げアパート近辺で同僚たちと別れて、歩いて三分ほどの場所へボーイフレンドに会いに行ったきり、連絡がつかなくなった。

現在、警察はこのボーイフレンド、二十二歳の大学生を重要参考人として捜索しているが、友人たちの話によれば、彼はここ一週間ほど、行方が分からなくなっているという。

画面には事件の経過を伝えるテロップと共に、寒々とした峠の映像が重なり、殺害された被害者の無念さを演出していた。逆に、「学内一の人気者」「愛車は高級外車」「独り住まいのマンションは、福岡の一等地」などと、行方不明の大学生の素性を伝える際には、華やかな天神や中洲界隈の映像が使われていた。

コメンテーターたちは、九分九厘《くぶくりん》、この行方不明の大学生が犯人だと思っているようで、そのニュアンスはワイドショーを眺めている視聴者にも確実に伝わってくる。

福岡市内で進学塾の講師を務める林完治《はやしかんじ》は、手にしたマーマレードつきトーストが冷えるのもかまわずに、じっとテレビ画面を凝視していた。

午後三時、そろそろ出かけなくては授業に遅刻してしまうのだが、なかなか椅子から立ち上がれない。

林完治がこの事件を知ったのは、二日前、やはり今日と同じように昼過ぎに起きて、すぐにつけたテレビでだった。

最初は、「へぇ、三瀬でねぇ」などと呑気に眺めていたのだが、被害者の写真が映し出されたとたん、飲んでいたオレンジジュースを喉に詰まらせた。

石橋佳乃でなく、ミアと名乗っていたが、その被害者が二カ月ほど前に携帯サイトで知り合った女の子に違いなかったのだ。

林は慌てて携帯の履歴を確かめた。時期的に残っている可能性は低かったが、辛うじて一通だけ彼女からのメールが残っていた。

「この前はいろいろごちそうさまでした。すごい楽しかった。でも、やっぱりこの前話したように来月東京へ転勤になって、もう会えそうにないです。本当にタイミング悪くてごめん。本当にありがとう。バイバイ。ミアより」

林完治の携帯に残っていたのは、彼女からの最後の、要するに「もう連絡をくれるな」という別れのメールだった。これより以前に取り交わした膨大なメールは、すでに消えているが、石橋佳乃＝ミアと会った日のことは鮮明に覚えている。

待ち合わせしたのは福岡ドームホテルのロビーで、広いホールを囲むように長いベンチがあり、ほとんど隙間《すきま》なく家族連れなどの客たちが占領していた。

ミアは約束から十分ほど遅れて現れた。事前にもらっていた写メールより、幾分見劣りはしたが、それでも四十二歳で独身の林の目には、てんとう虫のように可愛らしく映った。

ミアは堂々としたもので、すぐに領収書を見せてホテルまでのタクシー代を請求してきた。「遠い」と言われて、「だったら、タクシー使って来んね」と言ったのは林のほうだったが、さすがに挨拶もなく請求されると、自分たちがある条件のもとで会う約束をしたのだと思い知らされる。

「あんまり時間がないとよ」とミアが言うので、予定していた喫茶店は省いて、車で近所のラブホテルに移動した。

林にとっても初めての経験ではなかったので、先に約束した三万円をテーブルに置き、すぐに狭苦しいベッドで事に及んだ。

ミアのほうも間違いなく、こういう出会いが初めてではないようだった。金を受け取ると、すぐに服を脱ぎ、下着だけになったところで、「ねぇ、飲み物、注文してよか？」とフロントに電話をかけた。

豊満な胸の下にあばらが浮いていた。ただ、下腹にだけ、やわらかそうな贅肉《ぜいにく》がついている。

ベッドに腰かけてフロントに電話をするミアは、まるで本物の娼婦《しょうふ》のようだった。それまでに本物の娼婦を見たことはなかったが、林にはそう見えた。

ベッドでのミアは楽しんでいるようだった。肌や性器の熱も、金の為《ため》の演技とは思えなかった。

素人《しろうと》の娼婦と娼婦の素人なら、どちらがエロティックだろうかと林は考えた。どちらにしろ女に変わりはないが、何かが大きく違っているような気がして仕方なかった。


三瀬峠殺人事件を伝えるワイドショーのコーナーが終わって、林完治は手にしていたトーストをやっと皿に戻した。一口だけ齧《かじ》ったあとに、くっきりと歯形が残っている。

一度関係のあった女が、何者かに殺害された。この三日間、頭では理解できても、なかなかその気持ちを消化できずにいる。

敢《あ》えて例えるならば、中学時代の同級生が地元放送局のアナウンサーとしてテレビに出演しているのを初めて見たとき、「あんな女がテレビで喋っとる」と、半ばあざ笑い、半ば羨望《せんぼう》したときの気持ちに近い。ただ、ミアはアナウンサーになったわけではない。

誰かに首を絞められて、極寒の峠に捨てられたのだ。

おそらく犯人は、自分と同じような男に違いない。携帯のサイトで、彼女は自分と同じような男と出会い、それがたまたま殺人鬼だったのだ。

林は、自分を正当化しようとしているのか、自分を辱《はずかし》めようとしているのか分からなかった。もちろん殺したのは俺ではないが、殺されたのは俺が会ったことのある女で、おそらくあの子は俺のような男に殺されたのだ。

犯人は彼女を素人の娼婦として見たのかもしれない。娼婦の素人だと思えば、殺す気など芽生えなかったのかもしれない。

いよいよ授業に遅刻しそうになり、林はテレビを消すと、ネクタイを締めながら玄関へ向かった。

玄関ドアがノックされたのはそのときだった。間の悪い宅配便かと思い、無愛想な声で返事をしてドアを開けると、背広姿の男が二人、まるで壁を作るように立っている。

「林完治さんですか？」

一瞬、どっちが喋ったのか分からなかった。二人とも三十そこそこで、同じような角刈りだった。

「あ、は、はい……」

答えながらすぐに例の件だと察した。テレビで事件を知って以来、いつかこういう日が来ると覚悟していた。彼女の携帯を調べれば、自分の名前などすぐ出てくるはずだっ

と静かに頷いたあ

「実はちょっとお訊きしたいことがあって……」

まるで二人が同時に喋っているようだった。林は、「はい。分かってます」と静かに頷いたあとと、「いや、そういう意味じゃなくて」と慌てて付け加え、「三瀬の事件のことですよね？」と尋ねた。

二人が顔を見合わせ、険しい視線を向けてくる。

「彼女のことは知っています。ただ、私は今回のことにはまったく関係ありませんよ」

刑事二人を中へ入れ、林はドアを閉めた。狭い玄関先には乱雑に靴が散らばり、図体《ずうたい》のでかい男が三人、それを踏まないように奇妙な格好で立つことになった。

「来るんじゃないかなぁとは思ってたんですよ。やっぱり携帯とかですぐに分かるんでしょ？　あの、なんていうか、あの女の子の交友関係みたいなものが」

林はすらすらと答えた。事件を知って以来、万が一のときにはどのように話すべきか考えていたのだ。角刈りの刑事二人は黙って話を訊きながらも、ときどき顔を見合わせていた。そこに表情はなく、林の供述を信じているのか、信じていないのかも分からない。

「二カ月ほど前にメールで知り合って、一度だけデートしました。それだけです」と林は言った。

水玉のネクタイをしている刑事が、「デート？」と苦笑する。

「ほ、法律的には問題ないはずですよ。彼女は成人してるんだし、お互いの合意で会っただけなんですから……。そ、それにお金のことにしたって、あれはたまたま株でちょっともうけたばっかりだったから、お小遣いをあげただけの話で」

林は唾を飛ばした。すっと避《よ》けた一人の刑事が、足元の汚れたスニーカーを踏む。

「まぁ、そう焦《あせ》らずに」

新たな足場を探しながら、刑事が制した。

背の高い二人の刑事を見上げながら、林はもう何人くらい、自分と同じように彼女と会った男に話を訊いてきたのだろうかと勘ぐった。

「お小遣いのことについては、また後日ということで。それと、先に話しておきますが、携帯番号からメールや会話の内容までは分かりませんから」

刑事がそこでやっと手帳を出して、ちらっと林の目の前にかざした。

「この前の日曜日なんですが、どちらにいらっしゃいました？　夜、十時ごろのことなんですが」

水玉のネクタイをした刑事が、なぜか眉毛《まゆげ》をつまみながら尋ねてくる。

林は、「よし、きたな」と心の中で呟き、一度大きく息を吐いた。

「その日は職場におりました。塾の講師をやっているんですが、授業が終わったのが十時半で、そのあと一時近くまで、冬休み補習のカリキュラム作りを同僚たちとしたあと、近所の居酒屋に行きました。店を出たのが三時半。家へ帰る前に近所のビデオ屋に寄ってます。借りたビデオはまだここにあります」

話は十分足らずで終わった。刑事たちが笑顔で別れを告げて出て行くと、林は思わずその場に座り込んでしまった。

日曜日のアリバイを話すところまでは堂々としていられたのだが、「事件が事件ですから、どうしても職場の方にお話を伺うことになると思うんですが」と言われたあとは、「二十年続けた仕事なんです。立場的に大きな問題になります。どうにか内密に調査してもらうことはできませんでしょうか？　たとえば、居酒屋の店主のほうに尋ねるとか、同僚にも別件の調査のように尋ねてもらうとか……」などと、ほとんど泣き落としになっていた。

刑事たちは了解したともしないとも答えずに帰った。自分を疑っているようには見えなかったが、自分の将来を考えてくれているようにも思えなかった。

刑事に告げたことは、まったくの真実だった。ただ、真実を真実として告げるのが、こんなに難しいとは思わなかった。これならば嘘をつくほうがよほど簡単だと林は思った。

とにかく塾へ向かうんだ。とにかく真面目に働いて、もしも万が一のときは、もう二度と過《あやま》ちを繰り返さないと謝罪するんだ。それにこれだけは誓って言える。塾に通ってくる小学生の女の子たちに性的な興味を持ったことはない。

言葉は出てくるのだが、座り込んだ場所から立ち上がることができなかった。

正確な人数は教えてくれなかったが、刑事たちはすでに彼女と関係のあった何人かの男たちに面会したと言った。

暇つぶしに登録したサイトで知り合った女にとつぜん死なれて、途方に暮れている男たちだ。自分もそうだが、彼女を殺そうと思って会ったヤツなど誰もいなかったはずだ。なのに彼女は殺された。

娼婦が一人、悪い客に当たって殺されたのだと思えば、少しはそこに紋切り型の物語性も生まれるのだろうか。でも殺されたのは娼婦ではない。隠してはいたが、地道に生命保険の勧誘をする一人の若い女だ。娼婦のふりをした、娼婦ではない女なのだ。

ラブホテルの狭い客室で、「からだ、柔らかいね」と林が褒めると、佳乃は下着姿のまま、自慢げに前屈して見せた。

「新体操部やったけん、前はもっと柔らかかったっちゃけど」

白い肌に背骨が浮き出ていた。こちらに向けられた笑顔は、二カ月後に殺されることなど知る由《よし》もなかった。

◇

同日の午前中、福岡から百キロほど離れた長崎市郊外で、清水祐一の祖母、房枝は、週に一度漁港へやってくる行商トラックで買ってきたばかりの野菜を、痛む膝を押さえながら冷蔵庫に詰めていた。

茄子《なす》が安かったので漬物にでもしようと十本も買ってきたが、考えてみれば茄子の漬物を祐一があまり好きではないことを、今になって思い出し、後悔していた。

千円くらいで済むだろうと思っていたところ、総額で1630円になった。30円はまけてくれたが、それでも来週まで郵便局に下ろしにいかなくていいと思っていた財布の中身が心細くなっている。

この日も、房枝はバスで市内の病院に入院している夫、勝治を見舞いに行く予定だった。行けば邪慳《じゃけん》にするくせに、行かないと文句を言うので、必ず行かなければならず、保険で入院費は無料とはいえ、毎日のバス代までは節約しようがない。

近所の停留所から長崎駅前まで片道310円。駅前で乗り換えて病院前までが180円。毎日往復980円の出費になる。

一週間の野菜代を千円で抑えたい房枝には、毎日980円というバス代は、上げ膳据え膳の温泉旅館で贅沢《ぜいたく》をしているような後ろめたさがある。

野菜を冷蔵庫にしまったあと、房枝はプラスチック容器から梅干しを一つつまんで口に入れた。

「おばちゃん！　おるね？」

聞き覚えのある男の声が玄関から聞こえたのはそのときだった。

梅干しをしゃぶりながら廊下へ出ると、駐在所の巡査と見知らぬ男が立っている。

「あら、今ごろ、朝メシね？」

人なつこい笑顔で小太りの巡査が中へ入ってくる。

房枝が口から梅干しの種を取り出していると、「さっき聞いたけど、またじいちゃんが入院したって？」と巡査が言う。

房枝は種を手のひらに隠しながら、巡査の横に立つ背広姿の男に目を向けた。日に灼《や》けた肌は硬そうで、だらりと垂らした手の指がやけに短い。

「こちら、県警の早田《はやた》さん。ちょっと祐一に訊きたかことのあるって」

「祐一にですか？」

そう訊き返すと、口の中にふわっと梅の香りが広がった。

日ごろ交番で茶飲み話をするときは、気にしたこともないのだが、巡査の腰にある拳《けん》銃《じゆう》が房枝の目に飛び込んでくる。

「この前の日曜日の夜、祐一はどっかに出かけとったとね？」

上がり框《かまち》に座り込んだ巡査は、無理にからだを捻《ひね》って訊いてきた。横に立つ刑事が慌ててその肩を押さえ、「質問は私がするけん」と厳しい顔で戒める。

房枝は上がり框に座り込んだ巡査に、まるで寄り添うように正座した。

「いやぁ、なんかね、福岡の三瀬峠で殺された女の子が祐一の友達らしかったい」

戒められたにもかかわらず、巡査は房枝に話し続けた。

「はぁ？　祐一の友達が殺されたって？」

正座したまま、房枝は後ろへ反り返った。その瞬間、膝が痛んで、「あたたた」と声を上げる。

慌てた巡査が房枝の腕を取り、「ほら、また立てんごとなるよ」と引き起こしてくれる。

「祐一の友達っていうたら、中学のときのやろか?」と房枝は訊いた。

高校が工業高校だったので、だとしたら中学のころだと思い、とすれば、この辺の娘さんが殺されたことになる。

「いや、中学じゃなくて、最近の友達やろ」

「最近の?」

房枝は巡査の言葉に、素《す》っ頓狂《とんきょう》な声を上げた。我が孫ながら、祐一には心配になるほど女の影がなかった。女の影どころか、親しくしている男の友達も一人か、二人と数が知れている。

口の軽い巡査にうんざりしたように、背広姿の刑事が、「質問は私がするって言いよるやろうが」と顔をしかめた。

「ちょっとお訊きしますけど、この前の日曜日ですね……」

威圧的な声で刑事に訊かれ、房枝は聞き終わるのも待たずに、「日曜日は、家におったと思うとですけどね」と答えた。

「はぁ、やっぱりおったとね」と、巡査がほっとしたようにまた口を挟んでくる。

「いや、ここに来る前に駐在所で岡崎のばあちゃんと会うたとさ。祐一が出かけるとしたら、いつも車やろ？　岡崎のばあちゃんちは駐車場の横やけん、車が出て行く音なり、帰ってくる音なり、全部聞こえるって、前からよう言いようが。ばってん、岡崎のばあちゃんに訊いたら、日曜日、祐一の車はずっとあったって言うけんさ」

捲《まく》し立てる巡査に、房枝も刑事も口を挟めなかった。厳しかった刑事の目に、少し優しい色が滲《にじ》むのを房枝は見た。

「あんたは黙っとけって言うても、きかんとやねぇ」

刑事がお喋りな巡査を注意する。ただ、さっきまでとは違い、その声にどこか親しみが感じられる。

「私もじいちゃんも早う寝てしまうけん、よう分からんとですけど、日曜日、祐一は部屋におったような気がしますけどね」と房枝は言った。

「岡崎のばあちゃんがそう言うて、一緒に住んどるばあちゃんもそう言うなら間違いなかやろ」

巡査が房枝ではなく、刑事に伝えるように繰り返す。

「いや、実はですね……」

巡査の言葉を引き継ぐように、やっと刑事が話し始めた。房枝は手のひらにある梅干しの種が気になって仕方なかった。

「福岡の三瀬峠で見つかった女性の携帯の履歴にお宅のお孫さんの番号があったとですよ」

「祐一の？」

「お孫さんのだけじゃなくて、その女性は交友関係が広くてですね」

「その女の子は、この辺の子ですか？」

「いやいや、長崎じゃなくて福岡の博多の人でしてね」

「博多？　祐一は博多に友達のおったとばいねぇ。ぜんぜん知らんやった」

丁寧に説明すると、いちいち言葉が返ってくると思ったのか、そこから刑事は一気に事情を説明した。すでに祐一がその晩、家にいたことになっていたので、どちらかというと、ふいの訪問を謝罪するような話し方だった。

亡くなった女性は石橋佳乃という二十一歳の女性で、博多で保険の外交員をやっているらしい。地元の友人、同僚、遊び仲間とかなり顔の広い女の子で、事件前の一週間だけを見ても、五十人近い相手とメールや電話のやりとりをしている。その中に祐一も入っているらしい。

「最後にお孫さんがメールを出したのは事件の四日前、逆にその女性が祐一くんに最後のメールを送ったのがその翌日ですね。ただ、そのあとにも十人近くも彼女と連絡を取り合ってる相手がおるんですよ」

房枝は刑事の話を訊きながら、殺されたという若い娘の姿を想像した。交友関係が広いと聞いただけで、祐一とは縁遠いような気がしてならない。恐ろしい事件が起こったのは事実なのだろうが、どうしても祐一とそれが結びつかない。

刑事の説明が一通り終わったとき、房枝はぼんやりと憲夫の言葉を思い出していた。事件のあった翌日、祐一は二日酔いで現場へ向かう途中、とつぜん吐いたと言った。房枝の中で何かが繋がった。あの朝、祐一はこの女性が殺されたことをテレビか何かで、すでに知っていたのだ。知人を失った悲しみが、吐き気として表れたのだ。

これが、二十年近く祐一を育ててきた房枝の直感だった。

あまり時間がないらしく、刑事は事情を説明し終えると、「まぁ、とにかく、おばあちゃんは心配せんでもよかけんね」と優しく声をかけてきた。

心配などしていなかったが、房枝は、「そうですか」と神妙に頷いた。

「祐一くんが仕事から戻ってくるのは何時ごろやろか？」

刑事に訊かれ、「いつもは六時半ぐらいですけど」と房枝は答えた。

「それじゃ、もしまた何かあったら連絡しますけん。今日のところはこの辺で」

刑事にそう言われ、房枝はとりあえず立ち上がると、「ご苦労さんでした」と頭を下げた。口ではまた連絡すると言うが、刑事にその気はなさそうだった。

刑事を見送り、また上がり框に座り込んだ近所の巡査が、「いやぁ、びっくりしたやろ？」とおどけた顔をして見せる。

「俺も、最初に祐一が参考人って聞いたときには腰抜かすかと思うたよ。ただ、ちょうどその電話を受けたときに、岡崎のばあさんが駐在所におったけん、車の事を訊いてみたら、『日曜日、祐一は車出しとらん』って言うやろ。それですぐ安心したっさ。いや、実はね、ここだけの話、もう犯人は分かっとるらしいもんね。ただ、まぁ、一応、確認くらいはせんといかんのやろ」

「あら、もう犯人は分かっとると?」

房枝は大げさにほっとして見せ、「祐一が博多の女の子と仲良しなんて、ぜんぜんピンとこんもんねぇ」と付け加えた。

「まぁ、祐一も年頃の男やけん、仕方ないさ。その女の子はどうも出会い系サイトでいろんな人と知り合うとったようやもんね」

「出会い系っちゃ何ね?」

「まぁ、簡単に言うたら、文通相手のようなもんさ」

「へぇ、祐一が博多の娘さんと文通しとったとは知らんかった」

房枝は手のひらに梅干しの種があることを思い出し、やっと外へ投げ捨てた。

◇

パチンコ店「ワンダーランド」は、街道沿いに忽然《こつぜん》とある。海沿いの県道が左へ大きくカーブした途端、下品で巨大な看板が現れ、その先にバッキンガム宮殿を貧相に模した店舗が建っている。店舗を囲む巨大な駐車場の門は、パリの凱旋門《がいせんもん》を模して作られており、入口には自由の女神が立っている。

誰が見ても醜悪な建物だが、市内のパチンコ屋に比べると、出玉の確率が高いので、週末はもちろん、平日でも大きな駐車場には、まるで砂糖にたかる蟻《あり》のように、多くの車が停められている。

二階のスロットマシンフロアで、柴田一二三《しばたひふみ》は残り数十枚となったコインをねじり込むように投入口へ押し込んでいた。狙っていた台に先客がおり、仕方なく選んだ台で、手持ちのコインがなくなったらやめようと決めていた。

三十分ほど前、一二三は祐一にメールを送った。

「今、ワンダーにおる。仕事帰りにちょっと寄らんや？」と送ると、すぐに「分かった」という短い返信があった。

一二三と祐一は幼なじみで、以前は両親と一緒に祐一と同じ地区に住んでいたのだが、中学を卒業する半年ほど前に小さな家と土地を売って、今では市内の賃貸マンションに暮らしている。

もちろん埋め立てで海岸線を奪われた漁港に近い土地が高く売れるはずもないのだが、当時一二三の父親がギャンブルで借金をこしらえ、その抵当に取られた挙げ句、六畳二間の今のマンションへ夜逃げ同然で引っ越したのだ。

引っ越してからも連絡を取り合ったのは祐一だけで、その後も付き合いは続いている。一緒にいても、祐一は冗談一つ言わず、決して面白い男ではない。一二三にもそれは分かっているのだが、なぜか未だに付き合いが続いているのだ。

あれは三年ほど前だったか、当時付き合っていた女を乗せて、平戸へドライブした帰り、とつぜん車がエンコした。ＪＡＦを呼ぶ金もなく、何人かの知り合いに連絡を入れてみたものの、忙しいだの、知ったことかだの、全員つれない。そんな中、唯一、牽引《けんいん》ロープ持参で助けに来てくれたのが祐一だった。

「すまんな」と一二三は謝った。

祐一は無表情でロープを結びながら、「どうせ家で寝とっただけやけん」と言った。

牽引してもらう車に女を乗せるわけにもいかず、祐一の車の助手席に乗せた。付き合いのある整備工場まで引いてもらって、祐一とはあっさりとそこで別れた。祐一の車を見送る女に、「よか男やろが？」とカマをかけると、「車の中でぜんぜん喋らんとやもん。お礼言っても、『ああ』って無愛想に頷くだけやし……、なんか、息つまった」と笑っていた。実際そういう男だった。

最後の十数枚のところで、スロットマシンに当たりが出始めた。

一二三は混んだ店内を見渡し、珈琲のサービスをしているミニスカートの店員を探した。

入口のほうへ顔を向けたとき、螺旋《らせん》階段を上がってくる祐一の姿を見つけた。手を挙げて合図を送ると、すぐに気づいて狭い通路を歩いてくる。

現場帰りなので汚れた紺のニッカボッカに、同じく紺色のドカジャンをひっかけているのだが、ジッパーの隙間から派手なピンク色のトレーナーがちらっと見える。

祐一は隣の席に腰を下ろすと、一階で買ってきたらしい缶珈琲を開けた。

祐一がポケットから千円札を一枚出し、何も言わずに横の台で打ち始める。

近くに来ると、祐一の臭いが鼻につく。夏場と違って汗臭いというのではない。土埃というかセメントというか、とにかく廃屋に漂っているような臭いだ。

「三瀬峠で、事件のあったと知っとるや？」

祐一がとつぜん口を開いたのは、あっという間に千円分をすったころだった。

「女の子が殺されたらしかな」

祐一が横に座ってから、急に調子が良くなっていた一二三は、顔も動かさずに答えた。訊いてきたのは自分のくせに、祐一がいつものように黙り込む。

「あれ、出会い系とかでけっこう男たち引っ掛けとったらしかぞ。今日、テレビでそう言いよったけど」

一二三がボタンを押しながら会話を繋ぐと、「すぐ見つかるさね？」と祐一が訊いてくる。

「見つかるって？」

「………」

「犯人や？」

「………」

「すぐ見つかるさ。電話会社で調べれば、すぐに履歴も分かるやろうし」

このとき、一二三は祐一のほうを一度も見ずに喋り続けていた。三十分ほどスロットを打ち、一二三と祐一は店を出た。結局、一二三が一万五千円、祐一が二千円の負けだった。

すでに日は落ち、駐車場を強いライトが照らしていた。足元に二人の濃い影が伸び、ときどきパーキングの白線と交わる。

祐一と違ってまったく車に興味のない一二三は、安い軽自動車に乗っていた。鍵を開けると、祐一がすぐに助手席に乗り込んでくる。

一二三はふと空を見上げた。波の音が空から落ちてきたように聞こえたのだ。普段なら満天の星空なのだが、今夜は金星だけが瞬《またた》いている。雨でも降るのだろうかと一二三は思った。

海沿いの県道を祐一の家へ向かいながら、一二三はなかなか職が見つからないと愚痴をこぼした。

実際、この日も午前中はハローワークで過ごし、顔見知りになった若い女子事務員を、「今度、飲みに行こう」と求人募集をチェックしながら誘っていた。結局、仕事もなく、誘いも断られたが、午前中いっぱいをハローワークで過ごしたことで、「やろうと思えば仕事なんていくらでもある」という楽観的な気持ちになっていた。

ラジオから流れていた曲が終わって、短いニュース番組が始まった。真っ先に三瀬峠での事件が伝えられる。

助手席に乗り込んだきり、まったく口を開かない祐一に、「三瀬っていえばさ……」

と一二三は声をかけた。

外を眺めていた祐一が、狭い車内で少し身を引くようにして振り返る。

「……覚えとるや？　ほら、前に俺があそこで幽霊見たって話」

急カーブでハンドルを切りながら一二三は言った。祐一のからだがその反動でぺったりとドアにはりつく。

「ほら、前に博多の会社の面接に行った帰り、一人で峠越えしよったら、急にライトが消えてさ。ビビってすぐに車停めて、もう一回エンジンかけ直しよったら、助手席に血まみれの男が乗っとったって話。覚えとらんや？」

のろのろと道の真ん中を走っているカブを煽《あお》りながら、一二三はちらっと祐一に目を向けた。

「あれ、マジでビビったけんね。エンジンはかからんし、助手席に血まみれの男は座っとるし、たぶん、俺、悲鳴上げながらキー回しとったと思う」

そう言いながら、一二三が自分で自分の話に笑っていると、祐一は、「早う、抜け」と前のカブを顎でしゃくった。

あの夜、一二三が峠を越えたのは、夜八時を回ったころだった。博多で、あれは何の会社だったか、面接を受け、「こりゃ、駄目だな」と落胆した足で、天神のヘルスへ行った。どちらかと言えば、会社の面接よりも、ヘルス選びのほうに力が入っていたと思う。

とにかくヘルスで一発抜いて、ラーメンを食べたあと、車で峠に差しかかった。

まだ八時を回ったばかりなのに、峠道には先を行く車はおろか、すれ違う車もなかった。正直、車のライトに青白く照らし出される藪《やぶ》や林が不気味で、こんなことなら節約せずに高速を使うべきだったと後悔していた。

たった一人きりの車内で紛らわしに声を張り上げて歌ってみても、逆にその声が周囲の林にすっと吸い込まれていく。

真っ暗な山中で、命綱ともいえるライトの調子がおかしくなったのは、いよいよ峠の山頂にさしかかったころで、最初、自分の目がおかしくなったのかと一二三は思った。

次の瞬間、点滅するライトの中を、すっと黒い何かが通った。一二三は慌ててブレーキを踏み、必死にブレるハンドルにしがみついた。

ライトが完全に消えたのはそのときだった。フロントガラスの先は、まるで目を閉じているような暗闇で、エンジンはかかっているのに、車を取り囲む森の中で、耳を塞《ふさ》ぎたくなるほど虫の声が高くなる。

冷房はギンギンに入れていたのに、どっと汗が噴き出した。汗というよりも、ぬるいお湯を全身に浴びせられたようだった。

その瞬間、車体が一度大きく揺れて、エンジンが止まった。助手席に何かがいるのを感じたのはそのときだった。恐怖は人間の視野を狭める。横を向けない。振り向けない。

前だけしか見られなくなるのだ。

かけ直そうとしたエンジンがかからなかった。一二三は悲鳴を上げた。横に何かがいるのは分かっている。ただ、それが何なのか分からなかった。

「……もう苦しか」

助手席から、ふと男の声がした。一二三は自分の悲鳴で耳を塞いだ。エンジンはかからない。

「……もう無理ばい」

横で男の声がする。一二三は逃げ出そうとドアに手をかけた。

その瞬間、窓ガラスに血まみれの男が映った。男はこちらをじっと見つめていた。

◇

玄関で物音がして、房枝はちらっと時計を見遣り、ぼんやりと見つめていた茶封筒を慌ててエプロンのポケットに押し込んだ。封筒には「領収書在中」と書いてある。

房枝は椅子に座ったまま、ガスレンジに手を伸ばし、あらかぶの煮付けを温め直した。

「おじゃましまーす」

明るい一二三の声が聞こえてきたのはそのときで、房枝は立ち上がると、「あら、一二三くんと一緒やったとね？」と声を返しながら廊下へ出た。

さっさと靴を脱いだ一二三が、祐一を押しのけるように上がってきて、「おばさん、なんか旨そうな匂いやねぇ」と台所を覗き込んでくる。

「何も食べとらんと？　すぐ用意してやるけん、祐一と一緒に食べんね」

房枝の言葉に、一二三が嬉しそうに、「食べる。食べる」と何度も頷く。

「パチンコね？」

房枝は鍋に蓋をした。

「いや、スロット。でもぜんぜん駄目。また損したよ」

「いくら？」

房枝の質問に、一二三が「一万五千円」と指で示して見せる。

房枝は祐一が一二三と一緒に帰ってきたことで、どこか気分が軽くなった。三瀬峠で起きたという事件と祐一がまったく無関係であることは分かっていたが、昼前にやってきた刑事に、「日曜日、祐一は出かけてない」と、咄嗟《とっさ》に嘘をついてしまったことで、実際は無関係なのに、妙なしこりが残っていたのだ。

祐一があの夜、車で出かけたのは間違いなかった。ただ、岡崎のばあさんが、「祐一は出かけていない」と証言したのだから、出かけたとしてもそう長い時間ではないはずだ。以前、祐一が勝治を病院に送ったときもそうだ。あのばあさんは、祐一の車が一、二時間なくてもその日は出かけていないと言う癖がある。

「一二三くん、日曜日も祐一と一緒やったとやろ？」

房枝は当の祐一が二階へ上がったのを確認してから尋ねた。

鍋に入ったあらかぶの煮付けを覗き込みながら、「日曜？」と首を捻った一二三が、「俺は一緒じゃなかったけど……、ああ、整備屋に行っとったんじゃない。なんか車の部品、また換えるって言いよったし」と答えて鍋に手を突っ込む。

「ほら、すぐ用意してやるけん」と房枝はその手を叩いた。素直に手を引っ込めた一二三が、「刺身ないと？」と、今度は冷蔵庫を開ける。

一二三の分の食事だけを先に用意して、房枝は夕方畳んだ洗濯物を二階の祐一の部屋へ運んだ。

ドアを開けると、ベッドに寝転がっていた祐一が、「すぐ降りてくけん」と無愛想に呟く。

房枝は持ってきた洗濯物を古いタンスの引き出しに入れた。

このタンスは祐一が母親と一緒にここへ来たときから使っているもので、引き出しの取っ手が熊《くま》の顔になっている。

「今日、警察の来たとよ」

房枝はわざと祐一の顔を見ずに、洗濯物を押し込みながら告げた。

「あんた、福岡に文通しよる女の子がおるとって？　もう知っとるやろうけど、その子がほら、日曜日に亡くなったとやろ？」

房枝はそこで初めて祐一へ目を向けた。祐一は頭だけを起こしてこちらを見ていた。表情はなく、何か他のことを考えているようだった。

「知っとるとやろ？　その女の子がほら……」

房枝が改めて尋ねると、「知っとるよ」と祐一がゆっくりと口を動かす。

「あんた、その子に会ったことあるとね？　文通だけやったとね？」

「なんでって、会ったことあるなら、お葬式くらい行ったほうがいいんじゃないかと思うてさ」

「葬式？」

「そうよ。文通だけならそこまですることないけど、会うたことあるなら……」

「会うたことないよ」

こちらに向けられた祐一の靴下の裏が指の形で汚れていた。祐一はじっとこちらを見ている。房枝の背後に誰かが立っているような視線だった。

「どこの誰か知らんけど、世の中には惨《むご》たらしかことする人もおるもんやねぇ。……警察の人の話じゃ、もう犯人は分かっとって、その人が今、逃げ回りよるけん、必死で探しよるみたいやけど」

房枝の言葉に、むくっと祐一が起き上がった。体重でベッドのパイプが軋む。

「犯人、もう分かっとると？」

「らしいよ。駐在さんがそう言いよった。ただ、どっかに逃げてしもうて、まだ見つからんって」

「それって、あの大学生？」

「大学生？」

「ほら、テレビで言いよるやろ？」

食いついてくるような祐一の物言いに、「ああ、やっぱりこの子は事件のことを知っていたのだ」と房枝は確信した。

「警察が本当にそう言うたと？　その大学生が犯人って」

祐一に訊かれ、房枝は頷いた。祐一と殺された女性がどこまで親しかったのか知らないが、犯人への憎しみぐらいは分かる。

「すぐに捕まるさ。そう、逃げ切れるもんね」

房枝は慰めるように言った。

ベッドから立ち上がった祐一の顔が紅潮していた。よほど憎いのだろうと思ったが、どちらかと言えば、犯人が分かったことに安堵《あんど》しているようにも見える。

「そういえば、あんた、この前の日曜日、どこに出かけたとね？　夜、ちょろっと出かけとったろ？」

「日曜？」

「また車の整備工場やろ」

房枝の断定的な言い方に、祐一が頷く。

「警察に訊かれたとよ。一応、その女の子の知り合い全員に訊いて回りよるとって。岡崎のばあさんが祐一はどこにも出かけとらんって言うたらしくて、嘘つくつもりじゃなかったばってん、私もそうやろって答えとったよ。岡崎のばあちゃんは一、二時間、車で出かけても、出かけたうちには入らんけんねぇ。ところで、ごはんは風呂に入ってから食べるとやろ?」

房枝は一方的にそこまで言うと、返事も待たずに部屋を出た。階段を下りたところで振り返り、二階を見上げた。夫の勝治がからだを壊し、入退院を繰り返している今、自分が頼れるのは祐一しかいないのだと、ふと思う。実の娘だろうが、父親の見舞いにも来ない長女はもちろん、祐一の母である次女を当てにできるはずもない。

房枝はエプロンのポケットから、一通の茶封筒を取り出した。中には一枚の領収書が入っている。

〈品代　漢方薬一式　合計　¥263500〉

公民館に健康セミナーの講師として来ていた堤下に、「市内の事務所にくれば、安く漢方薬を分けて上げられる」と言われ、勝治の病院へ行った帰りに、興味半分で寄ったのは昨日のことだった。

買うつもりなどなかった。病院と家との往復に疲れ、堤下の笑い話でも聞くつもりで寄っただけだったのに、乱暴な口をきく若い男たちに囲まれ、契約書にサインさせられた。

今はお金がないと涙声で訴えると、男たちは房枝を無理やり郵便局まで連れていった。

あまりにも恐ろしくて、助けも呼べなかった。房枝は監視されたまま、なけなしの貯金を下ろすしかなかった。

第三章　彼女は誰に出会ったか？

佐賀市郊外、国道34号線沿いにある紳士服量販店「若葉」のガラス越しに、馬込光代《まごめみつよ》は雨の中を走り抜けていく車を眺めていた。

佐賀バイパスと呼ばれるこの街道は、決して交通量の少ない道ではないが、周囲の景色が単調なせいか、まるで数分前に見た光景を、繰り返し眺めているような気分にさせられる。

光代はここ「若葉」の販売員で、二階スーツコーナーを担当している。

一年ほど前まで、一階カジュアルコーナーを担当していたのだが、「カジュアルは、若いお客さんが多いけん、やっぱり接客するのも、お客さんに年が近いほうがセンスが合うもんねぇ」と店長に愛想よく言われ、早速、翌週から二階のスーツコーナーに回された。

年齢だけの理由なら、さすがに光代も反論したが、「センス」が問題なら仕方ない。

佐賀市郊外の紳士服量販店、そのカジュアルコーナーのセンスなど合わないと言われたほうが正直助かる。

一応、店には若者向けに「流行《はや》りもの風」のジーンズやシャツも置いてある。ただ、「流行もの」と「流行もの風」ではやっぱり何かが違う。たとえば、以前、博多のブランドショップで、うちに置いてあるシャツとよく似た柄を見つけた。同じ馬の図柄なのだが、なんだか、うちの馬たちのほうがビミョーに大きい。

たぶん、ほんの数ミリ、うちの馬たちが大きいせいで、なんだかとってもセンスの悪いシャツになっていた。

その馬シャツを近所の中学生なんかが、喜んで買っていく。黄色いヘルメットを律儀《りちぎ》にかぶり、サドルの低い自転車に乗って、嬉しそうに抱えて帰る。

店長に配置を替えられたときとは矛盾するが、国道を走り去っていくそんな中学生の背中を見送っていると、「そうそう。ちょっと馬が大きいくらい何よ！　胸張ってそのシャツ着なさい！」とつい声をかけたくなってしまう。

そんなとき、光代はふと思う。自分はこの町がそんなに嫌いじゃないんだ、と。

「馬込さん！　休憩入ったら？」

ふいに声をかけられ振り返ると、売り場主任、水谷和子《みずたにかずこ》のぽっちゃりした顔が、スーツラックの上にぽこんと出ていた。

窓際《まどぎわ》から眺めると、まるで無数のスーツが波になって押し寄せてくるように見える。

平日、それも雨の午前中に客が来ることはまずない。たまに慌てて礼服を買いに駆け込んでくる客はいるが、今日はこの界隈《かいわい》で不幸はなかったらしい。

「今日もお弁当？」

スーツラックの迷路を出てきた水谷に訊かれ、光代は、「最近、お弁当作るのだけが楽しくて」と笑った。

店があまりにも暇なので、平日は昼前から順番に昼食時間をとる。だだっ広い店内に販売員は三人。平日、販売員より客が多くなることは滅多にない。

「いやねぇ、冬の雨は。いつまで降るとやろか？」

近づいてきた水谷が、光代の横で顔をガラス窓に近づける。鼻息がかかり、そこだけが微《かす》かに曇る。店内に暖房は入っているが、客がいないのでいつも底冷えしている。

「今日も自転車で来たとやろ？」

水谷に訊かれ、光代は眼下で雨に濡れている広大な駐車場に目を向けた。隣接するファーストフード店と共有で何台か車も停まっているが、それもすべてファーストフード店寄りにあるため、こちら側のフェンス脇に置かれた自分の自転車だけが、まるでたったの一台だけで、冬の雨に耐えているように見える。

「帰るまでに雨が止《や》まんかったら、車で送ってやるよ」

そう言った水谷が、光代の肩を叩いてレジのほうへ歩いていく。

水谷は今年四十二歳になる。一つ年上の夫は市内にある家電販売店の店長で、仕事帰りに必ず車で妻を迎えに来る。大人しそうな男性で、もう二十年も連れ添っている妻を「和ちゃん」などと呼ぶ姿は可愛い。二人の間には大学三年の一人息子がいる。この一人息子のことを、水谷は「ひきこもりだ。ひきこもりだ」といつも心配している。話を聞けば、そう大げさなことでもなく、ただ単に外で遊ぶより、部屋でパソコンを弄《いじ》っているほうが楽しいだけのようだが、二十歳になる息子に彼女がいないことを、彼女は「ひきこもり」という「流行もの」の言葉を使って、自分や世間を納得させているらしい。

水谷の息子を庇《かば》うわけではないが、この町で外に出たところでたかが知れている。三日も続けて外出すれば、必ず昨日会った誰かと再会する。実際、録画された映像を、繰り返し流しているような町なのだ。そんな町より、パソコンで広い世界に繋《つな》がっていたほうが、よほど刺激的に違いない。

この日、早目の昼食を終えてから、夕方の休憩まで三組の客があった。うち二組は年配の夫婦で、新しいシャツなどまったく興味のなさそうな夫の胸に、色や柄よりも値段を比較しながら、妻がシャツを押し当てていた。

休憩の直前に三十代前半と見受けられる男客が来た。何か尋ねられるまで、こちらからはなるべく声をかけないように指示されているので、ラックのスーツを眺めて歩く男の様子を、光代は少し離れたところから見ていた。

離れたところからでも、男の薬指にはめられた結婚指輪が目につく。

「この町に、年頃のいい男がいないわけじゃないとよ」と、双子の妹、珠代《たまよ》は言う。「いい男はいるけど、もう全部奥さんがおるとやもんねぇ」と。

実際、市内で働く友人たちも、ほとんどが口を揃《そろ》えて同じことを言う。ただ、ほとんどの友人たちはすでに結婚しているため、言い方は独身の妹とは少し違って、「紹介してやりたいとけど、○○さん、もう結婚しとるもんねぇ……、残念」となる。

別に紹介してくれと頼んだ覚えはないのだが、さすがに来年三十歳になる独身女が、この佐賀で生きていくのは、そうとうガッツがいる。

高校時代に仲の良かった三人とも、すでに結婚し、それぞれに子供がいる。中には今年から小学校に入った男の子さえ。

「あの、すいません」

スーツを選んでいた男客に、とつぜん声をかけられた。手に濃いベージュの背広を持っている。

近寄って、「試着なさいますか？」と笑顔を見せると、「ここのスーツも、あそこに貼ってある二着で３８９００円のやつですか？」と、天井から吊《つ》るされたポスターを指さす。

「はい。ここのは全部そうですよ」

光代は笑顔で試着室へ案内した。

背の高い男だった。試着後、カーテンを開けると、何か運動でもやっていたのか、最近流行の細めのスラックスに太ももの筋肉が目立った。

「ちょっときついですかね？」

男が鏡越しに尋ねてくる。

「最近のデザインはだいたいこんな感じですけどね」

スラックスの裾《すそ》を計るとき、男客の前でしゃがみ込んだ。赤ん坊でもいるのか、ふと乳臭い匂いがした。

目の前には男の大きな足があった。靴下を履いているが、大きく固そうな爪の形が浮き出ている。

こうやってもう何人の男たちの前にしゃがみ込んだだろうか、と光代は思う。スーツの裾上げという作業だが、正直、働き始めたばかりのころは、この姿勢が男に屈服するようで嫌だった。

しゃがみ込むと、そこには男たちの脚だけがあった。汚れた靴下、新品の靴下。太い足首、細い足首。長い膝下、短い膝下。

男たちの脚は、とても凶暴にも見えたし、頑丈そうですごく頼りがいがあるようにも見えた。
二十二、三のころだったか、一時期、こうやって裾上げをする男たちの中に、未来の夫がいるのかもしれないという妙な幻想を抱いたことがあった。今となっては笑い話だが、当時は本気で期待しており、裾を調整しながらふと見上げれば、そこには未来の夫の顔があり、足元にしゃがんでいる自分をやさしく見つめている……なんて空想を、どんな客に対しても抱いていた。

今、考えてみれば、それがちょうど自分の第一次結婚モード期だったのだと思う。いくら裾上げしながら見上げたところで、そこに未来の夫の顔などなかったが。


夜になっても、冬の雨はまだ降り続いていた。

レジを閉め、だだっ広い売り場の電気を消して回ってから更衣室へ入ると、すでに私服に着替えた水谷が、「この雨じゃ、自転車、無理やろ？　車で送ってくよ」と声をかけてくる。

光代は更衣室の鏡に映る自分の疲れた顔を眺めながら、「そうしてもろうかなぁ」と答え、でも車で送ってもらったら、明日の朝ここまでバスで来なきゃならないなぁ、と心の中で悩んだ。

通用口から外へ出ると、雨は広大な駐車場を叩くように降っていた。店舗の裏、フェンスの向こうに広がる休閑中の畑から、湿った土の匂いが漂ってくる。

バイパスを水しぶきを巻き上げて何台もの車が走り抜けている。強いライトで照らされた「若葉」の巨大な看板が、濡れた地面に反射して幻想的に揺れている。

クラクションを鳴らされて、光代はそちらへ目を向けた。すでに助手席に水谷を乗せた旦那の軽自動車がのろのろとこちらへ走ってくる。

光代は傘も差さずに軒下から飛び出して、「すいません」と言いながら、後部座席に乗り込んだ。ほんの数秒の間だったが、首筋を濡らした雨が痛いほど冷たかった。

「お疲れさん」

度の強い眼鏡をかけた水谷の旦那に声をかけられ、光代は、「すいません、いつも」と謝った。

水路の張り巡らされた田んぼの一角に、光代が暮らすアパートは建っている。まだ建って間もないものだが、「どうせいつかは取り壊すんだから、安く上げときましょう」と言わんばかりの外見で、冬の雨に濡れた姿は普段にも増して寒々しい。

いつものように水谷夫妻はアパートの前まで送ってくれた。後部座席から外へ出ると、ぬかるんだ泥にずぼっとスニーカーが沈む。

雨の中、光代は水谷夫妻の車を見送って、泥水を撥《は》ねながらアパートの階段に駆け込んだ。たかだか二階なのだが、周囲に田んぼしかないせいで、階段を上がると展望台にでも立ったように景色が広がる。濡れた土の匂いがまた冷たい風に乗って鼻をくすぐる。

２０１号室のドアを開けると、中から明かりが漏れてきた。

「あれ、あんた今日、商工会の飲み会って言いよったろ？」

泥と雨に濡れたスニーカーを脱ぎながら、光代は奥に声をかけた。ストーブの石油の匂いと一緒に、「自由参加やったけん、行かんかった」と妹、珠代の声が返ってくる。

居間にしている六畳間で、やはり雨に濡れたらしい珠代がタオルで髪を拭いていた。

ストーブはつけられたばかりなのか、部屋は寒く、石油の匂いだけが強い。

「昔は、男の人たちにお酌するのが嫌で嫌でしょうがなかったけど、最近は若い子たちに私がお酌されるとやもんねぇ。居心地悪うして……」

飲み会に参加しなかった理由なのか、珠代がストーブの前で愚痴をこぼす。

「なんか買ってきた？」と光代はその背中に訊いた。

「いや、何も。だって雨やったし」

濡れたタオルを珠代が投げて寄越《よこ》す。

「冷蔵庫になんか入っとったっけ？」

光代は濡れたタオルで首筋を拭きながら、狭い台所の冷蔵庫を開けた。

「また水谷さんに送ってもらったと？」

「そう。自転車置いてきたけん、明日、バスで行かんば」

キャベツが半玉、バラ豚肉が少しある。これらを炒《いた》めて、あとはうどんでも作ろうと決めて扉を閉めた。

「あんた、スカート、皺《しわ》になるよ」

光代は濡れたまま畳に座り込んでいる珠代に注意した。

「しかし、来年三十になる双子の姉妹が、こうやって美味しそうにうどんなんか啜《すす》っとって、いいわけ？」

とろろ昆布を麺《めん》に絡《から》めながらそう呟いた珠代に、光代は七味をふりかけながら、「ちょっと茹《ゆ》で過ぎたかもしれんよ」と注意した。

「もしこれがもっと昔、たとえば昭和とかやったら、絶対に近所からヘンな目で見られるよ」

「なんで？」

「だってこの年の女が二人で、それも双子の姉妹で、こんなアパートに暮らしとったら世間は黙っとらんやろ？」

長い髪をゴムで纏《まと》めて、珠代が音を立ててうどんを啜る。

「おまけにこんな漫才師みたいな名前よ。近所の小学生なんか、絶対に私たちのこと『双子の魔女』とかって噂するに決まっとる」

本気で言っているのかいないのか、珠代は愚痴をこぼしながらもうどんは啜る。

「双子の魔女ねぇ」

光代は半ば笑いながらも空恐ろしくなったが、それでもうどんは啜った。

家賃四万二千円の２ＤＫ。２ＤＫと言えば聞こえはいいが、六畳間が二つ、襖《ふすま》で仕切られているだけの間取りのアパートで、光代たち姉妹のほかは、すべて小さな子供のいる若夫婦ばかりだ。

二人は地元の高校を卒業して、鳥栖《とす》市にある食品工場に就職した。双子の姉妹が同じ工場に就職することもないのだが、いくつか受けたうちでお互いに受かったのがそこしかなかった。

仕事は二人ともライン作業だった。働いた三年ほどで担当場所はいろいろ変わったが、目の前を何十万というカップ麺が流れたことになる。

先に嫌気が差して辞めたのは妹の珠代で、近所にあるゴルフ場のキャディになった。だが、すぐに腰を痛めて退職し、その後は商工会議所の事務員に収まっている。珠代がキャディを辞めたころ、光代も食品工場を解雇された。人員削減、規模縮小で真っ先に切られたのが、光代たち高卒の女たちだった。

工場の職業斡旋《あっせん》で紳士服店の販売員を紹介された。接客業は苦手だったが、本人の得手不得手など主張できる立場ではなかった。

光代が34号線沿いの紳士服店に転職したころ、二人でこのアパートを借りた。「実家にいるから親に甘えて結婚できないんだ」と言う珠代に半ば強引に引きずり込まれた格好だった。

元々、姉妹仲は良かったので、アパートでの暮らしはうまくいった。両親も口うるさい双子の姉妹が出て行って、これでやっと二人の弟である長男に嫁を迎える準備が出来たと喜んだ。実際、その三年後に弟は高校の同級生と結婚した。光代たちより三歳も若く、まだ二十二歳だった。結婚式には、すでに赤ん坊を抱いている弟の友人たちが何人も参列していた。それが珍しくもない郊外のメモリアルホールだった。

「ねぇ、今日、商工会の子に何訊かれたと思う？」

うどんを食べ終え、台所で食器を洗っていると、テレビの前に寝転んでいる珠代に声をかけられた。

「馬込さん、今度のクリスマスどうするんですかって。十九の子にそう訊かれて、二十九の私になんて答えろって言うとよねぇ？」

ダイエットを紹介するテレビの前で、珠代が足を上げている。

「だって、あんた、その週は公休取ってどっか旅行するって言いよったろ？」

「だってぇ、クリスマスシーズンに女同士で『しまなみ海道バスツアー』なんてあまりにも寂しくない？……あ、そうだ。光代も行く？」

「いやよ。毎日一緒におって、休みまであんたと旅行なんて考えただけで疲れる」

光代はスポンジに洗浄剤を少し足した。

台所に近所のスーパーでもらったカレンダーが貼ってあった。粗大ゴミの日と自分の休み以外、なんの予定も書き込まれていない。

クリスマスかぁ。

光代はスポンジを泡立てながら呟いた。ここ数年、光代はクリスマスを実家で過ごしている。結婚してすぐに生まれた弟の息子が、幸いにもクリスマスイブが誕生日で、それを名目にプレゼントを持って帰るのだ。

いつの間にか、握りすぎたスポンジの泡がゴム手袋を伝っていた。それでもしばらく眺めていると、泡はゴム手袋から素肌の肘《ひじ》に移り、ゆっくりと大きくなってから、ぽとっと汚れ物の積まれたシンクに落ちた。泡で濡れた肘が痒《かゆ》かった。肘の痒みが、全身に伝わるようだった。

◇

ベッドの軋《きし》み方を確かめるように、祐一は何度も寝返りを打った。

午後八時五十分。まだ眠るには早すぎる時間だったが、ここ数日、できれば一刻も早く眠りに落ちたくて、風呂に入って夕食を済ませると、まだ目をギラギラさせたままベッドに入る。

入ったところで眠れるわけもない。こうやって何度も寝返りを繰り返しているうちに、枕の臭いが気になり出し、首筋に触れる毛布の毛羽立ちにイライラしてくる。

たいてい気がつくと、性器を弄っている。布団の中で硬くなった性器は、横顔に当たる赤外線ストーブの熱と同じくらいに熱い。

事件からすでに九日が経っていた。

重要参考人である福岡の大学生の行方が未だに分からないというところまで伝えていたテレビのワイドショーも、ここ数日はまったく三瀬の事件を扱っていない。

駐在所の巡査がこっそりと房枝に告げたように、実際に警察は、未だ行方の分からないその大学生を追っているとしか考えられない。

あれ以来、祐一の元に警察からの連絡や聞き込みはない。捜査線上から完全に消えたかのように何も起こらない。

目を閉じると、あの夜、三瀬峠を走り抜けたときの感触が未だに手に蘇る。強くハンドルを握っていたせいで、何度もカーブでスピンしかけた。車のライトが藪《やぶ》を照らし、真っ白なガードレールが迫る。

また寝返りを打った祐一は、「早く眠ってしまえ」と自分に言い聞かせるように臭い枕に顔を埋《うず》めた。汗と体臭とシャンプーが混じり合ったイライラする臭いだった。

床に脱ぎ捨てたズボンからメールの着信音が聞こえたのはそのときだった。祐一は眠ることへの強迫から解放してもらえたような気がして、すぐに腕を伸ばして携帯を取り出した。

どうせ一二三からだろうと思ったが、送信者欄に見知らぬアドレスがあった。

ベッドから抜け出して床にあぐらをかいた。真冬でもパンツだけで寝る習慣があるので、赤外線ストーブに向けられた背中が熱い。

〈こんにちは。覚えてますか？　三カ月くらい前にちょっとだけメールをやりとりした者です。私は佐賀に住んでいる双子姉妹の姉で、そのときあなたと灯台の話で盛り上がったんだけど、もう忘れちゃいましたか？　急なメールごめんなさい〉

メールを読み終えると、祐一は赤外線ストーブが当たる背中を掻《か》いた。数十秒のことだったが、肌が焼けたように熱くなっていた。

あぐらをかいたまま、畳の上を移動した。横にあったズボンやトレーナーが、その膝に絡まって一緒についてくる。

　メールを送ってきた相手の女を祐一は覚えていた。三カ月ほど前、出会い系サイトに自分のアドレスを登録したとき、五、六通のメールがあったうちの一人で、しばらくはメールのやりとりをしていたのだが、祐一がドライブに誘ったとたん、いきなり返信がこなくなった。

〈久しぶり。急にどうしたと？〉

　自然に指が動いた。普段、喋るときには頭に浮かんだ言葉が口から出る前に、必ず何かに突っかかるのに、こうやってメールを打つときだけは、その言葉がすらすらと指先に伝わっていく。

〈覚えててくれた？　よかった。別に用はないの。ただ、急にメールしたくなって〉

　女からすぐに返信があった。名前を思い出せなかったが、思い出したところで偽名に決まっている。

〈あれから元気やった？　車買うとか言いよったけど、買ったと？〉と祐一は返信した。

〈買ってないよ。相変わらず自転車で通勤中。そっちはなんかいいことあった？〉

〈いいこと？〉

〈彼女できたとか？〉

〈できとらんよ。そっちは？〉

〈私も。ねえ、あれからどこか新しい灯台行った？〉

〈最近ぜんぜん行っとらん。週末も家で寝てばっかり〉

〈そうなんだ。ねえ、どこだっけ？ 前に勧めてくれた奇麗な灯台って〉

〈どこの灯台？ 長崎？ 佐賀？〉

〈長崎の。灯台の先に展望台がある小さな島があって、そこまで歩いて行けるって。そこから夕日見たら泣きたくなるくらい奇麗だって〉

〈ああ、それやったら樺島の灯台やろ。うちから近いよ〉

〈どれくらい？〉

〈車で十五分か二十分くらい〉

〈そっかぁ。いい所に住んどるとねー〉

〈別にいい所じゃなかよ〉

〈でも海の近くやろ？〉

〈海なら、すぐそこにある〉

〈海なら、すぐそこにある〉と打ったメールを送ったとたん、窓の外から波止めで砕ける波の音が聞こえた。夜になると波の音は高くなる。波の音は夜通し聞こえ、小さなベッドで眠る祐一のからだを浸していく。


そんなとき、祐一は波打ち際の流木のような気持ちになる。波に攫《さら》われそうで攫われず、砂浜に打ち上げられそうで打ち上げられない。いつまでもいつまでも、流木は砂の上を転がされ続ける。

〈佐賀にもある？　奇麗な灯台〉

すぐに送られてきたメールに、〈あるばい。佐賀にも〉と祐一は送り返した。

〈でも唐津のほうやろ？　うち市内のほうやけん〉

送られてくる一文字一文字に音があって、聞いたこともない女の声がはっきりと耳に届いた。

祐一は車で何度か走ったことのある佐賀の風景を思い描いた。長崎と違い、気が抜けてしまうほど平坦《へいたん》な土地で、どこまでも単調な街道が伸びている。前にも後ろにも山はない。急な坂道もなければ、石畳の路地もない。真新しいアスファルト道路がただ真っすぐに伸びている。

道の両側には本屋やパチンコ屋やファーストフードの大型店が並んでいる。どの店舗にも大きな駐車場があり、たくさん車は停まっているのに、なぜかその風景の中に人だけがいない。

ふと、今、メールのやりとりをしている女は、あの町を歩いているんだ、と祐一は思った。とても当たり前のことだが、車からの景色しか知らない祐一にとって、あの単調な町を歩くとき、風景がどのように見えるのか分からなかった。歩いても歩いても景色は変わらない。まるでスローモーションのような景色。いつまでもいつまでも打ち上げられない流木が見ているような景色。

〈最近、誰とも話しとらん〉

手元を見ると、そう書いてあった。送られてきたものではなく、自分が自分の指で無意識に打っていた文章だった。

祐一はすぐに消そうとしたが、そのあとに〈仕事と家の往復だけで〉と付け加え、一瞬迷いながら送信した。

これまで寂しいと思ったことはなかった。寂しいというのがどういうものなのか分かっていなかった。ただ、あの夜を境に、今、寂しくて仕方がない。寂しさというのは、自分の話を誰かに聞いてもらいたいと切望する気持ちなのかもしれないと祐一は思う。これまでは誰かに伝えたい自分の話などなかったのだ。でも、今の自分にはそれがあった。伝える誰かに出会いたかった。

◇

「珠代！　私、今夜ちょっと遅くなるかもしれんけん」

妹の珠代が襖の向こうで出勤の支度をする音を布団の中で聞きながら、光代は言おうか言うまいかと悩んでいた言葉を、いよいよ珠代が玄関で靴を履き始めたときに告げた。

「棚卸し？」

玄関から珠代の声が返ってくる。

「う、……うん。あ、いや、そうじゃなくて、仕事休みやけん……。とにかく、ちょっと用があって遅くなると思う」

光代は布団から這い出し、襖を開けて玄関のほうへ顔を出した。すでに靴を履き終えた珠代はドアノブに手をかけている。

「用？　何の？　何時ごろになると？　ごはんもいらんってこと？」

矢継ぎ早に質問してくるわりには興味もないらしく、珠代はドアを開け、片足は外に出している。

「起きるなら、鍵かけんでいい？　もうッ、なんで土曜日に出勤なわけッ」

珠代は光代の答えも待たずにドアを閉めた。閉まったドアに向かって、「いってらっしゃい」と光代は声をかけた。

珠代が電気カーペットをつけていたおかげで、這い出した手のひらや膝がぽかぽかと温かい。光代はカレンダーを手に取り、青い22という数字に指で触れた。

考えてみれば、店の繁盛日《はんじようび》である土日に、連続して休暇を取るのはあの日以来だ。

今から一年半ほど前のゴールデンウィーク、博多で暮らす高校時代の友人の家に泊まりに行く予定で、溜《た》まっていた有給休暇を取ったのだ。友人の旦那がその週末法事で里帰りしており、久しぶりに二人で夜通しお喋りする計画だった。彼女の二歳になる息子も一度抱いてみたいと思っていた。

天神行きのバスは佐賀駅前に乗り場がある。

その日、自転車で駅に着いたのは十二時半を回ったころで、あと十数分で博多行きの高速バスが出発するところだった。友人から「ごめん。子供が熱のあるみたいなんよ」

という電話が入ったのは切符を買おうと列に並んでいるときだ。今更と言えば今更だが、子供が病気となれば無理は言えない。光代は潔く諦《あきら》めて列を離れ、半分不貞腐《ふてくさ》れてアパートへ戻った。

乗るはずだったその高速バスが、若い男に乗っ取られたことを知ったのは、戻ったアパートで無駄に取ってしまった有給休暇をどう使おうかと悩んでいるときだった。

つけたまま、見てもいなかったテレビ画面に、何かのニュース速報が流れ出したとき、光代はまたどこかで何年も監禁されていた少女が見つかったのかとぞっとした。それくらいあの事件は恐ろしかった。

しかし流れてきたのはバスジャックを知らせるニュースだった。光代は一瞬、ほっと胸を撫《な》で下ろし、次の瞬間、「え？」と声を上げた。

画面には、ついさっき自分が乗ろうとしていた高速バスの名前が出ていた。

「え？　ええ？」

誰もいない部屋で光代はまた声を上げた。慌ててチャンネルを変えると、ちょうどバスジャックされたバスを実況中継する特別番組を始めた局があった。

「うそ、うそ……」

声など出すつもりじゃないのに、自然とそんな声が漏れた。

九州自動車道を疾走するバスの映像をヘリコプターのカメラが捉えていた。映像にはローターの轟音《ごうおん》に、興奮したレポーターの「ああ、危ない！　また一台トラックを抜きましたッ」という絶叫が重なっている。

テーブルに投げ出していた携帯が鳴ったのはそのときで、相手は博多の友人だった。

「あんた、今どこ？」

いきなり詰問され、「だ、大丈夫。家におる。家に」と光代は答えた。

友人も事件をテレビで知ったらしかった。光代が諦めて家に戻ったとは思っていたが、万が一、このバスに乗っていたらどうしようかと慌てて電話をかけてきたらしい。携帯を握りしめたまま、光代はテレビ画面に見入った。スピードを上げたバスが、何も知らずに走っている何台もの車をギリギリのところで避《よ》けて抜きさっていく。

「ああ、私、これに乗っとったとよ。本当なら、このバスに乗っとったとよ……」

光代はテレビを見つめながら呟いた。

一応安心したらしい友人からの電話を切ってもテレビから目が離せなかった。アナウンサーが高速バスの正確な出発時刻と経路を説明していた。紛れもなく自分が乗るはずのバスだった。切符売り場の列に並んだとき、外に停まっていたバスだった。目の前の賑《にぎ》やかな女子高生たちやその前に並んでいたおばさんが、乗り込んでいったバスだった。

バスジャックを中継する映像を、それこそ齧《かじ》りつくように光代は見続けた。

車内の様子がまったく分からないと、しきりに嘆くアナウンサーに、「だけん、私の前に並んどったあのおばさんとか、女の子たちが乗っとるとって！」と、言い返したい気持ちだった。

　画面に映っているのは、高速をひた走るバスの屋根だった。それなのに光代はまるで自分がそのバスに乗っているような感覚に陥っていた。流れていく車窓の景色が見えるのだ。通路を挟んだ隣の座席には、営業所の切符売り場で前に並んでいたおばさんが真っ青な顔で座っている。ちょっと離れた前の席には、自分の前に並んでいた女の子たちが肩を寄せ合って泣いている。

　バスがスピードを落とす気配はない。次から次にバスはゴールデンウィークのドライブを楽しむ家族連れの車を追い抜いていく。

　光代は通路側から窓側に移動したくてたまらない。見るなと言われても、つい前方に目が行ってしまう。運転席の横には若い男が立っている。手にはナイフを持っている。ときどきナイフで座席のスポンジを切り裂きながら、訳の分からない叫びを上げている。

「バスが！　バスがサービスエリアに入る模様です！」

　レポーターの怒声に光代はハッと我に返った。

　バスは目的地の天神を遥《はる》かに越え、九州道から中国道へ入っている。

　警察の車に誘導されてバスがサービスエリア内の駐車場に停車する。その映像をテレビで見ているはずなのに、光代の目はなぜかバスの内にあり、窓の外に取り囲む警官たちが見える。

「中に、中に怪我人《けがにん》がいる模様です！　ナイフで刺され重傷を負っている模様です！」

レポーターの声がだだっ広い駐車場の映像に重なる。

横を向けば、そこに胸を刺されたあのおばさんがいるようだった。自分が自宅アパートの居間でテレビを見ていることは分かっていたが、それでも光代は怖くて顔を横に動かせなかった。

子供のころから自分が「ついている」と感じることがまったくなかった。世の中にはいろんな人間がいて、その中で「ついている人」と「ついていない人」に分類されたら、自分は間違いなく後者で、その後者グループで分類されても、やっぱり「ついてない」方に選り分けられる。自分はそんな人間だと思い込んで生きていた。

たまたま有給を取ったのが、あの日と同じ休日だったということで嫌な記憶が蘇っていた。

光代は気分を変えようと窓を開けた。暖まっていた部屋の空気がすっと外へ流れ、冬の日を浴びた寒風がからだを撫でて部屋へ流れ込んでくる。

光代は一度身震いすると、大きく背伸びして深呼吸した。

選り分けられたら、必ず悪いほうへ入れられてしまう。それが自分だと、光代はずっと思い込んでいた。でも、あのとき、あの高速バスに、私は乗らなかった。あのバスにギリギリになって乗らなかった私は、きっと生まれて初めて、良い方に選り分けられたのだ。

気がつくと、光代はそんなことを考えていた。目の前には静かな田んぼの風景が広がっている。

光代は窓を開けたまま、その日差しの中で携帯を見た。メールを開くと、昨日の夜までもう何十通と交わした履歴が残っている。

四日前、勇気を振り絞って出したメールに、清水祐一と名乗る男は親切に応対してくれた。三カ月前、久しぶりに職場の飲み会に出て酔った夜、遊び半分で初めて出会い系サイトを覗《のぞ》いた。使い方がよく分からず、新着欄にあった中から長崎に住む彼を選んだ。長崎を選んだのは、佐賀では知り合いの可能性があるし、福岡だと都会過ぎるし、鹿児島や大分だと遠すぎる。そんな簡単な理由からだった。

三カ月前はドライブに誘われたとたんに返事を出せなくなった。

四日前も実際に会う気などまったくなかった。ただ、その晩、寝る前に誰かとメールでいいから言葉を交わしてみたいだけだった。それなのにメール交換は四日も続いた。会う気などなかったくせに、いつの間にか会いたくて仕方なくなっていた。

彼の何がそう思わせたのか分からないが、彼とメールを交わしていると、あの日、あのバスに乗らなかった自分でいられた。何の確信もなかったが、ここで勇気を振り絞れば、もう二度とあのバスに乗らずに済むような気がした。

光代は差し込む冬の日差しの中、昨夜最後に送られてきたメールを改めて読んだ。

〈じゃあ、明日、十一時に佐賀駅前で。おやすみ〉

簡単な言葉だったが、キラキラと輝いて見えた。

今日、これから私は彼の車でドライブする。灯台を見に行く。海に向かって立つ、美しい灯台を二人で見に行く。

◇

日が暮れて暗くなれば、蛍光灯をつける。日ごろは当たり前にやっていることが、石橋佳男にはひどく特別なことに思えた。

暗くなれば、明かりをつける。簡単なことだ。ただ、この簡単なことをするために、人は多くのことを感じているのだ。

まずは目で暗くなったことを感じる。暗くなれば不便だと思う。明るくすれば不便でなくなる。明るくするには蛍光灯をつければいい。蛍光灯をつけるには、畳から立ち上がり、紐《ひも》を引っ張ればいい。あの紐さえ引っ張れば、ここが、暗く、不便な場所ではなくなる。

佳男は薄暗い部屋で、じっと頭上の紐を眺めた。立ち上がれば済むことなのに、蛍光灯の紐がとても遠かった。

実際、部屋は暗かった。ただ、何をやるわけでもない。暗くても不便は感じなかった。不便でなければ蛍光灯をつけることもない。蛍光灯をつけないのなら、何も立ち上がることはない。

結局、佳男はまた畳にごろんと横になった。部屋には線香の匂いがこもっている。ついさっき、「少しは窓開けたらどうや？」と、佳男は妻の里子に言った。

「……はい」

朝から仏壇の前に座り込んでいる里子は返事をしたが、あれからすでに十数分、座布団から立ち上がる気配はない。

薄暗い部屋の向こうに、同じく明かりのついていない理容店の店内が見える。表を走るトラックの風圧が、ときどき薄いドアを揺らす。耳を澄ませば、線香や蠟燭《ろうそく》が燃える音まで聞こえてくる。

一人娘である佳乃の通夜《つや》と葬式を終わらせて、もう何日くらい経ったのか。ついさっき泣き叫ぶ里子を連れて葬儀場から戻ってきたような気もするし、もう半年も前に佳乃に別れを告げたような気もする。

筑後川《ちくごがわ》沿いのメモリアルホールでの葬儀には多くの人たちが集まった。親類縁者、ご近所さん、佳男と里子の昔からの友人たちも競って手伝いをしてくれた。もちろん佳乃本人の同級生たちや同僚たちも来てくれた。最後の夜まで佳乃と一緒だったという同僚二人は、献花のとき、冷たくなった佳乃の顔に触れながら、「ごめんねぇ。ごめんねぇ。一人で行かせて、ごめんねぇ」と周囲も気にせず号泣していた。しかし、みんな佳乃のために集まっているはずなのに、誰も佳乃の話をしなかった。佳乃がなぜこんな姿になったのか、誰も口にしようとしなかった。

メモリアルホールの外にはテレビカメラが何台も来ていた。もちろん警察もおり、捜査状況を探ろうとするレポーターたちとの会話が、弔問客たちの口から口へと伝わっていた。

その夜、佳乃と待ち合わせをしていたという大学生は、未だ行方が分からなかった。断定はできないが、逃走しているのならば、彼が犯人に違いないだろうと言う警官もいた。

「大学生一人、捕まえらんで、何が警察か！」

佳男は涙声で怒鳴った。こんなところで線香など上げていないで、もっと必死に探してくれ！　と行き場のない怒りにからだを震わせた。

通夜の晩、岡山から駆けつけてくれた大叔母たちに、「きつかやろうけど、少しは眠らんといけんよ」と諭されて、会場の控え室に布団を敷いてもらった。

眠れるはずもないのだが、もしもここで眠れれば、これが夢に変わるかもしれないと必死に目を閉じた。

襖の向こうでは親戚や友人たちがひそひそと言葉を交わし、ときどき缶ビールを開ける音や、おかきを齧る音がそこに混じった。

襖の向こうから聞こえてくる会話では、妻の里子は相変わらず祭壇の佳乃のそばから離れられず、誰かが声をかければ泣き出しているらしかった。

正直、眠ってしまいたかった。娘を殺されたというのに、こんな川沿いのメモリアルホールで、アニメの人形集めが趣味という若い坊主《ぼうず》の到着をただじっと待つしかできない自分が、情けなくて悔しくて仕方なかった。

いくら必死に目をつぶっても、襖の向こうから聞こえてくるひそひそ声に耳を塞《ふさ》ぐことはできない。

「しかし、ここだけの話、その大学生が犯人ならまだ佳男さんたちも救われるとよ。だって、もしよ、警察が言うようにその出会い系か何かで知り合った男やったりしてごらんよ。テレビの話じゃ、それで男と知り合うてお小遣いもらいよったって話もあるらしいやないいね」

「そこに佳男が寝とるとぞ！」

大叔母たちの話を誰かが抑えた口調で制す。ただ、一瞬会話がおさまっても、またすぐに誰かがおずおずと口火を切ってしまう。

「でも、その大学生も犯人じゃなかったら逃げ隠れせんやろ」

「そりゃ、そうさ。もしかして、そのお小遣いのことを知られて、その大学生と喧嘩でもしたとじゃないやろか。それで話がこじれて……」

理容店と繋がっている台所から冷たいすきま風が吹いてくる。佳男は畳に寝転がったまま足を伸ばして障子を閉めた。相変わらず薄暗い部屋がいよいよ光を失ってしまう。

「里子……」

力なく仏壇前の妻を呼ぶと、「……はい」と、まるでもう五分も前に呼んだときの返事が、今戻ってきたような声を出す。

「晩メシ、なんか店屋ものでもとるか？」

「……そうね」

「来々軒に電話かけんね」

「……うん」

返事はするが、里子が動き出す気配はない。それでも、朝から仏壇の前を離れない妻と、佳男は今日初めてきちんと言葉を交わしたような気がした。

佳男は仕方なく畳から立ち上がり、蛍光灯の紐を引いた。何度か点滅したあとついた明かりが、古びた畳や今まで枕にしていた座布団を照らす。座卓には会葬御礼品《かいそうおんれいひん》の小箱が積み重ねられ、その上に葬儀社からの請求書が載っている。

「これからご自宅のほうにお参りにいらっしゃる方もいますからね」と葬儀屋は言っていた。

佳男は座卓から目を逸《そ》らすと、来々軒に電話をかけて野菜ラーメンを二杯注文した。相手はいつもの親父だったが、「あ！　石橋さん？　はいはい、すぐに持っていくけん」と、対応はひどくぎこちなかった。

電話を切ると、仏壇のほうから里子がまた鼻を啜る音が聞こえた。泣いても泣いても涙が溢《あふ》れてくるらしかった。啜っても啜っても悔しさは啜り切れないらしかった。

「里子」

また畳にしゃがみ込み、佳男は仏壇の棚に身を投げ出した里子の背中に声をかけた。

「お前、佳乃がその大学生と付き合いよったの、知っとったとか？」

事件以来、初めて佳男は娘の名前を口にした気がした。佳男の質問に里子は突っ伏したまま何も答えない。また泣き出したのか、その振動で棚に置かれた蠟燭が揺れる。

「佳乃は、みんなが言うような娘じゃなかぞ。そんな簡単に男と……」

喋っているうちに声が震えた。気がつくと、頬を涙が流れていた。突っ伏したままの里子が声を上げる。まるで子供のころの佳乃のように、歯を食いしばるようにして泣く。

「許さんぞ。絶対にその男を許さん。誰がなんて言おうと、俺は許さん」

声が出なかった。喉《のど》に詰まった言葉を佳男はぐっと呑《の》み込んだ。

あれはいつごろだったか、いつものように日曜の晩に電話をかけてきた佳乃と里子が長話をしていたことがあった。佳男が風呂に入る前にかかってきて、出てからもしばらく続いていたので一時間以上は喋っていたはずだ。

湯上がりに焼酎の烏龍茶割りを作って、テレビをつけ、聞くともなく二人の話を聞いていると、「お母さんとお父さんが出会ったころ、どっちがどっちに告白したのか」とか、「バンドを組んで女の子たちに人気のあったお父さんを、どうやって落としたのか」など、ちょっとこちらが照れ臭くなるような質問を娘の佳乃がしているらしく、里子も里子でそれに律儀に答えている。

いつもなら「長電話するな！」と怒鳴りつけるのだが、内容が内容だけに、佳男もどう声をかけていいのか分からず、ついつい酒のペースが速くなる。

やっと電話を切った里子に、「何の話や？」と白々しく尋ねると、「佳乃に好きな人ができたって」と嬉しそうな顔をした。

一瞬、佳乃に男が？　と焦りはしたが、その相談で母親に電話をかけてきて、両親の出会いについて質問した娘の可愛さもあった。

「付き合いようとか？」と、佳男が突《つ》っ慳貪《けんどん》に尋ねた。

「いやぁ、まだそこまでいくもんね。ほら、昔からあの子は、好きな男の子の前では強がる癖のあったやないね。我《が》が強いっていうか、素直やないっていうか。……でも、今回のあの感じやと、ほんなこと好いとうごたよ。電話の向こうでちょっと泣きそうになっとったもん。ばってん、まだ可愛いもんやねぇ、好きな人ができて、友達にも相談できず、母親に電話かけてくるなんて」

佳男が返事もせずに、グラスの焼酎を飲み干すと、「……よう聞かんやったけど、湯布院や別府でえらい高級な旅館を経営しとるお家《うち》の一人息子さんらしかよ」と里子が付け加える。

佳男はそのつい半年ほど前、理容組合の慰安旅行で訪ねた湯布院の町を思い浮かべた。自分たちが宿泊したのは安旅館だったが、散歩に出かけた先に、敷居の高そうな老舗《しにせ》旅館の門があり、たまたまそこの美しい若女将《おかみ》が門前に立っていた。若女将は佳男たちが別の旅館の浴衣《ゆかた》を着ているにもかかわらず、気軽に声をかけてきた。佳男たちが「湯布院は空気がおいしい」と言うと、「また、来て下さいね」と笑顔を浮かべた。

その夜、台所で洗い物を始めた里子の尻を眺めながら、佳男は知らず知らずのうちに、その老舗旅館の前に立ち、こちらに笑みを浮かべる着物姿の佳乃の姿を思い描いていた。我ながら性急過ぎる空想に苦笑もしたが、若女将になった娘を想像するのは、まんざら嫌な気分でもなかった。

仏壇の前で泣き崩れる里子を眺めながら、佳男はもう一度、「俺は許さん……」と呟いた。戻れるものなら、あの夜に戻り、長電話をする里子の手から受話器を奪いたい。「そげな男と関わるな」と一言、佳乃に言ってやりたい。

それができない自分が悔しかった。呑気に娘の着物姿など想像してしまった自分が、悔しくて、情けなくて、仕方なかった。

◇

ここ数日、鶴田公紀はふと気がつけば増尾圭吾のことを考えていた。

事件の翌日に来て以来、警察からの連絡はなく、その後の状況はテレビや新聞に頼るしかない。

仲の良い同級生が女を殺して逃走している。言葉にすると、かなりドラマティックな物語に巻き込まれているのだが、日常は至って平凡で、こうやって大濠公園の見下ろせる部屋にこもり、「死刑台のエレベーター」や「市民ケーン」など好きな映画を観ているだけだ。その上、寝る前には必ずエロビデオに切り替えて、きちんと精を放つ。

同級生が人を殺して逃亡している現実が、まるで自分が書いた下手な脚本みたいで、こんなありきたりなストーリーなど映画にしても面白くないいんじゃないかと思えてくる。しかし、増尾が女を殺して逃亡しているのは、自分の下手クソな脚本ではない。

事件以後、いや、事件以前も同じだったが、まったく学校にも行っていない。おそらく今ごろ学校では、増尾のことで学園祭前夜のような盛り上がりを見せているに違いない。

目立つ存在だった増尾のことを好きだった奴《やつ》も嫌いだった奴も、観客というのは自分勝手なもので、早く結末を見せろとイライラしてくる。

あれから毎日、増尾の携帯に連絡を入れている。ただ、未だに一度も繋がらない。自分にとって増尾圭吾という存在が、世間とを結ぶ唯一の糸だったのだと鶴田は改めて思う。

学校の話も、友人たちの話も、女の話も、考えてみれば全部増尾の口から聞かされて、それで自分も一端《いっぱし》に大学生活を送っているような気分でいた。

増尾は今ごろどこにおるっちゃろうか。

一人で怯《おび》えとるっちゃろか。

逃げ切れるつもりでおるっちゃろか。

どうせ捕まるのなら、増尾らしく捕まってほしい。今さら自首などせんでほしい。最後の最後まで逃走して、最後は大勢の警官に囲まれて、強いスポットライトを浴びる中で、自分には書けそうもない科白《せりふ》を叫んで、自ら命を絶ってほしい。

気がつくと、鶴田はエロビデオのフェラチオシーンを眺めながら、そんなことを考えている。いつの間にか夜は明け、散らかった部屋に朝日が差し込んでいる。すぐそこの大濠公園から聞こえてくる鳥の声に、画面の中で女が立てる舌の音が重なっている。

フェラチオシーンの間に、鶴田はさっさと精を放った。汚れたティッシュをゴミ箱に投げ、中途半端に下ろしたパンツを引っ張り上げる。

しかし、なんで殺したっちゃろ？

どう考えても、増尾があの女を殺す理由が浮かんでこない。逆にあの女がつれない増尾を殺したのなら話は分かる。ある意味、増尾らしい人生やねぇ、と納得できる。

鶴田はフェラチオを続ける女の映像をリモコンで消し、朝日に目を細めながらカーテンを閉めて回った。親にねだって買ってもらった遮光カーテンは、昼間でも部屋を夜に変えてくれる。親の金だと思えば腹も立つが、この腹立ちさえ手懐《てなず》けてしまえば、高品質な遮光カーテンは手に入る。

ベッドに横になり、いつも金の計算ばかりしている両親の顔を思い浮かべた。通帳を見れば見るほど金が増えるとでも思っているのか、夫婦揃って計算機を叩いている姿だ。

さすがに鶴田も金が必要ないとは思わない。ただ金よりも必要なものがあるのではないか、それが見つからなければ、生きていく気力が湧《わ》かないと思う。

いつの間にか、うつらうつらしていた。気がつくと、ガラステーブルの上で携帯が鳴っていた。一瞬、無視しようかとも思ったが、無意識に手が伸びた。

「もしもし」

受話器の向こうから聞き覚えのある男の声が聞こえる。

「も、もしもし！」

思わずからだを起こしていた。

「すまん、寝とった？」

聞こえてきたのは紛れもない増尾の声だった。

「増尾？　増尾やろ？」

寝起きだというのに、つい大きな声を出してしまい、喉に痰《たん》が詰まって咳《せ》き込んだ。

「き、切るなよ！」

とりあえずそれだけ言って、鶴田は思い切り咳き込み、喉につっかえた痰を吐いた。弾みで踏みつけたエロビデオのパッケージがグニャッと潰《つぶ》れる。

「もしもし？　増尾？　お、お前……、だ、大丈夫や？」

鶴田は尋ねた。訊きたいことは山ほどあったが、咄嗟に出てきた言葉がそれだった。

「……ああ、大丈夫」

受話器の向こうから、疲れ切ったような増尾の声が聞こえてくる。

◇

朝の六時を回ったばかりで、てっきりまだ寝ていると思った鶴田が電話に出た。出てほしくなくて電話をかけるわけもないのだが、実際に鶴田の声が聞こえたとたん、増尾圭吾は「出てくれるな」と願っていた自分に気づいた。

場所は名古屋市内にあるサウナだった。赤い絨毯《じゅうたん》が敷かれた廊下の先には、真っ暗な仮眠室がある。公衆電話は廊下の隅に置かれていた。隣に滋養強壮剤などを売る自動販売機があるが、五つあるボタンのうち、三つが売り切れになっている。

「本当に大丈夫とや？」

受話器からまた鶴田の声がした。寝起きのくせに切迫したその声が、やはり現在の自分の立場を思い知らせる。

「今、どこにおるとね？」

鶴田の声が、とつぜん優しくなった。増尾は思わず受話器を強く握った。

実家や自宅にかけたのならいざ知らず、まさか鶴田の携帯まで逆探知されているとは思っていないが、妙に優しく響いた鶴田の声が、誰かの目の前で演技しているように感じられたのだ。

増尾はフックにかけていた指に力を入れた。

通話が切れ、何枚かの十円玉が返却口へ落ちてくる。その音が静かな廊下に響く。増尾は振り返った。廊下には誰の姿もなかったが、柱の鏡に水色のサウナ服を着た自分の姿が映っていた。

増尾は受話器をフックに戻した。公衆電話の受話器はこんなに重かったのかと妙なことが気になった。

鶴田に電話をかけて何かを言おうとしたわけではなかった。捜査の様子を探ろうとしたわけでもなかった。この数日、誰とも言葉を交わしていなかった。サウナやビジネスホテルのフロントでも、質問には全部頷《うなず》いたり、首を振ったりして答えていた。さっき一言だけ、「ああ、大丈夫」と鶴田に答えたとき、久しぶりに自分の声を聞いたような気がした。

増尾は赤い絨毯の敷かれた廊下を仮眠室へ戻った。遮光カーテンの向こうから、一晩中、増尾を悩ましていた鼾《いびき》がまだ聞こえている。鼾の主は増尾が陣取った寝椅子《ねいす》の横で眠っていた。蹴り起こそうかと何度思ったか知れない。しかし、その度にこんなところで問題を起こし、通報でもされたら終わりだと堪《こら》えた。だだっ広い広間には、五十もの寝椅子が並んでいる。その一つ、合革が破れ、スポンジがはみ出した寝椅子だけが、今の増尾には自由になる空間だった。

薄暗いサウナの仮眠室に入ると、気のせいか獣の臭いがすっと鼻先を流れた。サウナで汗を流し、風呂に入ってからだ中をきれいに洗っているはずの男たちでも、これだけ一カ所に集まってくると、こういう臭いを発散するのかもしれない。

非常口のライトだけを頼りに、増尾はさっきまで横になっていた寝椅子へ向かった。それぞれの寝椅子で、疲れ切った男たちがそれぞれの格好で眠っている。眼鏡を額の上に置いたまま眠っている者。小さな毛布で器用にからだのすべてを覆《おお》っている者。そして大口を開け、相変わらず高鼾をかき続けている隣の男。

増尾は一つ大きく咳払いすると、まだ自分の体温の残る毛布を纏って寝転がった。咳払いをしても、激しく寝返りを打っても横の男の醜い鼾は止まらない。

それでも目を閉じると、電話の向こうで狼狽《ろうばい》したであろう鶴田の顔が浮かんでくる。なぜ電話をしようと思ったのか。なぜ電話をしようと思った相手が鶴田だったのか。鶴田ならこの窮地から救ってくれるとでも思っていたのか。

考えれば考えるほど、増尾は馬鹿らしくなった。学内でも学外でも、友人知人は多いほうだった。ただ、こんなときに電話をかけられる相手が浮かばなかった。

自分の周りにはよく人が集まってくる。それは増尾も自覚している。ただ、集まってくるのはどいつもこいつも張り合いのない奴らばかりで、心底そいつらを馬鹿にして付き合っている自分がいた。

止《や》まない隣の男の鼾を聞きながら、増尾は無理にでも少し寝ようと、強く目を閉じた。強く閉じると、まるで果物を絞るように、記憶が押し潰され、あの夜、偶然、東公園の前で石橋佳乃と出くわしたときの光景が、嫌でも脳裏に浮かんできてしまう。

なんであんな女のために、この俺が逃げ回らなければならないのか。こんなサウナで見知らぬ男の鼾を聞かされながら。考えれば考えるほど腹が立ってくる。

それにしても、なんであんな場所で、あんな女とばったり再会したのか。あそこで小便を我慢して、マンションへ帰ってさえいれば、こんな目には遭わずに済んだのだ。

あの夜、ムシャクシャしていたのは確かだ。ムシャクシャして天神のバーで飲んだあとだった。

そのままマンションへ戻るつもりで路上駐車していた車に乗り込んだ。バーからマンションまで五分とかからなかったのに、なぜか無性に気が立って、そのまま車を走らせることにした。

酔っていた。今となっては、どこをどのように走って、東公園まで行ったのかも覚えていない。

とにかくムシャクシャして仕方なかった。自分が何にムシャクシャしているのか分からず、それがまた自分をムシャクシャさせた。

たとえば電話一本かけさえすれば、すぐにでもヤラしてくれる女の顔などいくらでも浮かんだ。ただ、あの夜、抱えていたのはもっと凶暴な欲求で、たとえば互いの肌を噛み合って血まみれになりたいような、そんな獰猛《どうもう》なものだった。

今となってみれば、女とヤリたかったのではなくて、男と殴り合いたかったのかもしれないと増尾は思う。しかし今さら気づいても、あの夜に戻れるわけもない。

とにかく博多の街を二時間近く走り続けていると、飲み過ぎた酒のせいで尿意を感じた。通りの先に森のような東公園が見え、公園ならば公衆便所があるだろうと車を停めた。

公園沿いの路上パーキングには、他の車がちらほらと停車していた。車を走らせているうちに、すっかり酔いも醒《さ》めていた。

車を降りると、通りの先で若い男が立ち小便していた。街灯で男の髪が金色に染められているのが分かった。

ガードレールを跨《また》ぎ、増尾は真っ暗な園内に入った。公衆便所はすぐに見つかった。駆け込んで、汚れた便器に酒臭い小便をしていると、個室から妙な鼻息が漏れ聞こえた。

気味は悪かったが、小便を途中で止めることもできない。

扉が開いたのはそのときで、一瞬、ビクッとからだを縮めると、ジッパーを広げた指に小便がかかった。

個室から出てきたのは、同世代の男だった。嫌な目つきでこちらを見ている。増尾は咄嗟に男の素性を理解した。酔った勢いもあって、出て行こうとする男に、「しゃぶらせちゃろか？」と笑いかけると、ピタッと足を止めた男が、「フン、おめぇがしゃぶれ」と鼻で笑った。

一瞬、カッとなったが、殴りかかるにも、まだ勢いよく小便が出ていて身動きできない。

やっと小便を終わらせ、増尾は若い男を追って公衆便所を飛び出した。ぽつんぽつんと立っている街灯が、園内をより暗く見せていた。増尾は目をこらして男を探したが、茂みにも遊歩道にもその姿はなかった。

馬鹿にしたヤツに、逆に馬鹿にされてしまった悔しさが、からだ全体に伝わっていた。寒風の中、縮こまってもよさそうなからだが、かっと燃えるような苛立《いらだ》ちだった。男を見つけ出して殴りかかれば、今夜のこの鬱憤《うっぷん》が晴れてくれそうな気がした。殴った分だけ殴られて、鼻血でも噴き出せば、この意味不明な苛立ちがすっと解消しそうな気がした。

結局、公園を出るまでに取り逃がした男を見つけることはできず、舌打ちしながら公園の柵を跨いだ。

オレンジ色の街灯がアスファルト道路を照らしていた。通りの向こうから歩いてくる女が見えたのはそのときだった。

誰かと待ち合わせでもしているのか、女は通りに停められた車を一台ずつ確認するように歩いてきた。

公園の柵を跨いだ増尾は、植え込みから歩道へ飛び降りた。その瞬間だった。ちょうどその女と増尾の中間辺りに停まっていた車が「ファン！」とクラクションを鳴らしたのだ。

乾いたクラクションは公園沿いのアスファルト道路に響いた。

クラクションに驚いた女が立ち止まる。先に気づいたのは女のほうだった。街灯で少し影になったその顔にさっと笑みが広がるのが増尾にも見えた。

女はすぐに駆け寄ってきた。歩道を蹴るブーツの音が暗い園内に吸い込まれていくようだった。

駆け寄ってくる途中、女はちらっとクラクションを鳴らした車の中を覗き込んだが、歩調は弛《ゆる》めなかった。ちょうどその車を通り過ぎたころ、増尾はその女が天神のバーで会ったあと、しつこくメールを送ってくる石橋佳乃だと気がついた。

「増尾くん！」

声をかけられ、増尾もとりあえず片手を挙げて応《こた》えた。ただ、クラクションを鳴らした車のほうも気になって、そちらへ目を向けると、ルームライトのついた運転席に、若い男の顔がぼんやりと浮かんで見える。はっきり見えたわけではなかったが、髪の色といい、さっきそこで立ち小便をしていた男らしかった。

待ち合わせしていたらしい男に声もかけずに、佳乃は増尾の元へ駆け寄ってきた。

「なんしちょると？　こんな所で」

薄暗い通りでも、佳乃の顔に浮かんだ喜色がはっきりと見てとれる。

「ちょっと小便」

増尾は抱きつかんばかりに駆け寄ってきた佳乃から一歩あとずさった。

「偶然やねぇ。私たちの寮、ここの裏にあるとよ」

訊いてもいないのに、佳乃が暗い公園を指さして教えてくれる。

「車で来たと？」と佳乃が辺りを見回す。

「あ、うん」

増尾は曖昧に答えながらも、すぐそこに停められている車の中で、じっとこちらを見つめている金髪の男を気にしていた。

「よかと？」

増尾がその車のほうへ顎《あご》をしゃくると、今、思い出したように振り返った佳乃が、「ああ」と面倒臭そうに顔を歪《ゆが》め、「よかと、よかと」と首を振る。

「でも、待ち合わせしとったとやろ？」

「……そうやけど、ほんとに気にせんで」

「気にせんでって……」

増尾は呆れて言い返した。佳乃が諦めたように、「ちょっと、ちょっとだけ待っとって」と言い残し、男が待つ車のほうへ駆け戻る。

別に佳乃と会うつもりでここへ来たわけではなかった。だが、佳乃の勢いに押されてしまい、彼女を置いていくわけにもいかなくなった。

佳乃が駆けて行くと、ルームライトに浮かんでいた男の顔がちょっとだけ弛んだ。しかし、車に駆け寄った佳乃は助手席のドアを開け、何やら一言二言、男に告げただけで、すぐにドアを閉め、また増尾のほうへ駆け戻ってくる。

ドアの閉め方があまりにも乱暴で、その音が閉まったあともずっと通りに響いているようだった。

「ごめんね」

戻ってきた佳乃は、なぜかそう謝ると、「あの人、友達の友達なんやけど、前にちょっとお金貸しとって」と、迷惑そうな顔をする。

「金、返してもらわんでよかと？」

「よかと、よかと。あとで私の口座に振り込んでって、今、頼んできた」

佳乃はさらっとそう言った。増尾は車へ目を向けた。男はまだこちらをじっと見ていた。

「寮に帰ると？」と増尾は尋ねた。

待ち合わせしていた男を放ったらかして、わざわざ戻ってきたにもかかわらず、佳乃はじっと増尾を見つめたまま、次の言葉を待っている。

「う、うん……」

増尾の質問に、佳乃は曖昧な笑みを浮かべた。

正直、この手の女は苦手だった。何かを待っているくせに、何も待っていないふりをして、待っているだけのように見せかけて、その実、様々なものを要求している。

もしも、このとき、佳乃と待ち合わせていた男の車が、その場から立ち去っていたら、増尾は自分の車に佳乃を乗せていなかったと思う。「そんじゃ、俺、帰るから」と、その場に佳乃を置いて立ち去ることなど、増尾にとって難しいことではなかった。だが、佳乃の肩越しにじっと動かない車があった。運転席にはルームライトにぼんやりと浮かび上がった男の顔がある。怒っているようにも、悲しんでいるようにも見えた。男が車から降りてくる気配はない。佳乃のほうも男の車に戻る素振りを見せない。

「寮、近いと？」

沈黙を埋めるように増尾が尋ねると、佳乃は一瞬、答えに迷って、近いとも近くないとも取れるような笑みを浮かべた。

「送ろうか？」

増尾の言葉に佳乃は嬉しそうに頷いた。キーロックを解除し、ガードレールを跨いだ。助手席のドアを開けてやると、佳乃は這うように乗り込んだ。

寒風の中、外で立ち話をしているときには気づかなかったが、「やっぱり車の中、暖かいねー」と身を震わせた佳乃の口臭が、やけにニンニク臭かった。

気分が変わったのは、運転席に乗り込んだときだった。その夜、感じていた苛立ちを、この女にならぶつけられそうな気がした。

「時間ない？」

エンジンをかけながら尋ねると、「なんで？」と佳乃が訊いてくる。

「ちょっとドライブせん？」と増尾は訊いた。

「ドライブ？　どこに？」

断る気もないくせに、佳乃が首を傾《かし》げる。

「別にどこでもいいけど……、三瀬峠のほうに肝試しに行こうか？」

増尾はからかうようにそう言った。言いながらすでにアクセルを踏んでいた。走り出した車のルームミラーに、金髪男の白いスカイラインが映っていた。

◇

なんでもないことなんだと、自分に言い聞かせ、必死に動かしてきた足が、とつぜんぱたりと止まってしまった。

清水祐一と名乗る男と待ち合わせをした佐賀駅はすぐそこにある。

なんでもない。光代はもう一度小声で呟いた。メールで知り合った男と会うぐらいなんでもない。みんなが簡単にやっていることだし、会ったからと言って何が変わるわけでもない。

今朝、仕事へ出かける妹の珠代に、「今夜ちょっと遅くなるかもしれんけん」と声をかけた。考えてみれば、あのときからずっと、光代は心の中でそう自分に言い聞かせていた。

メールで会う約束をした。都合のいい場所を訊かれて、答えた。都合のいい時間を訊かれて、それにも答えた。正直、簡単なことだった。ただ約束して携帯を置いたあと、本当に自分は会いに行くつもりなのだろうかと不安になった。あまりにも約束するのが簡単で、肝心な自分の気持ちを確かめていないことに気がついた。

行くわけない、と光代は呟いた。私にそんな勇気があるわけがないと。

でも勇気もないくせに、光代はその日着ていく洋服のことを考えていた。会いに行く気もないくせに、駅前で会う二人の様子を想像していた。

約束はしたが、自分が行くわけがないと思いながら朝を迎えた。行くわけがないのに、珠代に向かって、「今夜遅くなる」と告げた。行くわけがないのに着替えた。行くつもりもないのに家を出た。会う勇気もないくせに、すぐそこに駅が見えるところに立っていた。

どれくらいぼんやりしていたのか、駅へ急ぐ人たちが光代を追い抜いていく。光代は端に寄ってガードレールに腰かけた。後ろから歩いてきた中年の女性が、気分でも悪くなったと勘違いしたのか、心配そうな目を向ける。

日差しが強いせいで寒さは感じなかった。ただガードレールが尻に食い込んで痛かった。

すでに待ち合わせの十一時を回っていた。座り込んだガードレールからも駅前のロータリーは見えた。入口付近に人の出入りはあるが、それらしき男は立っていない。ロータリーに猛スピードで白い車が走り込んで来たのはそのときだった。少し離れた場所にいた光代も思わずガードレールから立ち上がるほど、タイヤを鳴らしてカーブを曲がった。間違いなかった。昨夜、メールの画像で祐一が見せてくれた車だった。光代は「行けるわけない」とまた小声で呟いた。そう呟いたのに右足が少しだけ前に出た。

会って嫌な顔をされたらどうしよう。がっかりされたらどうしよう。

そう思いながらも前へ進んだ。

なんでもない。メールで知り合った男と会うくらいなんでもない。

そう言い聞かせながら止まりそうな足を必死に動かした。

自分が見知らぬ男の車に近づいているのが不思議で仕方なかった。自分にこんな勇気があることに驚いていた。

白い車のドアが開いたのは、光代がロータリーの入口に差し掛かったときだ。思わず足を止めると、中から金髪で背の高い男が降りてきた。冬の日差しの中で見ると、以前送ってもらった画像より数倍髪の色が明るく見えた。

男はちらっとこちらに目を向け、すぐに視線を駅の入口のほうへ戻した。ドアを閉めてガードレールを飛び越える。その様子を光代は街路樹に隠れるようにして見つめていた。思っていたよりも若かった。思ったよりもからだの線が細かった。思ったよりも優しそうだった。

正直、もうここまでだと光代は思った。これ以上前に進む勇気は、どこを探しても見つかりそうになかった。

いったん駅の中に入った男が、手に携帯を持って出てきた。一瞬、男と目が合った。光代は思わず背を向けて、またガードレールに腰かけた。

三十数えて、彼がここへ来なかったら帰ろうと思った。彼は今、自分の顔を見たはずだ。このあとは彼に決めて欲しかった。会いに行ってがっかりされるのは怖かった。今さら逃げ帰って後悔するのも嫌だった。

結局、一から五まで数えて、そのあとは数字が出てこなかった。どれくらい座っていたのか、見つめていた足元にすっと影が伸びてくる。

「あの……」

上から落ちてきた声が、どこかビクビクしていた。顔を上げると、木漏れ日を受けた男がそこに立っていた。

「あの、清水ですけど……」

たぶん彼のオドオドした立ち姿のせいだと思う。たぶん彼の冬日を受けた肌のせいだと思う。たぶんどこか怯えていた彼の目のせいだと思う。その瞬間を境に何かが変わった。これまでのついていなかった人生が、そこで終わったような気がした。これから何が始まるのかは分からなかったが、ここへ来てよかったのだと光代は思った。

声をかけてきた祐一に、緊張しながらも光代が微笑むと、その緊張が祐一にも移ったようで、とつぜん辺りをきょろきょろと見回した。

「車、あそこに停めとったら持ってかれるよ」

祐一の前で初めて出した声が意外にも落ち着いていて、光代はそんな自分に驚いた。

「あ、そうやね」

慌てた祐一が車へ戻ろうとして、ふと光代の存在を思い出したように立ち止まる。手足が長いので、その動きがとても大げさに見え、光代は思わず微笑んだ。

ガードレールを離れると、まるであとを追ってくる子供を気にするようにして祐一が何度も振り返りながら歩き出す。その背中に、「写真で見るより、髪、金色なんやね」と光代は声をかけた。少しだけ歩調を弛めて横に並んできた祐一が自分の髪をぐしゃぐしゃっと掻きながら、「夜、鏡を見とったら、急になんかを変えとうなって……別に、シャレとるわけじゃなかとけど」とボソボソと答える。

「それで金髪に？」

「……他に何も思いつかんやったけん」

祐一は生真面目な顔でそう言った。

車まで来ると、祐一は助手席のドアを開けてくれた。

「私も、なんかその気持ち分かる」と光代は言った。言いながら、何の抵抗もなく乗り込んだ。

祐一はドアを閉めて運転席へ回り込んだ。芳香剤でもあるのか車内にバラの香りが漂っていた。祐一がこの車を大切にしていることが乗ったとたんに伝わってきた。

祐一は運転席に乗り込み、すぐにエンジンをかけてハンドルを切った。前に停まっているタクシーにぶつかりそうに見えたが、祐一にはこの車のサイズが一ミリ単位で分かっているのか、何の躊躇《ちゆうちよ》もなくアクセルを踏む。車体はスレスレでタクシーを躱《かわ》して走り出した。ハンドルを握る祐一の指が、ついさっきまで誰かと喧嘩をしていたように見えた。実際に喧嘩をしたあとの手など見たことはないのだが、長く節くれ立ったその指がひどく痛めつけられたあとのようだった。

ロータリーを半周する車の窓に、見慣れた駅前の風景が流れた。たった今、出会ったばかりの男の車に乗っているのに、まったくと言っていいほど不安がなかった。逆に見慣れた駅前の風景のほうが、光代にはよそよそしく感じられた。出会って数分なのに、佐賀駅前の風景よりも祐一の運転のほうが信じられた。

「私、まさか自分が清水くんのような人とドライブするなんて考えてもおらんやった……」

走り出した車の中で光代は思わずそう言った。ちらっと目を向けた祐一が、「俺のような?」と首を傾げる。

「そう。清水くんのような……、金髪の人」

光代がそう答えると、祐一はまた髪の毛をぐしゃぐしゃっと掻いた。

咄嗟に出てきた言葉だったが、今の自分の気持ちをこんなに的確に言い表した言葉もなかった。

のろのろと走る地元ナンバーの車を、祐一は次々と追い抜いた。器用に車線を変えて、加速するたび、背中が柔らかいシートに吸いつく。いつもならタクシーの運転手にちょっとスピードを出されただけでビクビクしてしまうのだが、不思議と祐一の運転には不安を感じない。かなり際どいタイミングで車線を変えるのに、まるで磁石の同極が触れ合わないような、絶対にぶつからないという安心感がある。

「運転うまいね。私なんか免許は取ったけどペーパーやけん」

また一台抜き去った祐一に光代は言った。

「いつも運転しとるけん」

祐一がぼそっと呟く。

車はあっという間に34号線との交差点に近づいていた。この交差点を左に曲がれば、街道沿いに光代が働く紳士服店があり、直進すれば高速の佐賀大和インターへ繋がる。

「ねぇ、どうする？」

久しぶりに信号で停まると、光代は祐一と目を合わさずに尋ねた。

「そのまま呼子《よぶこ》の灯台のほうに行く？　それともこの辺でお昼ご飯食べてからにする？」

不思議と言葉がスラスラ出てきた。隣にいる人がどんな男なのかも知らないのに、ひどく大胆な自分に自分で呆れた。

祐一がハンドルを強く握りしめたのはそのときだった。盛り上がった拳《こぶし》を見ていると、まるで自分のからだが締め上げられているようだった。

「……ホテルに行かん？」

祐一はハンドルを握りしめる自分の拳を見つめてそう言った。一瞬、何を言われたのか分からず、呆然とその横顔を見つめていると、目を伏せたまま、「メシやドライブは……、そのあとでよかたい」と祐一が呟く。その顔が、まるで叱《しか》られるのを分かっているのに、それでもおもちゃをねだる子供のようだった。

「もう～、なんばいきなり言いよっとぉ」

咄嗟に光代は笑い飛ばした。とつぜんホテルに行きたいなどと言われて、動転していたせいもあるが、大げさにからだをくねらせて、祐一の肩を叩いた。

その手を祐一に摑《つか》まれた。いつの間にか信号は変わっており、背後の車からクラクションが鳴らされる。祐一は摑んでいた光代の手を放し、ゆっくりとアクセルを踏んだ。

私、そんな気で会いに来たっちゃないとよ。ただ灯台を見たかっただけ。

いくらでも言葉は浮かんだが、気まずそうに黙り込んだ祐一を前に、そのどれもが嘘臭く感じられた。

「……それ、本気で言いよっと？」

言いながら、光代は胸が痛くなるほど緊張していた。まるでもう隣にいる男に服を脱がされているような感じだった。

会ってまだ十分と経たない男の前で、こんなにも大胆になっている自分を、別の場所から眺めているようだった。

祐一は前を見据えたまま頷いた。何か言ってくれるかと待ったが、気の利《き》いた誘い文句の一つもない。

こんなにギラギラした性欲を目《ま》の当たりにするのは久しぶりだった。

こんなにまっすぐに自分を欲する男を見たのは、まだ工場で働き始めたばかりのころ、同じラインにいた先輩社員に残業明けの駐車場で、とつぜん抱きつかれたとき以来だった。決して嫌いな人ではなかった。どちらかと言えば、好意を寄せていた先輩だった。それなのに光代は抵抗して逃げ出した。あまりにもとつぜんだったせいもある。いや、あまりにも自分がそうなることを欲していたせいもある。それを知られるのが怖かった。抱かれたいと思っている自分を、まだ認めることができなかった。

あれからもう十年以上が経つ。この十年、何度もそのときのことを思い出す。あの瞬間に自分が今の人生を選んでしまったような気さえする。あの瞬間、自分がいつも獰猛な男の欲望をどこかで求めている女になってしまったような気がする。

「……行ってもよかよ、ホテル」

光代は落ち着いた声で言った。道の先に佐賀大和インターを示す標識が見えた。

なぜか珠代と暮らす部屋が浮かんだ。不自由のない部屋だった。居心地のいい部屋だった。ただその部屋に「今日は帰りたくない」と強く思った。

佐賀大和インターの入口を過ぎた車は、田園地帯を蝶結《ちょうむす》びするような高速の高架をくぐり、福岡方面へと向かっていた。

よほどスピードを出しているのか、窓の外を看板が、標識が、まるで千切《ちぎ》られるように背後へ飛んでいく。

「この先にホテルがあるけん」

　ぼそりと呟いた祐一の声に、光代は改めて、「ああ、これからセックスするんだ」と思った。

　休耕中の畑の向こうに、ラブホテルの看板が見えたのはそのときだった。光代はハンドルを握る祐一に目を向けた。髭《ひげ》は濃くないようで、顎に小さなほくろがあった。

「いつもこんな風にすぐホテルに誘うと？」

　尋ねながら、光代はその答えがどうでもいいような気がした。祐一は会ってすぐに、自分をホテルに誘った。自分はその誘いを受けた。それ以外に確かなものはなかった。それ以外、今の二人に必要なものはないような気がした。

「別によかけど……。いつもこんな風に誰かを誘っとっても」と光代は笑った。

　看板に隠れるようにホテルへ向かう小道があった。スピードを落とした車がゆっくりと小道を進んでいく。路肩に小さな鉢植えが並べてあった。ただ、一つも花をつけている鉢はない。

　小道はそのまま半地下の駐車場へ通じていた。インターの入口からここまで一台の車ともすれ違わなかったのに、駐車場は満車に近かった。

　一台分だけ空いていた場所に車を停めた。祐一がエンジンを切った瞬間、お互いが唾《つば》を呑み込む音まで聞こえるほど静かになった。

「けっこう混んどるね？」

無理に静寂を破るように光代は声を出した。「土曜日やもんね」と付け加えると、寸法直しの納期を間違えて客から苦情を受けた先週の土曜日のことが思い出された。

ここまで一方的に来たくせに、車を停めたとたん祐一が動かなくなった。抜いたキーを握ったまま、その手をじっと見つめている。

「部屋、空いとればいいけどね」

光代はわざと気安い口調で言った。その言葉に祐一が俯《うつむ》いたまま、「うん」と頷く。

「でもヘンな感じよねぇ。さっき会ったばっかりで、もうこんな所におるとやもんねぇ」

光代の声が閉ざされた車内にこもった。こんなこと、なんでもないと思えば思うほど、自分の声が弱々しくなった。そのときだった。とつぜん祐一が、「……ごめん」と小さく呟いたのだ。

「なんで謝ると？」

あまりにもとつぜんの謝罪に、光代は一瞬うろたえた。何を謝られているのか分からず、頭が混乱した。

「謝ることないって。正直、あまりにもいきなり誘われてびっくりしたけど、女だってね、そういう気持ちになることはあるとよ。そういう気持ちになるけん、誰かと出会いたいって思うことだってあるとよ」

咄嗟に出てきた言葉だった。言いながら、こんな科白を口にしている自分が、まるで自分じゃないようだった。言い換えれば、「女だってセックスしたいときがある。セックスがしたくて、男を求めることもある」と、会ったばかりの男に言っているのだ。

祐一に真っすぐに見つめられた。その目が何か言いたそうだった。自分の顔が赤くなっているのが分かった。職場の人たちみんなに盗み聞きされているようだった。今の職場の人だけでなく、工場時代の同僚たちや、高校時代の同級生たちにも聞かれ、みんなから笑われているようだった。

「と、とにかく行ってみようよ。もしかしたら満室かもしれんし」

二人きりの車内から逃げ出すように光代はドアを開けた。開けたとたん、底冷えする駐車場の冷気が流れ込んだ。

車を降りると、暖房で暖まっていたからだが急激に冷えた。すぐに降りてきた祐一がホテルの入口のほうへ歩いていく。

セックスなんかどうでもよかった。ただ、誰かと抱き合いたかった。抱き合える誰かを、もう何年も求めていた。

歩いて行く祐一の背中に、光代はそう語りかけていた。これが本心なのだと、その背中に伝えたかった。

誰でもよかったわけじゃない。誰でもいいから抱き合いたかったわけじゃない。自分のことを抱きたいと思ってくれる人に、強く抱きしめてもらいたかった。

無人の受付に二室だけ残っている空室を示すパネルがあった。祐一が選んだのは「フイレンツェ」という名の部屋だった。

一瞬迷って、祐一はパネル上で「休憩」を選択した。すぐに「4800円」という値段が表示される。

寂しさを紛らわすためだけに、生きていくのはもううんざりだった。寂しくないように笑っているのはもう嫌だった。

狭いエレベーターで二階へ上がると、目の前に「フィレンツェ」と書かれたドアがあった。

噛み合わせが悪いのか、祐一が何度か鍵を回してやっとドアが開く。開いたとたん、眩《まぶ》しいほどの色が目に飛び込んでくる。壁は黄色く塗られ、ベッドにオレンジ色のカバーがかけられ、白い天井が丸く刳《く》り貫《ぬ》かれてフレスコ画もどきの絵がはめ込んであるが、新鮮味だけがない。

中に入って光代は後ろ手でドアを閉めた。強い暖房と通気の悪い空気のせいで、汗が滲《にじ》み出しそうだった。

ベッドまで真っすぐに歩いた祐一が、鍵をそこに投げ置いた。鍵はバウンドすることもなく、すっと羽毛布団に埋もれた。

エアコンの音だけが聞こえた。静かなのではなく音を奪われたようだった。

「なんか、派手な部屋やねぇ」

祐一の背中に声をかけた。振り返った祐一がとつぜん近づいてくる。

あっという間だった。光代はだらりと垂らしていた腕ごと、背の高い祐一に抱きしめられていた。ちょうどつむじの辺りに祐一の熱い息がかかった。その熱を感じているうちに、おなかの辺りで祐一の性器が硬くなるのが分かった。互いの服を通してもその鼓動が伝わってきた。光代は腕を回した。腕を回して祐一の腰を抱いた。強く抱きしめれば抱きしめるほど、柔らかい自分のおなかに祐一の硬い性器を感じた。

休憩4800円の「フィレンツェ」と名付けられた部屋だった。個性的なことを強調するが故《ゆえ》に個性を消されてしまったラブホテルの一室だった。

「……笑わんでよ」

光代は抱きしめられたまま、祐一の胸に呟いた。祐一が離れようとするので、顔を見られないようにしがみついた。

「正直に言うけど、笑わんでよ」と光代は言った。

「……私ね、……私、本気でメール送ったとよ。他の人はただの暇潰しで、あんなことするとかもしれんけど、……私、本気で誰かと出会いたかったと。ダサいやろ？　そんなの、寂しすぎるやろ？……バカにしていいよ。でも、笑わんで。笑われたら、私……」

祐一にしがみついたままだった。自分でも性急すぎるのは分かっていた。ただ今言わないと永遠に、そしてもう誰にも、こんなことを言えないような気がした。

「……俺も」

そのときだった。そんな祐一の言葉が落ちてきた。

「俺も、……俺も、本気やった」

祐一の声が頬を押しつけている胸から聞こえた。

浴室のほうで水音がした。水道管にたまっていたらしい水が落ち、タイルを叩く音だった。それ以外、音という音がなかった。いや、耳を押しつけた祐一の胸から聞こえる鼓動以外に、光代には何も聞こえなかった。

とつぜん祐一がからだを動かしたかと思うと、いきなり唇を奪われた。乱暴なキスで、乾いた祐一の唇が痛かった。唇を吸われ、舌を押し込まれた。光代は祐一のシャツを摑んだまま、その熱い舌をふくんだ。火傷《やけど》しそうな熱い舌を、からだ全体で抱きしめているようだった。

腰から力が抜けた。祐一の舌が唇から耳へと移り、熱い吐息が耳の奥を刺激する。乱暴にシャツを脱がされ、ブラを外され、立ったまま祐一のキスを乳房に受けた。目の前に安っぽいラブホテルのベッドがあった。柔らかそうな羽毛布団に半裸で倒れ込む自分が見えた。

すべてが乱暴なのに、尻を撫でる祐一の指先だけが優しかった。とても乱暴に扱われているのに、からだがそれ以上を求めていた。乱暴なのが祐一なのか、自分なのか分からなかった。まるで自分が祐一を操って、乱暴に自分自身を愛撫《あいぶ》しているようだった。

自分だけが裸になって、男の前に立っていた。明るすぎる蛍光灯の下、内股《うちまた》を撫でられ、尻を摑まれ、光代は今にも声を漏らしそうだった。

裸の光代を祐一は軽々と抱えてベッドへ運んだ。ほとんど投げ捨てるように羽毛布団の上に転がし、自分のシャツやTシャツを毟《むし》り取るように脱ぐ。

祐一の固い胸で光代の乳房が潰れた。祐一が動くたびに、光代の乳首が彼の肌を滑った。

気がつくとうつ伏せにされていた。羽毛布団に埋もれたからだが宙に浮いているようだった。熱い祐一の舌が、背骨をおりていく。押し込まれた祐一の膝で、どんなに抗《あらが》っても脚が開く。

枕に顔を押しつけると、洗剤の匂いがした。光代は全身から力を抜いた。

祐一はまるで壊そうとでもするように乱暴に光代のからだを愛撫した。そして、まるで直そうとでもするように、強く抱きしめてきた。

壊しては直し、また壊しては直す。光代は自分のからだが壊れたのか、それとも最初から壊れていたのか分からなくなってくる。

祐一が壊したからだなら、もっと激しく壊して欲しかった。元々壊れていたからだなら、祐一の手で優しく直して欲しかった。

「この人とはもう二度と会わんでもいい。今回だけ。そう、こんなこと、今日だけのことやもん」

祐一の愛撫を受けながら、光代は胸のうちでそう呟いた。もちろん本心ではないのだが、そうでも自分に言わないと、ベッドの上で身を捩る、見たこともない破廉恥《はれんち》な自分を受け入れることができなかった。

祐一がベルトを外す金属音が聞こえた。ベッドに運ばれてから、どれくらい時間が経ったのか、とても長い間、ここで祐一の愛撫を受けていたような気がする。十五分？　三十分？　いや、もう一晩も二晩も、こうやって祐一の指に撫でられ、祐一の熱いからだに押し潰されているようだった。

そのとき、ふっとからだが軽くなった。ベッドが軋み、その振動で枕から頭が落ちた。目を開けると、裸になった祐一が立っている。

泣いていたわけでもないのに、祐一の性器が涙にかすんで見えた。からだからすっかり力が抜けてしまって、指を動かすのも面倒だった。自分が素っ裸で見下ろされているのに、まったく恥ずかしさを感じなかった。

祐一の片膝が光代の顔のすぐ近くにのった。マットが深く沈み込み、光代の顔は転がるように、祐一のほうへ近づいた。

大きな手のひらで頭を後ろから抱え上げられ、光代は目を閉じて、口を開いた。

首筋を支える祐一の手のひらは優しいのに、喉に突き刺さる性器は凶暴だった。光代はまた自分が優しくされているのか、乱暴に扱われているのか分からなくなり、苦しいのか、嬉しいのか分からずにシーツを何度も摑んだ。

みっともない格好でベッドに横たわっているのは知っていた。そんな格好をさせて性器を舐めさせる祐一が憎らしくて、愛《いと》おしかった。

腕を伸ばして祐一の尻を摑んだ。汗ばんだ尻に爪を立てた。痛みを堪えた祐一が声を漏らす。その声を、光代はもっと聞きたいと思った。
◇

やっぱり光代には幸せになって欲しかですよ。

光代のことを「お姉ちゃん」って呼ぶことはなかですね。でも、どうやろ……、呼び捨てにしながら、心のどっかで「お姉ちゃん」って呼びかけてるところはあるのかもしれません。

うち、弟が一人おって、その弟が私の代わりっていうのはヘンですけど、光代のことを「姉ちゃん」って呼ぶんですよ。私のことは、「珠代」って呼び捨てやけど。

よく双子って互いの考えとることが分かるなんて言われるじゃないですか。でも私と光代ってあんまりそういうところがなかったんですよ。別に仲が悪かったわけじゃなくて、もちろん双子やから学校でも目立つでしょ？　だから小学校のころまではいつも一緒にいて、クラスメイトたちの好奇の目から自分たちを守っとったっていうか。……うん、やっぱり小学校までは私たち、目立っとったんじゃないかと思います。でも中学に進学したら、隣の小学校から別の双子の姉妹がやってきて、それも私たちなんかより十倍くらい可愛い双子。子供って残酷やけん、いつの間にか私たちは「不細工な方」なんて言われるようになって、私はどっちかっていうとそういうの気にせんほうやけん、そんなこと言う男の子がおったら追いかけて、箒《ほうき》で叩いたりしとったけど、あのころからかなぁ、私と光代の性格っていうか、印象っていうか、髪型とか洋服の趣味とか、そういうのが少しずつ違ってきたの……。

高校に入ったとき、高校もほんとは同じ学校に行くつもりじゃなくて、私は最初から共学がよかったんですけど、光代は私立の女子高志望で、でも受験に失敗してしもうて……。

とにかく高校に入ってすぐ、お互い好きな人ができたんですよ。私のほうはもうほんとに分かりやすくて、サッカー部の花形みたいな男の子やったんやけど、光代のほうは大沢《おおさわ》くんっていう、なんかこうネクラってわけでもないとやけど、バレー部も一カ月くらいで辞めてしもうて、どっちかって言うと勉強もできるほうじゃなくて、ボーッとした印象の子で。

もうちょっと髪型とか洋服とか気を使えば、どうにかなりそうなもんやのに、ぜんぜんそういうことにも興味がないみたいで、かといって他に興味があることもなさそうで……。とにかく光代に大沢くんが好きみたいなこと言われたとき、私、えッ！　て声上げたんですよね。あのときかなぁ、決定的に自分と光代は違う人間なんだなぁって思うたの。

私のほうは相手がサッカー部の花形やったけんライバルも多くて、もちろんうまくいくこともなかったんですけど、他に競争相手がおらんかった光代と大沢くんのほうはうまくいったんですよ。いっつも二人で一緒に帰ってましたよ。並んで自転車押して。だいたいいつも光代が大沢くんの家に寄って、それでも毎日六時半には帰ってくるんですけどね、夕飯前に。

仲のいい双子って言っても、訊けないこともあるじゃないですか。毎日学校が終わるのが四時頃で、大沢くんちまで歩いて二十分くらいなんですね、ってことは大沢くんちからうちまで自転車で帰ってくるとしても、毎日二人っきりで二時間十五分くらいは一緒にいるわけですよ。学校でもちらっと噂になったりしてて、みんな、光代本人には訊けんもんやけん、「ねぇ、光代ちゃんと大沢くんって、もう?」なんて、私に訊いてくる人もおって。正直、妹の直感としては、光代と大沢くんが、もう、その、なんていうか、すでにしてる、っていう感じはぜんぜんなかったんですけどね。どっちにしろ、知りたかったけど、聞きたくないっていうか……。

それが、夏休みが終わったばっかりのころやったかなぁ、やっぱり光代が大沢くんちに行ってたとき、私、たまたまチアリーディング部の練習が休みで、早く家に帰ってたんですよ。当時、二人で同じ部屋を使っとって、本当にそれまではそんなことしたことなかったとやけど……、魔が差したっていうか、光代の机の引き出し開けて、いつも光代が大沢くんと交換しているノートを盗み読みしてしもうたんですよ。心配してたとしても、たぶん、くだらないことばっかりなんやろうと思ったんですよ。

もし自分の悪口とか書いてあったらどうしようとか、その程度やったんです。

パラパラって捲《めく》ったら、予想に反してぎっしりと小さい文字が書き込まれとって。

私、光代が帰ってこないかビクビクしながら読んだんですよ。読み始めたら、なんか背筋がぞっとしてしもうて……。たしか、こんな感じの内容やったと思います。

「今まではね、私、大沢くんのことが好きやったとよ。でも最近、大沢くんの右腕とか、大沢くんの耳とか、大沢くんの指とか、膝とか、前歯とか、息とか、そういう部分部分で好きになってきてしもうた（笑）。大沢くん全体じゃなくて、大沢くんの一つ一つが私は好きなんだなぁって思う。本当に誰にも取られたくなかよ。学校とかで誰かが大沢くんのことを見るのもイヤ（笑）」

どっちかって言うと、光代は執着心があまりないんだと、私、思ってたんですよ。子供のころからお菓子もおもちゃも全部私や弟に譲ってくれたし、なんていうか、やっぱり長女なんだなぁって。でも大沢くんとの交換日記には、そんないつもの光代がいないっていうか。

「今日、２組の小野寺《おのでら》さんから何か話しかけられとったね？　大沢くんが迷惑そうな顔しとるけん、すごくおもしろかった」とか、「早く卒業して大沢くんと一緒に暮らしたい！　暮らせるよね？　ね？　そう言えば、この前、外から見たアパート良さそうやったね。あそこなら外に大沢くんが買う車も置けるし、子供が生まれても庭で遊ばせられるしね」とか、とにかく、いつもの光代の口調と違って、どこか攻撃的な感じじゃったんです。

読みながら、こんなんじゃ大沢くん迷惑しとるんじゃないかって思いましたね。私、だんだん怖くなってノートを引き出しに戻しました。なんか光代って本当に無欲な人だと思ってたんですけど、光代の業《ごう》っていうか、それまで知らなかった光代の欲みたいなものが伝わってきて、なんか悲しいっていうか、かわいそうっていうか……。

光代と大沢くん、高校を卒業する前に別れたんですよ。噂だと大沢くんがそのころ通い始めた塾で、別の子を好きになったみたいなんやけど、光代本人は私に何も言わんかったですね。私も敢《あ》えて訊かんかったし……。二人が別れたとき、光代が荒れたり、泣いてたりって記憶もないんです。もちろん陰で泣いとったのかもしれんけど……。でも、もう昔の話ですもんね。

卒業して就職してから、光代がきちんと付き合った人って二人だけじゃないですかね。どっちもあんまり長続きせんかったけど。光代って私みたいに男の子たちと遊び回るタイプじゃないんですよ。もうちょっと社交的ならって、思うこともありますね。今、一緒に暮らしとるけど、心のどっかで、この同居は、「光代のため」って思ってるところがあるような気もします。私が誰かと結婚したら、この人、一生一人なんじゃないかって思うこともあるし。

結局、私、光代のこと好きなんですよね。すごく引っ込み思案な姉やけど、本当に幸せになって欲しいって思う。

あれはいつごろやったかなぁ、光代がすごく幸せそうな顔して自転車漕いでるところを、私、たまたまバスの中から見たんですよ。考えてみれば、ちょうどあのころ、光代はその清水祐一って人とメールのやりとり始めてたんですよねぇ。

◇

体温には匂いがあるんだと光代は思う。匂いが混じり合うように体温も混じり合うのだと。

終了時間を知らせる電話が鳴ったとき、祐一はまだ光代の上にいた。暖房の利き過ぎたラブホテルのベッドで、お互いのからだが汗で滑った。祐一は美しい肌をしていた。美しい肌に汗を浮かべて、光代のからだを突いていた。

電話を気にして動きを止めた祐一に、「……やめんで」と光代は言った。

祐一は電話を無視した。電話を無視して、その数分後にドアがノックされるまで、光代のからだを突き続けた。

ドアの向こうから聞こえたおばさんの声に、「分かった！　すぐ出る！」と祐一は怒鳴った。怒鳴ったとたん、更に奥のほうを突かれた。光代は唇を噛み締めた。

すぐに出る、と祐一が叫び返してから、すでに十五分以上経っている。光代は毛布の中で祐一の汗ばんだからだを抱きしめながら、「おなか減ったね？」と笑った。

返事のつもりなのか、まだ荒い息をしている祐一が毛布を軽く蹴り飛ばす。

「すぐそこに、美味しいうなぎの店があるとよ」

毛布がベッドの下に落ちて、裸のまま抱き合う二人が横の鏡に映っている。先に起き上がったのは祐一で、くっきりと背骨の浮かんだ背中が鏡に映る。

「白焼きとかもあって、けっこう本格的な店」

ベッドを降りようとする祐一の手を光代は、「そこに行く?」と強く引っ張った。からだを捻《ひね》った祐一がしばらく光代を見つめたあと、小さく頷く。

光代はベッドから降りると、先に浴室へ向かった。背中に、「時間、ないよ」という祐一の声が聞こえたが、「もうどうせ遅れとるけん、延長料払わんばさ」と光代は答えた。

黄色いタイルの可愛い浴室だった。ここに窓があればいいな、と光代は思った。ここに窓があって、外には小さな庭がある。庭の向こうに車を洗っている祐一の姿が見える。

「うなぎ食べたら、今度こそ灯台に連れてってよ!」と光代は叫んだ。返事はなかったが、光代は気分よくシャワーを浴びた。まだ二時にもなっていないはずだった。これから長い週末が始まるのだと思うと、肌を流れるお湯まで歌い踊っているようだった。

「時間ないけん、一緒にシャワー浴びれば?」

光代は水音に負けないように祐一を呼んだ。

「ねぇ、清水祐一って本名?」と光代は訊いた。

祐一が前を見たまま、黙って頷く。

ラブホテルを出て、うなぎ屋へ向かう車の中だった。今、浴びてきたばかりのシャワーのせいか、からだがまだ火照《ほて》っていた。

「じゃあ、私、謝らんといけん。私の名前、馬込光代って言うと。あの栞《しおり》っていうとは……」

光代がそこまで言うと、「別によかよ。みんな最初は偽名やけん」と祐一が言葉を遮る。

「みんなって、そんなにたくさんの女の子と会うたわけ？」

車は空《す》いた国道を信号にも引っかからずに走っていた。自分たちの車が近寄ると、信号がさっと青に変わるようだった。

「……まぁ、いいけど」

祐一が何も答えないので、光代はすぐに自分の質問を引っ込めた。

「この道、高校のときの通学路」

光代は流れる景色を目で追った。

「あそこに安売りの靴屋の看板あるやろ？　あそこを右に曲がって真っすぐ田んぼの中を進んだところが高校やったと。それでこの道をもうちょっと駅のほうに戻ったところに小学校と中学があって……、それよりももっとちょっと鳥栖のほうへ行ったところに前の職場。……考えてみれば、私って、この国道からぜんぜん離れんかったとねぇ。この国道を行ったり来たりしとっただけやったとよねぇ。……前の職場ってね、食品関係の工場やったと。同期の子たちはみんな単調すぎるって文句ばっかり言いよったけど、私、ああいう流れ作業ってそんなに嫌いじゃなかったかも」

珍しく車が信号に引っかかり、祐一がハンドルを指で撫でながら光代のほうへ顔を向ける。

「俺も似たようなもん」

祐一がぼそっと呟く。一瞬、何のことを言われたのか分からず、光代が首を傾げると、

「俺もずっと近くばっかり。小学校も中学も高校も家からすぐの所やったし」と続ける。

「でも海の近くやったとやろ？　海の近くなんて羨《うらや》ましかぁ。私なんてここよ」

ちょうど信号が変わり、祐一はゆっくりとアクセルを踏み込んだ。光代の町、ぽつりぽつりと店舗の建つ殺風景な街道が流れていく。

「あ、あれあれ、ほら、うなぎって看板見えるやろ？　ほんとに美味しかとよ。値段もそんなに高くないし」

おなかが減っていた。こんなにおなかが減ったのはずいぶん久しぶりのような気がした。

◇

目立たないように、増尾圭吾は午前の内にサウナを出た。

できれば客の少なくなった仮眠室で昼すぎまでゆっくりと眠っていたかったのだが、客が減れば、従業員にも目をつけられやすくなる。まさか指名手配中の写真付きビラが、ここ名古屋のサウナまで配布されているとは思えないが、それでもさっき受付でロッカーキーを手渡した従業員の目が、何かを感づいたような気がしないでもない。

睡眠不足のまま飛び出した街は冬晴れで、日の当たらない場所にいたせいか、歩道に出たとたん立ちくらみがするほど眩しかった。

増尾はとりあえず名古屋駅へ向かいながら、財布の中身を確認した。福岡を出るときに五十万円ほど引き出してきたので、まだ心配する必要はないのだが、逃亡先でキャッシュカードを使うわけにもいかず、となるとこの残金が命綱になる。

日は差していたが、風は冷たかった。名古屋駅前に林立する高層ビルに吹きつける寒風が足元から増尾のからだを冷やす。

事件を知って、マンションを飛び出して以来、ずっと着続けているダウンジャケットの襟が、汗と垢《あか》でぬるぬるしている。下着や靴下はコンビニで新しいのを買ったが、さすがに上着まで買い替える余裕はない。

駅前のロータリーまで来ると、増尾は案内板の裏に隠れて風を凌《しの》いだ。目の前では地下街から上がってきた人々が駅構内へと吸い込まれていく。

昨夜、サウナにあった新聞を何紙か読んでみたが、もうどこにも事件の記事は出ていなかった。あれだけ時間を割いて報道していたワイドショーでも、数日前に起こった介護疲れから義父を殺害した主婦の事件が今はメインで、三瀬峠の「み」の字も出てこない。

増尾は案内板の陰でたばこに火をつけた。一服吸うと、自分がひどく空腹であることに気づき、つけたばかりのたばこを踏み消して、地下街へ降りた。

駅へと上がってくる人ごみを掻き分けながら、増尾は一歩ずつ階段を下りた。一歩ごとに「このまま逃げ切れるわけがない」という言葉と、「納得いかない」という気持ちが交互に浮かんでくる。

あんな女を殺す気など更々なかったのだ。もっと言えば、あんな女と関わりたくもなかった。ただ、あの夜、あの寒い三瀬峠にあの女を連れて行き、そして置き去りにしてきたのは紛れもなく自分なのだ。

あの夜、東公園沿いの通りで石橋佳乃を助手席に乗せると、増尾はとりあえず車を出した。口では「三瀬峠に肝試し」などと言っていたが、走り出してすぐに面倒臭くなっていた。

助手席の佳乃は車が走り出すと、さっきまで一緒に食事していたという友達の話を始めた。

「ほら、天神のバーで会ったとき、一緒やった女の子たち、覚えとらん?」

本気でドライブするつもりなのか、佳乃がシートベルトを締め始めるので、さっさと会話を終わらせようと、「さあ?」と首を捻ったのだが、「ほら、あのとき、私たち三人やったろ？　沙里ちゃんって、背が高くてちょっときつめの顔した子で……」と、一方的に喋り続ける。

車を出したはいいが行く当てもなかった増尾は、適当にハンドルを切り、信号が変わりそうになるとアクセルを踏み込んで交差点を渡った。

いつの間にか東公園は遠く後方に退き、頭上には都市高速の高架が見えた。

「増尾くん、明日学校休みなん？」

勝手に暖房の風量を調節した佳乃が、今度は勝手に足元のＣＤボックスを開けようとする。

「なんで？」

会話を続ける気はなかったが、ＣＤボックスを開けられるのが嫌で、増尾は声を返した。

「だって、これからドライブしたら帰り遅くなるし……」

佳乃はＣＤボックスを膝の上に置きはしたが、開けなかった。

「そっちは？」と増尾は顎をしゃくった。

行きがかり上とはいえ、こんな女を助手席に乗せて行く当てもなく車を走らせている自分に苛立っていた。

「私？　私は仕事。でも、いつも直行とかってボードに書いとるけん、遅刻しても大丈夫っちゃけどね」

「仕事って何の?」

思わず尋ねた増尾の腕を、「もう〜、信じられん〜」と言いながら、佳乃が甘えるように叩いてくる。

「この前、保険会社って教えたろ～」

何が嬉しいのか、佳乃がそう言って一人でケラケラ笑い出す。増尾は佳乃が笑い終わるのを辛抱強く待ち、やっと笑い終わったところで、「なんかさ、ニンニク臭うない？」と冷たく言った。

一瞬、佳乃の表情が硬直し、さっきから開けっ放しだった口を一文字に閉じる。

増尾は何も言わずに助手席側の窓を開けた。寒風が佳乃の髪を乱した。

ニンニクの臭いが車内から流れ出ると、あっという間に足元から底冷えするような夜気が忍び込んできた。

車はすでに繁華街に出ていたが、珍しく信号に一つも引っかからない。

口臭のことを揶揄《やゆ》されて、少しは黙るかと思った佳乃も、バッグの中からペパーミントのガムを取り出して、「今、鉄鍋餃子食べてきたばかりっちゃん」と言い訳を始める。

クリスマスシーズン真っ盛り、天神の街路樹はライトアップされ、歩道には腕を組んで歩くカップルが溢れている。増尾はアクセルを踏み込んだ。一瞬にして、カップルたちが背後に吹き飛んでいく。

「なんか、沙里ちゃんとか眞子ちゃん、私と増尾くんが付き合いよるって思うとるっちゃん。もちろん、違うって言うたっちゃけど、信じてくれんし」

奥歯でガムを噛みながら、佳乃は話し続けた。急ハンドルを切って乱暴に車線を変えても、急ブレーキを踏んでも、黙り込むことがない。

「だって付き合っとらんし……」と増尾は冷たく言った。誰がお前なんかと付き合うか、と心の中では言っていた。

「ねぇ、増尾くんってどういう子が好きなん？」

「別に」

「タイプとかないいん？」

面倒だったので、急ハンドルを切った。切った先が三瀬峠へ向かう国道263号だった。

「そう言えば、さっき公園の便所で小便しとったら、ホモに声かけられた」

増尾は話を変えた。

「うそ？　で、どうしたと？」

「殺すぞ！　って脅したら逃げてった。マジで、ああいう奴ら、立ち入り禁止にするべきやね」

増尾は唾でも吐き出すように断言したが、佳乃はあまり興味ないようで、「でも、そういう人にとっちゃ、普通の街が立ち入り禁止みたいにされて、ああいう所しか残ってないっちゃない？　考えたらちょっとかわいそうやない？　世の中いろんな人がおるとにねえ」とガムをもう一つ口に入れる。

話を変えたつもりが、予想外に反論されて、増尾は返す言葉がなかった。

通りからは繁華街の華やかさが消え、徐々に閑散としていった。それでも街灯にはクリスマスセールを謳《うた》った商店街の旗が靡《なび》いている。華やかさのないクリスマスほど、物悲しいものはない。

佳乃は口の中のガムを紙に包んで捨てるまで喋り続けた。帰りたいとは言わなかった。停車するタイミングもなく、車は国道263号を南下して、三瀬峠へ向かっていた。

峠道に入ってしまうと、ほとんどすれ違う車はなくなった。ときどきルームミラーにかなり背後を走ってくる車のライトがちらっと見えたが、前を走る車はなかった。峠道の冷たいアスファルトを、車のライトだけが青白く照らしていた。カーブを曲がるたびにライトがガードレール先の藪を照らし、複雑な模様をした樹肌《きはだ》がくっきりと見てとれた。

一方的に喋り続ける佳乃を無視して、増尾はアクセルを踏み続けた。あれは何の曲だったか、佳乃が勝手にCDボックスを開け、「あ〜、私、この曲、マジで好いと〜と〜」と、流し始めた甘ったるいバラードが、もう何度も繰り返されていた。

あれは何度目に佳乃がリピートボタンを押そうとしたときだったか、とつぜん「こういう女が男に殺されるっちゃろな」と増尾は思った。本当にふとそう思ったのだ。

こういう女の「こういう」が「どういう」のかは説明できないが、間違いなく「こういう」女が、あるとき男の逆鱗《げきりん》に触れて、あっけなく殺されるのだろうと。

増尾は徐々に急になっていくカーブでハンドルを切りながら、助手席で自分の好きなバラードを呑気にハミングしている女の行く末を想像していた。

保険の外交員をしながら小金を貯《た》めて、休日にはブランドショップの鏡に映る自分を眺める。本当の自分は……、本当の自分は……、というのが口癖で、三年も働けば、思い描いていた本当の自分が、実は本当の自分なんかじゃなかったことにやっと気がつく。あとは自分の人生投げ出して、どうにか見つけ出した男に、それを丸投げ。丸投げされても男は困る。私の人生どうしてくれる？　今度はそれが口癖になり、徐々につのる旦那への不満と反比例して、子供への期待だけが膨らんでいく。公園では他の母親と競い合い、いつしか仲良しグループを作っては、誰かの悪口。自分では気づいていないが、仲間だけで身を寄せ合って、気に入らない誰かの悪口を言っているその姿は、中学、高校、短大と、ずっと過ごしてきた自分の姿とまるで同じ。

「ねぇ、どこまで行くと？」

とつぜん助手席の佳乃に声をかけられ、増尾は、「あ？」と無愛想な声を返した。いつの間にか、佳乃の好きなバラードは終わり、妙に軽快な曲が流れていた。

「マジで峠越えると？　この先、ほんとに何もないよ。昼やったら、美味しいカレー屋さんとか、パン屋さんとかあるけど……、あ、ねぇ、さっき通ったそば屋さん、ほら、もう閉まっとったけど、あそこ、行ったことある？　すごく美味しいとって。前に友達がそう言いよった。……どうしたと？　さっきからずっと黙り込んで〜」

軽快な曲に合わせるように、次から次に佳乃の口から言葉が溢れ出す。本気でこれがデートだと勘違いしているらしい。

「そう言えば、増尾くんの実家って湯布院の老舗旅館なんやろ？　別府に大きなホテルもあるらしいたい。すごかよね。ってことは、増尾くんのお母さんが女将さんやろ？　なんか、女将さんって大変そう」

佳乃がそう言いながら、また噛み続けていたガムを、ずっと握っていたらしい紙に吐き出す。

「……たしかに俺のおふくろは女将やけど、別にあんたが心配することなかよ」と増尾は言った。

自分でも驚くほど冷たい声だった。口元に寄せた紙にガムを出したばかりの佳乃が、きょとんとしている。

「あんたとはタイプ違うし」

「え？」

きょとんとした佳乃が訊き返してくる。

「だけん、あんたとうちのおふくろは女のタイプが違うってこと。あんたはどっちかって言うたら仲居タイプやない？　まぁ、もしうちの旅館で働くことがあったらの話やけど」

増尾はそこで急ブレーキを踏んだ。吐き出したガムを包んだ紙を持ったまま、佳乃のからだが大きく前につんのめる。

さっきトンネルの入口が見えたとき、無意識にハンドルを切り、旧道へと入り込んでいた。車が停まったのは、旧道の途中、ちょうど峠の頂上辺りだった。

「……降りてくれんや。なんかあんたのこと、車に乗せとったらイライラする」

増尾は真っすぐに佳乃の目を見て言った。きょとんとしたまま、佳乃はまだ自分が何を言われたのか分かっていないようだった。

峠の旧道に停めた車の中で、馬鹿みたいな流行歌が流れていた。あなたの愛が私を強くしてくれるのだと歌う下手クソな歌手が、まるでガラスを爪で引っ掻くような声を上げている。

「降りてくれんや」と増尾はもう一度言った。抑揚もつけず、眉《まゆ》一つ動かさなかった。

「え？」

佳乃は暗い車内で目を見開いた。これが出てくるときに増尾が言った「肝試し」なのかと、最後の望みを託すような笑みさえ浮かべて。

「あんたさ、なんか安っぽか」

「え？」

「あんたさ、なんでよう知りもせん男の車に、こうやってひょこひょこ乗ってくるわけ？　女ならふつう断るやろ。こんな夜中にとつぜんドライブに誘われて、ほいほい乗り込んでくる女なんて、正直、俺、タイプじゃないったいね。降りてくれん？　自分で降りらんなら、俺が蹴り出してやろうか？」

増尾は佳乃の肩を押した。この辺でやっと佳乃も冗談じゃないと分かったらしい。

「だって……、こんな所で降ろされたって」

「その辺に立っとれば、誰か乗せてくれるさ。あんた、誰の車にでも乗るとやろ？」

どうしていいのか分からず、佳乃は膝に乗せた自分のバッグを握りしめていた。

増尾は構わず、身を乗り出して助手席のドアを開けた。力が強すぎて、勢いよく開いたドアがガードレールにガツンとぶつかる。冷えた土の匂いがした。冷えた山の匂いがした。

「早う、降りれって！」

増尾は佳乃の細い肩を押した。

佳乃が身を捩り、肩を滑った手がそのまま佳乃の首に食い込んだ。

「や、やめてよ！」

「早う、降りれって！」

増尾は首を絞めるように、抵抗する佳乃のからだを押し続けた。首筋の熱が手のひらに伝わって、いっそうイライラさせられた。親指が深く喉元に食い込んでいた。

「わ、分かった。分かったけん」と、佳乃が諦めたようにシートベルトを外す。怯えていたのだろうが、その声が妙に挑戦的だった。増尾は思わずハンドルの下から自分の脚を抜き出し、ブツブツ言いながらも助手席から降りる佳乃の背中を思い切り蹴りつけた。

「ギャッ！」

転げ落ちた佳乃の頭がガードレールに打ち付けられた。ガツンと響いたその音が、白いガードレールを伝い、峠全体に伸びる。

◇

僕にとっては、石橋佳乃という名前より、やっぱりミアちゃんってほうがしっくりくるとですよ。だけんミアちゃんって呼ばせてもらってよかでしょうか。

僕は小学生相手の塾講師ですから、そういうちょっと日本人離れした名前って慣れとるんですよ。受け持ってるクラスにも、零文《レイモン》くんとか、白笑瑠《シエル》ちゃんとか、天空星《テイアラ》ちゃんとか、本当に教師泣かせの子って多いですし。

ただ、何度も言いますけど、僕は幼い女の子なんかに全く興味はないですよ。本当にたまたま塾の講師をしとるだけで……。

でも、最近の子供の名前っていうのはあれですね、なんていうか、ちょうど出会い系で女の子たちに偽名を聞かされとるような気がしますもんね。もっと言えば、本人と名前がひどうアンバランスで、授業の始めに出欠なんか取りよると、不憫《ふびん》に思うこともありますよ。ほら、性同一性障害なんてありますけど、今に氏名同一性障害なんて問題が起こるっちゃないでしょうかね。

話を戻しますけど、出会い系で知り合った女の子はミアちゃん以外にも十人以上おると思います。その中で順位をつけるとすれば、ミアちゃんは二位か、三位ですね。顔や体型がタイプってわけでもなかったんですけど、今、思い出してみると、あの子、優しかったんですよ。待ち合わせ場所で、すぐにタクシー代の請求されたときには、さすがに僕もげんなりしたっちゃけど、今、思い出してみたら、なんていうか、やっぱ、どっか優しかったですもんね、あの子は。

　僕なんて、ご覧の通りやないですか。太っとるし、ブルドッグみたいな顔やし、その上、毛深くて、絶対にモテそうな男やないし、実際、モテませんよ。でも、そういう男でも、女の子の何気ない一言で、「俺も捨てたもんじゃないぞ」って、本当にちらっとですけど、思うこともあるとですよ。ミアちゃんはそういう気持ちに男をさせるのが巧《うま》かったような気がするとですよ。いや、もちろん勘違いかもしれんですけど。

　たしかあれはホテルで事が終わって、お金を払おうとしたときやったですかね、ミアちゃんが、「もし私たちが出会い系で会うとらんかったら、どうなったやろね？」ってとつぜん言い出して。

「相手にもしてくれんさ」って僕は笑うたとですけど、ミアちゃん、ちょっと悲しそうな顔して、「そうやろか。もちろん年齢差はあるけど、私、中学んとき、太った生物の先生のこと好きやったとよ」って。

　いや、もちろんお世辞だって分かってますよ。ちょうど金を渡そうとしたときやし、つい二千円くらい多目に渡しもしましたよ。でも、あのときのミアちゃん、本心で言いよるように見えたとですよ。ほんと、もしも出会い系なんかで会うとらんで、街のどっかで何かの偶然にでも出会っとったら、二人の間に何か起こっとったんじゃないやろかって、こっちに信じさせるだけの表情と言い方やったんですよね。

　男って馬鹿やけん、そういう言葉って一生忘れられんとですよ。もちろんモテる男ならすぐに忘れてしまうとやろうけど、僕みたいに学生のころから、どうしたら女の子と話せるやろうか、なんて悩んどる男にとっては、そういう見え透いたお世辞でも、心のどっかにずっと残っとることがあるとですよ。もっと言えば、その一言のおかげで自信持っておられるとですよ。こんな昔話すると、気持ち悪く思われるかもしれんけど、大学生のころ、テニスサークルの先輩やった女性に、「林くんって、真っすぐに人のこと見るよね。だからかな、一緒にいるとなんか自分が見透かされてるような感じがする」って言われたことがあるんですよ。なんてことない言葉なんやけど、不思議なもんで、それがその後、自分の拠《よ》り所《どころ》みたいになってるんですよね。自分がどういう男かって考えるときに、まずその先輩の言葉が浮かんできたりして……。その女性は、そんなことを言ったなんて絶対に覚えてないやろうけど、僕にとっては本当に大事な言葉で、大げさに言えば、あれから二十年近く経つけど、あの一言を支えに男として生きてこれたってところもあるとですよ。

　馬鹿みたいでしょ？　いかにもモテん男って感じでしょ？　でもですね、僕みたいな男には、そういう女性が必要なんですよ。お世辞でもかまわんとですよ。だって、それもなくなったら、本当に何にもなくなってしまいますけんね。

ミアちゃんはそういうことを言うてくれる女の子やったんじゃないやろか。たぶん彼女自身は意識して言ってるわけじゃないやろうけど、それでもミアちゃんみたいな子は、知らず知らずに僕みたいな男が二十年も忘れられんような言葉を、ふっとかけてくれる女の子やったような気がするとですよ。

ミアちゃんが殺されたって聞いたとき、やっぱり悲しかったですよ。出会い系で一回会っただけの女の子やったけど、僕にとっては忘れられん女の子ですよ。「私、美味しいものを知っとる男の人が一番尊敬できる」って、あのとき連れてったイタリアンレストランで僕に言うてくれたし。

◇

土曜日、朝食を済ませると、祐一はどこへ行くとも告げずに出かけた。どうせまたドライブにでも出かけ、夕食には戻ってくるのだろうと思っていた清水房枝は、祐一が好きな肉団子を作って待っていたのだが、祐一は戻って来ず、仕方なく一人で少し甘すぎた肉団子を食べた。

日曜の朝になっても、祐一は戻って来なかった。週末ふらっと出かけた祐一が外泊することなど珍しくはなかったが、誰もいない家の中に一人でいると、公民館で健康セミナーを開いていた堤下という男の事務所で、乱暴な口をきく男たちに囲まれて、無理やり高額な漢方薬を買わされたときのことが思い出され、居ても立ってもいられないような恐ろしさがぶり返してきた。

　午後になって、房枝は祐一の携帯に連絡を入れた。祐一はすぐに電話に出て、「なんね？」と面倒臭そうな声を出した。「あんた、どこおると？」と房枝が尋ねると、「佐賀」と短い答えが返ってくる。

「佐賀でなんしよると？」

　運転中だったらすぐに切ろうと思っていたのだが、そうでもなさそうだったので房枝は訊いた。しかし祐一はそれに答えず、「なんね？」と、もう一度繰り返した。

　房枝は何時ごろ戻るのかと尋ねた。祐一はそれには答えず、「晩メシならいらんよ」と言って電話を切った。

　房枝はその後、市内の病院へ夫、勝治の見舞いに行った。いつものように勝治から看護師への不満を三十分ほど聞かされ、その看護師に「いつもお世話になってます」と挨拶して病院を出た。

　帰りのバスの中、漢方薬を売りつけた男たちの声がとつぜん蘇った。

「今さら、買わんてどういうことや！」

「舐《な》めとっとや？　ばあさん」

「ここでサインせんでも、毎日ばあさんのところに行くぞ！」

蘇ってくる男たちの声の中、房枝はまたあの現場に引き戻されたような気になり、シルバーシートでからだの震えを止めることができなかった。

結局、祐一が帰ってきたのは、その夜の十一時過ぎだった。玄関の開く音が聞こえただけで房枝はホッとして、ついさっき入った布団の中から、「お帰り」と廊下を歩いてくる祐一に声をかけた。

「風呂、入るとやろ？」

やっと暖まり始めた布団から出ようか出まいか迷いながら房枝が尋ねると、「いや、もう入ってきた」という祐一の声が障子の向こうから聞こえた。

結局、房枝は祐一を追って寝室を出ると、台所へ向かった。素足で踏む廊下が、切れるように冷たかった。

祐一は冷蔵庫を開けて、中からソーセージを取り出していた。

「おなか減っとるとね？」と房枝が尋ねても、「いや」と答えるくせに、ビニールを歯で嚙み切って、勢いよくソーセージを口に突っ込んでいく。

「なんか作ってやろか？」

「いらん。もう晩メシ食うてきた」

台所を出ようとする祐一を、房枝は思わず呼び止めた。ソーセージを齧りながら振り向いた祐一が、「なんね？」と面倒臭そうな顔をする。

房枝はその表情に気圧《けお》されて、力が抜けたように椅子に腰かけた。言うつもりはなかった。ただ、口が勝手に動き出した。

「ばあちゃんさ、この前、病院に行った帰り……、ほら、そこの公民館でセミナーば開いとった人がおったやろ？　漢方薬の……」

　ここは自宅で、目の前には祐一がいる。絶対に安全なはずなのに、房枝のからだは今にも震え出しそうだった。あのときのことを言葉にするだけで恐ろしかった。意識的に呼吸しないと、息ができないほどだった。

　しかし房枝が話を続けようとした瞬間、祐一のポケットで携帯が鳴った。祐一が断りもせず電話に出る。

「もしもし。……あ、うん。今、着いた。……明日？　五時起きやけど、大丈夫って。……うん、俺も」

　ドアノブを触りながら言葉を返す祐一の横顔が、幸せそうだった。

「うん、分かった。明日、俺も電話するけん。……仕事？　六時には終わるやろ。……うん。分かった。……うん。じゃあ。……え？……うん。分かった。じゃ。え？　うん、分かったって」

　房枝は終わりそうで終わらない会話を、じっと聞いていた。ドアノブを触っていた祐一の指が、柱を伝い、壁に貼られたこよみを捲っている。

　相手が女の子であることは間違いない。おそらくこの週末を一緒に過ごした人なのだろう。それにしても、こんなに幸せそうな祐一の顔を、房枝は見たことがなかった。いや、自分の知らないところで、こっそりとこんな顔をすることはあったのかもしれないが、祐一がこの家へ連れてこられてすでに二十年、自分の前でこんなに堂々と幸せそうな顔をする祐一を、房枝はただの一度も見たことがなかった。

第四章　彼は誰に出会ったか？

夕方になって、数組の客が同時に訪れた。うち馬込光代が受け持ったのは、二十代半ばの男性二人組で、スーツを選びながらのまるで漫才のような掛け合いを聞いている限りでは、背の低いほうが最近やっと再就職の面接に受かったようで、友人を引き連れて来店したらしかった。

「これまでずっと作業服やっけん、スーツっていまいちどれを買えばよかとか分からんけんな」

「しかし、普通、スーツとか買うときは、女房連れてこんや？」

「馬鹿言え、あれと一緒に来たら、シャツからネクタイまで、一式最安値商品で揃《そろ》えられる」

「なんや、高級スーツ買うつもりや？」

「そうじゃなかけど、中級さ、中級」

なんだかんだと言いながら、ラックに吊られたスーツを片っ端から手に取って、二人仲良く胸に当てていく。

光代は「まだ若く見えるが、もうこの年代でも結婚しているんだなぁ」と思いながら、つかず離れず、気長に声をかけられるのを待っていた。

試着室の前にはメジャーを首にかけた売り場主任の水谷和子が立っていた。さっき休憩を終えてフロアへ戻ってきた水谷に、光代は今夜少し時間がないかと尋ねた。もしあれば軽く飲みに行かないかと。

珍しい誘いに、一瞬、水谷は首を捻《ひね》ったが、「大丈夫よ。うちの旦那もちょっと遅うなるって言いよったし、どこ行こうか？　この前ビックリバーの隣に出来た回転寿司《かいてんずし》でもよかたいね」と妙に乗り気になってくれた。

じゃあ、その回転寿司に行こうと決まって、光代が持ち場へ戻ろうとすると、水谷がさっとその手を掴み、「この前の土日、珍しゅう休み取ったりするけん、なんかあるとやろうなぁとは思うとったけど……。よか話ね？」とニヤニヤする。光代は、「いや、大したことじゃなかですよ。ただ、久しぶりに水谷さんとごはんでもって思うて」とその場を逃れたが、顔がほころぶのを止められなかった。

土曜の昼に会った清水祐一と、結局丸一日以上一緒に過ごした。うなぎを食べて、灯台へ行くつもりでホテルを出たのに、うなぎを食べて店を出ると、とつぜんのどしゃぶりになり、結局、ドライブは諦めて、また別のホテルに入った。

日曜の晩、祐一にアパートまで送ってもらい、車の中で長いキスをして、別れたのがおととい、翌月曜の夜には電話で三時間も話をした。途中、妹の珠代が旅行から戻ったので、最後の三十分は寒風吹きすさぶアパートの階段に腰かけて。

あれからまだ丸一日も経っていない。なのにもう祐一の声が聞きたくて仕方がない。

気がつくと、漫才コンビのような二人組は、壁際のラックにかかったスーツを手に取っていた。壁際のほうはセット料金で三千円高くなっている上に、替えのズボンがついていない。

威圧感を与えない程度に近寄ると、男たちの会話が聞こえてくる。

「そう言えば、この前、『釣りバカ』観に行ったけんな」

「一人で？」

「まさか、息子と二人で」

「お前、息子連れて、あげん映画に行くとや？」

「子供、けっこう喜ぶとぞ」

「マジで？　うちのガキなんか、まんが祭り以外全然興味なかけどな」

二十代半ば、見かけは大学の友人同士と言っても通用する。そんな二人がスーツを選びながら互いの子供の話なんかをしている。

光代はそんな二人の背中を微笑ましく見つめていた。その視線に気づいたのか、「すいません。これ、ちょっと試着してもよかですか？」と背の低いほうの子が振り返る。

すると、すぐに隣の子がそのスーツを奪い、「なんや、結局、これにするとや？　なんかホストっぽうないや？」と茶化す。

言われたほうも根が素直なようで、「そうや？」とせっかく決めたスーツを眺めて首を傾《かし》げる。

「よかったら、試着してみたらどうですか？」と光代は笑顔を向けた。

「手にしたら、ちょっと光る感じもしますけど、中に白いシャツとか合わせたら、落ち着いた感じになりますよ」

光代の言葉に、男は自信を取り戻したようで素直に試着室へついてきた。残ったほうはいかにも買う気がない客らしく、目についたスーツの値札を次から次に捲って回る。

サイズはぴったりだった。様子を見るために光代が渡した白いシャツも、男の童顔に妙に合っている。

「いかがですか？」

鏡の前で身を捩りながら確認する男に声をかけると、いつの間にかやってきていた男の連れが、「あら、ほんと、そげん派手じゃなかかな～」と背後から声をかけてくる。

「よかごたるな？」

狭い試着室で、男が鏡に映った光代と友人に頷いてみせる。

光代は使い込んだメジャーをポケットから出して、ズボンの裾《すそ》上《あ》げに取りかかった。

続くときには続くもので、その後も客はひっきりなしに来店し、来店するばかりか、次々にスーツが売れていった。

閉店時間を回り、フロアの照明を半分落としたレジのテーブルで、光代が補整に出す商品伝票を整理していると、「たまに飲みに行こうっていう日に限ってこれやねぇ」と言いながら、水谷が同じように伝票の束を摑んでやってくる。

「ほんとですね」

光代は相づちを打ちながら時計を確認した。八時四十五分。普段ならすでに着替えて、自転車を漕いでいる時間だ。

「まだかかりそう？」

すでに整理を終えたらしい水谷に訊かれ、光代は、「十五分もあれば」と伝票を捲ってみせた。

「じゃあ、更衣室で待っとくけん」

水谷がそう言い残して階段を下りていく。半分照明が落とされたフロアは薄暗く、暖房も切られているので、足元から底冷えしてくる。

レジ台の上に置かれた携帯の着信音が聞こえたのはそのときだった。珠代かと思って手に取ると、そこに祐一の名前がある。光代は伝票の間に親指を入れたまま、もう片方の手で出た。

「もしもし。俺」

受話器の向こうから祐一の声が聞こえてくる。光代は薄暗いフロアに誰もいないのを確認し、「もしもし。どうしたと?」と嬉しそうな声を返した。

「まだ仕事中?」

祐一の問いかけに、光代は、「うん、なんで?」と問い返した。

「今日、なんか用ある?」

「今日って、今からってこと?」

フロアに響いた自分の声が、もうすでに喜んでいる。

「だって長崎やろ? 仕事もう終わったと?」と光代は訊いた。

「六時に終わった。今日、自分の車で現場に行ったけん、そこから直接そっちに行こうかと思うて」

運転中なのか、ときどき電波が途切れる。

「今、どこ?」と光代は訊いた。

知らぬ間に立ち上がっていて、伝票に差し込んでいた親指も抜けている。

「今、もう高速降りる」

「え? 高速って、佐賀大和?」

光代は思わずガラス窓へ目を向けた。佐賀大和のインターからなら、ここまで十分とかからない。光代は椅子に座り直すと、「来てくれるなら、もっと早う知らせてくれればよかとに」と、嬉しくて文句を言った。

隣にあるファーストフード店の駐車場で待ち合わせることにして、光代は祐一からの電話を切った。

　平日の夜、思いも寄らぬ祐一の行動に、からだがカッとするほどの幸福感が押し寄せてくる。

　残っていた伝票を手早く処理しながらも、高速を降りた祐一の車が、今、走り抜けている街道の風景が浮かび、一枚確認済みのはんこを押す度に、車が近づいてくるのが感じられる。

　十五分はかかると思っていた仕事を、光代は五分で終わらせた。フロアの電気を消して、一階の更衣室へ駆け込むと、すでに着替えた水谷がいつも持参している水筒から、どくだみ茶を注いで飲んでいる。

「あら、もう終わったと？」

　水谷に尋ねられ、光代は一瞬、「あ、えっと」と言葉を詰まらせた。これから二人で回転寿司に行く約束を忘れていたわけではなかったが、あまりの急展開に断る言い訳を考えていなかったのだ。

「どうしたと？」

　言葉を詰まらせた光代を見つめ、水谷が心配そうに訊いてくる。

「あの、えっと……」

「どうしたと？　なんかあった？」

「いや、そうじゃなくて、今、ちょっと電話があって……」

「電話？　誰から？」

光代はまた口ごもった。水谷には、これから行くはずの回転寿司店で、祐一との出会いについて話そうとしていたくせに、いざとなるとそれが口からすっと出てこない。

光代の様子をじっと見つめていた水谷が、「また今度にする？　私はいつでもよかよ」と意味深な笑みを浮かべる。

「すいません……」と光代は謝った。

「彼氏が急に迎えにきたとやろ？」

急な変更を気にもせず、水谷が微笑む。

「なんかあったとやろうとは思うとったよ。珍しゅう週末に休み取ったりするし、昨日から幸せそうな顔しとったもん」

「すいません……」と光代はまた謝った。

「ほんと、気にせんでよかって。……で、佐賀の人ね？」

「いや、長崎の……」

「へえ、長崎から急に会いに来たと？　あらら、じゃあ、私と回転寿司なんか食べとる場合じゃなかねえ。ほら、早う着替えて行かんね」

水谷はそう言って、突っ立っている光代の尻を叩いた。

水谷が先に帰り、誰もいなくなった更衣室で光代は急いで着替えた。着替えている最中に携帯が鳴り、「今、着いた」という祐一からのメールが入っている。

革ジャケットを着てきてよかった。いつも着ているダウンジャケットの襟が汚れていて、今朝、もう一日着てからクリーニングに出そうかと思ったのだが、なんとなくやめたのだ。

週末、祐一に会ったときにも、この革ジャケットを着ていた。一年ほど前、珠代とバスで博多に買い物に行ったとき、十一万円という値段に躊躇《ちゅうちょ》はしたが、十年に一度と奮発して買ったものだった。

更衣室の鍵を閉め、管理室の警備員に渡して通用口を出た。寒風が足元を吹き抜け、マフラーをしっかりと首に巻き直す。がらんとした駐車場には白線だけがくっきりと浮かび、フェンスの向こうには、休閑中の畑と鉄塔がある。

視線を転じると、隣にあるファーストフード店の駐車場に、見覚えのある白い車が停まっている。さほど混んでいないが、よく磨かれた祐一の車だけが、駐車場の照明にきらきらと輝いている。

光代は一旦駐車場から国道に出て、フェンスの向こうを覗きながら、隣の駐車場へと急いだ。

ファーストフード店の駐車場に入ると、祐一の車のライトがチカッと光った。隣から歩いてくる自分の姿をずっと見ていたらしい。光代は暗い車内にいるだろう祐一に向かって、小さく手を振って見せた。

近寄っていくと、祐一が助手席のドアを内側から開けてくれた。開いたとたん、車内が明るくなり、作業服を着た祐一の姿が見える。

光代は車に駆け寄り、「さぶ〜い」と身震いしながら助手席に乗り込んだ。その間、一度も祐一とは目を合わせなかったが、ドアが閉まり、また車内が暗くなったとたん、「ほんとに仕事終わってすぐに来たと？」と祐一のほうへ顔を向けた。

「家に帰ってからやと、もっと遅うなるけん」

祐一が車内の暖房を強めながら言う。

「もっと早う電話くれればよかったとに」

「しようかなって思うたけど、仕事中やろうと思うて」

「もし、今日、会えんかったらどうするつもりやったと？」

光代がちょっと意地悪く尋ねると、「もし会えんかったら、そのまま帰るつもりやった」と生真面目に答える。

光代はシフトレバーに置かれた祐一の手に自分の手をのせた。祐一の作業着のせいか、車内に廃墟のような匂いがした。

車はファーストフード店の駐車場に停められたまま、なかなか動き出さなかった。すでに三組ほど、店内から出てきた客が車に乗り込み、駐車場から走り去っている。逆に入ってくる車がないので、車が減るたびに、まるで大海の小舟のように自分たちの車だけが残される。

もう何分くらい経つのか、光代の指と祐一の指は、未だにシフトレバーの上で絡《から》み合っている。言葉はなく、ただ指先だけが、もう何分も話をしている。

「明日も仕事、早いとやろ？」

光代は祐一の中指を握りながら尋ねた。フェンスの向こうに見える国道を、スピードを上げた車が走っていく。

「五時半起き」

祐一が光代の手首を親指の腹で撫《な》でる。

「ここから長崎まで二時間くらいかかるよね？　あんまり時間ないね」

「ちょっと顔見たかっただけやけん……」

エンジンをかけたままの車の中で、デジタル時計が9：18を示している。

「帰るとやろ？」と光代は尋ねた。

指の動きを止めた祐一が、「……うん、今夜のうちに帰らんと、明日三時起きになるし」と苦笑する。

会いたくて、会いたくて、仕方がなくなったんだ。仕方がなくて、仕事場から真っすぐ走ってきたんだ。

祐一がそう言ってくれることはなかったが、自分の手首を撫でる祐一の指の動きで、そんな気持ちが伝わってきた。

これから近くのラブホテルに入れば、二時間くらいは一緒にいられる。ただ、それから長崎へ帰るとなると、到着は深夜一時過ぎになる。すぐに寝ても、四時間ほどしか眠らずに、祐一はきつい仕事へ出かけなければならない。

二時間でいいから一緒にいたい。でも、一時間でも多く、祐一を眠らせてあげたい。

「うちに妹がおらんやったらね……」

思わずそんな言葉が漏れて、光代は自分で自分の言葉にハッとした。これまで妹の珠代を邪魔だと思ったことはない。逆にいつも妹の帰りばかりを心配している生活だったのだ。

「ホテル……行く?」

祐一がぼそっと訊いてきた。その訊き方が、明日の朝を心配しているのか、どこか躊躇している。

「でも今から入ったら、帰るの遅くなるよ」

「……そうやけど」

シフトレバーの上で、祐一の指先に力が入る。

「なんか、やっぱり佐賀と長崎って遠いね」

光代はふとそう呟いてしまい、すぐに、「あ、じゃなくて」と首を振った。

「……そうじゃなくて、なんか、せっかく来てくれたとに、ゆっくりする時間もないし」

「平日やけん、仕方なかよ」

祐一が諦めたように呟く。それがどこか冷たく響き、「祐一って真面目かよね」と思わず光代は言い返した。

「仕事は休めんよ。おじさんの会社やし」

「でも、土日は私がなかなか仕事休めんよ。この前のように二日続けて一緒におるんなんて、滅多にできんかも」

少し意地悪な言い方だった。そのとたん、祐一の指先から力がなくなる。

私に会いにきてくれた人なのだ、と光代は思う。自分たちには会う時間がないんだと、そんなことをわざわざ聞きにきたわけではなくて、きついだろう仕事を終えたその足で、二時間も車を走らせて、わざわざ私に会いに来てくれた人なのだと。

「ねぇ、隣の駐車場に移動せん？」

光代は力の抜けた祐一の指を引っ張った。

「もう店も終わっとるし、他の車が入ってくることもないけん、ゆっくり話できるよ。建物の裏に停めれば、通りからも見えんし」

光代の言葉に祐一がフェンスの向こう、すでに照明も消された紳士服店の駐車場に目を向け、すぐにサイドブレーキを下ろそうとする。

「あ、ちょっと待って。晩ご飯まだ食べとらんとやろ？　そこでなんか買ってくるけん」

光代が慌ててそう言うと、「いや、高速のサービスエリアでうどん食うてきた。我慢できんで」と祐一は笑った。

車はファーストフード店の駐車場を出て、紳士服店「若葉」の駐車場に入った。店舗の裏に回ると辺りは真っ暗で、フェンスの向こうに見える畑の中、ライトアップされた化粧品の大きな看板だけが風景になる。

「私、今度の金曜日、公休やけん、長崎に行こうかな。日帰りやけど」

車が停まると、光代はハンドルを握ったままの祐一に言った。その瞬間、祐一の腕が伸びてきて、耳元から首すじにかけて、熱い手のひらが置かれる。祐一は何も言わずにキスをしてきた。一瞬焦ったが、あっという間に祐一のからだがのしかかってくる。光代は目を閉じて、からだを任せた。


駐車場を出たのは、十時を回ったころだった。いつまででも抱き合っていたかったが、それ以上に、明日の朝、祐一につらい思いをさせたくないという気持ちが強かった。車を出すと、祐一は案内もなしに光代のアパートへ向かった。器用に車線を変更し、次々と他の車を抜いていく。

「じゃあ、しあさってバスで長崎に行くね」

光代はすでに慣れた車の揺れに身を任せながら言った。

「六時には仕事終わるけん」

祐一が前の車を煽《あお》りながら呟く。

「せっかくやけん、午前中に行って、一人で観光しよっと。長崎市内に行くとって、もう何年ぶりやろ……、去年、妹たちとハウステンボスには行ったけど」

「俺が案内できればいいとけど……」

「大丈夫。ちゃんぽん食べて、教会とか見て……」

自転車で十五分かかる距離が、祐一の運転だとほんの三分だった。祐一は先日と同じように未舗装のアパート敷地内に車を入れた。

「あ〜、やっぱり、妹、もう帰っとる」

光代は明かりのついた二階の窓を見上げた。

「……さっき会うたばっかりとにね」

そう呟く光代の唇に、祐一の乾いた唇が重なる。

「気をつけて帰ってよ」

光代は唇をつけたまま言った。祐一もそのままで頷いた。一瞬、祐一が何か言いかけたような気がして、「え?」と光代はからだを離した。しかし祐一は目を伏せただけだった。

光代は敷地から出ていく車を見送った。車道へ出ると、祐一は一度クラクションを鳴らし、あっという間に走り去った。

もう寂しかった。もう会いたくなっていた。

光代は赤いテールランプが見えなくなるまで立っていた。

あれはいつだったか、珠代が美容師の男の子と付き合っているころ、同じようなことを言っていた。デートが終わるともう寂しい。もう会いたくて仕方ない。当時はその気持ちがいまいち理解できずにいたが、今なら分かる。分かるどころか、こんな気持ちになって、よく平気でいられたものだとさえ思う。光代は車を追いかけて走り出したい気分だった。座り込んで、声を上げて泣きたかった。祐一と一緒にいられるならば、なんだってできそうな気さえした。

◇

手を振る光代の姿がルームミラーから消えて、もうどれくらい走ったのか。すぐそこに高速の入口が見える交差点で、車は赤信号に捕まった。祐一は尻ポケットから財布を出した。中には五千円に満たない金しか入っていない。もしも光代がホテルに行くことを承諾したら、帰りはいくら遅くなろうと一般道で帰るつもりだった。幸い光代が明日の仕事を心配してくれたおかげで、祐一はこれから高速に乗ることができる。

会いたくて、会いたくて仕方なかった。つい数日前に出会ったばかりなのに、一日でも会えないと、それで何もかもが終わってしまいそうで恐ろしかった。夜、電話でいくら話しても、恐ろしさは拭《ぬぐ》えなかった。電話を切ったとたんに苦しくなって、もう会えないような気がした。眠ると光代がいなくなる夢を見た。朝起きて、すぐに電話をかけたかったが、早朝五時にかける勇気はなく、仕事中もずっと光代のことだけを考えていた。仕事が終わるころにはもう居ても立ってもいられなくなり、気がつけば、車で佐賀に向かっていた。朝、おじのワゴンではなく、自分の車で現場へ向かった時点で、もう行こうと決めていたのかもしれない。

　祐一はなかなか変わらない信号を待ちながら、力一杯ハンドルを両手で叩いた。横に車が並んでいなければ、そのまま額を打ち付けたい気分だった。

　あれはまだ祖父母の家に連れて来られる前、おふくろと市内のアパートに住んでいた。ある日、「今からお父さんに会いに行くよ」と、とつぜんおふくろが言った。喜んで支度をして、一緒に路面電車に乗った。「駅に着いたら汽車に乗り換えるけんね」とおふくろは言った。「遠いと？」と尋ねると、「ものすごー、遠いよ」と答えた。

　混んだ路面電車で、おふくろは吊り革を摑んだ。俺はそのスカートを摑んだ。電車が走り出すと、前に座っている男たちが、互いの肩を突き合いクスクスと笑い出した。剃《そ》り忘れたおふくろの腋毛《わきげ》を笑っているらしかった。おふくろは顔を真っ赤にして腋をハンカチで隠した。暑い日だった。混んだ電車は大きく揺れて、おふくろのハンカチがずれるたびに、男たちが笑いを堪《こら》えた。

　国鉄の駅に着いて、汽車に乗り換えた。揺れる路面電車で必死に腋を隠していたおふくろは、水を浴びたように汗だくだった。切符を買おうと混んだ窓口に並んでいるとき、俺は、「ごめんね」と謝った。おふくろはきょとんとして首を捻り、「暑かねぇ」と微笑むと、俺の鼻に浮かんだ汗を、そのハンカチで拭ってくれた。

　とつぜん背後でクラクションを鳴らされ、祐一は我に返った。慌ててアクセルを踏み込むと、ハンドルにしがみついていたからだがシートに叩きつけられる。気が動転して、高速入口への車線に入れずに、そのまま高架をくぐってしまった。

次の信号でUターンしようと速度を落とし、気分転換にラジオをつけると、地元のニュース番組が流れた。祐一は車を大きくUターンさせた。入り損ねた高速の入口がすぐに近づいてくる。

「では次のニュースです。今月十日未明、福岡と佐賀の県境、三瀬峠で起こった殺人事件の重要参考人として指名手配されていた二十二歳の男性が、昨夜、名古屋市内のサウナ店で、店員からの通報で駆けつけた警官により身柄を拘束、すぐに移送され、現在、取り調べを受けている模様です。詳しい情報が入り次第、十一時のニュースでもお伝えします」

ニュースが終わり、保険のコマーシャルが流れる。祐一は高速の入口へ切りかけていたハンドルを戻し、思い切りアクセルを踏み込んだ。とつぜん割り込んできた祐一の車に、背後の車から激しいクラクションが鳴らされる。祐一はそれでもアクセルを踏み続け、前を走るもう一台の車を抜き去ると、やっとスピードを弛《ゆる》めて、自動販売機の立つ路肩に車を停めた。

ラジオは懐かしいクリスマスソングを流していた。祐一はすぐにチャンネルを変えてみたが、三瀬峠の事件を伝える番組は他になかった。

路肩に停めた車の中で、祐一はハンドルを抱え込んだ。すぐ横を大型トラックが走り抜けていき、その風圧で車体がふっと浮かぶ。

祐一は摑んだハンドルを大きく揺すった。揺すったところで、ハンドルはビクともしない。祐一はもう一度、ハンドルを揺さぶった。力を込めて揺さぶれば揺さぶるほど、ハンドルではなく、自分のからだが前後に揺れる。

あいつが捕まった。逃げていたあの男が捕まった。石橋佳乃を三瀬峠へ連れて行ったあの男が、名古屋で捕まった。

知らず知らずに、祐一はそう呟いていた。そう呟いているのに、なぜか昔、おふくろと一緒に親父に会いに行った日の情景が思い出される。路面電車の中で、おふくろの腋毛を笑った男たち。混んだ切符売り場の窓口で、鼻の汗を拭《ふ》いてくれたおふくろの顔。どうして今、あのときのことが浮かんでくるのか分からなかった。ただ、忘れようとしても、浮かんでくる情景を消してしまうことができなかった。

路面電車で国鉄の駅へ向かい、そこで列車に乗り換えた。おふくろは俺を窓際の席に座らせ、横でずっとうとうとしていた。

親父が出ていったばかりのころ、おふくろは毎晩のように泣いていた。心細くて横に座ると、俺の頭を撫でながら、「嫌なことはぜ〜んぶ忘れてしまおうねぇ。一緒にぜ〜んぶ忘れてしまおうねぇ」とますます声を上げて泣いた。

おふくろと一緒に乗った列車の窓からは、海が見えた。座ったのが山側の座席で、海側の座席にはお揃いの帽子をかぶった小学生の兄弟とその両親が座っていた。首を伸ばして、海を見ようとすると、うとうとしていたおふくろが目を覚まし、「ほら、ちゃんと座っときなさいよ。危ないけん」と頭を押さえた。「着いたら、海ならいくらでも見られるけん」と。

どれくらい乗っていたのか、気がつくと、おふくろと同じようにうとうとしていた。「ほら、降りるよ」と、とつぜん腕を摑まれて、寝ぼけたまま列車を降りた。駅からしばらく歩いた。着いたところはフェリー乗り場だった。

「ここから船に乗って、向こうに行くけんね」

おふくろはそう言って、対岸を指さした。

フェリー乗り場の駐車場には、たくさんの車が並んでいた。この車も全部、一緒にフェリーに乗るのだとおふくろは教えてくれた。

列車の中でおふくろが言った通り、目の前には海があり、遠くに対岸の灯台が小さく見えた。灯台を見たのはあのときが初めてだった。

ポケットで携帯が鳴っていた。祐一は路肩に停めた車の中で、ハンドルを握りしめたままだった。

相変わらず横をトラックが走り抜けていく。通るたびに風圧でこちらの車体がふっと浮かぶ。

祐一は携帯を取り出した。「家」からだった。電話に出ると、少しオドオドしたような祖母の声が聞こえてくる。

「ゆ、祐一ね？　あんた、今、どこにおると？」

近くに誰かがいて、その誰かに確認しながら話しているようだった。

「なんで？」と祐一は訊いた。

「い、今、警察の人が来とんなっとさ、ここに」

わざと明るく振る舞おうとしているが、祖母の声が震えている。

「どこにおると？　すぐ帰ってこれるとやろ？」

また一台、トラックが横を走り抜けていく。祐一は電話を切った。ほとんど反射的に指が動いた。

◇

そうですか。祐一はあんときのことをまだ覚えとったですか……。あれは祐一が五歳か、六歳……。てっきり、祐一はもう忘れとるって思うとったですよ。前にも話しましたけど、祐一が私のところで働くようになってからは、前にも増して祐一は自分の息子のようやったですけんねえ。最近では仕事も覚えて、クレーン免許ば取る気もあったみたいやし。

考えてみれば、あれが原因で祐一は婆《ばあ》さん爺《じい》さんの家で暮らすようになったとですよ。そうですか……。祐一は未だに、父ちゃんに会いに行ったと思うとるとですか。切なかですねぇ。ほんとは自分の母親に捨てられようとしとったとにねぇ。

祐一がどう話したか知らんですけど、あのときもう祐一の母親はどうにもならんようになっとったとですよ。周りの反対を押し切って、甲斐性《かいしよう》なしの男とくっついて、すぐに祐一ば産んだまではよかったばってん、五年も経たんうちに男は二人ば置いて出て行ってしもうて。祐一の母親の肩持つわけじゃなかばってん、キャバレーで働いて、自分なりに祐一のこと育てようとは思うとったとでしょうね。ただ、そう簡単にいくもんですか。あげん所で働けば、すぐにまた悪か男の目について、あっという間に金は毟《むし》り取られて、挙げ句の果てに病気して……、実家の婆さんに一本電話かければよかろうに、それもできん。結局、頼る者もおらんで……。

あの日は、いよいよ切羽詰まったとでしょうねぇ。祐一に「お父さんに会いに行くよ」なんて嘘ついて、男の居場所なんか知りもせんくせに。

あの日、祐一はフェリー乗り場に置き去りにされたとですよ、結局、翌朝までじっと一人で待っとったらしかです。切符ば買いに行くって言うて、そのまま逃げた母親ば、フェリー乗り場の桟橋の柱に隠れて、朝までずっと待っとったらしかです。

翌朝、係員に見つけられたとき、祐一はそれでも動こうとせんやったって。「母ちゃんがここにおれって言うたもん！」って、その人の腕に嚙みついたって。

置き去りにする前に、母親が言うたらしかとですよ。「向こうに灯台の見えるやろう？」って、「あの灯台ば見ときなさい」って、「そしたらすぐお母さん、切符買うて戻ってくるけん」って。

結局、母親が連絡してきたとはその一週間後ですよ。自分では死ぬ気やったたって言いよったばってん、俺にはそう思えんですねぇ。結局そのあとは、児童相談所や家庭裁判所の世話になって、婆さんたちが二人を引き取って、それからまたすぐですもんねぇ、母親が男作って逃げ出したとは。

それでもねぇ、親子っていうとは不思議なもんですよ。

あれはちょうど祐一がうちで働き出したころやったかねぇ、なんかの拍子に、「母ちゃんからはぜんぜん連絡なしか？」って、私が訊いたとですよ。たしか爺さんの具合が悪うなったときで、私としても、もし万が一のことがあったら、葬式くらい呼んでやらんとなぁ、なんて心のどっかで思うとって、それがぽろっと出たとやろうと思うとですけどね。

母親が男作って家を出たあとは、てっきり音沙汰《おとさた》なしって思うとったんですよ。実際、婆さんや爺さんも、「何年かに一度、思い出したように年賀状が来るだけ。年賀状が来るたんびに住所が変わっとって……、たぶんそのたんびに男も変わっとるのやろう」なんて言いよったし。

だけん、祐一に「ぜんぜん連絡なしか？」って訊いたときも、祐一が頷いて終わりって思うとったとですよ。そしたら、「爺ちゃんのことなら、もう知らせてある」って。「知らせてあるって、お前……。母ちゃんと連絡取り合いよっとか？」「たまに一緒にメシ食いよる」

「たまにって……」

「年に一回あるかないか」

「婆さんたちは知っとるとか？」

祐一は、「いや、知らん」って首振りましたよ。ほら、あの婆さんも祐一は自分が育てたって自負もあるし、祐一も言いにくかったとでしょうねぇ。

「お前、母ちゃんに会うて、腹立たんとか？」

思わず、そう訊きましたよ。だって、ろくに食べ物も与えんで、その上、フェリー乗り場に置き去りにして、挙げ句の果てが婆さんに預けたままですよ。でも、祐一は、

「腹立たん」って言いよりました。「腹立てるほど、会うてない」って。

「母ちゃん、今、どこで何しよるとか？」って訊いたら、「雲仙の旅館で働いとる」って。あれがもう三年か四年前。

祐一自身もたまに車で会いに行ったりすることもあったらしかですよ。「二人で何の話するとか？」って訊いたら、「別に何も話さん」って。

私はね、正直、祐一の母親ば許す気はないとですよ。未だにフェリー乗り場に置き去りにされた祐一が目に浮かんでしまう。私だけじゃなくて、婆さんも爺さんも、親戚中の人間がそうですよ。ただ、ほんとに不思議なもんで、当の祐一はその母親ば、もう許しとるとですもんねぇ。

◇

祐一を見送ったあと、光代はしばらくアパートの外階段に座り込んでいた。硬いコンクリートが尻を冷やし、一階の部屋からは赤ん坊をあやす若い男の声が聞こえた。

さすがに寒くなって二階の自室へ向かった。鍵を開け、「ただいまー」と声をかけると、トイレの中から、「残業やったと？」と珠代の声が聞こえる。光代は、「あ、うん」と曖昧に答えながら靴を脱いだ。廊下を進んで居間へ入ると、テーブルにシチューを食べたあとらしい皿があった。

「自分で作ったと？」

トイレに声をかけてみるが、返事はない。

襖《ふすま》を開けて、寝室にしている六畳間に入った。祐一はもう高速に乗っただろうか。なんとなく窓際に向かい、レースのカーテンを開けた。さっき祐一を見送った場所を野良猫が一匹駆け抜ける。そのときだった。表通りをものすごいスピードで走ってきた車が、まるでスピンでもするような勢いで、そこに滑り込んできたのだ。その瞬間、ゴミ捨て場に駆け込もうとした野良猫が、青いライトに浮かび上がった。

光代は思わず両手を握りしめた。「危ない！」と心の中で叫んだ。車がゴミ捨て場のポリバケツにぶつかる寸前で停まる。身を縮めていた野良猫が、青いライトの中、ふと我に返ったように逃げ出していく。

「祐一?……」

滑り込んできたのは祐一の車に違いなかった。野良猫のいなくなった空き地を、青いライトが照らしている。

光代は反射的にカーテンを閉め、慌てて玄関へ駆け出した。あまりにも急いでいるので、うまく踵《かかと》が靴に入らない。床に置かれていたバッグを反射的に取ると、「どこ行くと?」と、トイレから呑気な珠代の声が聞こえる。光代は何も答えずに玄関を飛び出した。

アパートの階段から、暗い車内でハンドルに突っ伏している祐一が見えた。車のライトが汚れたポリバケツを照らしている。

光代は階段を下りたところで思わず足を止めた。目の前の光景が幻覚のように思えたのだ。会いたいと思う気持ちが、こんな光景を見せているのではないかと。

それでもゆっくりと近寄ると、足元で砂利が鳴った。光代は運転席のガラスを指先で叩いた。叩いた瞬間、祐一がビクッと起き上がる。「どうしたと?」と光代は声を出さずに尋ねた。その口元を見つめている祐一の目が、どこかとても遠い場所を見ているようだった。

光代はもう一度ガラスを叩いた。叩きながら、「どうしたと?」と目で尋ねた。それに答えるように祐一が目を逸《そ》らす。光代はまたガラスを叩いた。しばらくハンドルを握ったまま俯《うつむ》いていた祐一がゆっくりとドアを開ける。光代は一歩あとずさった。

車を降りてきた祐一が、何も言わずに光代の前に立つ。光代はその顔を見上げながら、「どうしたと？」とまた訊いた。

　通りを車が一台走っていく。路肩の雑草がその風圧で激しく揺れる。そのときだった。祐一がとつぜん光代を抱きしめた。あまりにもとつぜんで、光代は短い声を上げた。

「俺、もっと早う光代に会っとればよかった。もっと早う会っとれば、こげんことにはならんやった……」

　抱きしめる祐一の胸から声がする。

「え？」

「車に、俺の車に乗ってくれんや？」

「え？」

「俺の車に乗ってくれって！」

　とつぜん声を荒らげた祐一が、光代の腕を引っ張って、助手席のほうへ回り込む。

「ど、どうしたと？」

　あまりにも急で、光代は思わず腰を引き、引きずられる踵が砂利に埋まった。

「よかけん、乗れって！」

　祐一はほとんど光代を小脇《こわき》に抱えるようにして、助手席のドアを開けた。両側のドアが開いた車内を風が吹き抜け、暖房で暖まった風が流れ出てくる。

「ちょ、ちょっと」

光代は抵抗した。乗りたくなかったわけではなくて、一言でいいから何か説明してほしかった。

「ど、どうしたと？　ねぇ？」

乱暴にからだを押されながら、光代は祐一の手首を摑んだ。とても乱暴な物言いで、とても乱暴に扱われているのに、祐一の震える手首がとても弱々しく感じられた。

光代を助手席に押し込むと、祐一はドアを閉めて運転席へ回った。まるで転がり込むように乗り込んで、息を荒くしたままサイドブレーキを下ろす。下ろした途端、タイヤが地面の砂利を蹴飛ばして、猛スピードで発車する。アパート前の空き地を飛び出し、急ハンドルで左へ曲がる。曲がった瞬間、対向車とぶつかりそうになり、光代はまた声を上げた。

間一髪、対向車を躱《かわ》した車は、畑の中を一直線に伸びる暗い道を加速した。

◇

寝室の明かりを消すと、房枝はいったん布団に座り込み、音を立てないように這って窓際に寄った。震える手でカーテンを少しだけ開けてみる。窓の外にはブロック塀があり、何カ所かブロックが抜けている部分から、細い通りが見える。さっきまで停まっていたパトカーはない。その代わり、黒塗りの車が一台あって、明かりのついた車内で若い私服の刑事が誰かと携帯で話をしている。

一時間ほど前、房枝は祐一に電話をかけた。目の前には近所の駐在さんの他に、私服の刑事が二人いた。正直、何もかもが急な話で、言われるまま祐一に電話をするのがやっとだった。かける前に、自分たちのことは言うな、と忠告されていたのに、つい、

「今、警察の人が来とんなっとさ」と言ってしまった。祐一はその一言で電話を切った。

何もかもが、あまりにやぶからぼうだった。犯人だと思われていた福岡の大学生が、実は犯人ではなかった。なかったからと言って、なんで刑事たちがここへ来るのか分からなかった。

「祐一は関係なかですよ」

房枝が何度震える声で話しても、刑事たちは「とにかく携帯にかけてみて下さい」と譲らなかった。房枝が思わず、警察が来ていることを告げた瞬間、男たちの表情が怒りと落胆に歪んだ。使えない婆さんだと思ったのだろうが、その表情が漢方薬を無理やり売りつけた男たちにそっくりだった。「さっさとサインしろよ」とイライラしながら詰め寄ってきた男たちに。

房枝は少しだけ開けたカーテンから指を離した。いつもは波の音しか聞こえないこの界隈に、土地の者ではない男たちが何人もうろうろしている雰囲気は、窓を閉めても、カーテンを閉めても伝わってくる。

カーテンを閉めて、壁を背にしゃがみ込んだ。自分がひどく震えているのが、その壁から伝わってくる。じっとしていると、震えが増して、気を失いそうだった。捕まった

福岡の大学生は、祐一の女友達を殺していないらしい。大学生が彼女を峠まで連れて行ったのは確かだが、その先の話が食い違うという。彼女を自分の車に乗せる前、彼女は東公園という場所で白いスカイラインに乗った別の男と会っていた。その男が、祐一に似ているらしい。

房枝は這うように廊下へ出て、電話のある台所へ向かった。手のひらに床の冷たさが痛い。

真っ暗な台所で房枝は電話を棚から下ろして抱え込んだ。受話器を上げ、震える指で憲夫の家に電話をかけた。かなり長い間、呼び出し音が鳴ったあと、眠そうな憲夫の声が聞こえる。

「もしもし？　うち、房枝。寝とった？」

不機嫌そうな憲夫に、房枝は早口でそう言った。

相手が房枝だと分かり、電話の向こうの憲夫の声が緊張し、「じいさんになんかあったとね？」と訊いてくる。

「いや、違うと……」と房枝は言った。

ただ、その次の言葉が口から出て来ず、気がつくと、啜《すす》り泣いていた。

「なんね？　どうしたと？」

受話器の向こうから憲夫の声がする。横で寝ていた女房も起き出したのか、「……清水のばあちゃんからけど。なんか知らん。……いや、じいちゃんじゃなかって」などと説明する憲夫の声が聞こえる。

「祐一が、帰ってこんのやもんね……」

房枝は洟《はな》を啜りながら、それだけ言った。

「祐一が？　帰ってこんって、どこ行ったと？」

「……それが分からんんと。なんか知らん、警察の人が来てさ」

「警察？　事故でも起こしたね？」

「いや、違うと。うちにもよう分からん……」

「よう分からんて……」

「電話して、警察の来とるって教えたら、電話切られてしもうて……。なんも関係なかはずとに電話ば切るもんやけん……」

涙声で続ける房枝の話を訊きながら、憲夫は布団から這い出てカーディガンを羽織る妻実千代に目を向けていた。

「とにかく、すぐそっちに行くけん。電話じゃよう分からん。よかね、そこにおらんばよ。車ですぐに行くけん」

憲夫はそれだけ言うと、一方的に電話を切り、心配そうな実千代に、「祐一が、なんかしでかしたごたる」と呟いた。

「祐ちゃんが何を？」

「知らん。喧嘩か何かやろ。ばあさんが泣きながら話すもんやけん、よう分からん」

憲夫は立ち上がって蛍光灯をつけた。壁の時計はすでに十一時半を回っている。憲夫は乱れた布団の上でパジャマを脱ぎ捨てると、枕元に畳んで置かれている作業服を手に取った。さっきまでストーブをつけていたのに、アンダーシャツだけになると身震いするほど寒かった。

「なんのあったか知らんけど、祐ちゃん、殴ったりしたら駄目よ！　あん子にはうちしか頼れんのやけん、味方になってやらんば……」

着替えを手伝おうとする実千代に言われ、憲夫は、「分かっとる！」と怒鳴り返した。

仕事で使っているワゴン車に乗り込み、憲夫は上着のボタンも止めずに飛び出した。喧嘩か、交通事故か？　憲夫は祐一の家へ向かった。県道は空《す》いており、海沿いに並んだ信号も気持ちがいいほど青が並んでいる。

憲夫は胸騒ぎがしていた。入院中のじいさんが死んだわけでもないのに、そんな鈍い興奮がからだを包んでいる。

喧嘩にしろ、事故にしろ、もしも祐一が怪我をしているのなら、明日は仕事を休まなければならない。まだ何がどうなっているのか分からないが、早いうちに吉岡か倉見に、連絡を入れておいたほうがいいかもしれない。明日は各自で現場に向かってもらい、作業の指示は携帯から入れればいい。

明日の心配をしているうちに、車は祐一が暮らす漁村へと入っていた。月明かりを浴びた港内は凪《な》ぎ、係留された漁船が波に動く気配もない。ただ、いつもはがらんとした岸壁に、見慣れぬ車が三、四台停まり、こんな夜中なのに、立ち話をしている人影がいくつもある。憲夫はスピードを弛めて岸壁へ入った。車のライトが漁船を照らし、岸壁に立っている制服姿の警官や、心配して出てきたらしい住人たちの顔が浮かぶ。

車を停めてライトを消すと、岩場のフナムシのように住人たちが集まってくる。憲夫は思わずぞっとして、ドアを開けると外へ飛び出した。

「あら、憲夫さん！」

真っ先に声をかけてきたのは町内会長で、「なんね？　祐一がなんしたとね？」と寒さに首を縮めながら寄ってくる。向こうで誰かが、「ありゃ、祐一のおじですもんね」と警官に説明すると説明を受けた若い警官が、慌てて駆け寄ってきて、「あれ、今、おたくに警官が向かいませんでしたか？」と訊いてくる。憲夫は、「いえ」と首をふった。

「ばあさんから電話もろうて、すぐ出てきましたけん」と。

「あら、そうですか。じゃ、行き違いやったとやろか？」

「うちなら女房がおりますけど……」

警官は遠くに停めてあるパトカーに向かって、「被疑者のおじさんがここに来とりますよ！」と怒鳴った。パトカーのドアが開き、雑音混じりの無線の音がすぐそこの波音に混じる。

「ちょっと話ば訊かせてもろうてもよかですか？　祐一くん、おたくで働いとるとでしょ？」

気がつくと、憲夫は刑事と住人たちに囲まれていた。

「とにかく、ばあさんに会うてからでよかですか？」

憲夫は毅然《きぜん》とした声で遮った。

◇

翌朝、街道沿いのコンビニで、光代は三万円を引き出した。高校卒業から十年間、こつこつと貯《た》めた多少の貯金はあるのだが、定期にしているため、普通預金には当面必要な額しか入っておらず、三万円引き出すと心細い残金になる。

三万円を財布に入れて、光代はレジで温かいお茶を二本とおにぎりを三つ買った。支払いをする際、外へ目を向けると、少し離れた場所に停められた車の中から、じっとこちらを見つめている祐一がいた。

コンビニを出て、光代は温かいお茶を両手に祐一の車に駆け寄った。窓を開けた祐一に二本のお茶を渡し、会社に連絡を入れようと携帯を取り出した。

電話に出たのは店長の大城《おおしろ》だった。てっきり売り場主任の水谷和子が出ると思っていた光代は、一瞬焦りはしたが、すぐに、「あの、すいません、馬込ですけど」とわざと暗い声を出した。

父親の具合が急に悪くなって、申し訳ないのだが、今日は仕事を休ませてほしい。準備していた科白《せりふ》をすらすらと言い終えた。

「あ、そう。そりゃ、大変やねぇ」

店長の素っ気ない声が聞こえてくる。

「……いやぁ、実はさ、この前面接に来た女の子、結局、今日の午後から働いてもらうことになって、そいでカジュアルコーナーの霧島《きりしま》さんにスーツコーナーに移ってもらおうかと思うとったとよ」

休暇願いの電話をかけたのに、店長は人事の話を始めた。

「でもあれやねぇ、長引いたら大変やねぇ。でも店のほうも歳末バーゲン時期やし……。まぁ、とにかく状況分かったら連絡入れてよ」

店長はそれだけ言うと電話を切った。申し訳ないと思いながらかけたわりに、あまりにも素っ気ない店長の応対に、正直、バカにされたような気分だった。

ほんの数分、外に立っていただけなのに、だだっ広い駐車場を吹き抜ける寒風で、指先が冷たかった。助手席に乗り込むと、すぐに祐一が温かいお茶を渡してくれる。

「今日、仕事休むって電話した」と光代は微笑んだ。祐一はただ、「ごめん」と謝った。

昨夜、アパート前を走り出した車はバイパスを抜け、ちょうど高速道路に沿うようにして、武雄方面へ向かった。真っ平らだった道が、徐々に起伏し始め、山間部へ入り込む辺りまで来ても、祐一は一言も口を開かなかった。

「ねぇ、どこ行くと？」

走ることすでに十五分、さすがに気持ちも落ち着いてきて、光代はそう尋ねたが、それでも祐一は答えない。

「この車、奇麗にしとるねぇ。自分で掃除するとやろ?」

光代は沈黙に耐え切れず、塵《ちり》一つないダッシュボードを撫でた。暖房で暖まったボードの感触がさっき抱きしめてきた祐一の体温を思い出させる。

「休みの日とか、することないけん……」

走り出して二十分近く、やっと口を開いた祐一の言葉がこれだった。光代は思わず吹き出した。あんなに乱暴に自分を連れ出してきたくせに、こんなことには素直に答えてくれる。

「たまに職場の先輩の旦那さんの車で送ってもらうことあるとやけど、そこの車、まるでゴミ箱みたいにしとるとよ。『乗って、乗って』って言うとやけど、『どこに乗ればよかと-?』って感じ」

光代は自分で自分の話に笑った。ただ、横を見ても、祐一の表情に変化はない。

祐一がとつぜん車を停めたのは、小さな村落を過ぎた辺りで、これからいよいよ暗い山道に入るという場所だった。スピードを落とした車が、ゆっくりと路肩へ寄ると、砂利を踏むタイヤの音が聞こえる。一カ所だけ途切れたガードレールの先には、小型車が上って行ける程度の未舗装の道が、山中へ伸びている。

祐一はエンジンをかけたまま、ライトだけを消した。フロントガラスの先にあった世界が、その瞬間に消えてなくなる。見る場所を失った光代は祐一のほうへ目を向けた。その瞬間、祐一のからだが覆いかぶさってくる。

「ちょ、ちょっと……」

サイドブレーキが邪魔なのか、自分の手の置き場を捜す祐一のイライラした力が伝わってくる。シートを倒され、光代は思わず開きそうになった脚を閉じた。

覆いかぶさってきた祐一は、唇から顎《あご》へ、そして首筋に乱暴なキスを続けた。妙にきっちりと光代のからだはシートに埋まり、まるで縛られているようだった。光代は窓の外へ目を向けた。倒されたシートから黒い樹々の向こうに夜空が見えた。星の多い夜だった。

光代は乱暴にキスを続ける祐一の胸を、ゆっくりと押し戻した。それでも祐一が抱きしめてくるので、その胸をトントンと優しく叩いた。一瞬、祐一の腕から力が抜ける。

「どうしたと？」と光代は訊いた。

自分の息がそのまま祐一の口に入るほどの距離だった。

「なんのあったとか知らんけど、安心してよかとよ。私、ずっと祐一のそばにおるけん」

準備していた言葉ではなかったのに、自分でも驚くほどすらすら出てきた。自分の言葉が祐一の肌に染み込んでいくようだった。街灯もない山道の路肩に、ぽつんと停められた車の中、自分の言葉と祐一の肌だけしか、そこにはなかった。

「もし、話しとうないなら、話さんでよか。話してくれるまで、私、待つけん」

光代はゆっくりと祐一のからだを押し戻した。素直にからだを起こした祐一が、「どうしてよかか、分からんやった……」と呟く。

「あのまま帰るつもりやった。でも、ここで別れたら、もう会えんような気がして」

「それで戻ってきたと？」

「一緒におりたかった。でも一緒におるにはどうすればよかとか……、それが分からんようになって」

シートを起こした光代は、祐一の耳に触れた。ずっと暖かい車内にいるのに、驚くほど冷たい耳だった。

「あのまま高速に乗って帰るはずやった。けど、急に昔のこと思い出してしもうて」

「昔のこと？」

「子供のころ、おふくろと一緒に親父に会いに行ったことがあって……、そのときのこと」

無防備に耳を触られながら、祐一はそこまで言って言葉を切った。祐一が何か問題を抱えているのは分かる。それが知りたくてたまらない。でも、それを知ると、祐一が消えてしまいそうな気もする。光代は祐一の耳を撫でながら、「一緒におろうよ」と言った。

一台の車が横を走り抜ける。真っ暗だったフロントガラスの向こうの世界を、その車のライトが照らす。遠くまで伸びるガードレールが眩《まぶ》しいほど白く輝いた。

「ねぇ、今日はどっかに泊まって、明日、仕事さぼって二人でドライブせん？」と光代は言った。「だって私たち、まだ呼子の灯台も行ってないとよ。この前は、ほら、結局ずっとホテルにおったし」

ずっと触れていた祐一の耳が、ゆっくりと熱を取り戻す。

◇

理容店と住居を仕切る上がり框《かまち》に座り込み、石橋佳男は冬日を浴びる表通りを見つめていた。娘の葬儀を終えてもう何日も経つというのに、まだ一度も店を開けていない。いつまでも悲しみに暮れていたって生きていけないいし、今は年の瀬、普段ならかき入れどきでもある。しかし、こうやっていざ店を開けようとすると、とたんにからだから力が抜けてしまう。開けたところで、客は来るのだろうか。来たところで、みんな腫《は》れ物に触るように話しかけてくるに違いない。

佳男はもう一度上がり框から立ち上がろうと勢いをつけた。数歩前へ出て、あの鍵を開け、表へ出て看板のコンセントを入れさえすれば、またいつもの日常が始まるはずだ。だが、店を開けたところで、佳乃が戻ってくることはない。

再び座り込んだ佳男が、じっと足元を見つめていると、ガラスドアをノックする音が聞こえた。顔を上げれば、葬儀にも来ていた地元署の刑事がガラスに顔を貼りつけて、中を覗き込んでいる。

佳男は一度大きくため息をつき、重い足取りで刑事のためにドアを開けた。

「すいません、朝早うから」

刑事が場違いな大声を出す。

「いえ、そろそろ店開けようかち思うとったとこですけん」と佳男は無愛想に答えた。

「いや、実はですね、もう昨日のニュースで聞かしたかもしれんですけど、例の大学生が見つかったとですよ」

あまりにも刑事がさらっと言うので、佳男は思わず、「ああ、そうですか」と答えそうになり、慌てて、「え？　なんち？」と声を荒らげた。

「いや、ですから、例の大学生が名古屋で見つかりまして……」

「な、なんですぐに教えんとか！」

「いや、夜中にいろいろこちらで取り調べをしましてね、整理してから連絡しようと思いまして」

佳男は嫌な予感がした。例の大学生が見つかったということは、やっと佳乃を殺した犯人が見つかったということなのに、目の前の刑事からはその興奮がまったく感じ取れない。

ふと背後からの視線を感じて振り返ると、妻の里子が四つん這いでこちらに顔を出している。

「奥さんもおいででしたか？　いや、実はですね、その大学生の話と現場の状況から判断すると、どうも犯人は別におるようなんですよ。その大学生が三瀬峠まで娘さんを連れてったのは間違いないらしいんですがね」

　こちらが口を挟めないように、刑事が早口で捲《まく》し立てる。

　気がつくと、四つん這いで居間から顔を出していた里子が、いつの間にか上がり框にちょこんと正座していた。佳男は仕事着の白衣を手に握りしめ、「ど、どういうことですか？　その大学生が犯人じゃなかって？」と刑事に尋ねた。

「詳しく話してもらえんですか！」

　今にも刑事の胸ぐらを摑みそうな佳男の手を、里子がさっと握る。

「いや、実はですね、娘さんは確かにその大学生の車で三瀬峠まで行っとるんですよ。娘さんが暮らしとる寮の近くの公園でばったり会うて」

「ばったりって、娘はその男と会う約束をしとったんでしょうが？」

「いや、それが増尾……、あ、その大学生ですけどね、そいつの話によると、娘さんは他の誰かと約束しとって、彼とはそこでばったり会うたらしいんですよ」

「だ、誰ですか？　その他の誰かっちゅうとは」

「それは今、こちらで探しとります。その大学生の証言で、間違いないのが一人浮かんどります。風貌《ふうぼう》、車種」

「で？　佳乃は、佳乃はどげんなったとか！」

また怒鳴り出した佳男の背中を、里子が真剣な目で刑事を見つめたまま撫でる。

「三瀬峠までドライブに行ってですね。そこで口論になったらしかとですよ。それで男のほうが娘さんをですね……」

「娘を？」

訊き返したのは佳男ではなく、里子だった。

「ええ、娘さんを車から無理やり降ろしたらしくて」

「誰もおらん峠に、なんでそげん……」

泣きそうになった里子の肩を、今度は佳男が撫でた。

「降ろすときにちょっと揉《も》めたらしいとですよ。娘さんの肩を押して、そのときに首を……」

堪《こら》え切れずに里子が小さな嗚咽《おえつ》を上げる。

「……もちろんその大学生を厳重に調べました。男のくせにギャーギャー泣き出してから、ほんなこつ情けないったらなかでしたよ。ただ、決定的に違うとですよ。娘さんの首に残っとった手の跡が、その大学生の手よりも間違いなく大きいとですよ。それこそ子供と大人の手ぐらい……」

そこで言葉を切った刑事を佳男は睨《にら》みつけた。

「で、娘は誰と待ち合わせしとったとですか？　隠さんで言うて下さい。その出会い系っちゃらで……」

言葉にならなかった。

一通りの説明を終えた刑事を送り出し、佳男は散髪用の椅子に座り込んだ。上がり框に正座した里子は、両拳《こぶし》を握りしめて泣いている。

娘が殺されて泣き、犯人が捕まらずに泣き、今度はその犯人が無実だと知らされて泣いている。

刑事の話では、佳乃は白い車に乗った金髪の男と東公園で待ち合わせをしていたらしい。それなのに会社の同僚たちには、増尾という大学生と会うと嘘をついて別れたという。その上、待ち合わせしていたにもかかわらず、その男とは二、三言、話をしただけで別れ、偶然会った増尾の車に乗った。

間違いなく自分たちが育てた娘なのに、その夜の状況をいくら聞かされても、まったく娘の顔が重ならない。まるで見も知らぬ女性が佳乃のふりをして、そこにいたような気がしてならない。

三瀬峠に着いた二人は車内で口論になったという。どんな口論なのか知らないが、そいつは俺の娘を車から蹴り出した。あの暗い峠の旧道に、俺の娘を蹴り出した。

そのあと、何が起こったのかまだはっきりとは分からないと刑事は言う。ただ、東公園で実際に待ち合わせていた男が、何か知っている可能性は高いと言う。

ずっと大学生が犯人だと思っていた。もしも見つかったら、この手で殺してやると誓ったこともある。別府や湯布院で手広く観光業をやっているというそいつの両親の前で、息子を殺してやろうと誓い、やっと眠れる夜もあった。

気がつけば、その大学生が犯人であってくれと願う自分がいた。そうでなければ、娘が誰か見知らぬ男に、それもいかがわしい何かで知り合った男に命を奪われたことになる。俺の娘がテレビや雑誌が面白がって書いているような、そんな女であるはずがない。俺の娘はたまたま馬鹿な大学生と付き合って、その男に殺されたのだ。日頃、テレビや雑誌で見聞きする、虫酸《むしず》の走るような若い娘たちと同じであるはずがない。なぜなら佳乃は、この俺と里子が大切に大切に育てた娘だ。こんなに大切に育てた娘が、テレビや雑誌でバカにされる、あんな女たちのようになるわけがない。

佳男はじっと見つめていた正面の鏡に、握りしめていた白衣を投げつけた。鏡を割るほどの勢いで投げたのに、白衣はふわっと広がって、ただ撫でるようにしか鏡に触れなかった。

佳男は立ち上がり、店を飛び出した。じっとしていると大声で叫び出しそうだった。閉まりかけたドアの向こうから、「あんた〜」と呼ぶ里子の声が聞こえたが、佳男はもう走り出していた。

◇

祐一の車は、唐津市内を抜けて、呼子へ向かう道を走っていた。背後に流れる景色は変わっていくのだが、いくら走っても道の先にはゴールがない。国道が終われば県道に繋《つな》がり、県道を抜ければ市道や町道が伸びている。光代はダッシュボードに置かれた道路地図を手に取った。適当なページを捲ると、全面に色とりどりの道が記載されている。オレンジ色の国道、緑色の県道、青い地方道路に、白い路地。まるでここに描かれた無数の道路が、自分と祐一が乗るこの車をがんじがらめにしている網のように思えた。仕事をさぼって好きな人とドライブしているだけなのに、逃げても逃げても道は追いかけてくる。走っても走っても道はどこかへ繋がっている。

嫌な思いを断ち切るように、光代は音を立てて地図を閉じた。その音にちらっと目を向けた祐一に、「車の中で地図見たら、私、酔うとさねー」と嘘をつくと、祐一は、「呼子までの道なら知っとるよ」と答えた。

今朝、ラブホテルを出て、すぐに入ったコンビニで買ったおにぎりを食べ終えた祐一に、「仕事先に休むって連絡入れんでよかと?」と光代は尋ねた。だが、祐一は、「いや、よか」と首を振っただけで、目を合わせようともしなかった。

代わりと言ってはなんだが、光代が妹の珠代に連絡を入れた。すでに出勤していた珠代は、昨夜いったん家に戻ってすぐに出かけ、そのまま帰ってこなかった姉のことをかなり心配していたようで、「よかった〜。もし今日連絡なかったら、警察に電話しようって思うとったとよ〜」と、安心したような、怒っているような声を出した。

「ごめんねぇ、実はちょっといろいろあってさ。っていうても、大したことじゃなかとけど。とにかく心配せんでよかけん。話は帰ってからちゃんとするし」

「帰ってからって、今日は帰ってくるとやろ？」

「ごめん、それもまだ分からんとさね」

「分からんって……。さっき光代の店に電話したとよ。仕事には出とるかなぁって思うて。そしたら水谷さんが出て、『お父さん、大変やねぇ』って言うけん、とりあえず話は合わせとったけど」

「ごめん、ありがとう」

「ねぇ、なんのあったと？」

「なんって……、なんていうか、なんか急に仕事休みとうなったとさ。あんただってあるやろ？　ほら、キャディしよったとき、ようズル休みしよったたい」

光代の会話を祐一はハンドルを握ったままじっと聞いている。

「ほんとにそれだけ？」

半信半疑らしい珠代に訊かれて、「そう、それだけ」と光代は断言した。

「それなら、よかけど……。ねぇ、今、どこ？」

「今、ちょっとドライブ中」

「ド、ドライブ？　誰と」

「誰とって……」

意識したわけではないが、返した言葉がどこか甘ったるかった。それを悟ったらしい珠代が、「えー？　うそー、いつの間にー？」と声を高める。

「とにかく帰ったら話すけん」と光代は言った。

ちょうど車が呼子港に入り、道ばたに干しイカをたくさん吊るしている露店がいくつも並んでいる。

真相を訊き出そうとする珠代を遮って、光代は一方的に電話を切った。切る間際、

「私の知っとる人？」と訊く珠代の声が聞こえたが、「じゃあね」と答えただけだった。


港の奥にある駐車場に車を停めて外へ出ると、海から冷たい潮風が吹きつけた。駐車場の近くにも露店があり、吊るされたいくつもの干しイカが潮風になぶられている。

光代は大きく身震いすると、運転席から降りてきた祐一に、「あそこ、本当に美味《お》し《い》かとよ」と海沿いに立つ民宿兼レストランの建物を指さした。


祐一が何も答えないので振り返ると、祐一が、「ありがと」ととつぜん呟く。

「え？」

光代は潮風に乱れる髪を押さえた。

「今日一日、一緒におってくれて」

祐一が手のひらで車のキーを握りしめる。

「だけん、昨日言うたたい。私はずっと祐一のそばにおるって」

「ありがと。……あのさ、そこでイカ食うたら、車で灯台のほうに行ってみよう。灯台としては小さかけど、見晴らしのよか公園の先にぽつんって建っとって、そこまで歩くだけでも気持ちよかけん」

車の中でほとんど口を開かなかった祐一が、とつぜん堰《せき》を切ったように話し出す。

「う、うん……」

あまりの変わりように光代は思わず言葉を失った。駐車場に若いカップルの車が入ってくる。光代は祐一の腕を取るように道をあけた。

「そこって、イカ料理だけ？」

何かを吹っ切ったように祐一が明るい声で尋ねてくる。光代は、「う、うん」と驚きながらも頷き、「最初が刺身で、脚は唐揚げとか、天ぷらにしてくれて……」と説明した。

まだ十二時前だというのに、店はかなり混雑していた。大きないけすを囲む一階のテーブルは満席で、割烹着《かっぽうぎ》姿のおばさんに、「二人なんですけど」と光代が声をかけると、「二階にどうぞ」と背中を押された。

階段を上がって靴を脱いだ。軋みのひどい廊下を進むと、海に開けた大きな窓のある広間に通された。これから埋まるのかもしれないが、まだ客はおらず古い畳の上に八つテーブルが並んでいる。光代は迷わず窓側のテーブルを選んだ。前に座った祐一も、眼前に広がる港の風景から目を離さない。凪いだ港にはイカ釣り漁船が並び、波止めの遠く向こうには冬日を浴びた海原に、白い波頭が躍って見える。窓を閉めていても、岸壁に打ち寄せる波の音がした。

「一階より、こっちが景色よかったねぇ。なんか得した気分」

熱いおしぼりで手を拭きながら光代が言うと、「ここ、前にも来たことあると？」と祐一が訊く。

「妹たちと何度か来たことあるけど、そんときはいつも一階やった。一階もいけすのあってよかとけどね」

熱いお茶を運んできたおばさんに、光代は定食を二人前注文した。注文して外へ目を向けると、「なんか、うちの近所に似とる」と祐一が呟く。

「あ、そうか。祐一の家って、港町やったよねぇ」

「港町っていうか、ここと同じただの漁村」

「いいなぁ。私、こういう景色大好き。ほら、雑誌とかで、博多や東京なんかのオシャレなお店紹介しとるやろ？　ああいうのに出てるシーフード料理とか見ると、『値段ばっかり高くて、絶対、呼子のイカのほうが美味しか』って思うてしまう」

「でも、女の子はそういう店のほうが好きじゃないと？」

「うちの妹とかは、天神のなんちゃらっていうフレンチレストランとかに行きたがるけどね。私はこういうところのほうが好き。っていうか、絶対にこっちのほうが美味しかもん。でもテレビとかでは、こういう店ってB級グルメとかって紹介されるやろ。あれ大嫌い。だってどう考えたって、こっちのほうがA級の素材やのに」

光代は一気呵成《いっきかせい》にそこまで言った。仕事をさぼり、丸一日自由な時間を得たことに、知らず知らずに興奮していた。ふと前を見ると、祐一が肩を震わせ、目を真っ赤にしている。慌てて、「ど、どうしたと？」と声をかけた。

テーブルの上で祐一の拳が強く握りしめられ、音を立てるほど震えている。

「……俺、……人、殺してしもた」

「え？」

「……俺、ごめん」

一瞬、祐一が何を言ったのか分からず、光代はまた、「え？　何？」と素っ頓狂な声を上げた。祐一は俯いたまま、テーブルで拳を握りしめるだけで、それ以上のことを言わない。涙目で肩を震わせ、「俺、……人殺してしもた」と漏らしたきり、それ以上のことを言わない。安物のテーブルに、硬く握りしめられた祐一の拳があった。本当にすぐそこにあった。

「ちょ、ちょっと、な、なんば言いよっと？」

光代は思わず差し出そうとした自分の手を、一瞬、迷って引っ込めた。自分で引っ込めたのに、別の誰かに引かれたような感覚だった。

「ひ、人殺してしもうたって……」

自然と言葉が口から漏れた。窓の外には凪いだ漁港が広がっている。停泊した漁船が揺れて、太いロープが軋むような音を立てる。

「……本当はもっと早う、話さんといけんやった。けど、どうしても話せんやった。光代と一緒におったら、何もかもなかったことになりそうな気がした。何もなくなるわけないとに……。今日だけ、あと一日だけ光代と一緒におりたかった。昨日、車の中で話そうとも思うた。でも、ちゃんと最後まで話せるか自信なかった」

祐一の声がひどく震えていた。まるで波に揺れているようだった。

「俺、光代と知り合う前に、ある女の子と知り合うた。博多に住んどる子で……」

一言ずつ言葉を区切るように祐一は話し出す。なぜか光代はさっき歩いてきた岸壁を思い出していた。遠くを見れば奇麗なのに、足元の岸壁にはゴミが溜《た》まって、波に揺れていた。洗剤のペットボトル。汚れた発泡スチロールの箱。片方だけのビーチサンダル。

「……メールで知り合うて、何回か会うた。会いたいなら金払えって言われて……」

そのとき、とつぜん襖が開いて、割烹着姿のおばさんが、大きな皿を抱えて入ってくる。

「すいませんねぇ、お待たせして」

おばさんが重そうな皿をテーブルに置く。皿にはイカの活《い》き造《づく》りが盛られている。

「そこの醤油、使うて下さいね」

白い皿には色鮮やかな海藻が盛られ、見事なイカが丸一匹のっている。イカの身は透明で、下に敷かれた海藻まで透かして見える。まるで金属のような銀色の目が、焦点を失って虚空《こくう》を見つめている。まるで自分だけでも、この皿から逃れようとして、何本もの脚だけが生々しくのた打っている。

「脚やら残ったところは、あとで天ぷらか唐揚げにしますけんね」

おばさんはそれだけ言うと、テーブルをポンと叩いて立ち上がった。そのまま姿を消すかと思えば、ふと振り返り、「あら、まだ飲み物ば訊いとらんやったねぇ」と愛嬌《あいきょう》のある笑みを浮かべる。

「ビールか何か持ってきましょか?」

そう尋ねるおばさんに、光代は咄嗟に首を振った。「い、いいえ。大丈夫です」と答えながら、なぜかハンドルを握る真似をした。

おばさんは襖を開けたまま出て行った。広間にはぽつんと二人だけが残された。イカの活き造りを前にして、祐一が項垂《うなだ》れている。たった今、信じがたい告白をされたばかりなのに、光代はほとんど無意識に、醬油を小皿に垂らしていた。

醬油を垂らした小皿が二枚、手元に並ぶ。光代は一瞬迷ってから、その一つを祐一のほうへ押しやった。

「どこから話せばいいのか分からん……」

祐一が小皿の醬油を覗き込むように呟く。

「……あの晩、その女と会う約束しとった。博多の東公園っていう場所で」

話し始めた祐一に、光代は思わず質問しそうになってやめた。その女が、どういう女で、それまでに何度会ったことがあって……。訊きたいことが次から次に浮かんでくる。それくらい祐一の話が前へ進まない。光代は辛うじて、「ねぇ、それっていつの話?」とだけ尋ねた。

俯いていた祐一が顔を上げる。答えようとはするのだが、唇が震えていて、うまく言葉にならない。

「光代と会う前……。光代からメールもらったやろ？　あの前……」

やっと祐一がそれだけ答える。

「メールって、最初の？」

光代の質問に、祐一が力なく首を振る。

「……あのとき、俺、どうすればいいのか分からんで、毎晩、寝ようとしても眠れんで、苦しくて、誰かと話したくて……、そしたら光代からメールもろうて」

廊下のほうで来客を迎えるおばさんの声がする。

「……あの晩、ちゃんと待ち合わせしとったとに、あの女、別の男とも同じ場所で会う約束しとって。『今日、あんたと一緒におる時間ない』って言われて、その男の車に乗ってしもうて、そのままどっかに行ってしもうた。……俺、バカにされたようで悔しくて、その車、追いかけて……」

二人の間で、イカの脚がのた打っていた。

◇

寒い夜だった。吐く息がはっきりと見えるほど凍《い》てつく夜だった。

公園沿いの歩道を歩いてくる佳乃の姿が、車のルームミラーに映った。祐一は合図を送ろうとクラクションを鳴らした。音に驚いた佳乃が一瞬足を止め、歩道の先のほうを見つめて駆け出した。あっという間だった。駆け出した佳乃が、祐一の待つ車を素通りしてしまう。慌てて目を向けると、歩道の先に、見知らぬ男が立っていた。

佳乃は親しそうに男の腕を摑んで話し始めた。その間、男がじっと嫌な目つきでこちらを見ていた。偶然に会ったのだろうと祐一は思った。挨拶が済めば、戻ってくるのだろうと。

案の定、佳乃はすぐにこちらへ歩いてきた。祐一が助手席のドアを開けてやろうとすると、それを察したように歩調を速め、自分でそのドアを開け、「ごめん。今日、ちょっと無理。お金、私の口座に振り込んどって。あとで口座番号とかメールするけん」と言う。

呆気にとられた祐一をよそに、佳乃は乱暴にドアを閉め、スキップするような足取りで、見知らぬ男の元へ戻った。あっという間だった。祐一は口を開くことはおろか、自分で自分の気持ちを感じることもできなかった。

歩道に立つ男は、近寄ってくる佳乃ではなく、祐一をじっと見ていた。口元にこちらを馬鹿にするような笑みを浮かべているように見えたのは、街灯のせいか、それとも実際に浮かべていたのか。

佳乃は一度も振り返らずに、男の車に乗ってしまった。走り出した車は紺色のアウディで、どんなローンを組んだとしても、祐一には手の出なかったA6だった。

がらんとした公園沿いの並木道を、男の車が走り出す。凍えた地面に白い排気ガスがはっきりと見えた。

自分が置き去りにされたのだと、祐一はそこで初めて気づいた。それほどあっけない一幕だった。置き去りにされたと思うと、とつぜん全身の皮膚を破るような血が立った。怒りでからだが膨張するようだった。

祐一はアクセルを踏み込んで、車を急発進させた。すでに男の車は前方の交差点を左へ曲がろうとしている。その車体に、車ごと衝突させてやろうと思うほどの急発進だった。

実際、祐一は男の車の前に回り込んで、佳乃を奪い返そうと思っていた。思っていたというよりも、からだが勝手にそう動き出していた。

一つ目の交差点を曲がったところで、男の車は先の信号を直進していた。アクセルを踏み込んだが信号が変わり、左右から車が走り込んでくる。が、横断する車の数は少なく、車列が切れると、祐一は信号を無視して走り出した。佳乃を乗せた男の車に追いついたのは、百メートルほど走った場所だった。

追突させる勢いで走り出したのに、男の車を捕らえた途端、急に気が変わった。怒りが収まったというよりも、追突すれば自分の車が傷つくことに今さら気づいたのだ。

祐一は更にスピードを上げ、男の車の横を走った。ハンドルを握りながら、車の中を窺《うかが》うと、助手席に座った佳乃が、満面の笑みを浮かべて喋っていた。一言、謝ってほしかった。約束を破ったのは佳乃なのだから、一言謝ってほしかった。

道は天神の繁華街に向かっていた。祐一は速度を落とし、男の車の後ろについた。途中、何台かの車が、間に入って来ては出て行ったが、三瀬峠へ向かう街道まで来ると、少し車間距離を開けても、間に入ってくる車はなくなった。

街道にぽつんぽつんと立てられた街灯が、暗い夜の中、赤いポストや町内の掲示板を浮かび上がらせている。道が上り坂になり、前を走る男の車のライトが、アスファルトを青く照らしているのがはっきりと見える。車体ではなく、まるで光の塊が、細い山道を駆け上がっていくようだった。

祐一は距離を縮めないように車を追った。赤いテールランプがカーブのたびに強くなる。その刹那《せつな》、前方の森が赤く染まる。スピードは出ていたが下手クソな運転だった。急カーブでもないのに、男はすぐにブレーキを踏む。そのたびに祐一の車が近づいてしまう。祐一はわざとスピードを落とした。峠道を駆け上がっていく男の車と徐々に距離が開いてくる。それでも真っ暗闇の峠道、カーブを曲がれば、生い茂った樹々の向こうに、離れた車のライトが見える。

どれくらい走ったのか、男の車が急停車したのは峠の頂上に差し掛かる場所だった。

祐一は慌ててブレーキを踏んで、ライトを消した。真っ暗な闇の中、赤いテールランプが、まるで巨大な森の赤い眼光のようだった。

祐一はハンドルを握ったまま、じっと森の赤い眼を見つめていた。峠だけが呼吸しているようだった。次の瞬間、車のルームライトがついた。光の中、佳乃と男の影が動いた。あっという間だった。ドアが開き、佳乃が降りようとした。その背中を男が蹴ったのだ。佳乃は車に撥《は》ねられた動物のようだった。路肩に崩れ落ち、後頭部をガードレールで強打した。

ガードレールを背に蹲《うずくま》った佳乃を置いて、男の車が走り出す。祐一は一瞬、自分が何を見たのか分からなくなり、慌てて男の車を追おうとした。しかしサイドブレーキを下ろした途端、道ばたに置き去りにされた佳乃の姿が、車の走り去った後の風景に、ぽつんと残されているのが見えた。テールランプに染まった佳乃の姿は、まるで燃えているようだった。祐一はサイドブレーキを引き直した。あまりにも強く引いたので、車体の底で妙な音が立つ。

男の車が先のカーブを曲がってしまうと、辺りからすべての色が消えた。赤く染まっていた佳乃の姿は、今や峠の暗闇に呑み込まれていた。

男の車が去って、どれくらい経ったのか、祐一は恐る恐る車のライトをつけた。光は佳乃が蹲った場所まで届かなかったが、それでも冬の月光よりも役には立った。

サイドブレーキを下ろし、かすかに足をアクセルに乗せた。峠の道を照らす青いライトが、水が染みるような速度で、佳乃の元へ近づいていく。

ライトがはっきりと佳乃の姿を捕らえたとき、青白い光の中で佳乃は怯え、光の中を見ようと、必死に目を細めていた。

再びサイドブレーキを引いて、祐一は運転席のドアを開けた。佳乃が身構えるように、バッグを抱きかかえる。

「大丈夫？」

祐一は声をかけた。が、真っ暗な峠に声はすぐに呑み込まれる。遠い地鳴りのように、車のエンジン音だけがする。

祐一が光の中に踏み込むと、佳乃の表情に変化があった。

「なんで、ここにおると？　もしかしてつけて来たわけ？　もう、やめてよ！」

バッグを抱えて、路肩に蹲っている女がそう吠《ほ》えた。男に蹴り降ろされ、暗い峠に置き去りにされた女だった。

「だ、大丈夫？」

祐一はそれでも佳乃へ近づいて、立ち上がらせようと手を差し伸べた。しかし佳乃はその手を払い、「見とったわけ？　もう信じられん！」と悪態をつきながら自分で立ち上がろうとする。

「ど、どうしたとね？」と祐一は訊いた。ヒールの高いブーツでよろける佳乃の手を取ると、手のひらに小石が埋まっている感触がした。

「どうもこうもない！　あんたに教える義務なかやん！」

祐一の手を払って、佳乃は歩き出そうとした。祐一はその腕をまた取った。

「車に乗らんね。送ってやるけん」

祐一の言葉に、佳乃がちらっと車のほうへ目を向ける。二人ともライトの中に立っていた。そこにだけ世界があるようだった。

祐一が腕を引くと、「もう、よかって！　放っといてよ！」と、また佳乃が振り払う。

「ここから歩いて帰られんやろ！」

売り言葉に買い言葉で、祐一は強く佳乃の腕を引いた。タイミングが悪く、その反動で歩き出そうとしていた佳乃の足が宙を滑る。バランスを崩して倒れ込んだところが、ちょうど車の真っ正面だった。慌てて支えようとした祐一の肘が、運悪く佳乃の背を押した。佳乃は奇妙な格好でからだをくねらせて、そのまま車体のフロントにぶつかった。思わず手をついた場所に、佳乃の小指が差し込まれる。

「痛ッ！」

叫び声がこだました。暗い森で眠っていた鳥たちが一斉に飛び立つほどだった。

「だ、大丈夫？」

祐一は慌てて抱き起こそうとした。バンパーと車体の間に入り込んでしまった指がそのままだった。起こそうと佳乃の腋の下を持ち上げたとたん、悲鳴と共に、小指が奇妙な形で曲がった。

何もかもが一瞬の出来事だった。血の気が引いた。ライトの前にしゃがみ込んでしまった佳乃の顔を、強いライトが照らし、髪の毛一本一本が逆立っていた。

「ご、ごめん。……ごめん」

痛みに顔を歪めた佳乃が、やっと抜けた指を握り、奥歯を噛み締めている。

「人殺し！」

祐一が肩に手を置いた途端、佳乃がそう叫んだ。祐一は思わず手を引いた。

「人殺し！　警察に言ってやるけんね！　襲われたって言ってやる！　ここまで拉致《らち》られたって！　拉致られて、レイプされそうになったって！　私の親戚に弁護士おるっちゃけん。馬鹿にせんでよ！　私、あんたみたいな男と付き合うような女じゃないっちゃけん！　人殺し！」

佳乃が叫ぶ。まったくの嘘なのに、祐一はなぜか膝が震えて止まらなかった。

佳乃はそれだけ言い放つと、痛む指を握って歩き出した。車の周囲を離れれば、街灯もない峠道で、すぐに佳乃の姿は闇に呑まれる。「ちょ、ちょっと、待てって」と祐一は声をかけたが、それでも佳乃は歩いていく。

佳乃の足音が遠ざかる闇の中へ、祐一はたまらずに駆け込んだ。

「嘘つくな！　俺は何もしとらんぞ！」

叫びながら駆け込むと、立ち止まった佳乃が振り返り、「絶対に言うてやる！　拉致られたって、レイプされたって言うてやる！」と叫び返してくる。真冬の峠の中なのに、山全体から蟬《せみ》の声が聞こえた。耳を塞《ふさ》ぎたくなるほどの鳴き声だった。

自分でも何に怯えているのか分からなかった。ここまで拉致された。レイプされた。佳乃の言葉はまったくの嘘なのに、まるで自分がそれを犯してしまったようで、血の気が引いた。必死に、「嘘だ！　濡《ぬ》れ衣《ぎぬ》だ！」と、心の中で叫ぶのだが、「誰が信じてくれる？　誰がお前のことなんか信じてくれる？」と真っ暗な峠が囁《ささや》きかけてくる。

そこには暗い峠道しかなかった。証人がいなかった。俺がここで何もしていないということを証明してくれる者がいなかった。婆さんに、「俺は何もやっとらん！」と弁解する自分の姿が見えた。「俺は何もやっとらん！」と、自分を取り囲む人々に叫び続ける自分の姿が見えた。そのときふいに「母ちゃんはここに戻ってくる！」とフェリー乗り場で叫んだ、幼い自分の声が蘇《よみがえ》った。誰も信じてくれなかったあのときの声が。

祐一は佳乃の肩を摑んだ。

「触らんで！」

振り払おうとした佳乃の腕が、祐一の耳に当たった。まるで金棒を差し込まれたような痛みが走る。祐一は思わず佳乃の腕を取った。逃げようとする佳乃を押さえ込もうとしているうちに、冷たい路面で馬乗りになっていた。月明かりに照らされた佳乃の顔が怒りに歪んでいた。

「……俺は何もしとらん」

佳乃の両肩を強く押さえた。痛みに声を漏らす佳乃が、それでも嚙みつくように、「誰があんたのことなんか信じるとよ！」と叫ぶ。

「人殺し！　助けて！　人殺し！」

佳乃の悲鳴が峠の樹々を揺らす。佳乃が声を上げるたび、祐一は恐ろしさに身が震えた。こんな嘘を誰かに聞かれたら……。

「……俺は何もしとらん。俺は何もしとらん」

祐一は目を閉じていた。佳乃の喉《のど》を必死に押さえつけていた。恐ろしくて仕方なかった。佳乃の嘘を誰にも聞かせるわけにはいかなかった。早く嘘を殺さないと、真実のほうが殺されそうで怖かった。

◇

岸壁にいろんなゴミが打ち寄せている。洗剤のペットボトル。汚れた発泡スチロールの箱。片方だけのビーチサンダル。それぞれに藻やビニール袋が絡まって、いくら波に揺られても、岸壁にぶつかっては跳ね返り、どこへも逃げ出せずにいる。

岸壁には数艘《そう》のイカ釣り漁船が停泊している。ロープが撓《たわ》み、船底から小魚の群れが泳ぎ出てくる。岸壁の背後には干しイカを売る露店が並び、行き交う観光客に声をかけている。さっきから小さな女の子が三輪車に乗って、岸壁に立つ光代と祐一の元へ来ては、また露店に立つ母親の元へ戻っていく。

結局、料理の途中で光代と祐一は店を出てきた。運ばれたとき、皿の上で生々しく動いていたイカの脚も、祐一の話が終わるころになると、ぐったりと動かなくなっていた。幸い、他の客が広間に入ってくることはなかった。代わりに給仕のおばさんが何度も様子を見にきた。

話が終わると、祐一は、「ごめん」と小声で呟いた。そして黙り込んだままの光代に、「これから、警察に行くけん」と言った。

光代はほとんど何も考えずに頷いた。ちょうど給仕のおばさんが現れて、「刺身は苦手ですか？」と訊くので、「……すいません、ちょっと気分が悪くて」と光代は嘘をついた。立ち上がる光代を、祐一が諦めたように見上げていた。光代は、「ねえ、出よう」と声をかけた。自分は置いていかれると思っていたのだろう、祐一はひどく驚いていた。おばさんに詫《わ》びると、「お金はいらんけんね」と言ってくれた。

店を出て、漁船の停泊する岸壁を歩いた。足が自然と駐車場に向いていた。人を殺した男の車にまた乗り込もうとしている。頭では分かっているのだが、冷たい潮風の吹き抜ける岸壁で、他に向かう場所もなかった。祐一の話を最後まで悲鳴も上げず、逃げ出しもせず、聞き終えた自分が不思議だった。あまりにも話の内容が大きすぎた。あまりにも大きすぎて、何も考えられなかった。

岸壁の端まで来ると、光代は立ち止まった。足元の岸壁に、いろんなゴミが集まって、静かに波に揺られていた。

「今から、警察に行くけん」

祐一の声に、光代はゴミを見つめたまま頷いた。

「ごめん。光代に迷惑かける気は……」

言葉の途中で、光代はまた頷いた。三輪車に乗った女の子が、再びこちらに近寄ってくる。ハンドルについたピンク色のリボンが、冷たい潮風に千切れそうに靡《なび》いている。

近寄ってきた三輪車は、光代と祐一の間を抜けて、また露店の母親の元へ戻った。光代は必死にペダルを漕ぐ女の子の小さな背中を見送った。

そのとき、「本当に、ごめん」と頭を下げた祐一が、一人で駐車場のほうへ歩き出す。一回り背中が縮んだように見えた。少しでも触れると、泣き出しそうな背中だった。

「警察って、どこの？」と光代は声をかけた。

振り向いた祐一が、「分からん、この辺なら唐津まで出ればあるやろ」と答える。

祐一の答えを訊きながら、そんなこともうどうでもいいじゃないかと光代は思った。早く逃げ出せという声も聞こえた。それなのに、なぜか悔しくて仕方なかった。何か言ってやりたくて仕方なかった。

「私だけ、こげん所に置いていかんでよ」と光代は言った。「……こげん所に、一人で置いてかれても困るたい。……私も一緒に行く。警察まで、一緒に行く」と。

海からの突風が、光代の言葉を千切り取る。祐一はじっと光代を見つめていた。そして何も言わずに、また一人で歩き出した。

「待ってよ！」

光代が叫ぶと、足を止めた祐一が、「ごめん。そげんことしたら、光代に迷惑かかる」と振り返らずに言う。

「もう迷惑かかっとる！」

光代はその背中に怒鳴った。道の向こうでイカを割いていたおばさんが、ちらっとこちらに目を向ける。

返事もせずに歩き出した祐一を、光代は追いかけた。

何か言ってやりたかった。でも、こんなことを言ってやりたいわけじゃなかった。

駐車場へ入ると、祐一はまた足を止めた。両手を握りしめ、肩を震わせていた。

「……なんで、こげんことになってしもうたとやろ」

洟を啜る祐一の声が、遠い波止めにぶつかる波の音に重なる。光代は祐一の前へ回り込むと、硬く握られたその拳を手にとった。

「行こう、警察に。一緒に行こうよ。……怖かったとやろ？　一人で行くの、怖かったとやろ？　私が一緒に行ってやるけん。一緒なら……、一緒なら行けるやろ？」

光代の両手の中で、祐一の拳が震えていた。その震えが伝わるように、祐一が何度も、「……うん、うん」と頷く。

◇

雲行きが怪しくなったのは、午後二時を過ぎたころだった。警察からの説明を受けて、思わず店を飛び出した石橋佳男は、自宅から歩いて三分ほどの所に借りている駐車場へ向かい、行く当てもなく車に乗り込んだ。

福岡の大学生が犯人ではなく、出会い系サイトで知り合った男が犯人のようだ、という警察の説明が、いくら納得しようとしてもできなかった。いや、もっと言えば、この事件に娘の佳乃が関わっているということさえ、何かの間違いのような気がして、誰かが何かの目的のため、よってたかって自分や妻を騙《だま》しているような気さえした。

佳乃はまだどこかで生きているんじゃないか。どこかで自分が助けに来るのを待っているのではないか……。でもどこに佳乃がいるのか分からない。誰に訊いても、佳乃はもう死んだのだと言う。

行く当てもなく久留米市街を車で走った。見慣れた景色なのに、涙にくもる目で見知らぬ街のようだった。

佳男が運転する車は、まだ高校に入ったばかりの佳乃が選んだものだった。派手な車は嫌だと言ったのに、「絶対、赤いほうが可愛かよ！」と佳乃は譲らず、結局、折衷案で決まった薄いグリーンの軽自動車だった。

納車の日、家族三人で写真を撮った。佳乃は新しい車を喜び、佳男がいくら説得しても、シートのビニールを剝《は》がすことを許さなかった。

もう何時間も久留米市内を走り回っていた。ただ佳乃に会いたかった。佳乃がどこにいるのか知りたかった。助けを求める声は聞こえるのに、娘がどこにいるのか分からなかった。

気がつくと、佳男はハンドルを三瀬峠へ向けていた。久留米市街を出た車は国道に乗り、川を渡り、気がつけば、佐賀平野に伸びる田園の一本道を走っていた。道の先には、三瀬峠を含む脊振山地の山々があった。

とつぜん雲行きが怪しくなってきたのは、ガソリンスタンドに寄ったころだった。給油を待つ間に便所へ行くと、便所の小窓から見えた脊振山地の上空に黒い雨雲が迫って見えた。雨雲は峠の頂上を隠すように広がって、佳男がいる平野部のほうへも迫ってくる。

便所を出ると、雨がぱらぱらと降り出した。佳男は屋外にあった洗面所で手も洗わずに、給油の終わった自分の車に駆け込んだ。佳乃と同じ年くらいの女の子が、領収書を持って駆けてくる。渡された領収書が雨に濡れていた。佳男は代金を払ってアクセルを踏んだ。雨の中、女の子がいつまでも見送る姿が、ルームミラーに映っていた。

車が峠道に入るころにはどしゃぶりだった。まだ午後の三時前だと言うのに、低い空に広がった雨雲が、峠道を暗くしていた。

佳男はライトをつけた。激しく動くワイパーの先に、青白くアスファルト道路が浮かび上がる。フロントガラスを滝のように雨が流れ、まるで千切れそうにワイパーが動き続ける。

峠を下りてくる対向車のライトで、フロントガラスの雨粒が光る。エンジン音は聞こえず、辺りの樹々を叩く雨音が、閉め切った車内にも響いてくる。

葬儀の日、久留米の工場で働く従兄《いとこ》に、「佳乃ちゃんの亡くなった場所に、一緒に線香あげてやらんや」と言われた。あまりにもいろんなことが立て続けに起こり、佳男が返事もできずにいると、そばにいた親戚の女たちが、「行くんなら、私たちも行くたい。お花も供えて、佳乃ちゃんの好きやったお菓子とか……」とざわついた。

みんなが親切で言ってくれているのは分かっていたが、その親切を受けた途端に、二度と佳乃に会えないような気がして仕方なかった。

佳男は、「俺は、行かん」とだけ言った。ざわついていた親戚たちがその一言で黙り込んだ。

あれはいつごろだったか、テレビ中継されていた峠の現場に、花やジュースが並べられている映像を見た。親戚たちがこっそり行ってくれたのか、それとも見ず知らずの誰かが、佳乃に、テレビや雑誌であれだけ非難された佳乃に、花を手向けてくれたのか。

佳男はその映像を見て、声を上げて泣いた。テレビや雑誌では遠回しに表現されていても、手元に届く嫌がらせのファックスや手紙は、やはり露骨だった。

「売女《ばいた》の娘が殺されて悲しいか？　自業自得《じごうじとく》」

「俺もお前の娘買いました。一晩五百円」

「あんな女、殺されて当然。売春は違法です」

「仕送りしてやれよー」

直筆のものもあれば、パソコンからプリントアウトされたものもあった。毎朝、郵便配達員が来るのが恐ろしかった。電話線を抜いても、夢の中で電話が鳴った。娘が日本中から嫌われているようだった。日本中から自分たち親子が憎悪《ぞうお》されているようだった。

峠を上るにつれ、雨脚が強まった。霧が濃く、ハイビームにしても数十メートル先の視界が曇る。

三瀬トンネルに入る手前に、旧道を示す標識があった。標識はまるで誰かが息でも吹きかけてくれたかのように、一瞬だけ切れた霧の中から現れた。

佳男は慌ててハンドルを切り、崖沿いの幅の狭い旧道へと入り込んだ。道幅が狭まると、小さな軽自動車は滝に呑まれるようだった。山肌を流れ出てきた雨水が、ひび割れたアスファルトを横切って崖へと落ちていく。

本道では数台すれ違っていた対向車も、ここ旧道には一台もなかった。事故でもあったのか、歪んだガードレールが、崖のほうへ大きく迫《せ》り出している。ライトの先に、地面に置かれた花束やペットボトルが見えたのはそのときだった。透明のビニールに包まれた花が、山肌から湧《わ》き出てくる雨水に今にも流されそうになっている。佳男はゆっくりとブレーキを踏んだ。ライトに照らされた霧の中、ずぶ濡れのお供え物が、どしゃぶりの雨に耐えていた。

後部座席の足元に落ちていたビニール傘を取り出すと、佳男はどしゃぶりの雨の中へ出た。すぐ横でエンジンはかけられたままなのに、まるで滝の裏にでも迷い込んだような雨音しか聞こえない。

雨が叩きつける傘が重く、頰や首筋を濡らす雨が痛いほど冷たい。

佳男はライトに照らされた供え物の前に立った。花はすでに枯れ、誰が置いていてくれたのか、小さなイルカのぬいぐるみが泥水に溺《おぼ》れている。

佳男は濡れたイルカを拾い上げた。強く握りしめたわけでもないのに、指の間から冷たい水が流れ落ちる。自分が泣いているのは分かっていた。ただ、横なぐりの冷たい雨に、流れる涙の感覚もない。

「……佳乃」

思わず声が出た。微《かす》かな声が真っ白な息となって口から漏れる。

「……お父ちゃん、来たぞ。……ごめんな、遅うなって。お父ちゃん、会いに来たぞ。寒かったろ？　寂しかったろ？　お父ちゃん、来たぞ」

もう止まらなかった。一旦開いた口から次から次に言葉が漏れた。

ビニール傘を叩いた雨が滝のように足元に落ちた。足元で跳ねた雨が、佳男の汚れたスニーカーを濡らした。

「お父ちゃん……」

ふと佳乃の声がした。幻聴ではなく、はっきりと佳乃が自分を呼んだ。佳男は振り返った。傘が傾き、雨に濡れるのも構わなかった。

車のライトに霧が照らされていた。そこに佳乃が立っていた。傘も差していないのに、佳乃はまったく濡れていない。

「お父ちゃん、来てくれたと？」

佳乃が微笑んでいる。「うん、来たぞ」と佳男は頷いた。

どしゃぶりの雨が、手や頬を叩いているのに、まったく冷たさを感じなかった。峠道を吹き抜けて行く寒風も、光の中だけを避けていく。

「お前……、なんしよっとか、こげんか所で」と佳男は言った。涙と鼻水が雨と一緒に口に流れ込み、声にならない。

「お父ちゃん、来てくれたと……」

光に包まれた佳乃が微笑む。

「お前……。こ、ここで何があったとか？　何されたとか？　誰がお前ば、こげんか目に遭わせた？　誰が……、誰が……」

佳男は堪え切れずに嗚咽を上げた。

「お父ちゃん……」

「……ん？……なんね？」

佳男は濡れたジャンパーの袖口《そでぐち》で、涙と鼻水を拭った。

「ごめんね、お父ちゃん」

光の中で佳乃が申し訳なさそうな顔をする。子供のころ、いつもこんな顔をして佳乃は謝っていた。

「お前が謝ることなんかあるもんか！」

「お父ちゃん……、ごめんね。私のせいで嫌な目に遭わせてしもうて、……ごめんね」

「お前が謝ることなか。お父ちゃん、誰がなんち言おうとお前のお父ちゃんやけん、誰がなんち言おうと、お前のこと守る。……守るとやけん」

峠の樹々を叩く雨の音が強くなる。音が強くなれば、目の前の佳乃が消えてしまいそうで、「佳乃！」と思わず佳男は娘の名を呼んだ。消えかかる光の中の娘に、ずぶ濡れの手を差し伸べた。

一瞬のことだった。目の前にいた佳乃の姿が消えた。あとに残されたのは、どしゃぶりの雨を照らす車のライトだけ。佳男は娘の名を叫びながら辺りを見渡した。雨に濡れるガードレールが、急なカーブで見えなくなり、その先では鬱蒼《うつそう》とした森が濡れている。冷たい雨に濡れるのも構わずに、佳男は娘が立っていた場所に駆け込んだ。ただ、目の前には雨水の染み出す崖が立ち塞がっているだけで、濡れた佳男の額を、濡れた雑草が撫でる。

佳男は冷たい岩に手をついて、娘の名を二度呼んだ。声は岩に沁《し》み入っていく。振り返ると、地面に置かれた花束の手前に、ビニール傘が落ちている。いつから落ちていたのか、逆さになった傘の中に大量の雨が溜まっている。

その瞬間、辺りがうっすらと明るくなった。空を見上げると、分厚かった雨雲の向こうに微かな青空が顔を出している。足元で雨が跳ねた。泥水がズボンの膝まで染みた。

「佳乃……」

ずぶ濡れのからだは凍えて、吐く息は真っ白だった。

「……お父ちゃん、嫌な目になんかぜんぜん遭っとらんぞ。佳乃のためなら、お父ちゃん、なんでも我慢しきるとよ。お父ちゃんもお母ちゃんもお前のためなら……」

　最後は声にならず、佳男は濡れたアスファルトに膝をついた。

「佳乃！」ともう一度、空に叫んだ。ただ、いくら待っても、霧に覆われた峠道に、もう佳乃は現れない。

　雨は止まず、濡れた服が重くなっていく。

「……お父ちゃん、ごめんね」

　寒さに震え出した佳男の耳に、娘の声が蘇る。「佳乃……」ともう一度呟いた。濡れたアスファルトに落ちた娘の名前が、水たまりに波紋を作る。

「俺は許さん！　絶対に許さん！」

　佳男は濡れたアスファルトを拳で何度も殴った。拳が切れて、冷たい雨に滲《にじ》んだ血が流れていく。佳男は雨の中、立ち上がった。血だらけの手で、誰かが道脇に供えてくれた、枯れてしまった花束を手に取った。

◇

「つーかさ、マジで無理。俺が殺人犯？　それもあんな女、殺して？　いや、マジで、ほんとに無理」

　カウンターに自ら二杯目のビールを取りに行った増尾圭吾が、そう言い捨てたあと、気分良さそうにグラスを傾ける。たかが一晩、警察で事情を訊かれただけだというのに、まるで何年も服役していた刑務所から出てきたばかりのように。

増尾が戻ってきたソファ席には、鶴田公紀を始め、増尾の友人たちが十数人いて、ビールを立ち飲みする増尾の姿を崇《あが》めるように見上げている。

鶴田はほとんど口をつけていない自分のグラスから、ビールを一口飲んだ。店内の音楽もさることながら、テーブルについたみんなが、それぞれに増尾が行方不明だったとき、自分たちがどう思っていたかを述べ合うものだから、午後遅いカフェの店内ではウエイトレスが割った皿の音さえ響かない。

行方不明だった増尾から一斉送信のメールを受け取ったのは、この日の午後二時を回ったころだった。鶴田はいつものように部屋で寝ていて、話を訊きたいヤツはすぐに天神のモンスーンに集まれ、という増尾からの乱暴なメールを受け取ったときには、誰かの悪趣味な悪戯《いたずら》だとしか思えなかった。しかし、その数分後に、増尾本人から電話があった。呑気な声で、「メール見た？　お前も来いって。逃亡生活の全貌《ぜんぼう》教えてやるけん」と誘う。訊きたいことはいくらでもあったが、「面倒くせぇから、みんなに話すって」と増尾は笑い、一方的に電話を切った。

鶴田たちが集まったのは、天神にある増尾の行きつけのカフェで、いかにもオシャレな大学生が好みそうな、昼間から酒を出し、メシそこそこ、値段そこそこ、内装だけは金かけてます的な店だった。

鶴田が店に到着したときには、すでに十人ほどの友人たちが集まっていたのだが、肝心の増尾がまだ来ていない。みんな増尾が名古屋で捕まったことは知っており、釈放されたのだから無実だったのだろうと盛り上がっていた。

ガラス張りの店の外に増尾の姿が現れたとき、「おおっ」という歓声が自然と上がった。店内でまずそうなランチを食っている若い女性客たちも、その歓声に全員が増尾のほうへ顔を向けた。

店に入ってきた増尾は、顔見知りらしいウェイトレスにウィンクすると、「増尾圭吾！　ただいま自由の身となりました！」と、両手を広げてお辞儀した。拍手する者もいれば、その姿に腹を抱えて笑い出す者もいた。

待ちわびたみんなを前に、増尾はまず遅れた理由を話した。なんでも午前中に警察署から無罪放免され、いったんマンションへ戻ってシャワーを浴びてきたらしかった。そのせいか、店に現れた増尾には、ここ数週間思い描いていた逃亡犯の悲愴《ひそう》さがない。

増尾が席に着くと、すぐにあちこちから、「で？　一体何やったとや？」「お前、殺しとらんと？」「殺しとらんなら、なんで逃げとったと？」と矢継ぎ早の質問が飛んでくる。増尾はそれを制して、横できょとんとしているウェイトレスに、ベルギーのビールを注文した。

「まぁ、そう焦るなって。……まぁ、なんていうか、簡単に言えば、単なる俺の勘違い」

「勘違い？」

テーブルを囲むみんなの声が重なる。

「そう。っていうか、こうなると、どこから話せばよかか難しかなぁ。それより、この店、ちょっと内装変わってないや？」

自分で呼びつけたくせに、増尾が面倒臭そうな顔をする。横に座っていた鶴田はこのままでは話が逸れると思い、「とにかく、あの夜のことから話せば」と水を向けた。

「あ、あの夜な」

天井に取り付けられたファンを見上げていた増尾が視線を戻し、「そうそう、あの夜、あの女と一緒やったのは本当」と話し出す。

「あの夜さ、なんか無性にイライラしとってさ、お前らそういうことない？　これといった理由もないとに、なんかこうムカムカきて、一カ所にじっとおれんような夜とか」

増尾の言葉に集まった若い男たちが頷く。

「な？　あるやろ？　あの夜がまさにそうで、とにかく車でもかっ飛ばそうと思うて出かけたわけよ。途中、小便しとうなって東公園に寄ったら、そこであの女と偶然ばったり」

「あの女と面識あったと？」

一番遠くに座っていた男が、テーブルに身を乗り出すようにして訊いてくる。

「ああ、あった。なぁ？　鶴田とかも知っとるよな？　ほら、天神のバーで知り合うた、保険会社で働いとるとかいう、女三人組で、なんか垢抜《あかぬ》けん奴《やつ》ら。あんとき一緒やったヤツもおるやろ？」

　増尾の問いかけに、何人かがやっと思い出したように、「ああ」と声を漏らす。

「あの中の一人。なんかそのあともしつこうメールとか送ってきてさ。あ、そうそう、さっき調べたらあの女からのメールまだ残っとった。見るや？」

　三瀬峠で殺された女からのメールを見るか？　と自慢げな増尾に訊かれて、みんながテーブルに身を乗り出してくる。一瞬、鶴田は虫酸が走るような嫌悪感を覚えたのだが、集団の勢いに押されて、何も言い出すことができなかった。

　ポケットから出した携帯を弄《いじ》りながら、「でな、とにかくあの夜、この女と偶然会うて、車に乗せたっちゃん。まぁ、それが間違いの始まりで……」と増尾が話を続ける。

「なんかさ、どよーんとした目つきで俺のことを見るわけ。どっか連れてって、て目で。こっちもムシャクシャしとるし、この尻軽女どっかに連れてって一発かませばすっきりするかなぐらいの気持ちで車に乗せたんやけど、乗せたとたん、餃子食うてきたらしく、息は臭かし、一気にテンション下がってさ。結局、三瀬峠まで走ったあと、いい加減、我慢できんようになって、置き去りにしてやった」

　増尾は乱暴に携帯を弄っていた。なかなか昔のメールが見つからないようで、指先の苛立《いらだ》ちが周囲を囲む者たちにも伝わってくる。

「置き去りにしただけやったら、逃げる必要なかたい？」

　誰かの質問に指の動きを止めた増尾が顔を上げ、意味深にニヤッと微笑む。

「あの女がなかなか降りようとせんけん、思わず手の出てしもうたとさ。それが運悪く首に当たって、なんていうかちょうど首絞めるような格好になってしもうて」

増尾の言葉に一瞬みんなが息を呑んだ。

「あ、でも、それで死んだんじゃないとぞ。なんていうか、押し出すときに偶然首を押したくらいのことやったとけど、ほら、峠であの女が死んだって知ったときは、あんな場所、他には誰もおらんし、もしかしたらあれが原因でって、早とちりしてしもうて……」

増尾は笑った。張りつめていた空気を変えようと、その笑いが徐々にみんなに広がっていく。鶴田は嫌悪感が先に立ち、笑うどころではなかったのだが、辺りを見渡しても、自分のように顔を歪めている者はいない。

「そんで、何週間も逃げとったと?」

誰かの言葉に、増尾が照れくさそうに頷き、「あと、車から降りようとしたあの女の背中、思い切り蹴ってしもうたんよ。それで外にぶっ飛んだ女がガードレールに頭ぶつけて……、まぁ、それも大したことなかったとやけどな」

増尾は平然と話し続けた。横で聞いていた鶴田は、今にも胃から何かが込み上げてきそうだった。

思わず鶴田が席を立とうとした瞬間に、増尾が昔のメールを探し当てた。

「あ、あった。これ、これ」

携帯がテーブルに差し出され、後ろに立っていた誰かが、立ち上がろうとした鶴田の背中に凭《もた》れて身を乗り出してくる。鶴田はバランスを失って、危うくテーブルに額を打ちつけそうになった。

「ほら、これ読んでみろって」

増尾が差し出した携帯をいくつもの手が奪い合う。結局、手にしたのは増尾の向かいに座っていた男で、みんなを制するように手を広げると、そこに書かれた文面を、女の真似をして読み始めようとする。そのとき、入口のほうで女の声が上がった。

テーブルを囲んでいた男たちが一斉に振り返ると、学校でいわゆる増尾グループの中核を成す派手な女たちが三人立っている。

「増尾くん！」

そのうちの一人が店内に響くほどの声を上げ、三人が絡まるように駆け寄ってくる。

「え？　ええ！　なんでここにおると？」

近寄ってきた女たちのために、ソファの上で、男たちが無理やり尻を動かし、どうにか三人が席に着く。

女たちは席に着くなり、さっきまで男たちがしていた質問を、繰り返すように増尾にぶつけ、増尾も増尾で、それにさっきと同じように答えていく。

増尾が女たちと話している間に、男たちの手から手へ、増尾の携帯が回されていた。

三瀬峠で殺された女が、増尾に送ったというメールがどういうものか、男たちの表情を見ているだけで鶴田には分かった。まるで殺された女のからだが、男たちの手から手へ回されているようだった。

自分に気のない男に、何度も何度もメールを送った女が、三瀬峠で殺された。横にいる増尾が殺したわけではない。ただ、横にいる増尾が、その夜、偶然にせよ、彼女と会っていなければ、彼女は峠へ行くことはなかったのだ。

気がつくと、鶴田の手に増尾の携帯が回ってきていた。横では増尾が、どこまで本当なのか、警察での取り調べ中の出来事を、女たちに面白おかしく話している。コントで使うようなライトが本当にあったとか。

コント。鶴田は思わずそう呟いた。手には殺された女からのメールがあった。読みたくなかった。読みたくないのに、視線が勝手に手元に落ちる。

「ユニバーサルスタジオって面白そうだよねー」

目に飛び込んできたのは、そんな文字だった。

◇

遠い空は晴れ間が広がっているのに、フロントガラスを雨粒が叩いている。雨粒はいくつか混じり合って、すっと音もなく流れ落ちる。そしてまた、流れたあとを雨粒が叩く。

車は海沿いの車道の路肩に停められている。アスファルトの路面が、雨に濡れ、その色を変えられていく。濡れたアスファルトは、周囲の景色を暗くする。そのせいで、光代と祐一のいる車内まで、まるで夕暮れ時のように暗くなっていく。

この道の先には、警察署がある。あと数十メートル進めば、車は警察署の敷地へ入る。もうどれくらいここにじっとしているのか。たった今、車が停まったような気もするし、もう一晩も、ここにいるような気もする。光代は手を伸ばして、フロントガラスの雨に触れた。もちろん内側から雨に触れることはできないのだが、指先が少し濡れたような感触がある。いつの間にか、雨脚は強くなり、もうフロントガラスの向こうも見えない。

さっきから祐一の荒い鼻息がはっきりと聞き取れる。横を向けば、そこにいるのに、光代は祐一のほうを見ることができない。見れば何もかもが終わるのだと思う気持ちが、どうしても自分のからだを自由に動かしてくれない。

呼子の岸壁で、光代は、「警察まで一緒に行く」と祐一に言った。祐一は、「迷惑がかかる」と拒んだが、半ば強引に助手席に乗り込んだ。

自分が殺人犯と一緒にいるという恐怖感はまったくなかった。自分が殺人犯と出会ったというよりも、自分が知り合った人が、殺人を犯したという感じに近かった。出会う前の出来事なのに、何かしてやれたような気がして悔しかった。

呼子の駐車場を出て、車は唐津市内へと向かった。車内では結局一言も言葉を交わさなかった。道は空いていて、すぐに市街地へ近づいた。もうすぐ市街地という所で、予期せず唐津警察署の看板が現れた。祐一もまさかこんなに早く行き当たるとは思っていなかったのだろう、一瞬、大きくハンドルをぶらし、スピードを落とした。

数十メートル先にクリーム色の建物が広い敷地にぽつんと建っていた。壁には交通安全の標語を記した垂れ幕があり、海からの寒風を大きく孕《はら》んで揺れている。

通りを行き交う車はない。すぐそこにある海から強い風が吹きつけている。

「光代は……ここで降りたほうがよか」

ハンドルを握ったまま、祐一は光代の顔も見ずにそう言った。

雨が降り出したのはそのときだった。空が暗くなったかと思ったら、フロントガラスを幾粒かの雨が叩いた。ベビーカーを押して歩道を歩いていた若い母親が、慌ててベビーカーの幌《ほろ》を下ろしていた。

「光代は、ここで降りたほうがよか」

そう言ったきり、祐一は口を開かない。

「……それだけ？」と光代は呟いた。

祐一は顔を上げず、自分の足元を見つめている。祐一に何を言ってほしくて、こんなことを訊いているのか分からなかった。ただ、「ここで降りたほうがよか」という一言だけでは、あまりにも寂しすぎた。

また沈黙が続いた。フロントガラスを濡らす雨が自らの重みに耐え切れずに流れ落ちていく。

「俺と一緒におるところを見られたら、光代に迷惑かかる……」

　ハンドルを強く握りしめたまま、祐一は呟いた。

「私がここで降りれば、私にはもう迷惑かからんわけ？」

　光代の乱暴な物言いに、祐一がすぐ、「ごめん」と謝る。

　本当になんでこんなことを言い出しているのか分からなかった。この期《ご》に及んで祐一に悪態をつきたいわけではない。

「……ごめん」

　光代は小さく謝った。

　サイドミラーにベビーカーを押していく若い母親の後ろ姿が映っていた。若い母親は駆け出したいのを無理に抑えて歩いていた。その姿を見届けて、光代はフーと息を吐いた。もう何分も呼吸を忘れていたようだった。

「警察に行ったら、そのあとどうなると？」

　ふとそんな疑問が口からこぼれる。ハンドルを握る自分の手を見つめていた祐一が顔を上げ、自分にも分からないとでも言うように首を振る。

「自首したら、少しは刑も軽くなるよね？」と光代は言った。

　自分には何も分からないとでも言うように祐一がまた首を振る。

「いつかまた会えるよね？」

　ずっと俯いていた祐一が、驚いたように顔を上げ、その顔が見る見る泣き顔になっていく。

「私、待つよ。何年でも」

祐一の肩が震え出し、激しく首を振り続ける。思わず光代は手を伸ばして、祐一の頬に触れた。祐一の震えが、指先にはっきりと伝わってくる。

「俺、怖か……。死刑かもしれん」

光代は祐一の耳を優しく摑んだ。火傷《やけど》するほど熱い耳だった。

「もしも光代に会うとらんなら、こんなに怖くはなかった。いつか捕まると思うてビクビクしとったけど、自分では出て行けんやったけど、それでもこげん怖くはなかった。ばあさんやじいさんは泣くやろうけど、せっかく育ててくれたとに、本当に申し訳なかとは思うけど、こげん苦しゅうはなかった。もしも光代に会うとらんなら……」

振り絞るように出てくる祐一の言葉を、光代はじっと聞いていた。触れた祐一の耳が、ますます熱くなるのが手に伝わってくる。

「でも、行かんば……」と光代は言った。

祐一の震えが伝わって、声にならない声だった。

「ちゃんと自首して、自分のしたことは償わんば……」

必死に出した光代の言葉に、祐一が力尽きたように頷く。

「俺、死刑かもしれん……。もう光代にも会えん」

祐一の口から出てくる死刑という言葉が、光代にはすんなり入ってこなかった。もちろんそれがどういう意味なのかは分かっているのに、言葉からその意味が失われて、ただの「さよなら」にしか聞こえない。

光代は震える祐一の手を取った。何か言おうとするのだが、口から言葉が出てこない。今、自分たちは、単なる「さよなら」をしているわけではない。「さよなら」には、まだ未来がある。光代は何か自分がとんでもない間違いをしているような気がして、必死に祐一の手を握りしめた。何かが終わろうとしているのだ。今、ここで何かが決定的に終わろうとしているのだ。

ある光景が蘇ったのはそのときだった。あまりにも一瞬のことで、今、蘇ったどこかの光景が、いったいいつの、どこで見た光景なのか、分からないほどだった。光代は思わず目を閉じて、一瞬蘇った光景を再現した。必死に目を閉じていると、またぼんやりと、その光景が浮かび上がってくる。

どこ？　ここ、どこ？

光代は目を閉じたまま、心の中で呟いた。ただ、浮かび上がってきた光景は一枚の写真のように、いくら別の場所を見ようとしても、それ以上に広がらない。

目の前に若い女の子が二人立っている。こちらに背を向けて、楽しそうに笑い合っている。その向こうには年配の女性の背中が見える。女性は壁に向かって何か話している。いや、違う。壁じゃなくて、どこかの窓口。透明のボードの向こうで切符を売る男性の顔がある。

どこ？　どこ？

光代はまた心の中で呟いた。必死に目を閉じると、窓口の上に貼られた路線図が見える。

「あ！」

光代は思わず声を上げそうになった。見えたのは、バスの路線図だった。自分が立っている場所は、佐賀と博多を結ぶ長距離バスの切符売り場だったのだ。

それが分かった瞬間、静止していた光景がとつぜん音と共に動き出す。背後でバスの到着を知らせるアナウンスが聞こえる。背後に立っている若い女の子たちの笑い声がする。切符を買ったおばさんが、財布をしまいながら窓口を離れ、到着したバスのほうへ歩いていく。

あのときだ。あのときに間違いなかった。このバスは、この博多行きのバスは、このあと一人の少年にバスジャックされる。

光代は蘇った光景の中、バスへと向かうおばさんに、「乗っちゃ駄目！」と思わず叫んだ。ただ、蘇った光景の中、声を出すことはおろか、顔をそちらに向けることもできない。すでに窓口では若い女の子が二人、博多行きの切符を買っている。

「買っちゃ駄目！」

心の中では叫んでいるのに、その声が出ない。列に並んだ自分の足が動かせない。光代はひどく震えている自分に気づいた。このままでは自分まで切符を買ってしまう。携帯だ！　とそのとき思い出した。ここで友人から携帯に連絡が入るのだ。「子供が熱を出したから、申し訳ないけど今日は会えない」という連絡が入るのだ。

光代はバッグを探った。必死に探るのに、あるはずの携帯が見つからない。窓口で切符を買った女の子たちが、嬉しそうにバスへ向かって歩いていく。携帯がない。携帯がない。窓口のおじさんが、「次の方」と光代を呼ぶ。進むつもりはないのに、勝手に足が前へ出る。必死に逃げ出そうとするのに、顔が窓口に近づいて、口が勝手に動き出す。

「天神まで、大人一枚」

携帯がない。かかってくるはずの携帯がない。

光代は悲鳴を上げそうになって目を開けた。目の前には雨に濡れた車道が伸び、その先に同じように雨に濡れた警察署が建っている。光代は横にいる祐一に目を向けた。そのときだった。対向車線を走ってくる一台のパトカーが見えた。スピードを落とし、ウインカーをつけたパトカーが、右折して警察署の敷地へと走り込んでいく。

「イヤ！」と光代は叫んだ。

「イヤ！　もう、あのバスには乗りとうない！」

車内に反響するほどの声だった。とつぜんの光代の声に、横で祐一が息を吞む。

「車出して！　お願い。ちょっとだけ、ちょっとだけでいいけん。ここから出して！」

とつぜん声を上げた光代に、祐一は目を見開いていた。

「お願い！」

光代の言葉に、祐一が一瞬躊躇する。光代はそれでも、「お願い！」と叫んだ。光代の焦りが伝わったのか、祐一が慌ててハンドルに手をかけ、アクセルを踏む。

車は警察署の前を過ぎて、すぐに左へ曲がった。道はコンクリートの堤防に沿っていた。道の先には県営のヨットハーバーがあるらしく、大きな看板が雨に濡れている。祐一はそこで車を停めた。振り返れば、警察署がまだ見える場所だった。

車が動き出したとたんに、光代は声を上げて泣き出していた。このままここで祐一と別れたら、自分はあのバスに乗ってしまう。あのバスに乗って、真っ先に少年にナイフを向けられてしまう。

車を停めると、祐一はエンジンをかけたまま、ワイパーだけを切った。あっという間にフロントガラスが雨に濡れて、景色が滲んでいく。

「私、イヤ！」

光代は雨に滲むフロントガラスを睨んだまま叫んだ。

「私、イヤ！　ここで祐一と別れたら、私にはもう何にもないたい……。私、幸せになれるって思うたとよ！　祐一と出会って、やっとこれで幸せになれるって……。馬鹿にせんで！　私のこと、馬鹿にせんで！」

泣きじゃくる光代に、祐一がオドオドと手を伸ばし、肩に触れると、あとは一気に抱きしめてくる。光代はその腕を乱暴に振り払おうとした。しかし祐一がもっと強く抱きしめて、祐一の腕の中、ただ泣くだけで身動きできなくなってしまう。

「ごめん……、ごめん……」

祐一の声が首筋を嚙むように聞こえる。光代は力の限り首を振った。振るたびに互いの頰がぶつかり合う。

「ごめん……、俺には何もしてやれん」

泣いているのが自分なのか、祐一なのか分からない。

「お願い！　私だけ置いていかんで！　お願い！　もう一人にせんで！」

光代は祐一の肩に叫んだ。逃げ切れるわけがないのに、「逃げて！　一緒に逃げて！」と叫んでいた。幸せになれるわけがないのに、「一緒におって！　私だけ置いてかんで！」と叫んでいた。

最終章　私が出会った悪人

生まれて初めて、房枝は時間を呪《のろ》った。祐一からの連絡が途絶えてすでに六日目、気がつけば、世間では大晦日《おおみそか》を迎えている。

房枝は長崎市郊外の畳職人の三女として生まれた。十歳のときに、出征間際《まぎわ》だった父親が肺結核で亡くなり、その年に母は次男を産んだ。長女はすでに生まれて三日で亡くなっていた。母親は十五歳の次女、十歳の房枝、四歳の長男と、生後間もない次男の四人を抱えて残されたのだ。

母親は親類を頼って、市内の西洋館という食堂で働き出した。十五歳の次女は学徒動員で工場に通い、四歳と生まれたばかりの赤ん坊の面倒を、十歳の房枝が一人でみた。

ときどき母親が勤め先の食堂から、卵を盗んできた。それが一番のご馳走《ちそう》だった。一度、夜になっても母が戻らないことがあり、心配した房枝は次女と二人で食堂へ迎えに行った。母は卵を盗んだところを番頭さんに見つかり、厨房《ちゅうぼう》の柱に縄でくくりつけられていた。次女と二人で泣いて詫びた。その姿を見て、縛られた母も声を殺して泣いていた。

当時、すでに配給制が始まっており、房枝はいつも四歳の弟の手を引き、赤ん坊を背負って大人たちの列に並んだ。配給が多いときには、子供だからと先頭にも並ばせてもらえるが、少ないときには、いくら列に並ぼうとしても、殺気立った主婦たちの尻に押し出された。配給係の男は横柄《おうへい》で、まるで野良犬のように房枝たちを扱った。小突かれ、芋やとうきびを投げられたこともある。うまく受け取れず、地面に転がった芋を房枝は四歳の弟と必死に拾った。

「馬鹿にされてたまるか。馬鹿にされてたまるもんか！」

心の中でそう叫びながら、涙を堪《こら》えて芋を拾った。

戦争が終わっても生活は楽にならなかった。奇跡的に家族の誰一人、原爆にやられなかったことだけでも、自分たちは運が良かったのだと母は言っていた。中学を出て、魚市で働き始めた。そこで夫の勝治と知り合い結婚した。しばらく子供ができず、姑《しゅうとめ》にはいじめられたが、それでも日に日に生活は楽になり、気がつけば、幼い二人の娘らと、年に一度の温泉旅行を楽しめるまでになっていた。

結婚しても房枝は魚市での仕事を続けた。これまでの自分の人生で、時間が足りないということはあっても、祐一からの連絡を待つだけのこの数日間のように、時間というものが、こんなにも恨めしいほど長いものだと感じたことはなかった。

大晦日、いつもならおせち料理を作ったり、しめ縄や飾り餅の準備で、忙《せわ》しなく動いているのだが、今年、房枝は誰もいない家の中で、一人、台所の椅子に座っている。午前中、憲夫の女房が、「何の用意もできんやろうけん」と、心配して小さなおせちの重を持って来てくれた。「今日は、外に刑事は立っとらんごたるねぇ」と言うので、「この二、三日、駐在さんが様子見にくるだけよ」と房枝は答えた。それでも誰かに見張られているような気がするのか、憲夫の女房は、茶を一杯飲むとすぐに帰ってしまった。

入院中の夫、勝治は、医者から正月の外泊許可が出ているにもかかわらず、あそこが痛い、吐き気がすると言い出して、結局、三が日も病院で過ごすことを決めた。

祐一のことは、房枝ではなく、憲夫が伝えに行ってくれた。憲夫がどのように伝えたのかは知らないが、この数日、房枝が見舞いに行って、不安なあまりに泣き出しても、声をかけてくれることもなく、逆に「ここが痛い。あそこが痛い」とからだの不調を訴える。数日前だったか、いつものようにからだを拭いてやったあと、房枝が帰り支度を始めると、勝治がぽつりとこう呟いた。

「……なんで死ぬ間際になって、こげん目に遭わんといかんのかねぇ」

房枝は何も答えずに病室を出た。ただ、すぐにエレベーターには乗り込めず、トイレの個室に隠れて泣いた。夫、勝治もまた、苦労してきた人間だった。お互いに苦労して、やっとここまで生きてきた夫婦だった。

憲夫の女房が持ってきてくれたおせちの重を、房枝はなんとなく手元に引き寄せた。蓋《ふた》を開けると、鮮やかな海老の色が目に飛び込んでくる。房枝はその一尾を手に取った。考えてみれば、朝から何も食べていなかった。

すでに十二時を回っていた。午後、病院へ見舞いに行くつもりだった房枝は、勝治が食べられるものだけでも差し入れしようと、棚からプラスチックのパックを取り出した。

電話が鳴ったのは、昆布を移しているときだった。一瞬、祐一からかもしれないと思ったが、この数日、もう何十回とその期待は裏切られている。となれば、房枝のからだを心配してくれる憲夫か、自分の子供たちの将来を案じている長女からか。

菜箸《さいばし》を持ったまま電話に出ると、聞き慣れぬ若い男の声がした。

「清水房枝さんは、いらっしゃいますか？」

丁寧な問いかけに、房枝は、「はい、私ですけど」と答えた。

「ああ、清水さん？」

房枝が答えた途端、若い男の声が急に横柄になる。房枝は嫌な予感がして、思わず菜箸を握りしめた。

「この前は、ご契約ありがとうございました。それでですね、来月分の配送なんですけどね……」

一方的な男の物言いに、「え？　な、なんですか？」と、房枝は慌てて言葉を挟んだ。

「なんですかって、ほら、この前、清水さんがうちの事務所で契約された健康食品の……」

言葉は丁寧なのだが、声の響きで男が苛立っているのが分かる。

「……覚えとるでしょ？」

男に畳み掛けられ、房枝は、「あ、はぁ……」と曖昧に頷《うなず》いた。もう膝が震えていた。あの事務所で、若い男に恫喝《どうかつ》されたときの風景が蘇ってくる。受話器を握る手も震え出し、耳元に何度も硬い受話器がぶつかる。

「それでですね、この前の契約が年間契約になっとるとですよ」

「ね、年間契約って……」

房枝は声の震えが相手に伝わらないように、必死で低い声を出した。

「年間契約は年間契約。この前、第一回目の代金はもらってますから、来月が二回目ですね。二回目は入会金がないですから、ちょうど二十五万円ですね。どうしますか？　振り込まれます？　それとも私たちで集金に行きましょうか？　あ、振り込む場合は、振込料、そちらの負担になりますすけど」

男の声が怖いのではなかった。声を聞いているうちに、自分がまたあの事務所の椅子に座らされ、苛立った男たちに取り囲まれているような錯覚に陥っていく。横柄な物言いで、「ここにサインすれば帰れる」と言われ、震える手でペンを持ってしまった自分が、まるで投げつけられる配給のわずかな芋を必死に受け取ろうとする自分に重なる。

房枝は、「こ、困ります」と小声で言った。すぐに、「は？　ばあさん、なんて？」と男の声が返ってくる。

　房枝は恐怖のあまりに受話器を置いた。押し潰すように、置いた受話器に自分の体重までかけた。一瞬、台所に静寂が訪れる。房枝は頽《くずお》れるように椅子に座った。座った途端、また電話がけたたましく鳴る。まだ受話器を上げてもいないのに、「ばあさん！　何の真似や！　逃げても無駄ぞ！　今すぐそこに行くけんな！」と怒鳴る男たちの声が聞こえる。房枝は耳を塞《ふさ》いだ。いくら塞いでも電話の音は鳴りやまない。

◇

　鳴り続けた電話の呼び出し音も、二十一回目でやっと途絶えた。

　光代はベッドサイドの電話から、祐一のいるトイレのほうへ目を向けた。

　すでにチェックアウトの時間は過ぎている。ここでぐずぐずしていれば、延長料金を取られることになる。それは分かっているのだが、なかなかベッドから立ち上がれない。きっとトイレにこもったままの祐一も同じ気持ちなのだと思う。ここは一泊４２００円のラブホテルで、朝の十時になれば出て行かなければならない。ただ、出て行ったところで、自分たちにはその先に行き場がない。

　もう何日くらい、祐一とラブホテルを泊まり歩いているのだろう。唐津署の前で、一緒に逃げようと決心したときには、すぐにでも車で九州を出るつもりでいた。しかし、どちらが口にするわけでもないのだが、車は関門橋《かんもんきょう》のある門司《もじ》方面へは向かわず、佐賀と長崎の県境を出たり入ったりするだけで、夕方、安いラブホテルを見つけては宿泊し、こうやって朝の十時になると、チェックアウト時間を知らせる電話に追い立てられる。今日が大晦日だと思うと、締め付けられるような、追いつめられたような気持ちになる。今日が大晦日だということを、祐一は気づいているのかいないのか、二人の間でその話は一切出ない。

「これ以上は、もう無理。逃げ切れるわけがない」

心では何度もそう呟いているのに、しばらく繰り返しているうちに、何が無理なのか、何から逃げられないのか分からなくなる。ラブホテルを転々と逃げ回る生活がもう無理なのか。祐一を失ったあとの自分の生活が無理なのか。

何かしなければならないのは分かっている。このままでいいわけがないという声が、胸を裂くほど聞こえてくる。だが、ラブホテルを出て、また別のラブホテルを探す以外、何をすればいいのか分からない。毎日、ホテルを探していれば、とにかく一日は過ぎてくれるのだ。

光代は重い腰をベッドから上げると、「祐一、そろそろ出らんと」とトイレに声をかけた。返事の代わりに、水の流れる音がする。

ベルトを締めながらトイレを出てきた祐一に、光代は靴下を手渡した。昨夜、軽く水洗いして干してやっていたのだが、手にした感触はまだ少し湿っていた。

「眠れんやったとやろ?」

光代は靴下を履く祐一に声をかけた。「いや」と祐一は首を振ったが、その目の下には濃いクマができている。

靴下を履く祐一の姿をぼんやりと眺めていると、「俺が何度も寝返りしたけん、光代のほうこそ、眠れんやったんじゃないね？」と、祐一が申し訳なさそうな顔をする。

光代は、「ううん、大丈夫」と短く答えた。

「また、どこかに車停めて仮眠しようよ」

光代は重い空気を吹っ切るように言った。

不思議なもので、ホテルのベッドでは互いにほとんど眠れないのだが、路肩や駐車場に停めた車の中では、一時間ほどぐっすり眠れた。

祐一が着替える間、光代は手に取った部屋に備え付けのノートをなんとなく開いた。

「またまた高史と来ちゃいました。今日で3回目で～す。ちなみに今日は高史と出会って二カ月記念で、博多で映画観てきた帰りです。ここ、安いし、清ケツだし、チョー気に入ってます。あと、ここのからあげおすすめです！　たぶん冷凍なんやろうけど、かりっとしてました！」

目に飛び込んできた女の子らしい文字を、光代は読むともなく読んだ。

次のページを開くと、今度はピンク色の蛍光ペンで、「今日は、あっくんと一カ月ぶりのHでーす。今年の四月から遠距離になったので、すごいさみしいよー。グスン」と書いてある。余白には彼女が描いたのだろう、少女漫画チックな彼氏の似顔絵があって、その吹き出しに、おそらく彼氏が書いたのだろう、「絶対に浮気はしません！」という力強い筆跡が残っている。

光代はもう次のページは捲《めく》らず、ノートをテーブルの上に戻した。

部屋を出る間際、光代は振り返ってベッドを眺めた。羽毛布団だけは四つ折りにしたが、その下の白いシーツが昨夜の不眠を物語るように波打っている。ふと、このベッドと祐一の車の中では、どっちが大きいだろうかと光代は考えた。ベッドではからだを伸ばせるが、どこへも行けない。でも車なら窮屈だが、どこへでも行ける。

ぼんやりしていた光代の腕を、祐一が心配そうに摑む。

オレンジ色のカーペットが敷かれた廊下から、白いペンキで塗られた階段を下りた。フロントのボックスに鍵を入れて半地下の駐車場へ向かうと、箒《ほうき》を持ったおばさんが祐一の車のナンバーをじっと見つめている。思わず光代は足を止めた。その音に気づいたおばさんが、ちらっとこちらへ目を向けて、また祐一の車に視線を戻す。

光代は祐一の手を引いて、足早に車に駆け寄った。おばさんが探りを入れるように、「あの、ちょっと、お客さんたち……」と声をかけてくる。

二人はおばさんの声を無視して、車に乗り込んだ。祐一が先に乗り込み、助手席のロックを解除するまで、光代は一人でおばさんの視線に晒《さら》された。

それでも目を合わせず助手席に乗り込むと、祐一はすぐに車を出した。厚いビニールのカーテンがフロントガラスを舐めるように上がり、その途端、冬の日差しが車内に差し込む。車がホテルの敷地を出るまで、光代はほとんど息を止めていた。おばさんが箒を持ったまま、車を見送っているのは知っていたが、恐ろしくて振り返ることはおろか、ミラーで確認することもできなかった。

「今のおばさん、気づいとったよね？　ねぇ！」

一般道に出ると、光代はやっとミラーに目を向けた。ただ、映っているのは後続のワゴン車だけで、おばさんの姿はおろか、ホテルの入口も遠ざかっていく。

「ねぇ！　絶対、気づいとったよね！」

祐一が返事をしないので、光代は怒鳴った。

「車の、ナ、ナンバー……、見とった」

その声に祐一が慌てて答え、恐ろしいのだろう、アクセルを強く踏み込む。加速した車の中で、ミラーに映る後続の車が背後に遠ざかっていく。

「どうしよう。ねぇ、どうしよう！　もう駄目……、もう、この車で逃げると無理！」

思わず声を上げた光代に、「う、うん……」と祐一が何度も頷く。

こんな日が来ることは分かっていた。ただ、何事もなく、一日また一日と過ぎていくと、いつの間にか、自分たちが逃げているのではなく、時間を追っているような感覚になっていた。しかし現実はそうではない。こうやってラブホテルを転々としているうちに、祐一の情報はそれこそ高速道路に乗って県境を越え、隅々まで張り巡らされた県道、市道へと伝わっていく。

「この車に乗っとったら、すぐに捕まる。もう、置いて逃げるしか……」

光代がそう呟いた途端、祐一がゴクッと唾を呑み込んだ。

逃げられるわけがないのは知っている。逃げたところで、先にゴールはなく、捕まる以外に結末はない。それは分かっている。どんなに誤魔化してもそれは分かっている。ただ、今は祐一と別れたくない。そう、今は、祐一と別れたくない。

「ねぇ、この車、どっかに置いて逃げよう！　私たちだけなら、どこにでも隠れられるけん！」

光代はとにかくこの場から逃れたかった。

◇

祐一とは、小学校のころから、もう二十年近くの付き合いになるけん分かるけど、あいつ、何考えとるのかよう分からんところがあるんですよ。だけん、俺以外のヤツらは「取っ付きにくか」なんて言うとですけど、俺に言わせりゃ、考え過ぎですよ。実際、祐一ってなんも考えとらん、ていうか、グラウンドにもう何日も落ちたままのボールのようなもんで、子供たちに一日中使われたかと思うと、夕方には誰かに蹴られて鉄棒のところに転がって、また翌日は別の誰かに蹴られて、今度は桜の木の下に転がって……。いや、こういうと祐一がなんか可哀想《かわいそう》に見えるけど、あいつはそういうのが苦痛じゃないとですよ。その方があいつにとったら楽なんですよ。だけん、あそこにドライブ行こう、ここに行こうってこっちが言えば、喜んでハンドル握っとるし、嫌なら出てこんでしょ？　俺が無理やり付き合わせとったわけでもないとですよ。

祐一が例の事件を起こしたばっかりの頃、俺、実は祐一の家に行っとるんですよ。その日の夕方、パチンコ屋からメールしたら、仕事帰りに寄るって言うけん、しばらく一緒に打って、そのあと祐一の家でおばさんに晩メシ食わしてもろうて。

あのとき、祐一に変わったところはなかったかって、今になって考えるとですけど、いくら考えても、やっぱりいつもと同じ祐一でした。必死にそう見せとったのかもしれんけど、人を殺してそう時間も経っとらんのに、俺にはいつもと同じにしか見えんやった。晩メシ食うたあとに、祐一の部屋にちょっと寄ったんですけど、祐一はいつものごとベッドに寝転んで、車の雑誌読んどって。そう言えば、そのときふと、「祐一、お前、この先一生車に乗れんやったらどうする？」って訊いたんですよ。別に深い意味があったわけじゃなくて、祐一があんまり熱心に雑誌読んどるもんやけん。……そしたら祐一、「車なかったら、……俺、どこにも行けんやっか」って。だけん俺、「電車でも、歩いてでも、人間どこにでも行けるやっか」って、笑うたとですけど、祐一、なんも答えんやった。……なんかその言葉が、今、妙に思い出されるとですよ。「車なかったら、俺、どこにも行けんやっか」って答えた祐一の顔が。

祐一の車好きは有名ですよ。俺はぜんぜん車に興味がないけん、よう分からんですけど、詳しいヤツに訊いたら、祐一の車のチューンナップはかなりレベルの高いもんで、そう言われてみれば、いつやったたか、祐一の車が、カーなんとかっていう専門雑誌に紹介されたことありましたもんね。「これ全国誌ぞ！」って珍しく興奮しとって、たしか五冊くらい記念に買ったんじゃなかったですかね。後ろのほうの白黒ページやったけど、丸々一ページ使って紹介されとって、愛車の横に緊張した祐一が写っとって……。

そうそう、ちょうど祐一が、あのヘルスの女にはまっとった時期ですよ。その雑誌を一冊、その女にやったとか言いよったし。

しかし、あれも可哀想な話ですよ。当時、俺、マジで祐一が自殺するんじゃないかって思いましたもん。まぁ、ヘルスに毎日通って、女を口説いた祐一も褒められたもんじゃないですけど、そこでさんざん将来の夢とか一緒に語っておいて、その気になった祐一が、市内にアパート借りた途端、女は姿くらましてしもうて、ねぇ。

最初は何も聞いとらんかったんですよ。祐一がとつぜん、「一二三、今度引っ越すけん、手伝うてくれんや？」って言い出すまで。

元々、祐一、自分のことを俺のようにベラベラ話すタイプじゃないけど、それにしてもあまりにも急な話でしょ？　だけん、なんでまた？　って理由訊いたら、「実は女と暮らすことになった」って。正直、びっくりしましたよ。相手は水商売しとるって言うし。なんか嫌な予感はしたとですけど、俺が口挟むような話でもないし、その翌週やったか、手伝いましたよ、引っ越し。ただ、その直後ですもんね、女がその店を黙って辞めてしもうて、行方知れずになって。

実は祐一に頼まれて、その一カ月後にまた引っ越しの手伝いしたのも俺なんですよ。さすがにこっちが聞かんでも、祐一のほうから理由は話してくれましたけど、呆然としましたよ。要するに女とは何の約束もしとらんのですよ。ただ、ヘルスの部屋で、こういう暮らしがしてみたいって女の夢物語を聞いとっただけ。祐一って、本当に昔からそういうところがあるんですよ。起承転結の起と結しかないっていうか、承と転は自分勝手に考えるだけで、その考えたことを相手に告げもせん。自分の中では筋道が通っとるのかもしれんけど、相手には伝わらんですよ。「こんな仕事辞めて、祐一くんみたいな人と、小さなアパートで暮らせたらいいなぁ」って女に言われて、まずアパートを借りてしまうんですよ、アイツは。

◇

年越しそばもおせち料理も初詣《はつもう》でもなく、三が日が過ぎようとしている。博多の大学生が犯人ではないと知らされて以来、台所にも立たなくなってしまった妻、里子のために、石橋佳男は駅前のほか弁で幕の内弁当を二つ買ってきた。

湯を沸かして茶を入れて、里子の前に出してやると、力のない指先で箸を割りながら、「弁当屋は正月でも開いとるっちゃねぇ」と呟く。

「結構、客おったぞ」

里子は一瞬何か言葉を返そうとしたが、それも面倒なようで、人参《にんじん》の煮物に箸を突き刺した。

どしゃぶりの雨の中、三瀬峠で佳乃と会ったことを、佳男はまだ里子に話していない。話せば信じてくれそうな気もするが、話した途端、すぐに三瀬峠へ自分も連れて行けと言われそうで、そこでもし佳乃と会えなかったらと思うと、どうしても話してやる気にならない。

あの日から佳男は佳乃会いたさに、三日も連続で三瀬峠に通った。だが、佳乃が現れ、「お父ちゃん」と呼んでくれたのはあの日だけで、それ以後はいくら待っても、佳乃の姿はおろか、声が聞こえることもない。ただ、三日目に思いがけず安達眞子という佳乃の同僚とそこで会った。

話によれば、彼女はもう何度も三瀬峠の現場に来ては、佳乃に花を手向けてくれているという。わざわざ路線バスで峠を上り、旧道へは歩いてくるのだと。

帰りは佳男が車で久留米駅まで送ってやった。車中、ほとんど弾まぬ会話の中で、彼女は年末一杯で今の仕事を辞め、実家のある熊本へ戻るのだと教えてくれた。戻って何をするのかと佳男は尋ねたが、彼女は、「まだ決まってないんですけど、私にはやっぱり都会が合わないみたいで」とだけ答えた。車の中で、彼女は釈放された増尾圭吾を天神で偶然見かけたという話をしてくれた。もちろん声はかけなかったが、その姿を見ていると、無性に悔しくなったと。もしかすると、それが原因で実家へ戻る気になったのかもしれないと。佳男が増尾の住所を教えてくれないかと頼むと、彼女は「知らない」

と答えたが、一瞬躊躇したあと、そのマンションの隣にあるという、誰でも分かるような建物の名前を教えてくれた。

警察から電話がかかってきたのは、佳男たちが弁当を食べ終わったときだった。犯人が捕まったのかと思ったが、先日も来た刑事の口から知らされたのは、すでに九州を出ていると思われていた容疑者の車が、佐賀県の有田《ありた》付近で発見されたというだけの情報だった。

警察からの電話を切ると、佳男は妻に内容を伝えた。不思議と何の感慨もなかった。里子は何も答えず、半分も食べていない弁当に蓋をした。

そのまま会話も終わりかと思ったとき、里子がぽつりと、「警察の人は、正月も働いとるっちゃねぇ」と呟く。その物言いが、佳乃がいなくなる前の里子のようだった。笑っているのではないが、必死に笑おうとしているのか、「正月でも、警察は必要やもんねぇ」と呟くその口元が、しびれたように引きつっている。

「正月から働いてくれとるのやけん、すぐに捕まるさ」と佳男は言った。

「捕まっても佳乃は帰ってこん」と、里子の表情がまた曇る。

「明後日から、店、開けるぞ」と佳男が話題を変えると、「そう言いながら、ぜんぜん開けんたい」と里子は笑った。

事件以来、初めて見る妻の笑顔だった。笑顔とは言えないような代物《しろもの》だったが、それでも笑おうとする妻が誇らしかった。

「里子、実はな……」

佳男は三瀬峠での出来事を教えようとした。どしゃぶりの中、佳乃が現れて、「お父ちゃん、ごめんね」と頻《しき》りに謝ったことを、妻に知らせてやろうと思った。しかし、言葉が出てこない。

里子は食べ残した弁当をビニール袋に包むと、何度も何度もその口を結び始める。あまりにも繰り返すものだから、最後にはもう結ぶ余裕がなくなった。佳男はその手からビニール袋を奪い取り、台所のゴミ箱に投げ入れた。ゴミ箱にすとんと入った弁当を見定めた妻が、「ねぇ、あんた」と声をかけてくる。

「……私、本当に分からんっちゃん。その大学生は、なんで佳乃のこと、峠に置き去りにしたっちゃろうねぇ?」と、唐突に。

「……私はそれが知りたいとよ。考えてみれば、あの子が今度大阪のユニバーサルなんちゃらって遊園地に行くって電話かけてきたときも、その大学生の名前が出とったとに……」

里子がゴミ箱を見つめたまま喋り続ける。

佳男は、「一緒に行くって言うたとか?」と訊いた。

「『まだ分からん』って言いよったけど、佳乃、うれしそうやった。『一緒に行けたらいいっちゃけど』って」

佳男は返す言葉がなかった。娘を殺した犯人がいる。娘の愛情を踏みにじったヤツがいる。憎悪を向けるべきは犯人なのに、どうしても車から蹴り出される娘の姿ばかりが浮かんでくる。

佳男が車で博多へ向かったのは、その翌朝のことだった。

◇

外から聞こえる若い男たちの笑い声と足音を、光代は息を殺して聞いていた。横には同じようにしゃがみ込んだ祐一がおり、光代の肩を抱いている。

若い男たちはついさっき車でここまでやって来た。細い林道を上ってくるエンジン音が遠くに聞こえた瞬間、祐一は光代の手を引いて、この灯台脇の小屋に隠れた。

林道を上ってきた車は、少し離れた場所にある駐車場で停まり、三、四人くらいの足音が近づいてきた。「やっぱ気持ち悪かなぁ、ここ」とか、「この前まで車輛《しやりよう》止めの置いてあったとになぁ」などという声と共に。

光代たちが身を潜める小屋には、磨《す》りガラスのドアがあり、月明かりを浴びてガラスに埋め込まれた格子《こうし》状の鉄線が浮かび上がっている。

若い男たちの声と足音が、あっという間にそのドアの前まで近づいてきて、とつぜんガチャ、ガチャッと乱暴にドアを開けようとする。

「開いとる？」

「いや、鍵かかっとる」

「石で割ってみようか？」

磨りガラスの向こうに数体の人影が映った。光代は思わず祐一に身を寄せて、互いのかじかんだ手を握り合った。

「やめろって。どうせ中には何もないって」

その声と同時にゴッッと大きな石が地面に落とされる。実際に一人が石を拾い上げていたらしかった。

しゃがみ込んだ祐一のそばに、1・5リットルの水のボトルが置いてある。祐一は気づいていないようで、今にもそれが倒れそうに見える。

「この先の道、暗すぎてちょっと危なかぞ！」

先に灯台のほうへ進んでいたらしい一人がそう叫ぶ声が聞こえ、ドアの外に立ち止まっていた人影が小石を蹴りながら遠ざかっていく。

光代はその隙に水のボトルを摑んだ。自分に抱きついてきたと勘違いした祐一が、ボトルを握ったままの光代を抱きしめる。

男たちは灯台の先の断崖のほうへ向かったらしかった。

「ここに初日の出見にくればよかったな」

「こっち西じゃないや？」

「この灯台、いつ頃まで使うとったとかな？」

「しかし、男四人で、こげん所に来ても、クソ面白うもないいな」

そんな声が、光代たちが息を潜めている小屋の中まで聞こえてくる。

寒さのせいか、男たちは一分もそこに立っておらず、また小屋のほうへ戻ってきた。

「お願い。そのまま帰って。お願い」と光代は心の中で祈った。

磨りガラスのドアの向こうを人影が一つ、二つ通り過ぎていく。三つ目が過ぎ、あと一人と思った瞬間、いきなりその一人がドアのガラスを拳で殴った。息を潜めていた光代は、思わず声を上げげそうになり、慌ててその口を祐一の肩に押しつけた。

男たちはこれからどこへ行こうかなどと相談しながら立ち去った。駐車場のほうでエンジンをかける音がする。

祐一に背中をポンポンと二回叩かれ、光代は安心したように、「うん」と小さく頷いた。エンジン音が遠ざかっていく。

立ち上がった祐一が、外を窺《うかが》うように慎重にドアを開ける。光代も祐一の背後に立ち、外の様子を確認すると、樹々を照らしながら、林道を下りていく車のライトが見えた。

冬の夜空には満天の星が瞬《またた》き、断崖に打ちつける波の音が、すぐそこで聞こえた。風が強く小屋の窓に貼られたベニヤ板が、音を立てて撓《しな》っている。光代は深呼吸した。見上げた視線の先で、灯台が月明かりを浴びている。

数日前、有田で車を乗り捨てた。なかなか踏ん切りがつけられない祐一に、「灯台に行こうよ」と提案したのは光代だった。逃げ切れるわけがないと分かっているのに、あと一時間だけ、あと一日だけと思う気持ちに勝てなかった。

「今は使われとらん灯台がある」

そう呟いて、祐一はやっと車を捨てる決心をした。

トランクに積んであった寝袋を何も言わずに祐一は取り出した。一人で遠出のドライブをするときに使うらしい、真っ赤な寝袋だった。

有田から電車とバスを乗り継いでここまでやってきた。祐一に手を引かれるままに歩き、自分がどこから電車に乗り、どこでバスを降りたのかも、光代は確かめようとしなかった。

しばらくバスで海沿いの道を走り、灯台がある小さな漁港で降りた。バス停の前にチェーン店ではないコンビニと、小さなガソリンスタンドが並んでいたが、それ以外には庭先に網を干した民家が数十軒あるだけだった。

バス停から少し歩くと、神社があり、その脇から急な林道が伸びていた。林道の入口に、「この先行き止まり」「閉鎖中」という看板が立っていた。伸び放題の路肩の雑草が、狭いアスファルトの道をより狭くしていた。草原の中を進むように二人で手を繋ぎ、三十分近く上り続けた。

「もうすぐやけん」と、途中何度も、祐一が背中を押してくれた。

急な林道の先に、空がひらけ、そこに白い灯台があった。

「ほら、あそこ」

車を乗り捨てて以来、初めて祐一は微笑んだ。

林道を抜けると小さな駐車場があった。もちろん車は一台も停まっておらず、あちこちで地面のアスファルトが裂け、力強い雑草が顔を出していた。駐車場の先がフェンスの張られた灯台の敷地だった。破れたフェンスをくぐって中へ入ると、すっかり汚れてしまっている灯台が、まるで倒れ込んでくるように迫ってきた。灯台の下に、同じように汚れた白壁の小さな管理小屋があり、祐一がドアノブを回すと、簡単に開いた。

中は埃っぽいがらんどうの空間で、ドアから差し込んだ光が空気中の埃にきらきらと反射した。部屋の隅にベニヤ板が数枚立て掛けられ、スポンジの破れたパイプ椅子が一脚だけ放置されている。床にはかなり古そうな菓子パンのビニール袋やジュースの空き缶が散乱していた。

祐一はベニヤ板を床に敷いて、そこに寝袋を投げた。そしてすぐに光代の手を引き、灯台の真下へ連れていく。とんびが一羽、冬の空を旋回していた。手を伸ばせば届きそうな空だった。

灯台は断崖の下に広がる海を見下ろしていた。鎖の張られた手すりの向こうに道はなく、真下から激しい波音が聞こえる。眼前の風景を眺めていると、ここが行き止まりというよりも、この先、どこへでも行ける気がした。

「腹、減っとらん？」

祐一に訊かれ、光代は遠い水平線を眺めたまま頷いた。日は差していたが、崖を上ってくる風は冷たく、二人はそれを避けるために埃っぽい管理小屋に戻った。ベニヤ板の上に寝袋を広げて、バス停の前にあったコンビニで買ってきた弁当を食べた。

「ここ誰も来んと？」

光代が尋ねると、祐一は口一杯にごはんを頬張りながら頷いた。

「ここにしばらくおれるかな？」

光代の言葉に祐一の口の動きが止まる。

「蠟燭《ろうそく》とか食料とかは、下のコンビニで買ってきて……」

そう言いながらも、次第に声が細くなる。

唐津署の前から逃げ出して以来、肝心なことを話し合っていなかった。逃げ切れると思っているわけではない。ただ、捕まるまで一緒にいたいだけなのだと、たぶんお互いに思っているくせに、それがどうしても口に出せない。

◇

大晦日にかかってきた健康食品会社からの脅迫電話は、年が明けてからかかってこない。ずっと台所の隅で怯えているわけにもいかないのは分かっているが、いつ電話がかかってくるか、いつあの男たちが家へやってくるかと思うと、座っているだけでもからだが震え出す。

チャイムが鳴ったのは、まさにそんなときだった。房枝は、きた……と、思わず心の中で呟いた。が、聞こえてきたのは「ばあちゃん、おらんとね?」という駐在さんの声だった。

房枝はへたり込むほどホッとして、急いで玄関へ走った。

「ばあちゃん、祐一の知り合いで、馬込光代さんって名前聞いたことないね? 佐賀の洋服屋で働いとる娘さんらしかけど」

玄関を開けたとたん、駐在は挨拶もなしにそう言った。開けっ放しの玄関から寒風が吹き込んでくる。揉《も》み手しながら尋ねる駐在に、房枝は弱々しく首を振った。

「そうか、やっぱり知らんね。いや、どうも、祐一のヤツ、その娘さん連れて逃げとるらしか」

「む、娘さん連れてって……」

「いや、無理やり連れ回しとるのか、娘さんも承知でついて回りよるのか……」

房枝は上がり框に座り込んだ。これ以上、何を訊いても無理だと思ったのか、駐在はポンポンと房枝の腕を叩くと、「祐一の車が有田で見つかったらしかよ」と言い残して出て行った。

房枝はその背中を見送ることしかできなかった。

祐一が、車を捨てた。あの祐一が、車を諦めてしもうた……。

車からふらふらと遠ざかる祐一の背中が見えた。どこに行くとね! と房枝は必死に声をかけるのに、その背中は見たこともない暗い森の中へ消えていく。

そのとき、台所で電話が鳴った。房枝は一気に現実に戻され、思わず駐在を呼び止めようとした。しかし、殺人を犯した孫のことでやってきた駐在に、脅迫電話の相談などできるわけがない。

電話に出なければ、あの男たちは必ずここへやってくる。電話に出れば、向こうが何か解決策を教えてくれるのかもしれない。もうそれに縋《すが》るしかない。房枝は台所へ戻り、震える手で電話に出た。

「もしもし？　お母ちゃん？　私、依子！　ちょっと、どういうこと？　祐一が人殺したなんて！　嘘やろ？　ちょっと！　もしもし！」

聞こえてきたのは、房枝の次女、そして祐一の母親でもある依子の声だった。

「もしもし？　ちょっと！　ねぇって！」

興奮して一方的に喋る依子の声に、房枝はやっと、「あんた……」とだけ言葉を返した。

「職場に警察が来たとよ！　祐一が人殺したなんて言われて、まるで私が祐一のこと匿《かくま》っとるような言い草で、社員寮まで調べられて……」

「……あんた、元気にしとるとね？」

あまりにも一方的な娘の物言いに、房枝はまだ幼かったころの依子の姿を思い出した。幼いころから勝ち気な性分で、中学に入るころには夜遊びしていた。週末になるとこの小さな漁村に、大きな音を立てる暴走族の車やバイクがやってくる。夫の勝治が髪を摑んで引き止めても、依子はその勝治を蹴り飛ばしてまで出て行った。市内で補導され、夜中、警察署へ迎えに行ったことも一度や二度ではない。高校を卒業し、すぐに水商売を始めたが、水商売が悪いわけではない。実際、仕事を始めてからはすっかり依子も大人になって、たまに実家へ戻ってくると勝治相手にお酌をし、「たまには父ちゃんも、うちの店に飲みに来んね」などと、機嫌よく店の名刺を置いていった。

それが相談もなく甲《か》斐性《いしょう》のない男と籍を入れ、あっという間に捨てられて、すでに生まれていた祐一を置いて逃げた。それ以来、数年に一度、思い出したように年賀状が来るだけだった。電話口では、「本当に母ちゃんに悪いと思うとる」だの、「今度、温泉でも一緒に行こうね」だの言うくせに、これまで一度も家へ戻ってきたことはない。

「祐一が人殺ししたなんて、嘘やろ?」

興奮した依子の問いかけに、房枝は返す言葉がなかった。

その沈黙に深くため息をついた依子が、「母ちゃんがそばにおって……。まったく、どう育てたら、あんな人間になるわけよ!」と逆上する。

「とにかく、こっちにあの子が逃げて来るわけないとやけん。そう警察にも言うとってよ。あの子は金せびりにしか来んとやけん。私が貧乏しとるの知っとるくせに、それでも千円、二千円ってせびって帰るとやけん」

興奮した依子の言葉に、房枝は思わず、「あんたたち、会いよったとね?」と訊いた。依子はこれ以上、面倒な説明はしたくないとばかりに、「とにかく、警察にそう言うとってよ」と言い捨てて、電話を切った。

房枝は呆然とした。祐一と依子がこっそり会っていたことにも驚いたが、あの祐一が依子に金をせびっていたなど、想像もできなかった。それならば、祐一が何かの理由で人を殺してしまったと言われるほうが、まだ真実味があった。

◇

ガラス窓から朝日が差し込むと、少しだけ室内の気温も上がる。光代は寝袋の中で祐一の首筋に唇をつけた。

寝袋があるとはいえ、床に敷いたベニヤ板の上では背中や腰が痛くて、何度も夜中に目を覚ます。目を覚ませば、吐く息は白く、耳や鼻は痛いほど冷たいが、寝袋の窮屈さが祐一の体温だけは伝えてくれる。

ベニヤ板の横には、ここ数日で二人が食べたり飲んだりした弁当やパンやペットボトルを包んだ白いビニール袋が積み上げられている。ここで横になっていると、まるでこのベニヤ板が空を飛ぶ魔法の絨毯《じゅうたん》のように見える。

光代の気配で目を覚ました祐一が、「おはよ」と光代のつむじに呟き、強く抱きしめてくる。抱きしめられながら、「あとでコンビニに行ってくるけん」と光代は言った。寝袋の中で温まっていた空気が、二人の肩口から溢れ出る。

「ほんとに一人で大丈夫？」

祐一が欠伸《あくび》混じりに訊いてくる。

「大丈夫。私一人のほうがよかと思うし」

「じゃあ、下まで一緒に降りて、どっか草むらに隠れて待っとくよ」

「ほんとに大丈夫って」

光代は狭い寝袋の中で、祐一の胸を叩いた。

昨日、二人は揃ってコンビニへ行った。もう何度も一緒に行ったせいか、レジで、「この辺の方じゃなかよね？」と、店員のおばさんに声をかけられた。光代が咄嗟に、「え、ええ。年末から親戚のうちに遊びに来てるんです」と答えると、「あら、そう？どこから？」とおばさんが訊いてくる。光代は思わず、「佐賀です」と答えてしまった。

「佐賀のどこ？」とおばさんが訊く。

「よ、呼子のほうです」

おばさんはまだ何か話そうとしていたが、光代はお釣りを貰うと、祐一の手を引いて逃げるように店を出た。

今日もまたあのおばさんがいれば、狭い町なので、「親戚ってどちらの？」などと訊かれかねない。となれば、もうあの店には入れない。別の店を探すとすれば、街道を歩いて隣町まで行くしかない。

寝袋から出た祐一が、スニーカーをつっかけてトイレへ向かう。もう何年も使われていない灯台なのに、運良くトイレの水は止められていなかった。決して清潔とは言えないトイレだったが、それでも光代は、誰かが自分たちの味方をしてくれているようで、流れる水に手を合わせたいほどだった。

「しかし奇麗になるもんやねぇ」

トイレに入ろうとした祐一が、改めて感心したように呟く。

「だけん、二時間かけて掃除したとって」

光代が寝袋に入ったままそう言い返すと、「光代がコンビニに行っとるあいだに、その割れたガラス窓、何かで塞いどくけん」と、祐一が海に向いた窓を指さす。

コンビニで買ってきたビニールテープで一応塞いではいるのだが、風が強くなると、すきま風が入り込むのだ。

トイレを済ませ、ペットボトルの水を持って外へ出た祐一に、「食べ物のほかに何かいるものある？」と光代は訊いた。

「食い物のほか？……じゃあ、トランプ買うてきてよ」

「ト、トランプ？」

思わず本気で訊き返してすぐ、祐一の冗談なのだと気がついた。冬の朝日に目を細めた祐一が、素っ頓狂な声を上げた光代を笑う。

光代は寝袋を出ると、まだ二人の体温の残る寝袋をベニヤ板の上にきちんと畳んだ。

祐一がペットボトルの水でうがいをする音につられて外へ出ると、目の前に日を浴びた眩《まぶ》しい海が広がり、カモメが低い空を飛んでいく。

「きれかねぇ」

思わず見とれて呟いた。口の中の水を足元に吐き出した祐一が、「そういえば、昨日の夜、夢見た」と照れ臭そうに言う。

「夢？　どんな？」

光代は祐一の手からペットボトルを奪った。

「光代と一緒に暮らしとる夢。ほら、昨日、寝る前に二人で話したろ？　住むならどんな家がいいかって。そこに住んどる夢」

「どっち？　一戸建て？　マンションのほう？」

「マンションのほう。……でも夢の中で、光代にベッドから蹴り落とされたけど」

祐一がそう言って短く笑う。光代はペットボトルの水を一口飲むと、「だって、寝袋の中でほんとに蹴ったもん」と言い返した。

祐一が海に向かって大きく背伸びする。その指先が空に届きそうに見える。

「あとでその辺の雑草毟《むし》って、ベニヤ板の下に敷こうかな」

「敷いたら、少しは柔らかくなるかな」

光代はもう一口水を飲んだ。冷蔵庫にも入れてないのに、凍ったように冷たい水だった。

◇

みんなは、私が祐一を捨てたけん、あの子がこんな事件を起こしたって、私のことばっかり責めますけど、実際にあの子を育てたのは、私の母親なんですよ。いや、もちろん、うちの母親を責めるわけじゃないですよ。ただ、テレビやら雑誌では私だけが悪者じゃないですか。他人の人生になんてぜんぜん興味なさそうな女子アナさんが、事件の経過をさらっと紹介して、偉そうなコメンテーターが口出して、結局、いろんな言い方はされるけど、我が子を捨てた母親がこの事件の元凶みたいな結論で終わってしもうて。あの子を島原のフェリー乗り場に置き去りにしたあと、何度も死のうと思いましたよ。でも、どうしても死にきれんかったとですよ。

実家に戻ったら、「祐一は自分たちが育てる」って両親に言われて、親権まで取り上げられてしもうて。まるで「お前はここから出ていけ」って言われとるみたいで。

でもね、それでも私だって母親なんですよ。離れとっても、祐一のことはずっと気にしてましたよ。付き合ってきた男たちにも、一度だって祐一の存在を隠したことなんてないです。

ずっと連絡せんかったのは、「育てる気もないくせに、電話なんかかけてくるな」って母ちゃんが文句言うし、やっと母ちゃんたちに慣れ始めた祐一に、また母親のことを思い出させるのも可哀想やったし。でも、ずっと祐一のことは思うてましたよ。だけん、祐一が高校に上がるのを待って、こっそり連絡したんですよ。高校生ならもういろんな話、男と女のことも、少しは理解してくれると思うて。

もちろん最初は、ぎこちなかったですよ。でもやっぱり親子やけん、会って話せばどこかで繋がるとですよ。あのとき、二人で食べたうどんの味は今でもはっきり覚えてますよ。祐一があんまりいっぱい七味をかけるもんやけん、驚いて理由ば訊いたら、「ばあちゃんの味付けがいつも薄かけん、七味も、カラシも、マヨネーズもケチャップも山ほど使う」って。その話を聞いたとき、なぜか、ああ、祐一はあの家で大切にされてるんだなぁって安心して。

それから半年に一回くらいですかね。祐一がまだ学生のときは夏休みや冬休みのときに、二人で会うて食事したりしてました。元々、無口な子やったけど、一緒におっても何を話すわけじゃないのに、誘えばすぐに来てくれて。

それがいつごろやったかなぁ。もう祐一は働き始めて何年か経っとりましたけど、急に性格が変わってしもうたとですよ。

その日、私、ひどう落ち込んどったとですよ。島原市内で食事したあと、アパートまで祐一が車で送ってくれたんですけど、その車の中で、私、急に泣き出してしもうて。当時、一緒に暮らしとった男とうまくいっとらんやったとか、職場で嫌な部署に回されたとか、いろいろ小さなことが積み重なって、精神的に不安定になっとって、そしたら、祐一を手放してしもうた自分が、救いようのない女に思えてきて。若かったとはいえ、自分さえもっとしっかりしとれば、祐一にこんな寂しい思いさせずに済んだやろうにって。

ほんとにあのときは車の中で泣きましたよ。

こんな馬鹿な母親でごめんねぇって。こんな母親やのに、誘えば、すぐに会いに来てくれて、あんたは恨み言一つ言わんねぇって。こんな母親でも「母ちゃん」って呼んでくれてねぇって。あんたにこうやって会うのがつらくて仕方ないって。お母ちゃんだけが悪かとやけん、いくらでも恨んでよかとよって。母ちゃんはこの十字架ば背負うて生きていくしかなかとやけんって。

もう止まらんかったですよ。泣いて泣いて、車がアパートの前に着いたのにも気づかんやったですよ。ただ……。

停まった車の中でやっと泣き止《や》んで、そろそろ降りようかと思うたときですよ。あの子が急に、「母ちゃん、ちょっと金貸してくれんや?」って言うとですよ。一瞬、自分の耳を疑いましたよ。それまで小遣いに千円渡そうとしても受け取らんやった子がですよ。あまりにもとつぜんで、びっくりしましたけど、すぐに財布開けて五千やったか一万円やったか渡しましたよ。泣きながら、「何に使うとね?」って訊いたら、「なんでもよかやっか」って、急に怖か顔して。

その日を境にですよ、顔を合わせれば、「小遣いくれ」「金貸せ」って。私も最初は罪滅ぼしのつもりで渡してましたよ。でも私だって月に十二、三万円で生活しとるんですよ。お金が余っとるわけじゃない。会えば、金、金、言うもんやけん、次第に連絡もせんようになったら、今度はこっちの都合も聞かずに会いに来るようになって、給料前やけんお金ないって言うても、千円でも、二千円でも毟り取って行くようになって。

あの子がこんな事件を起こした原因は、もちろん捨てた私にもありますよ。でも、言わせてもらえば、私はもう充分にその罰は受けてるんですよ。考えてみて下さいよ。我が子に財布からなけなしのお金を無理やり持っていかれるときの親の気持ちを。つらかですよ。切なかですよ。あの子が鬼に見える日もありましたよ。今じゃ、憎かくらいですよ。

◇

「い、痛～い！」

光代は悲鳴を上げた。寝袋に座って投げ出した足の裏を、祐一にマッサージしてもらっていた。

「ここが痛いなら、光代、首が悪いやろ？」

痛がっているのか、笑っているのか、自分でもよく分からないが、そんな様子を面白そうに眺めながら、祐一がまた親指の付け根を強く押す。

「あ、あッ、ちょっ、ちょっと待った！」

必死に逃れようとするのだが、祐一の大きな手が、光代の足を離さない。

「分かったたって。もうやめるって。……その前に、ここも痛か？」

「痛ッ！」

「ここも痛かと？」

「こ、この顔が痛がってない顔に見える？」

「ここが痛かなら、光代、寝不足ぞ」

「分かっとる！　ベニヤ板の上で安眠できるわけないいたい！」

「でも、昨日、鼾《いびき》かいとったぞ」

「私、鼾はかかんもん。寝言なら言うけど」

逃げ出そうとする光代を諭すように、祐一が今度は優しく脹《ふく》ら脛《はぎ》を揉み始める。

ついさっきまで灯台の下で日光浴していた。断崖を駆け上がってくる風は冷たかったが、祐一が林の中で拾ってきた小さなドラム缶で火を熾《おこ》し、その側《そば》で買い置きしておいた食パンを食べた。枯れ木がパチパチと燃える音が、昨夜の寒さも忘れさせてくれた。

「ねぇ、コンビニでおもち買ってきたら、さっきのドラム缶で焼けるかな？」

脹ら脛を揉んでもらいながら光代が尋ねると、「網の代わりになるものがあれば焼けるけど」と祐一が答える。

「ねぇ、祐一ってお正月はいつもどうやって過ごしとったと？」

祐一が靴下を履かせてくれる。

「正月？　最近はいつも、大晦日からおじさんの家で仕事仲間の人たちと酒盛りして、そのまま夜中に初詣でして。三が日はドライブかな」

「一人で？」

「一人のときもあれば、一二三っていう友達乗せたり。光代は？」

「私？　私はだって、二日の朝からいつも初売りやもん。だけんなんか、こういう状況で言うのもあれやけど、こんなにのんびりした正月過ごしたの久しぶり」

光代はもう片方の靴下を自分で履いた。のんびりした正月だなんて、不謹慎だとは分かっていたが、そんな言葉がついぽろりとこぼれてしまった。

去年の正月、自分は何をしていただろうか。

光代は靴を履くと、寝袋に寝転んだ祐一を置いて外へ出た。九州の西端でも、さすがに冬は日が落ちるのが早い。さっきまで頭上で海面を輝かせていた太陽はすでに水平線まで遠のき、うっすらと赤みを帯びている。

光代は灯台の根元まで進み、鎖の手すりから身を乗り出して、深い断崖を覗き込んだ。高波が岩を削《けず》るように打ちつけている。

一昨年の大晦日、仕事を終えて店を出たのは六時過ぎだった。年末セールも最終日で早じまいではあったが、一年中、立ちっぱなしで働いてきた疲れがどっと出た。

毎年、大晦日だけは実家に泊まることにしていたが、一昨年は自転車でいったんアパートへ戻った。妹の珠代は、数日前から男友達も含めたグループで北海道旅行に出かけており、テーブルには置き忘れたらしい旅程表が載っていた。実家へ戻るまでの時間、光代は年末の大掃除のつもりで窓ガラスを拭いた。冷たい水で雑巾《ぞうきん》を濡らし、窓から身を乗り出して、無我夢中で拭いていた。

翌日の元旦は午前中に母が作ったおせちを家族で囲んだ。近所の神社に初詣でに行き、帰ってくるともうやることがなくなった。弟夫婦と甥《おい》っ子は車で帰り、母は正月番組を見始めて、その横で酔った父が鼾をかいていた。

光代は時間を持て余し、自転車で年中無休のショッピングセンターへ向かった。街道沿いの広い駐車場は満車で、店内は晴れ着姿の家族連れも多かった。

何が欲しいわけでもなかったが、まず書店に寄った。店頭にベストセラーを並べた棚があり、映画にもなった恋愛小説を手に取ってはみたものの、明日からまた仕事だと思うと、並んだ活字が重かった。書店を出て、今度はCDショップに入った。仕事中、よく有線で聴いている福山雅治の「桜坂」を手に取って、しばらく買おうか迷った末に棚に戻した。

CDショップの窓から外が見えた。さっき自分が停めた自転車があり、誰が捨てたのか、カゴに空き缶が入れられていた。一瞬、目がかすんだ。自分が泣いていることに気がついたのはそのときだった。光代は慌てて店を飛び出し、トイレを探して駆け込んだ。何で泣いているのか、自分でも分からなかった。自転車のカゴに空き缶を入れられたからじゃない……。

自分には欲しい本もCDもなかった。新年が始まったばかりなのに、行きたいところも、会いたい人もいなかった。

個室に入ると、もう堪え切れなかった。理由もないのに涙が溢れ、気がつけば声を上げて泣いていたのだ。

崖下から吹き上がってくる寒風も気にせず、光代は海を眺めていた。昼間は晴れ渡っていた空にいつの間にか厚い雲が広がっている。このまま気温が下がれば、今夜、初雪が降るかもしれない。

ふと視線を感じて振り返ると、寒さに背中を丸めた祐一がじっとこちらを見つめている。

「コンビニ、そろそろ行かんと暗うなるよ」

近づいてきた祐一が横に並び、首を伸ばして断崖を覗き込む。浮き出た喉仏《のどぼとけ》が雲間から微かに差している夕日に染まっている。

「ねぇ、もし私が一緒に逃げてって頼まんかったら、祐一、あのとき警察に行っとった？」

ふと溢れた問いかけだったが、この数日ずっと気にしていたことだった。祐一は断崖を覗き込んだまま、「……分からん」と短く答えた。いくら待っても、その続きがない。

「ねぇ、一つだけはっきりさせとっていい？」

光代の言葉に、祐一が少し緊張する。

「祐一が、私を連れて逃げとるんじゃないんやけんね。私が、祐一に頼んで一緒に逃げてもろうとるんやけんね。誰に訊かれても、そう言うとよ」

光代の言葉をどう理解すればいいのか分からないようで、祐一が眉間《みけん》に皺を寄せる。

光代はまるで自分が別れの言葉を発したような気になって、思わず祐一の胸に顔を押しつけた。

「私ね、祐一と会うまで、一日がこげん大切に思えたことなかった。仕事しとったら一日なんてあっという間に終わって、あっという間に一週間が過ぎて、気がつくともう一年……。私、今まで何しとったとやろ？　なんで今まで祐一に会えんかったとやろ？　今までの一年とここで祐一と過ごす一日やったら、私、迷わずここでの一日ば選ぶ……」

祐一に髪を撫《な》でられながら、光代はそこまで言うと、堪え切れずに洟《はな》を啜《すす》った。ポケットから出されたばかりの祐一の手が、まるで毛布のように温かい。

「俺だって、光代との一日ば選ぶよ。あとはもうほんとに何もいらん。……でも、俺、なんもしてやれん。光代のこと、いろんな所に連れてってやりたかったけど、どこにも連れてってあげられん」

光代は祐一の胸に頬を押しつけた。

「……俺ら、あと何日くらい一緒におられるやろか」

祐一が寂しそうにそう呟く。その直後だった。断崖に張られた鎖の上に、粉雪が一つ落ちて、とけた。

◇

とつぜん降り出した粉雪が、踏みつけるアスファルトの上に落ちて、とける。前を歩く増尾圭吾は、雪が降り始めたとき、足を止め、一瞬、空を仰いだ。

あっという間に、目の前の世界が粉雪に覆われる。どんよりと曇った博多の街に降る粉雪のせいで、とつぜん焦点が合わなくなる。そこにある郵便ポストが遠くに見え、通りの向こうに建つビルのほうが近寄ってくる。

前を歩く増尾との距離は十メートルほど、その間にも、無数の粉雪が舞い落ちてくる。石橋佳男は、足を前へ出すごとに、今にも駆け出しそうになる気持ちを必死に抑えた。自分が誰かにつけられているとも知らず、前を歩く増尾は片手をジーンズのポケットに突っ込み、寒さに肩をすぼめて歩いていく。

自分でも驚くほどの衝動で、久留米の家を飛び出したのが二日前、佳乃の元同僚に教えてもらった増尾のマンションはすぐに見つかった。

三瀬峠で娘を車から蹴り出した大学生は、豪華なマンションの最上階に暮らしていた。佳男はエレベーターで八階へ上がった。上がる途中、ジャンパーのポケットに忍ばせたスパナの重みが伝わってくる。チャイムはあったが、手のひらでドアを叩いた。何度も何度も、厚く硬いドアを叩きながら、「出てこい！　出てこい！」と叫んだ。

しかしいくら叩いてもドアは開かず、気がつけば、ドアに鼻を擦《こす》りつけて泣いていた。

「出てこい……、佳乃を馬鹿にするヤツは俺が許さん……」

ドアの向こうからは物音一つ聞こえなかった。

佳男は涙を堪えてドアを離れた。エレベーターに乗り込むと、佳乃が峠道で車から蹴り出される光景が、また目に浮かんだ。佳男はエレベーターのドアを叩いた。

佳乃をなぜ置き去りにしたのかと、問いつめに来たのではなかった。問いつめたところで、もう佳乃は戻ってこない。娘の気持ちを踏みにじった男を、父親として許せなかった。父親として、娘の気持ちを守ってやりたいだけだった。

佳男はマンション前に停めた車に戻ると、携帯で妻の里子に電話を入れた。

「今夜は帰られんけど、心配するな。用が済んだらすぐに帰るけん」と早口で告げると、里子は一瞬沈黙し、「今、どこ？」と訊いた。

「博多」

佳男は短くそう答えた。里子はしばらく黙り込んだあと、「分かった。用が済んだら、絶対に帰ってきてよ」と言った。

勢いを増した粉雪の中を、増尾が歩いていく。どこへ向かっているのか、スキップでもしそうな歩き方で、信号を無視し、横断歩道を渡る。

佳男は懐《ふところ》のスパナを握り直し、そのあとを追った。横断歩道に出た途端、左折してきたタクシーとぶつかりそうになり、運転手が激しくクラクションを鳴らす。佳男は危うく地面に倒れ込みそうになり、どうにか車のバンパーに手をついて堪えた。

窓を開けた運転手が、「どこ見て、歩いとるんか！」と怒声を上げる。信号待ちしていた女子高生が二人、マフラーに首をすぼめながら、様子を窺っている。すでに横断歩道を渡り切った増尾も、そのクラクションと怒声にちらっと振り返る。

佳男は運転手を無視して増尾を追った。その背中にまたクラクションが鳴らされた。

横断歩道を渡ると、増尾の背中が遠かった。佳男は雪の中を駆け出した。懐のスパナが大きく揺れて、ゴツッ、ゴツッと肋骨《ろっこつ》を打つ。顔面に当たる粉雪がとけ、目の辺りから涙のように一筋流れた。

背後から近寄ってきた足音に増尾が振り返ったのはそのときだった。突進してくる佳男に向かって、「な、なんや」と逃げ腰になる。

佳男は増尾の目の前に立った。乱れた呼吸が真っ白な息になる。近くに立つと、増尾の背の高さを、いや、自分の背の低さを感じた。それでも佳男は、上から睨《にら》みつけてくる増尾を睨み上げた。

「お前が増尾圭吾か？」

佳男は必要以上にでかい声を出した。すぐそこにある半地下の駐車場に、その声がこだまする。

「だ、誰や？　おっさん」

増尾が一歩後ずさる。佳男はジャンパーのポケットに手を入れて、ずっしりと重いスパナに触れた。

「お前のせいで、佳乃が死んだ」

「は？」

「お前のせいで、俺の大切な娘が死んだ」

佳男は瞬《まばた》きもせず、増尾の目を睨んだ。不遜《ふそん》だった増尾の瞳の奥が、一瞬怯える。

「なんで、あげんことした？」

「は？」

「なんで……、佳乃を峠に置き去りにした！」

とつぜんの佳男の怒号に、電柱の裏から出てきた猫が毛を逆立てて逃げ出した。

「な、なんや？　急に」

逃げ出そうとする増尾の腕を、佳男は摑んだ。増尾がからだを捩《よじ》って逃げようとする。

「お、俺が殺したわけじゃないやろ！　俺はなんもしとらんぞ！」

増尾は佳男の腕を振り払った。振り払われた拍子に、増尾の肘が佳男の顔面を強打する。その瞬間、目の前が真っ白になり、佳男は地面に膝をついた。それでも逃げようとする増尾の足にしがみついた。

「離せ！　な、何の真似や！」

乱暴に増尾が足を振る。地面で佳男の膝が擦れ、乾いた痛みが伝わってくる。増尾が無理やり歩き出し、しがみついた佳男のからだも一緒に引きずられる。

「離せって！」

その一瞬、佳男の腕から力が抜けた。増尾はすっと自分の足を抜くと、ほとんど反射的に佳男の肩を蹴った。蹴られた佳男のからだが水平にふっ飛び、ガードレールに後頭部がぶつかり、ゴツッと鈍い音が鳴る。

「俺は何もしとらんぞ！」

苛立ったような、怯えたような表情で、増尾がそう言い捨てて、走り去っていく。佳男はますます白くなる視界の中で、逃げていく増尾の背中を睨んだ。

「待て……、佳乃に謝れ……」

叫んでいるはずなのに、口からは白い息しか出てこない。走って逃げていく増尾の姿を、吹雪が掻き消してしまう。冷たい粉雪が一つ、佳男のまつげに落ちて、とける。

「佳乃……、お父ちゃん、負けんぞ……」

薄れていく意識の中、よちよち歩きの幼い佳乃の姿が浮かんでくる。……ここはどこだ？　どこのフェリー乗り場だ？　向こうには海が広がっている。広い駐車場を佳乃が駆けていく。手には売店で買ったちくわを持って、海のほうへ駆けていく。

「だ、大丈夫ですか？」

いよいよ意識が消えかかりそうになったとき、ふと誰かの声がした。若い男が佳男のからだを抱き起こそうとする。

「た、立てますか？」

「アイツを、アイツを追いかけ……」

必死に頼む佳男の声に、増尾が逃げていったほうへ若い男も目を向ける。

「ま、増尾を……、増尾を、なんで？」

若い男が不安そうに訊く。

すぐそこで真っ黒な鴉《からす》がゴミ袋を突いている。地面を引きずられるゴミ袋に、いつの間にか雪が積もり始めている。

◇

真っ黒な鴉が激しく頭を振って、コンビニのビニール袋を破っている。破れたところから、弁当を包んであったらしいラップがクシャクシャになって飛び出している。うっすらと積もり始めたアスファルトの雪に、鴉の足跡が残っている。ときどき広げる羽が、電話ボックスのガラスを叩く。

光代は公衆電話の冷たい受話器を耳に当てたまま、鴉を追い払おうと、足で電話ボックスのガラスを軽く蹴った。驚いた鴉がビニール袋をくわえて一歩跳び退《の》く。

「もしもし」

受話器の向こうから妹、珠代の声が聞こえたのはそのときだった。

「もしもし、誰？」

警戒したような珠代の声がまた聞こえる。

「……ごめん、ずっと連絡できんで」

「み、光代？　ちょっと、あんた、今、どこにおると？　もうなんで連絡せんと？　あんた、今、一人？　だ、大丈夫と？」

声を出した途端、珠代が矢継ぎ早に質問してくる。光代は答える暇もなく、どうにか、

「ちょ、ちょっと、落ち着いてよ」とだけ言った。

「落ち着けるわけないやろ！　こっちじゃ大騒ぎになっとるとよ！　あんたが殺人犯に連れ回されとるって。あんた、大丈夫と？　もしかしてそこに犯人おると？」

「おらん。今、一人」

「じゃ、じゃあ、すぐに逃げんね！　今、どこ？　すぐ、警察に電話してやっけん！」

「だ、だけん、ちょっと落ち着いてって」

　珠代は本当に通報しそうな勢いだった。無理もない。祐一に半ば無理やり車に乗せられたあと、「心配しなくていい」と翌朝連絡を入れて以来、何度かメールのやりとりはしていたが、何を訊かれても、事情は話していない。ただ、それも携帯の充電が切れるまで。

「ちょっとあんた、ほんとに今、一人？」

　珠代が改めて訊いてくる。

「もし本当に一人なら、今、そこで、『すぐに警察に電話して』って言うてみて」

「何、それ？」

「そこに犯人がおらんやったら、言えるやろ」

　珠代が本気らしいので、光代は仕方なく言われた通りにその科白《せりふ》を繰り返し、「一緒におる人のことやけど、本当に悪い人じゃないとよ」と付け加えた。

　すぐに受話器の向こうから、呆れ果てたようなため息が聞こえてくる。

珠代の話では、つい昨日まで実家には刑事が張りついていたらしかった。やはり警察では祐一が無理やり光代を連れて逃げていると考えているらしく、正月番組が終わって再び始まったワイドショーでも、名前や写真こそ出てはいないが、光代と珠代が暮らすアパートの映像は、ボカシ入りで映ったこともあるという。思っていた以上に捜査は進んでいるのだ。

珠代の話を聞きながらも、光代は林道に残してきた祐一のことを考えていた。コンビニくらい一人で行けるから、灯台の小屋で待っていてくれと頼んだのに、心配した祐一は一緒に山を下りてきて、今、草むらに身を隠して待っている。雪はここだけでなく、あの草むらにも積もり始めているに違いない。

「ほんとに無理やり連れ回されとるわけじゃないよね？」

受話器の向こうから珠代にそう訊かれ、「うん、違う」と、光代はきっぱりと答えた。

「それであんたどうする気？　相手がどういう人か知っとって一緒におるわけ？」

光代はどう答えていいのか分からなかった。黙り込んでいると、「ったく、なんでよりによって殺人犯なわけ……」と珠代が泣きそうな声を出す。

「ねぇ、珠代……」

いつの間にか、外にいた鴉がいなくなっていた。鴉がつけた足跡にまた雪が積もり始めている。

「……私、とんでもないことしたとよねぇ」

光代の言葉に、受話器の向こうから唾を呑み込む音がする。

「それが分かっとるなら、すぐに……」

「でもね、私、こんな気持ちになったと生まれて初めてで、一日でもいいけん、一緒におりたくて」

「……一緒におりたくてって……。それってあんたのわがままじゃないと？」

「え？」

予期せぬ珠代の一言に、光代は思わず受話器を握りしめた。

「まさか、あんたが一緒に逃げようって言うたんじゃないよね？　いくら好きになったけんって、あんたの気持ちだけで、その人のこと縛りつけたらいけんやろ？　本当にその人のことが好きなら、いくら辛くても、あんたがその人を警察に連れてってやらんと。あんたはよかけど、逃げれば逃げるだけ、その人の罪は重うなるとよ」

気がつくと、光代はかじかんだ指をフックにかけていた。耳元にツーという無機質な音だけが残る。自分でも分かっていることを、改めて珠代に言われた気がした。珠代なら理解してくれると思ってかけたわけではないが、やはり自分たちに味方などいないのだと思い知らされた。

電話ボックスを出ると、雪がやんでいた。

光代はうっすらと積もった雪に足跡をつけながら、通りの向こうのコンビニへ向かった。食料はすでに買い込んでいたが、４８０円だった手袋を、祐一のために買ってやろうと思っていた。

「あんたの気持ちだけで、その人のこと縛りつけたらいけんやろ」

たった今、珠代に言われた言葉が、地面に残る足跡と一緒についてくる。

がらんとしたコンビニの駐車場に、エンジンをかけたままの車が一台停まっていた。

マフラーから吐き出される排気ガスが、綿のように白い。普通ならすぐに気づくはずなのに、珠代の言葉に動揺していたせいか、それとも車が周囲の雪にとけ込んでいたせいか、通りを渡り切るまで、それがパトカーだと気づかなかった。気づいた瞬間、光代は足が竦《すく》み、その場に立ち尽くしてしまった。

気温差でコンビニのガラスは曇り、店内は見えなかった。ただ、うっすらとレジに立つ警官らしき像が曇ったガラスの向こうを動く。

出てくる。警官が出てくる。

必死に足を動かそうとするのだが、竦んだ足が動かない。

自動ドアが開いた瞬間、やっとの思いで光代は足を動かした。まだ警官との距離はある。振り返ろうとした、そのときだった。誰かにポンと肩を叩かれた。

「あの」

男の声が耳元でする。

勢いのまま振り向くと、そこに警官が立っていた。制帽にうっすらと雪が積もっている。まだ若い警官で寒さに鼻を赤らめ、吐く息がその顔を隠すように白い。

らしかった。

「どうかしましたか?」

若い警官は光代に笑顔を見せた。路上で硬直したように立つ光代をどこかで見ていたらしかった。

「いえ……」

顔を逸《そ》らし、光代はすぐに歩き出した。その刹那《せつな》、寒さにこわばった警官の眉がピクッと動く。

「あの、ちょっと。あなた、馬込さんじゃないですよね?」

今にも駆け出しそうな光代を、そんな言葉が追いかけてきた。トラックが一台、走り抜けていく。雪道にできた轍《わだち》が、祐一の待つ林道のほうへ真っすぐに伸びていく。

「祐一……」

光代は心の中で名を呼んだ。

◇

雪道にできた轍が、細い路地を伸びている。ひなたと日陰がちょうど視界を半分ずつに区切り、ひなたの部分だけ、雪がまばゆい。

房枝は轍の間を出ないように、深く俯《うつむ》いて真っすぐに歩いた。路地を出れば、岸壁があり、岸壁を抜ければ、バス停がある。バスの時間は調べてある。バスさえ来れば……。

「あのぉ、一言だけ、なんかもらえませんか?」

「今のお気持ちは？　被害者のご家族に何かありませんか？」

「本当に祐一くんからは連絡ないんですか？」

「一緒に逃げてる女性をご存知なんですか？」

自分を取り囲むカメラや記者に目もくれず、房枝は足元だけを見つめて歩いた。房枝が踏もうとした場所を、先に誰かの靴が踏み、雪に真っ黒な足跡がつく。

これまでちらほらと姿を見せるだけだったマスコミが、今朝になってとつぜん増えた。昨夜電話をくれた憲夫の話によれば、いよいよ祐一の顔写真が公開されたのだという。その電話のあとにすぐにまたベルが鳴った。憲夫だと思って出ると、健康食品会社からの脅迫電話で、「ばあさん、まだ振り込まれとらんぞ！」といきなり言われた。

房枝はすぐに電話を切ったが、それから深夜十二時過ぎまで、十五分おきに電話は鳴った。房枝は布団をかぶって、耳を塞いだ。恐ろしさより、悔しさが先に立っていた。怯えるだけの自分に、悔しくて涙が流れた。

今朝、テレビをつけると、早速、事件を伝えるワイドショーをやっていた。祐一の顔写真こそ出てこなかったが、九州北部の地図が示され、佐賀と福岡の県境にある三瀬峠を中心に、高速道路が伸びていた。そこには殺されたお嬢さんが暮らしていた博多の寮や、現在一緒に逃げているというお嬢さんが暮らす佐賀市郊外のアパート、そして祐一の家があるここ長崎に印がつけられており、その他にも、祐一の車が発見された有田や、二人が目撃されたホテルなども映っていた。

テレビでは祐一が佐賀のお嬢さんを無理やり連れ回しているのか、そうではないのか、まだはっきり分からないと言っていた。ただ、二人を目撃したホテルの従業員のコメントに、「女の子のほうが、手を引っ張っていくような感じやったねぇ」というのがあり、意地悪そうなコメンテーターの一人は、「もし二人が一緒に逃げてるんなら、男も馬鹿、女も馬鹿というか、結局、こういう男にはこういう女がつくんですよ、まったく」と、うんざりしていた。

記者やカメラに囲まれたまま、房枝は雪道をやっとの思いでバス停までやってきた。突き出されるマイクがときどき顎《あご》や耳に当たる。

バス停に着いても、質問は続けられた。房枝が頑《かたく》なに口を開かないので、記者たちは焦《じ》れ、「黙っているってことは、認めるってことでいいんですか？」などと強引にまとめようとする。

幸い、バス停には誰も立っていなかったが、歩いてくる途中、遠巻きに近所の奥さんたちが記者に囲まれた房枝を、半ば気の毒そうに、半ば迷惑そうに眺めていた。

やっとバスが来て、房枝は小声で、「すいません」と呟き前へ出た。一応、記者たちは道を開けたが、あちこちから舌打ちがする。房枝が手すりに摑まって乗り込むと、何人かが一緒に乗ってこようとする。

バスには五、六人の乗客がいた。いつもは閑散とした港町のバス停の異様な雰囲気に、みんなが目を丸くして成り行きを見守っている。

房枝は背中を丸めて、運転手の後ろの席に座った。記者たちが我先にとバスに乗り込む小競《こぜ》り合いが続く。房枝はじっと自分の靴を見ていた。爪先《つまさき》に泥と雪がついている。

「ちょっと、あんたらなんな？　車内で取材はさせられんよ。会社の広報に許可とってもらわんば！」

車内にマイクをつけた運転手の声が響く。小競り合いを続けていた記者たちが一瞬動きを止める。

「ほら、危なかけん、外に出てくれんね！」

強い口調だった。今にも運転席を立ち上がり、記者たちを押し戻しそうな勢いだった。

「ばあさん、苛《いじ》めたって仕方なかろうが」

そう呟く運転手の言葉がマイクを通して車内に響く。運転席のミラーには見覚えのある運転手の顔が映っていた。無愛想で、運転も荒く、この路線の担当ドライバーの中でも、房枝が一番苦手な運転手だった。

「ほら、閉めるよ！」

運転手が強引にドアを閉め、バスはゆっくりと走り出した。

房枝はまた自分の靴に視線を落とした。揺れるバスの中、運転手へのありがたさに、自分が泣いているのに気がついたのは、次のバス停に着くころだった。

海沿いの道から、バスは市内に入った。房枝さえ泣いていなければ、いつもと変わらぬ路線バスの車内だった。一番前に座っている房枝は、みんながずっと自分を見ているようで、顔を上げることもできなかったが、それでも停留所で停まるごとに新たな乗客が乗り込んできて、次第に車内の雰囲気も変わってくる。確実に房枝が乗り込んだときの騒動を知っている乗客よりも、何も知らずに乗り込んできた客のほうが多くなっていく。

勝治が入院している病院前まで来ると、房枝は窓横のボタンを押した。車内に、「次、停車します」という運転手の無愛想な声が響く。

停留所が近づいて、バスが速度を落とす。完全に停まってから、房枝は手すりに摑まって立ち上がった。運転手に礼を言いたかったが、勇気が出ず、後ろの降り口へ向かった。

空気が抜けるような音がして、ドアが開く。他に降りる者はいない。房枝はちらっと運転席のほうを窺ってから、ステップを一段下りた。そのときだった。

「……ばあさんが悪かわけじゃなか、しっかりせんといかんよ」

とつぜんマイクを通した運転手の声が響き、一瞬、車内がざわついた。予期せぬ運転手の言葉に房枝は慌てた。乗客たちの視線が、ステップに立つ房枝に集まる。房枝は逃げ出すようにバスを降りた。降りるとすぐに振り返ったのだが、その瞬間にドアは閉まり、呆気《あっけ》なくバスは走り去っていく。

本当にあっという間のことだった。停留所にぽつんと残された房枝は、呆然と走り去るバスを見送るしかなかった。

「しっかりせんといかんよ」

マイク越しに響いた運転手の声が蘇り、房枝は慌てて走り去るバスに頭を下げた。

「ばあさんが悪かわけじゃなか」

房枝は心の中で運転手の言葉を繰り返した。背後には勝治の入院する病院があった。このままいつものように病室へ行っても、不機嫌な勝治の世話をしてまた家へ戻り、外の記者たちと脅迫電話に怯える夜が来るだけだった。

「しっかりせんといかんよ」

房枝は小さな声でそう自分に呟いた。

逃げとるだけじゃ、なんも変わらんとよ。待っとっても助けは来ん。このままじゃ、配給の芋を投げられて、それでも黙って拾っとったあのころと変わりゃせん。がんばらんば。馬鹿にされてたまるもんか。がんばらんば。もう誰にも馬鹿にはさせん。馬鹿にされて、馬鹿にされてたまるもんか。

◇

佳男が目を覚ましたのは、病院の簡易ベッドだった。気を失っていたのだろうが、気分はすっきりとしており、ついさっき増尾に蹴られてガードレールに頭をぶつけたときの痛みだけしか残っていない。

佳男はベッドの上で周囲を見渡した。ベッドは病室ではなく、廊下にあるらしい。起き上がろうとすると、横のベンチからすっと男の手が伸びてきて、「あ、しばらくそのままで」と胸を押さえる。それでも佳男は強引に起き上がった。長い廊下の先に、急ぎ足で遠ざかる看護師の背中がある。

「軽い脳しんとうらしいですけど……、あの、これからすぐ病室のほうに……」

横に立つ若い男が遠ざかる看護師と佳男を交互に見ながら、不安げに説明する。佳男はこの若者が、ガードレールに頭をぶつけた自分を助け起こしてくれたことを思い出し、礼を言おうとしたのだが、ふともう一つの記憶が蘇って口を噤《つぐ》んだ。

「あんた、増尾圭吾の知り合いね？」

佳男は簡易ベッドから降りながら男に訊いた。一瞬、男の顔がこわばり、「あの、増尾とはどういう……、ご関係なんですか？」と、逆におずおずと訊き返してくる。

佳男は真っすぐに若い男を見つめた。ひょろっとして背だけが高く、その目に輝きというものが感じられない。佳男の無言の視線から逃れるように、「あの、俺、増尾とは大学の同級生で、鶴田といいます」と頭を下げる。

「同級生なら、今、あの男がどこにおるか知らんかね？」と佳男は訊いた。ただ、どうせ教えてくれるわけがないとも思っていたので、すぐにエレベーターのほうへ歩き出した。

「あの」

その背中を鶴田の声が追ってくる。

「あの、もしかして、あの女の子の……」

佳男は足を止め、鶴田のほうを振り向いた。ふとジャンパーが軽くなっていることに気づき、懐へ手を入れると、スパナがなくなっている。

「これですか？」

近づいてきた鶴田が黄色いリュックの中からスパナを取り出す。

「あんたも見とったたっちゃろ？　俺まであの男に蹴られて気失ったまま、久留米には帰れんよ。そっじゃー、あんまり情けなか。あんたにはこの気持ち分からんやろうけど」

佳男は手を伸ばして、鶴田の手からスパナを奪った。一瞬、躊躇《ためら》った鶴田だったが、

「増尾に会わせるだけなら……。でもヘンなことは考えんで下さい。お願いします」と素直に渡した。

◇

あのとき、石橋佳乃さんのお父さんを連れて増尾がおるいつものカフェに向かう途中、俺、増尾の携帯に連絡を入れたんですよ。電話に出た増尾はなんかひどう興奮しとって、「おう、鶴田？　お前、今どこにおる？　すぐにこっちに来い」って。「面白か話あるぞ。さっき誰に会うたと思う？　あの三瀬で死んだ女のおとっちゃん！　『お前のせいで、むしゅめが死んだ～』って、いきなり俺に摑み掛かってきて、いや、マジ、大笑い。蹴り飛ばしてやったけどな」って、大きな声で言ってました。たぶん周りにはいつもの

取り巻きがおって、そんな増尾の話を囃《はや》し立てとったんだと思います。

病院を出たあと、佳乃さんのお父さんは俯いたまま僕の横を歩いてました。電話を切って、「やっぱりいつもの店にいるみたいです」って伝えたら、「そうね」ってただ頷いて。

あのとき、なんで佳乃さんのお父さんを増尾に会わせようと思ったのか、自分でもよう分かりません。雪の中、増尾の足にしがみついとったお父さんの姿を見て、うまく言葉にはできんとですけど、生まれて初めて人の匂いがしたっていうか、それまで人の匂いなんて気にしたこともなかったけど、あのとき、なぜかはっきりと佳乃さんのお父さんの匂いがして。……あのお父さん、増尾と比べると悲しゅうなるくらい小さかったんですよ。

俺、それまでは部屋にこもって映画ばっかり見とったけん、人間が泣いたり、悲しんだり、怒ったり、憎んだりする姿は、腐るほど見とったっちゃけど、人の気持ちに匂いがしたのは、あのときが初めてでした。ちゃんと説明できんとが自分でも悔しいとやけど、あのお父さんが増尾の足に、必死にしがみついとる姿を見た瞬間、なんていうか、今回の事件がはっきりと感じられたっていうか……。

増尾が佳乃さんを峠に蹴り出したときの足の感触とか、蹴り出されたとき、佳乃さんが手のひらをついた地面の冷たさとか、もっと言えば、犯人に首を絞められたときに佳乃さんが見とった空の様子とか、犯人が絞めつける佳乃さんの首の感触とか、そんなものがはっきりと感じられて。

一人の人間がこの世からおらんようになるってことは、ピラミッドの頂点の石がなくなるんじゃなくて、底辺の石が一個なくなることなんやなぁって。

正直、お父さんが増尾に勝てるとは思えませんでした。対決するその場でも、その後の互いの人生でも、きっと勝つのは増尾やろうとは思いました。でも、それでもお父さんに、何か増尾に言い返して欲しかったんやろうと思います。黙ったまま、負けんで欲しかったんやろうって思います。

◇

病院前のバス停から歩き出すと、房枝は手首にずっしりと重いバッグから、使い古した財布を取り出した。中に入っているのは、スーパーなどのレシートの束と、千円札が四枚、そしてやけに五円玉が目立つ、多くの小銭だった。

海岸沿いの通りには、街路樹の根元にかすかに雪が残っているだけで、車は雪解けの泥水を撥ねながら走っていた。

房枝は財布をバッグに戻した。もちろん、バスの運転手の言葉が、背中を押してくれているのは間違いないが、それ以上に何か吹っ切れていた。ここ数週間ずっと支配されていた怯えるという感覚だけが、からだからすとんと抜け落ちたような感じだった。

房枝は海岸沿いの通りをあとにし、オランダ坂へと続く石畳の裏道へ入った。

あれはいつごろだったか、岡山で暮らす勝治の又従兄《またいとこ》に当たる吾郎《ごろう》さんという人が、家族連れで長崎旅行に来たことがあった。さほど親しく付き合っていたわけでもなかったが、勝治が張り切り、市内の観光地を案内したあと、夜は中華街で食事をした。祐一がまだ小学校の低学年だったので、二十年も昔の話かもしれない。

吾郎さんの妻は気が強そうな、洒落っ気のない人で、二言目には「入場料が高い」「珈琲代が高い」と文句を言っていた。彼らには京子《きょうこ》という中学に上がったばかりの一人娘がいて、旅行中は祐一とよく遊んでくれた。

オランダ坂を案内していたときだったか、相変わらず宿泊中のホテルの文句を言い合う吾郎夫婦の話に飽きた房枝が、前を歩いていた祐一と京子に追いつくと、「祐一くんのおばあちゃん、美人でええなぁ」と、京子が祐一に言っていた。祐一は興味がないようで、石ころを蹴り続けていたが、「うちのお母さんも、祐一くんのおばあちゃんみたいに旅行のときくらい奇麗なスカーフとか巻けばいいのになぁ」と言う。

房枝は照れ臭くなり、二人との距離をあけた。首に巻いたスカーフは安物で、褒めてくれたのもまだ中学生になったばかりの女の子なのだが、それでも誇らしい気持ちは隠せなかった。

もしかすると、あれが理由だったのかもしれない。以来、祐一の授業参観や三者面談があれば、房枝は必ずスカーフを巻いて参加していた。もう誰も褒めてはくれなかったが、きっとスカーフがなければ、若い母親たちの間に身を置く勇気が、湧いてこなかったのだろうと思う。

石畳の裏通りを繁華街に向かいながら、もう何年もスカーフなど買っていないなぁ、と房枝は思った。スカーフどころか、ここ数年、洋服という洋服を買っていない。最後に買ったのは何だったろうか。ダイエーで買った合皮のコートが最後だったか、それとも近所の衣料品店で買った空色のセーターが最後だったか。

洋服のことばかり考えていたせいか、もう何度も通っている道なのに、初めて目にする衣料品店があった。間口の狭い店で、表には入口を遮るような大きなワゴンが置かれ、見るからに中年女性向けのセーターが並べられている。

房枝は足を止めて店内を覗いた。外がまだ明るいせいか、店内はまるで電気が消えているように暗く、古いマネキンが数体、外へ飛び出したくてたまらないような格好で立っている。

マネキンが着た服には大きな値札がつけられていて、まず定価が赤い×で消され、そこに赤字で割引料金が書かれ、それがまた×で消されて、結局、値段は記されていない。

房枝は入口のワゴンに近寄って、一番手前に置かれた紫色のセーターを手に取った。広げてすぐに自分には小さ過ぎると分かる。レジの奥にいた女性が椅子から立ち上がる姿が見え、房枝は一瞬迷ったが、手にしたセーターをワゴンに戻し、暗い店内へ入った。

すぐに声をかけてきた恰幅《かっぷく》のいい店員に会釈《えしゃく》だけして、マネキンが着ている白いジャケットに触れると、「それは着心地いいですよ、軽くて」と、そばへ寄ってくる。

値札には定価一万二千円が消され、割引価格の九千円もまた消されている。目を転じると、レジ横に色とりどりのスカーフがかけられていた。房枝の視線に気づいた店員が、「あそこもセール中ですよ」と教えてくれる。

房枝は奥へ進んで、オレンジ色の明るいスカーフを手に取った。横に鏡があり、濃い灰色のコートを着ている自分の姿が映っている。房枝はゆっくりと手にしたスカーフを巻いてみた。自分には派手過ぎるかと思ったが、灰色のコートにオレンジ色のスカーフは意外に似合った。

「おいくらですか？」と房枝は尋ねた。

鏡の中に並んだ店員が、「この色やと、アクセントになりますもんねぇ」と言いながらスカーフを整え、「えっと、こちらは半額で３８００円ですね」と値札を確かめる。

化粧もしていない自分の顔が、スカーフ一つでぱっと明るく見えた。財布には四千円ちょっとしか入っていなかったが、房枝は首からスカーフを取ると、「これを」と店員に手渡した。

◇

「これを」

運転席から伸びてきた警官の手にハンカチがあった。若い警官の無骨な指には不似合いな、真っ白な木綿のハンカチだった。おそらく奥さんがいるのだろう、きちんとアイロンがかけられ、微かにいい香りがする。

光代はパトカーの後部座席にいた。横には食料品の詰まったコンビニのビニール袋が置かれ、暖房のせいで窓が曇って外は見えない。光代は受け取ったハンカチで涙を拭いた。

コンビニの前でとつぜん警官に声をかけられ、慌てて立ち去ろうとしたところに、「馬込さんじゃないですよね？」と指摘された。もう足が動かなかった。前に回り込んできた警官の顔は、さっきまでとは明らかに違い、ひどく緊張していた。

パトカーの後部座席に座らされると、光代はとつぜん涙が溢れた。若い警官は、光代のからだを気遣ったり、祐一の居場所を尋ねたり、無線で連絡したりとおろおろしていたが、光代は彼の声はおろか、自分の泣き声も聞き取れないほど動揺していた。

借りたハンカチで顔を押さえていると、無線を切った警官が、「馬込さん、とりあえず派出所のほうへ向かいますからね。婦警もすぐに来ますから、詳しい話はそこで」と告げて、エンジンをかける。

車がコンビニの駐車場を出る。走り出した車の窓から、店先でこちらの様子を窺っている店員と客の姿がぼんやりと見える。光代は自分のからだが震えていることに気づき、横に置かれたコンビニの袋を無意識に膝に載せて抱きしめた。

祐一は気づいているだろうか。気づいて逃げてくれただろうか。

車は灯台への林道に向かう交差点へ差し掛かろうとしていた。ここを左折すれば、おそらく祐一が身を隠しているはずの藪が見える。光代はそちらへ目を向けることもできず、強くビニール袋を抱きしめた。強く抱きしめすぎて、中から菓子パンが一つこぼれ、濡れた足元に落ちる。

「祐一……、祐一……」

車が交差点を完全に通り過ぎるまで、光代は心の中で何度も祐一の名を繰り返した。ドアをこじ開けてでも逃げ出したいが、車はスピードを上げていく。これではあまりにも別れが急すぎる。祐一がいるほうへ、顔を向けたい。でも、向ければ警官に気づかれてしまう。無線機から声がする。警官が慌ててハンドルから手を離し、車体が大きく左によれる。

派出所に到着するまで、光代はずっとハンカチで顔を押さえていた。警官に支えられるように車を降り、誰もいない派出所に入ると、石油ストーブの臭いに混じって、なぜかカレーの香りがした。

「と、とにかく、ここに座って」

警官が光代の背中を押して、窓際に置かれたベンチに座らせようとする。開けっ放しのドアから寒風が吹き込み、デスクの書類が床に散る。そのデスクでは電話が鳴り続けている。警官は電話に出ようとして一瞬ためらい、先にドアを閉めた。閉めたとたん、今度は電話が切れる。

光代は冷たく硬いベンチに腰を下ろすと、食料品の入ったビニール袋をまた抱きしめた。握りしめたハンカチが、手のひらの汗と涙で濡れている。

警官は光代に声をかけようとしたが、慌てているらしく、開いた口をすぐに閉じ、制帽をデスクに置くと、鳴り止んだばかりの受話器を上げた。

「……はい。今、戻りました。……いえ、怪我はないようです。ただ、少し興奮しとるようで。……いえ、その件はまだ何も」

警官の受け答えを聞きながら、光代は藪に隠れている祐一のことを思った。うっすらと雪の積もった藪の中は、どんなに寒いだろう。凍った葉や枝が、祐一のかじかんだ手や頬を刺しているに違いない。

光代が座るベンチの向かいの壁に、この界隈の地図が貼られていた。派出所の場所に赤いピンが留められ、コンビニのある集落も、二人が隠れていた灯台も載っている。

「あの、すいません。お手洗い……」

光代はそう声をかけて立ち上がった。警官が受話器を手で押さえ、一瞬、躊躇いながらも、奥の部屋へと続くドアを開けてくれる。光代は黙礼して中へ入った。ドアを閉めていいのか目配せすると、警官が受話器を耳に戻しながら頷く。光代はドアを閉めた。

そこは六畳ほどの空間で、仮眠用の布団が畳まれていた。

「……おそらく男のほうもまだこの辺にいると思われます。……いえ、長期間隠れられるような場所はないと……」

ドアの向こうから警官の声がする。「ＷＣ」と書かれたドアの横に窓があった。ほとんど衝動的に、光代はその窓を開けた。パイプ椅子を踏み台に光代は窓を乗り越えた。一度も振り返らなかった。派出所裏の低い塀も越えた。民家の庭を抜けると、路地に出た。細い路地の先に山があった。この山の上に灯台がある。祐一が呼んでいるような気がした。急な斜面を這ってでも、あの灯台へ帰ろうと光代は思った。

◇

横を歩きながらも、佳男はこの鶴田と名乗る若者を信じていいのか迷っていた。偶然、増尾との格闘現場に現れ、その後、親切にも病院まで付き添ってくれたあと、実は増尾の友人なのだと名乗る。

佳男はふと気になり、「もしかして、あんたも佳乃を知っとるとね?」と訊いた。ほとんど日に当たっていないらしい白い頬を、寒さに赤く染めた鶴田が、「あ、いえ。僕は直接は……」と言葉を濁す。

鶴田は何も言わずに繁華街のほうへ歩いていく。タクシーも拾わず、地下鉄の駅も素通りするところを見れば、きっとあいつはこの近くの店にいるに違いない。

「あんたも、あの男と同じ大学ね?」

佳男の質問に、鶴田が、「はい」と短く答える。

「あの男とは仲が悪かと?」

「いえ、親友です」

鶴田の答えに、佳男は短く笑った。親友なら、どうしてスパナなんかを持った見ず知らずの中年男を、あの男と会わせようとするのか。

「私は、あの男を殺してやろうっち思うて家を出てきた。あんたにこの気持ち分かるね？」

不思議だった。娘を峠に蹴り出した男の親友相手に、自分の気持ちを伝えようとしていた。

「あんた、両親はおるね？」と佳男は訊いた。

「はい」と、また鶴田が短く答える。

「仲は？」

「あまりよくないです」

きっぱりとした答え方だった。

「あんた、大切な人はおるね？」

佳男の質問に、ふと鶴田が足を止めて、首を傾《かし》げる。

「その人の幸せな様子を思うだけで、自分までうれしくなってくるような人たい」

佳男の説明に鶴田は黙って首を振り、「……アイツにもおらんと思います」と呟く。

「おらん人間が多すぎるよ」

ふとそんな言葉がこぼれた。

「今の世の中、大切な人もおらん人間が多すぎったい。大切な人がおらん人間は、何でもできると思い込む。自分には失うもんがなかっち、それで自分が強うなった気になっとる。失うものもなければ、欲しいものもない。だけんやろ、自分を余裕のある人間っち思い込んで、失ったり、欲しがったり一喜一憂する人間を、馬鹿にした目で眺めとる。そうじゃなかとよ。本当はそれじゃ駄目とよ」

鶴田はじっと立ち尽くしていた。佳男はその背中を押し、「ほら、どっちね？　行かんね」と歩かせた。


鶴田が立ち止まったのは、通りに面した総ガラス張りのレストランだった。よく磨かれたガラスに白いペンキで何語なのかいろんなアルファベットが躍っている。店内では若い女の子たちが、大きなボウルに入ったサラダを突っついている。

佳男は店先で足を止めた鶴田を置いて、一人店に入った。入ったとたん、店内に流れる音楽と厨房で皿の重なる音と客の笑い声が一気に耳に飛び込んでくる。

手前のテーブル席に増尾の姿はない。厨房を囲むカウンター席にもいない。佳男は案内に来たウェイトレスを無視して、奥へ進んだ。ソファ席に若い男が二人おり、こちらに顔を向けている。その前でこちらに背を向けて何やら喋っている増尾を見上げ、喉の奥まで見せて笑っている。

佳男は真っすぐに進んだ。増尾は気づかず、前の二人に向かって身ぶり手ぶりで何か喋っている。

「……でな、そのおっさんがいきなり摑みかかってきて、『お前のせいで、むしゅめが死んだ～！』って。なんかもうマジ本気。マジ必死。ハハッ。マジ笑うぞ、あのおっさんの顔見たら。ほら、たまに、松ちゃんとかが真似するおっさんがおるやろ？」

目の前で増尾の話に二人が笑っている。ただ、何が可笑《おか》しいのか佳男には分からない。殺された娘のために、必死になった父親の顔が、なぜそんなに可笑しいのか分からない。

佳男に気づいた二人が、ちらっと視線を向け、つられて振り返った増尾が、一瞬、息を吞む。

分からない。人の悲しみを笑う増尾のことが分からない。増尾の話に笑うこの二人の若者のことが分からない。佳乃を誹謗《ひぼう》中傷する手紙を送りつけてきた人間たちのことが分からない。佳乃をふしだらだと決めつけたワイドショーのコメンテーターが分からない。

「佳乃」と、佳男は心の中で娘の名を呼んだ。

お父ちゃん、よう分からんよ。

目の前に増尾は突っ立っていた。声も出せず、顔からは血の気が引いていた。懐で強く握ったスパナが、なぜかひどく軽かった。

「可笑しかね？」と、佳男は訊いた。

本気で訊いてみたかった。増尾が一歩後ずさる。

「そうやって生きていかんね」

ふとそんな言葉がこぼれた。

「……そうやってずっと、人のこと、笑って生きていけばよか」

途方もなく悲しかった。憎さなど吹っ飛んでしまうほど悲しかった。

増尾たちはきょとんとしている。佳男はスパナを懐から出すと、増尾の足元に投げた。そしてもう何も言わずに、その場をあとにした。


その日、佳男が久留米市内の自宅に戻ったのは、午後四時を少し回ったころだった。二日も家をあけ、ただでさえ泣き暮らしている妻の里子が、どれほど心配していたかと思うと、申し訳なさに胸が痛んだ。

少し離れた駐車場に車を入れて、重い足取りで自宅へ向かった。佳乃がいなくなってから、何をする気力もなかった。自分を笑う増尾を前にして、結局、何もせずに帰ってきた自分が、間違っていたのか、正しかったのかも分からない。

駐車場からの路地を出たとき、遠くに「理容イシバシ」が見えた。一瞬、佳男は自分の目を疑った。佳乃が亡くなって以来、一度もスイッチを入れていない店の回転灯が、くるくると回っているように見えたのだ。

佳男は半信半疑ながら足を速めた。近づけば近づくほど、回転灯が回っているのがはっきりと分かる。

佳男は駆け出した。店の前で息をつき、ドアを開けた。店内に客の姿はなかったが、白衣姿の里子がそこにいて、洗い立てのタオルを畳んでいる。

「お前が……、お前が、店、あけたとか？」と佳男は訊いた。

とつぜん店に駆け込んできた佳男に驚いた里子が、「……あ〜、びっくりした〜」と目を丸くしながらも、「私があけんで、誰があけるんね？　あ、そうそう、さっき、園《その》部《べ》さんが刈りにきたよ」と微笑む。

「お前が刈ったとか？」

ここ数年、客の髪を触るのも嫌がって、店に出て来なかった妻だった。その妻が、白衣を着て、目の前に立っている。

「心配したろ？」と佳男は訊いた。

タオルを畳みながら、里子は黙って首を振った。

「……ただいま」と佳男は言った。

二人の足元に、「理容イシバシ」と書かれたドアの文字が、夕日に照らされ、影になっていた。

◇

包装を断り、房枝は店内でスカーフを巻いた。無造作に巻こうとする房枝に、店員が「結び巻き」という巻き方を教えてくれた。房枝は代金を払って店を出た。たかがスカーフ一枚なのに、背筋が伸びるようだった。

衣料品店から公園を横切り、バスターミナルの裏へ出た。夜になると屋台が並ぶ通りだが、まだ時間が早く、トタンと鎖で頑丈に閉じられた屋台がいくつか、道ばたに並んでいる。

通りの先には大きな時間貸しの駐車場があり、その先に賑《にぎ》やかな中華街がある。あのとき、男たちに囲まれた部屋の窓から、この駐車場が見えた。恐ろしくて顔も上げられなかったが、ときどき優しい口調になるリーダー格の男が、熱いお茶を一杯持ってきてくれたとき、一瞬だけ、窓の外を盗み見たのだ。

通りを進み、駐車場のフェンスまでやってきた房枝は、一度、ごくりと唾を呑み込んでから、ゆっくりと振り返って、背後のビルを見上げた。

どこにでもある古い雑居ビルで、中二階への狭い階段があり、エレベーターの青い扉の下部だけが見える。

中華街へ食事に行くのか、若い父親が幼い女の子を肩車して歩いてくる。女の子はサンタクロースのような帽子のかぶり心地が悪いらしく、それを取ろうとしては、横を歩く母親に直されている。

房枝は手首にかけていたバッグをしっかりと握ると、もう一度深呼吸して足を出した。自分ではしっかり歩いているつもりなのに、まるで水に浮かべた板の上を歩いているような震えが伝わってくる。

房枝は薄暗い雑居ビルに入った。タイルが剝《は》がれかけた一段目の階段に足を乗せると、思わずからだが逃げ出しそうになり、慌てて黒光りする手すりを摑んだ。

祐一、あんた、どこにおると？

房枝は階段を一段上がった。

何があっても、ばあちゃんはあんたの味方やけん。

もう一段上に足を乗せた。

あんたも、正しかことしなさいよ。あんたも、怖かやろ？　でも逃げたら駄目。ちゃんと、正しかことばしなさいよ。ばあちゃんも、負けんとやけん。

房枝はエレベーターのボタンに触れた。バッグの重みで、腕が震える。扉はすぐに開いた。三人も乗れば一杯になるような、ひどく小さなエレベーターだった。房枝は中に入って、三階のボタンを押した。扉が閉まるまで、何度も何度も押し続けた。

エレベーターの扉が開くと、房枝は薄暗い廊下へ出た。廊下の突き当たりに一つドアがある。

祐一、逃げたら駄目よ。怖かやろうけど、逃げたら駄目よ。逃げたってなんも変わらん。逃げたって誰も助けてくれんとよ。

気がつけば、房枝はそう呟きながら狭い廊下を進んでいた。ドアの前に立つと、室内から男たちの笑い声がする。ここへ来て、からだが硬直した。室内から男たちの笑い声に混じって、テレビの音が聞こえた。ジェットコースターに乗っているのだろう、轟音《ごうおん》と共に女の子の悲鳴が聞こえ、女の子が悲鳴を上げれば上げるほど、それを見ている男たちの、生の笑い声がすぐそこでする。

房枝は奥歯を噛み締め、冷たいドアノブを回した。鍵はかかっておらず、すっと開いたドアの隙間から、煙草の匂いが漂ってくる。

ドアが完全に開くと、テレビを囲んだソファにふんぞり返る三人の男たちの背中があった。すぐに一番若そうな男が、入口に突っ立っている房枝に気づき、「はい？」と面倒臭そうに声をかけてくる。房枝は一歩踏み出した。震えているのが自分なのか、床なのか分からない。声をかけてきた男が立ち上がり、他の二人も房枝を見つめる。

「ばあさん、何ね？」

立ち上がった若い男が近寄ってくる。あとの二人はすでに視線をテレビに戻している。

「年間契約するつもりは、なかですけん……」

房枝は必死の思いで呟いた。聞き取れなかったのか、近寄ってきた男が、「は？　なんて？」とでかい声を出す。

「年間契約なんて、する気はなかですけん！　取り消して下さい！」

房枝は叫んだ。今にも気を失いそうなほど、視界がゆらゆらと揺れて見えた。房枝の叫び声に、ソファの二人がまた振り返る。

「取り消してくれんですか！　うちにはそげん金は、なかですけん、取り消してくれんですか！」

房枝は唾を飛ばして叫んだ。

振り回したバッグが棚に当たった。必死な房枝を見て、男三人が笑い出す。でも、その声が房枝には聞こえない。

「……これまで必死に生きてきたとぞ。あんたらなんかに……、あんたらなんかに馬鹿にされてたまるもんか！」

そう叫ぶと、房枝は荒い息のまま部屋を出た。左右の壁に何度もぶつかりながら廊下を進んだ。追いかけてくるなら来い、笑いたければ笑え、と思った。閉まったドアの向こうからは、追ってくる足音も、笑い声も聞こえなかった。薄暗い廊下は、身が竦むほど静かなままだった。

◇

今、夕日が水平線に触れた。祐一は断崖の突端に立ち、夕日の中へ飛び込んでいく二羽の海鳥を目で追った。

祐一は日が沈むのを待たずに、灯台の管理小屋へ戻った。決して暖かい部屋ではないが、それでも断崖に立っていた自分のからだが、どれほど冷えていたかは分かる。

床に敷かれたベニヤ板に、光代が畳んだ寝袋が置いてある。光代が飲んだオレンジジュースのパック、光代が食べたチョコレートの箱、光代が並べた小石もある。

祐一は畳まれた寝袋に腰を下ろした。埋もれた尻に、ベニヤ板を通してコンクリートの冷たさが伝わってくる。

藪の中に身を隠していると、葉に積もった雪が首筋に落ちてきた。冷たくて、肩をすぼめると、とけた雪がツッと背中を流れた。コンビニで買い物をするだけにしては、光代の帰りが遅かった。心配になり、祐一は藪を出た。表通りに出る寸前、とつぜんバス停のほうから警官が一人歩いてきた。祐一は咄嗟に電柱の陰に隠れた。警官は通りの向こうにある掲示板に何か貼ると、またバス停のほうへ戻っていく。

しばらく様子を窺い、また表通りに出ようとしたときだった。今度はサイレンを鳴らしたパトカーが走ってきた。祐一は慌ててまた電柱の陰に隠れた。

五分待っても、十分待っても、光代は戻ってこなかった。もしかすると、光代もパトカーに気づき、神社のほうから灯台へ戻ったのかもしれないと思った。祐一は雑草を掻き分け、山を上った。しかし、いくら待っても光代は戻ってこない。

ベニヤ板に光代が並べた小石を、祐一は指で弾《はじ》いた。何か意味があったのか、大きさも色も違う小石が、一直線に並べてある。祐一はすべての小石を手のひらで掬《すく》った。握り合わせると、手の中でゴリゴリと小石が砕ける音がする。

光代……。

小石を砕きながら、祐一は名を呼んだ。それ以外、どんな言葉も浮かんでこなかった。麓《ふもと》のほうが騒がしくなったのは、そのときだった。普段、麓の気配がここ山頂の灯台まで届くことはないのだが、何か不吉な騒ぎが、山肌を伝わってくる。

祐一は小石を握りしめたまま、外へ飛び出した。すでに日は落ち、闇が海と山との境を消している。微かに見える麓の町の明かりの中を、パトカーの赤いライトが走り抜ける。一台ではない。あっちからも、こっちからも、麓の町に赤いライトが集まってくる。波のようなサイレンが、山の底で鳴り響く。

　麓の騒ぎのせいか、山の静けさが際立った。祐一は騒がしい麓から目を転じ、背後に屹立《きつりつ》する灯台を見上げた。使われていない灯台は、夜空を支えるように聳《そび》え立っている。

　幼いころ、母親に置き去りにされ、じっと眺めていた対岸の灯台がふと思い出された。

　あのとき母親は、「すぐに戻ってくるけんね」と告げて姿を消した。祐一はその言葉を信じた。でも、いくら待っても、母親は戻ってこなかった。きっと自分が何か悪さをしたからだろうと思った。それが何だったのか必死に考えた。でも、いくら考えても、母を怒らせた理由が見つからなかった。

　あれは最終のフェリーが出ようとしたころだった。待ちくたびれて岸壁沿いを一人で歩いていると、駐車場のほうから一人の女の子が駆け寄ってきた。歩けるようになって間もないのか、勢いのついた自分の足を、どう扱えばいいのか分からないようだった。駆け寄ってきた女の子を、祐一は抱きとめた。ほっとした女の子の顔を、祐一は未だに覚えている。あとを追いかけてきた父親が、娘を抱え上げようとすると、女の子が手に握っていたちくわを、祐一のほうに差し出した。祐一は断ったが、その父親が、「さっき買うたばっかりやけん、食べんね」と手渡してくれた。祐一は礼を言って受け取った。

　考えてみれば母親がいなくなり、翌朝、フェリー乗り場の係員に発見されるまでの間、唯一《ゆいいつ》口にしたのがあのちくわだった。

祐一は見上げていた灯台に、握りしめていた小石を投げた。光代……、とまた名を呼んだ。大小の小石がばらばらに飛び、一番大きな小石だけが灯台の根元に当たる。

あのパトカーに、光代が乗っとったのかもしれん。光代が捕まったのかもしれん。捕まったのなら、すぐに助けに行かんばいけん。すぐに行って、「光代は、俺が勝手に連れ回しとっただけです。俺が脅して連れ回しとっただけです」と。……いや、そうじゃない。光代は戻ってくる。警察になんか捕まるわけがない。コンビニでたくさん食料を買い込んで、「ごめんね、遅うなって」と笑顔で戻ってくる。「すぐに戻ってくるけんね」と言ったのだ。そう言って、笑顔で別れたはずなのだ。

祐一は足元の石を拾うと、灯台に投げつけた。

光代の不在が、胸を抉《えぐ》るようにつらかった。光代もまた、今どこかで一人きりなのだ。こんな思いを、光代にだけはさせたくない。こんな思いは、自分だけで充分だった。

◇

摑んだ樹肌が剝がれて、爪の間に刺さった。光代は痛みを我慢して、細い枝を握り直し、岩に足をかけた。

森の中は真っ暗で、どこに足を置いても枯れ木を踏んだ。枯れ木ならばいいが、苔《こけ》むした岩に足を滑らせ、もう何度もぬかるんだ地面で転んでいた。

派出所の窓から逃げ出して、灯台のある山頂だけを目指した。途中、民家の庭を抜けたとき、縁側に立っていたおばあさんに声をかけられたが、振り向きもせず塀を乗り越え、真っ暗な山の中へと足を踏み入れた。

樹々の枝葉に積もった雪のおかげで、微かに視界が明るく見えた。ただ、その雪の冷たさで、もう指先には感覚がない。

顔を上げれば、樹々の先に空が見える。あそこまで行けば、祐一が待つ灯台がある。摑んだ草には棘《とげ》があった。細い枝が何度も撓って、顔を叩いた。

それでも光代は岩に手をかけ、崖を上った。パトカーに乗せられたときの悲しみが、少しでも足を止めると、下から追いかけてきそうだった。自分が何をしているのか、自分が何をしたのか、もう考える気力はなかった。ただ、もう一度、祐一に会いたかった。今、ここに、祐一がいないことがつらかった。灯台で自分を待っている祐一に、これ以上、寂しい思いをさせたくなかった。

自分のどこに、こんな力があるのか分からない。自分のどこに、こんなにも誰かを愛する力があったのか知らなかった。

「祐一！」

冷たい枝や葉で顔を打たれるたびに、光代は唇を嚙み締めて、祐一の名を呼んだ。

祐一は灯台で私を待っている。絶対に待っている。これまでの人生で、そんな場所があっただろうか。私を待っている人がいる。そこへ行けば……、そこへ行きさえすれば、私を愛してくれる人がいる。そんな場所があっただろうか。もう三十年も生きてきて、そんな場所があっただろうか。私はそれを見つけたのだ。私はそこに向かっているのだ。

光代はもう感覚もなくなった手で、冷たい枝を掴み、濡れた崖を上った。

◇

この日、九州北部の気温は、摂氏《せし》零度を下回った。九州自動車道は午後五時の段階で、全面的な制限速度の見直しに踏み切った。山間部ではチェーン規制が敷かれ、都市部でも霜の降りるところがあった。夕方のニュースでは、夜間に大雪と予報が出され、都市部での交通麻痺《まひ》が懸念《けねん》された。福岡と佐賀の県境に位置する三瀬峠が、通行止めとなったのは、午後五時半を回ったころだった。その情報は、芸能ニュースを伝えるテレビ画面に、ふいにテロップで現れ、すぐに消えた。

ちょうどそのころ、一人の老婆がある港町の派出所にやってきた。つい二十分ほど前、自宅の庭を抜け、裏山に入っていく若い女性を見たと言うのだ。老婆の話を受けて、ひどく青ざめていた警官は慌てて地図を広げた。いつもはひっそりとした港町の派出所に、この日はなぜか大勢の警官たちが集まっていた。

老婆の自宅庭から裏山を上っていけば、今は使われていない灯台がある。集まっていた警官たちの指が、地図の上で重なった。

「『どこ、行くとね?』って、声かけたとばってんねぇ、振り向きもせんで山に入って行ったとやもんねぇ」

のんびりとした老婆の説明は、派出所を飛び出していく警官たちの耳には入らなかった。

同じころ、山を下りる決心をした祐一は、灯台の管理小屋で寝袋を片付けていた。山を下りれば逮捕され、寝袋など使う機会はないのだが、それでも無意識に寝袋を背負った。蠟燭を消した小屋の中は真っ暗だったが、吐く息の白さは見えた。

管理小屋を出ると、麓の町の騒がしさが増していた。さっきまで町の中を点々と走り回っていたパトカーの赤いライトが一列になり、麓から灯台へ向かってくる。

祐一は全身から力が抜けた。立っているのがやっとだった。

そのときだった。真っ暗な藪の中で枝が揺れ、か細く自分の名を呼ぶ光代の声がした。

「光代！」と大声で呼ぶと、「祐一！」と、光代の声が返ってくる。枝が揺れ、葉に積もった雪が落ちる。祐一は柵を越え、真っ暗な藪の中へ飛び込んだ。

光代は髪の毛に枯葉をつけ、折れた枝をつけ、指先は血まみれで、目元は涙と雪で濡れていた。

「戻ってきたよ……」と、弱々しく微笑む光代を、祐一は抱えるようにして柵を越えさせた。

「……やっぱり、祐一と離れとうない」

そう呟く光代の、かじかんだ指に、祐一は咄嗟に息を吹きかけた。

「私、逃げてきた……。あのまま祐一と離れ離れになるなんて……」

光代の冷えきったからだを、祐一は強く摩《さす》った。冷たい自分の手が温かく感じられるほど、光代の頬が冷たかった。

光代の肩を抱いて、管理小屋に入ろうとすると、ふと足を止めた光代が、麓から一列になって林道を上がってくるパトカーの赤いライトに気づく。赤いライトの列は、確実に灯台に近づいていた。いくつものサイレンがこだまする。祐一は光代の背中を押した。

小屋に入って、背負っていた寝袋を祐一は広げた。疲れ切った光代を座らせると、光代が首にしがみついてくる。またサイレンの音が近くなる。

「……ごめんねぇ、何もしてやれんで、ごめんねぇ」

首にしがみついた光代が声を上げて泣く。

「結局、捕まってしまうとに、私がわがまま言うたけん……、一緒に逃げてって、私さえわがまま言わんかったら……」

しゃくり上げる光代を、祐一は抱きしめた。

「祐一のために何もしてやれんくせに、一緒におってなんて……、こんな馬鹿な女やのに、こうやって優しゅう抱いてくれて……、何も言わんで抱いてくれて……。私、つらか。祐一に優しゅうされたら、私、つらか。何もしてやれん自分が悔しか。私が、悪かとよ。……私が悪かと。あのとき、祐一、警察に行くって言うたとに……。私が悪かとよ。祐一ば止めた、私が悪かとよ」

祐一はしゃくり上げる光代の言葉を、ただじっと聞いていた。光代の泣き声が高まるごとに、サイレンの音も高まってくる。一列になったパトカーが、二人の灯台へ近づいてくる。

祐一は首にしがみつく光代の腕を、無理にといた。一瞬、きょとんとした光代が、祐一の胸に顔を埋《うず》めようとする。それを祐一は拒絶した。拒絶して、真っすぐに光代の濡れた瞳を見つめた。

管理小屋のガラス窓から、赤いライトが差し込んでくる。差し込む赤いライトが、泣き濡れた光代の頰を染める。赤いライトに気づいた光代が、祐一にしがみつこうとする。

警官たちの足音が近づいてくる。

「俺は……、あんたが思うとるような、男じゃない」

祐一はしがみつこうとする光代のからだを乱暴にベニヤ板の上に倒した。

光代の短い悲鳴が響く。警官たちの懐中電灯が、ガラス窓の向こうで交差している。

そのとき祐一は光代のからだに馬乗りになり、その冷たい首筋に手をかけた。

目を見開いた光代が、何か叫ぼうとする。祐一は目を閉じた。光代の首筋にかけた手に力を込めた。背後でドアが開く。いくつもの懐中電灯が、そんな二人の姿をとらえた。

◇

あれはいつごろやったのかなぁ。あの人が作ってきてくれる弁当を、まだ楽しみにしとったころやけん、出会って間もなかったと思うんですけど……。いつものように、あの人の弁当を店の個室のベッドで食べとって、何の話からやったかなぁ、お互いの母親の話になったんですよ。

私自身、そんな話をしたことなんて、すっかり忘れとったんですけど、ほら、あの人が逮捕された直後から、また思い出したようにワイドショーやなんかで大きく取り上げられたでしょ？　そのときテレビに出とったあの人のお母さんが、もの凄《すご》い剣幕で、「私は私なりに、充分に罰は受けたとですよ！」って、インタビュアーに食ってかかっとって、なんかそれを見とったら、ふと思い出したんです。そのときのことを。

私は母一人娘一人で育ったけん、あんな仕事しながら言うのもヘンやけど、母親にだけは心配かけたくないって思っとって、そんなことをあの人に言うたと思うんですけど、そしたらあの人が急に真面目な顔をして、「ここだけの話やけど、俺、おふくろに会うたら金せびる」って言ったんですよ。

別に珍しい話でもないし、私、「ふーん」って生返事したんですけど、真面目な顔でそう言うってことは、悪いと思うとるんやろうし、次は反省の弁でも出てくるんやろうなぁって。正直、退屈な話になりそうやなぁって。

でも、あの人、私の予想とは違って、「欲しゅうもない金、せびるの、つらかぁ」って言うたんですよね。だけん、「じゃあ、せびらんならいいたい」って、私が笑うたら、あの人、ちょっと考え込んで、「……でもさ、どっちも被害者にはなれんたい」って。

一瞬、意味が分からんで、訊き返そうかと思うたんですけど、ちょうどそのとき制限時間になってしもうて、電話がかかってきたんですよ。

話はそれきりでしたね。そのあと何度も弁当持って来てくれたけど、お母さんの話になることはなかったと思います。

最近、テレビや雑誌で、あの人や、最後まであの人と一緒におって殺されかけたって女性の供述みたいなのが、大きく扱われとるじゃないですか。あれを見たり、読んだりするたびに、なんか引っかかるとですよ。「……でもさ、どっちも被害者にはなれんたい」って言うたときのあの人の顔が。

だからかな、最近、あの人に最後まで連れ回されてたっていう佐賀の女性と、私、ちょっと会ってみたい気がするんですよね。どうしても、あのときのあの人の顔が気になって……。

もちろん、私なんかが会って、何を話したって、何も変わらないのは分かってるんやけど。たとえば、手紙をその人に送るとか……。いや、でもやっぱり、私なんかが出しゃばることとないですよね……。

もちろん、あの人の供述通り、峠でも、灯台でも、衝動的に殺意を抱いたのかもしれませんしね。実際、そういう男やったのかもしれんとやけど……。

結局、やっと出した店は先月で閉めました。オープンしてすぐに病気なんて、運もなかったんだと思います。……で、今はまた、昔の仕事です。自分の店を出したときに貯金は全部使ってしまったし、でも、生活費は店を閉めたその日からいるし……。年齢のことを考えると、怖いですけど、今はそれしかできそうにないし……。

◇

この前もお話しした通りです。他に付け加えることも、訂正することもありません。女性を追いつめることに快感を覚えとったんです。追いつめた女性が、苦しむところを見ることで、性的に興奮しとったんです。

自分では気がついとらんだけで、自分の中にそういう気持ちがあったんだと思います。たぶん、それを最初に答えたときの供述が、新聞や雑誌で大きく報じられたんやろうと思います。だけん、間違いなく自分の言葉です。自分はそういう男なんです。

最初から、石橋佳乃さんを殺すつもりで、追いかけたわけじゃありません。約束しとったのに、「今日は時間がない」って急に言われて、その上、目の前で別の男の車に乗り込んだけん、一言謝って欲しかっただけです。それで追いかけて……。でも峠で佳乃さんが車から蹴り落とされて……。助けようとしたけど、佳乃さんに拒絶されて、警察に訴えるって言われて、気づいたら、首を絞めとったんです。

もしかしたら刑事さんたちが言うように、あんとき初めて、苦しんどる女の人に性的な興奮ば感じる自分に気づいたのかもしれません。それが理由に、自首するわけでもなく、また別の女の人を探して、偶然連絡があった馬込光代さんと会う約束をしたんです。

捕まったばっかりのころ、馬込さんが自分の意思で俺について回っとったって証言したらしかけど、それも、俺が馬込さんを脅迫して、精神的に追い込んどったせいやと思います。馬込さんに、佳乃さんを殺したことを告白することで、自分という人間が凶悪な男で、簡単には逃げられんぞって、馬込さんに思わせて、服従させようとしたんです。

実際、馬込さんは俺の言いなりやったし、金もなかったけん、馬込さんと一緒に逃げるのは自分にとって都合良かったんです。

馬込さんが俺の肩を持って、「脅迫されたり、乱暴されたりしたわけじゃない」って証言したらしかけど、やっぱりそれも刑事さんたちが言うように、彼女の恐怖心が、俺から解放されてもすぐにはとけんやったせいで、逆に言えば、それだけ自分が馬込さんを恐怖で支配しとったんだと思います。

一緒におるとき、馬込さんはいつもビクビクしてました。佳乃さんを殺した状況を話したときも、無理やりラブホテルに連れ込んだときも、車の助手席でも、灯台に着いてからも、ずっとビクビクしとって、そんな追い込まれた馬込さんを見て、自分は興奮しとったんです。

逮捕された翌朝に祖父が死んだことは、刑事さんから聞かされました。せっかくここまで育ててもろうたのに、最後の最後にこんな目に遭わせてしもうて、本当に申し訳ないと思っとります。

　もちろん祖母に対しても同じ気持ちです。祖母が、石橋さんの家にも、馬込さんの家にも、謝罪に行ってることは知ってます。両方ともまだ会ってもらえんでいることも……。

　祖母は一人では何もできん気の弱い人だけん、それを考えるだけで……。祖父や祖母には何の罪もないとです。何の罪もないとに……。

　佳乃さんのご両親には、自分も手紙を書かせてもらってます。返事はないです。でも、返事なんかもらえるわけないし、もっと言えば、自分なんかには手紙を書く資格もないんです。謝っても謝っても謝りきれるもんじゃありません。どんな理由があったにしろ、もう取り返しのつかんことを自分はしたんです。自分が死んで詫びるべきだと思います。それ以外、自分のような人間には何もできんと分かってます。でもそれができるまでは、ただただ手を合わせて、謝り続けるしかありません。

　馬込さんに関しては、もちろん悪いことをしたと思ってますし、もうちょっと警察が来るのが遅かったら、佳乃さんと同じ目に遭わせとったはずです。間違いありません。いや、初めて会うたときから、ずっとそういう場面や感触を想像しとったのかもしれません。

　何度も言いますけど、自分は馬込さんのことなんか、初めからぜんぜん好きじゃなかったんです。ただ、一緒に逃げるときの金ヅルとして、そういうふりをしたこともありました。そういうふりをしとるうちに、自分でも勘違いしてしまって、それが自分の本心のように思えとったんです。

でも、今、考え直したら、別に馬込さんじゃなくてもよかったんです。馬込さんじゃなくても……。

ただ、もし馬込さんに会うてなかったら……。

もし、あの人に会うてなかったら……。

あの晩、石橋佳乃さんに、「警察に通報してやる！」って叫ばれたとき、どんなに嘘だって俺が言い張っても、誰も信じてくれんような気がしました。自分の言葉が、世界中の誰からも信用されんような気がしたんです。それが恐ろしゅうして、ついあんなことをしてしもうたんです。だけん、自分がしてしまったことを、心のどこかで素直に認めきらんやった……。だけん、逃げるような卑怯《ひきょう》な真似をしてしもうた……。

でも、今は違うんです！　俺の言葉を信じてくれる人はおる。それが分かったんです。だけん、今は言えるんです、自分が殺人犯だって。佳乃さんを殺して、馬込さんを連れて逃げた殺人犯だって、……堂々と言えるんです。

あの、最後にちょっといいですか。

馬込さんが前の職場に戻られたって聞いたんですけど、本当ですか？

このあと、馬込さんに会われるんですよね？

俺が言うのは筋違いやけど、馬込さんには、早う事件のことを忘れてくれって……、馬込さんなりに幸せになってくれって……、彼女に、そう伝えてもらえませんか。もう二度と会えんやろうけど、そう伝えてもらうだけでよかけん。

俺のこと憎んどるやろうけど、俺の言葉なんか聞きとうもないやろうけど、そう伝えるだけで、そう伝えてもらうだけでよかけん……。

◇

最近、また妹とアパートで暮らすようになったんです。会社の人たちの尽力で、今月から職場に戻ることもできました。

昔のまんまです。あの人と出会う前の生活のまんま。

事件直後は、テレビや雑誌の人たちが、実家に大勢押し掛けてきて、私も混乱しとったけど、今はもう、毎朝八時に起きて、自転車で職場に行って、夕方アパートに戻って、妹と二人分の夕食作って……。

この前の休日には、近所のショッピングセンターで、久しぶりに好きな歌手のＣＤを一枚買いました。自分でも最近は少し落ち着いてきたと思います。

あの人が事件のことをどう言っとるのかは、捕まってすぐのころから、刑事さんたちにいろいろと聞かされてました。もちろん最初は信じられんかった。「女性を追いつめて苦しむところを見たかった」とか、「私を連れて逃げたのは、金を出させる目的やった」とか……。

いくら聞かされても信じられんかった。でも、結局、私だけが舞い上がっとったんじゃないかと思うようになりました。馬鹿みたいに舞い上がっとった私を、あの人が本当に利用しただけなのかもしれんって。

ただ、あの人の証言がテレビや雑誌で大きく扱われるようになったおかげで、実家の窓に石を投げられることもなくなったし、未だに職場には興味半分で私を見にくる人もおりますけど、それでも前みたいに、道ですれ違っただけで嫌な顔されることはなくなりました。

一緒に逃げとった女じゃなく、無理やり連れ回されとった被害者になったわけですから……。

妹たちには、「別の街で暮らしてみたら」なんて言われたけど、あの人と逃げようとしたときでさえ、どこへも行けんかった女なんですよ。他に行くところなんてないんですよ。

最近では事件の記事を雑誌で読むこともあります。ただ、いくら読んでも自分じゃない誰か別の女性のことが書かれとるようで……。

現実逃避しとるわけじゃないんです。ちゃんと思い出そうとしても、やっぱり自分じゃない誰か別の女性が、そこで動いとるようにしか思い出せないんです。

自分がどういう女なのか、あの事件の間、ずっと忘れとったような気がします。何にもできん女のくせに、何かできると思い込んで……。それまでもずっと、何もできんかったくせに……。

　この前、初めて三瀬峠の、石橋佳乃さんが亡くなった場所に、花をお供えさせてもらいました。ずっと行く勇気がなかったけど、自分には行く義務があると思うて……。

妹なんかは、「あんたも同じ被害者なんやけん、無理に行くことない」って言うけど、あのとき、呼子のイカ料理店で、あの人からその話を聞かされたとき、私、許したんですよね。自分のことしか考えられんで、どんな理由があったにしろ、あの人が佳乃さんの人生を暴力で断ち切ったことを、許してしもうたんですよ。

　私には一生をかけて、佳乃さんに謝り続ける義務があると思います。

　佳乃さんが亡くなった場所は、昼間でも薄暗くて、寂しいカーブでした。供えられた花は枯れとったけど、誰が置いていったのか、目印のようにオレンジ色のスカーフが、ガードレールに巻かれてました。これから月命日には、必ず謝りに行くつもりです。もちろん、そんなことで許してもらえるはずもないけど……。

　あの人のおばあさんとは、まだ一度も会ってません。もう何度も、実家を訪ねてきてるそうやけど、正直なところ、どんな顔で会えばいいのか分からないんです。おばあさんには何の責任もないんです。それだけは伝えたいと思っとるんですけど……。

　あの人の裁判の経過とかは、なるべく耳に入れないようにしています。もちろん最初は、あの人が嘘をついとるって……、あの人に脅迫されとったわけでも、マインドコントロールされとったわけでもないって……、私たちはほんとに愛し合っとったんだって反論したとやけど、世間でさかんに言われるように、出会い系サイトで会ったばかりの女を、本気で愛せる男なんておらんですよね？　愛しとったなら、私の首を絞めるはずがないですもんね？

でも、あんな逃げ回っとるだけの毎日が……、あんな灯台の小屋で怯えとるだけの毎日が……、二人で凍えとっただけの毎日が、未だに懐かしかとですよ。ほんと馬鹿みたいに、未だに思い出すだけで苦しかとですよ。

きっと私だけが、一人で舞い上がっとったんです。

佳乃さんを殺した人ですもんね。私を殺そうとした人ですもんね。

世間で言われとる通りなんですよね？　あの人は悪人やったんですよね？　その悪人を、私が勝手に好きになってしもうただけなんです。ねぇ？　そうなんですよね？

解説　光について

斉藤壮馬

光について、書いてみようと思います。

この場所に生まれたから、この環境に育ったから。ある人はそれを言い訳にし、ある人はそれを振り払おうとする。しかし誰もが大きな流れの中に回収され、結局抜け出せない……その「どうにもならなさ」が、全体を覆う陰鬱なムードを形作っている。『悪人』を読んで最初に抱いたのは、そんな感覚でした。

もし発売直後に読んでいたら、まったく違った感想を抱いたことでしょう。単行本の刊行された二〇〇七年、ぼくは十六歳の少年でした。地方に住み、ここではないどこかに焦がれていたあのころ……。当時手に取っていたら、ものすごくリアルで同時代的な物語として受け止めたかもしれません。けれど、時が流れ、三十歳になった今、もっとも強く感じたのは、鈍色のトーンで覆われた世界にごくうっすらと射し込む、光の存在でした。

ここから先は内容について言及してしまうので、本編を未読の方はぜひ先にそちらをお読みいただければと思います。

陰鬱な世界と、そこに射す光。

まずは、作品全体の雰囲気について考えてみましょう。『悪人』では、心苦しくなるエピソードが多数描かれています。登場人物たちも決して一面的ではありません。たとえば、自分はこんなもんじゃないと思いながら、ハイレベルの男に取り入ろうとする佳乃。親の金で裕福に暮らし、周りを見下す増尾。増尾に複雑な思いを抱きながらも友人を続けている鶴田。誰もが心にもやを抱え、どこか苦しいと思いながら、現状を変えられずにいる。様々な人物が交錯していく中で、ぼくの心も次第に仄暗い色彩を帯びていきました。

中でも考えさせられたのが、主要人物である清水祐一の祖母・房枝さんが繰り返すフレーズ、「馬鹿にされてたまるか」。

慎ましやかな生活を送っていた彼女はある日、町の外からやってきた男たちに騙され、高額な商品を買う契約をさせられます。

クライマックス付近、それまで男たちの剣幕に何もできなかった彼女は、「馬鹿にされてたまるか」と己を奮い立たせ、毅然とした態度で立ち向かいます。懸命に生きる人がわずかな勇気を振り絞るシーンの、苦しさと爽快感がないまぜになっている描写が印象的でした。

けれど、しばらく噛み締めたのち、愕然としました。どこかすかっとした自分は、同時に心の中で「こいつらに罰がくだってほしい」と考えていたのだ、と気づいたからです。

　もちろんエンタテイメントをどう楽しむかは自由だし、その醍醐味のひとつは、登場人物に感情移入をして、困難に打ち勝つのを見ることでもあるでしょう。だからこれは、ぼくの勝手な妄想、深読みにすぎません。けれど……タイトルの『悪人』とあわせて考えたとき、こう問いかけられているように感じたのです。

　自分が誰かを罰して当然だと思っていませんか？

　自分が馬鹿にされるのは嫌なのに、誰かは馬鹿にしてもいいのですか？

　無論、その是非についてここで考えてみるつもりはありません。しかし、書かれた当時から様々な状況が変化した二〇二一年においても、この小説の内包する数多の問いはその鋭さをまったく損なっていない、ということはできると思います。

　さて、ここまで見てきたように、この物語は陰鬱な雰囲気をたたえています。けれど一方で、ごくわずかな刹那、鈍色の世界に光が射す瞬間があるとも感じました。そしてぼくは、そこに強く惹かれたのです。光の具体的なイメージは――逃避行の果てに行き着く場所。

　灯台です。

　物語中盤、「どうしようもなさ」を抱えた女性・馬込光代は、出会い系サイトで清水祐一と知りあいます。「選り分けられたら、必ず悪いほうへ入れられてしまう」と思っていた光代は、その後偶然の連鎖により、バスジャック事件に巻き込まれるのを回避します。そして、「きっと生まれて初めて、良い方に選り分けられたのだ」と感じ、まだ会ってもいない祐一に想いを馳せます。


彼の何がそう思わせたのか分からないが、彼とメールを交わしていると、あの日、あのバスに乗らなかった自分でいられた。何の確信もなかったが、ここで勇気を振り絞れば、もう二度とあのバスに乗らずに済むような気がした。

光代は差し込む冬の日差しの中、昨夜最後に送られてきたメールを改めて読んだ。

〈じゃあ、明日、十一時に佐賀駅前で。おやすみ〉

簡単な言葉だったが、キラキラと輝いて見えた。

今日、これから私は彼の車でドライブする。灯台を見に行く。海に向かって立つ、美しい灯台を二人で見に行く。


ここで、彼女の考え方が「正しい」だとか「よい」だとかいうつもりはまったくありません。けれど少なくともぼくは、光代の「どうしようもなさ」の日常に、ほんのひとひらの光が射したように感じたのです。

それからふたりは旅に出ます。いつか必ず終わることがわかっている、かなしい逃避行に。

祐一は秘密を抱えており、それをひた隠しにしています。一方光代は、かすかに見えた(ように思えた)光を——希望を探し求めます。

「ねぇ、今日はどっかに泊まって、明日、仕事さぼって二人でドライブせん?」と光代は言った。「だって私たち、まだ呼子の灯台も行ってないとよ。この前は、ほら、結局ずっとホテルにおったし」

ずっと触れていた祐一の耳が、ゆっくりと熱を取り戻す。

祐一もまた、ありえないとわかっていながら、淡い期待を抱いてしまいます。このま光代といたら、何もかもなかったことになるんじゃないか。自分の罪から逃げきれるんじゃないか……

けれど、それは叶わぬ夢。ふたりは逃避行の果てに、使われていない灯台へと落ち延びます。いずれ訪れる破滅を見ないようにしながら、彼らはひっそりと、かりそめの生活を営みはじめます。

祐一の罪——それは、作中で描かれたとおり。けれど、それをいったい、誰が罰することができましょう?

もちろん、彼は決して己の罪から逃げきることはできないし、それを擁護する気はまったくありません。ただ、善悪の判断とは別のところで、強く惹かれる描写があったことは事実です。物語終盤、ぼくのもっとも好きな場所を引いてみます。

祐一は灯台で私を待っている。絶対に待っている。（略）そこへ行けば……、そこへ行きさえすれば、私を愛してくれる人がいる。そんな場所があっただろうか。もう三十年も生きてきて、そんな場所があっただろうか。私はそれを見つけたのだ。私はそこに向かっているのだ。

作中では、逮捕された祐一のみならず、「被害者」である光代やその周辺にも、当事者ではない人々から様々な声が浴びせられます。罵倒、擁護、憶測、好奇……真実はどこにあるのか。そもそもそんなものは存在するのか。この小説は、ぼくたちに多くを問いかけます。

あなたは、祐一や光代を「悪人」だと思いますか？

それはなぜ？

「悪人」だったら、誰もが石を投げつけていいのでしょうか？

二〇二一年現在、日本にはおよそ三〇〇〇基ほどの灯台があるそうです。それらはかつて、暗い海を進む船の道ゆきを照らしてくれる、かけがえのない存在でした。けれど時代の流れの中で、次第にその役目は変わってきているのかもしれません。

それでも、とぼくは夢想します。たとえ使われなくなった灯台でも、誰も訪れなくなった灯台だったとしても……それは祐一と光代にとっては、ふたりを照らしてくれる、光そのものだったのではないか、と。

彼らが夢見た生活は、すぐに消えてしまう幻のようなものだったかもしれない。祐一が犯した罪は、決して赦されざるものかもしれない。

そうだとしても、彼らの水晶体を通して、網膜上に浮かび上がったものが虚像だと、刹那に見た光そのものが間違いなのだと、誰が否定できるでしょう。

……などと偉そうに書いてみたものの、答えはまだ、ぼくにもわかりません。次に触れる際にどう感じるのか、それに委ねてみようと決めました。

たぶんまた、この場所に辿り着く日が来るはずだから。そのときにはきっと、今とは違うかたちで、ぼくの心は照らされることでしょう。あの灯台が、鈍色の世界の片隅で、祐一と光代をひっそりと照らしてくれたように。

そしてまた、自分に問うのです。

「悪人」とは、なんだと思いますか？

この小説を読んで、何を感じましたか？

ねぇ？　どうなんですか？

（声優）

単行本　朝日新聞出版　二〇〇七年四月刊
一次文庫　上下巻　朝日文庫　二〇〇九年一一月刊
合本新装版　朝日文庫　二〇一八年七月刊

文春文庫

悪《あく》人《にん》

定価はカバーに表示してあります

2021年6月10日　第1刷

著者　吉田《よしだ》修一《しゅういち》
発行者　花田朋子
発行所　株式会社 文藝春秋

東京都千代田区紀尾井町3-23　〒102-8008
TEL 03・3265・1211㈹
文藝春秋ホームページ　http://www.bunshun.co.jp

落丁、乱丁本は、お手数ですが小社製作部宛お送り下さい。送料小社負担でお取替致します。

印刷製本・凸版印刷

Printed in Japan
ISBN978-4-16-791708-1

文春文庫　小説

（　）内は解説者。品切の節はご容赦下さい。

吉村　昭
蚤と爆弾
第二次大戦末期、関東軍による細菌兵器開発の陰に匿された、戦慄すべき事実とその開発者の人間像。戦争の本質を直視し、曇りなき冷徹さで描かれた異色長篇小説。（保阪正康）
よ-1-52

吉田修一
パーク・ライフ
日比谷公園で偶然にも再会したのは、ぼくが地下鉄で話しかけてしまった女性だった。なんとなく見えていた東京の景色が、せつないほどリアルに動き始める。芥川賞を受賞した傑作小説。

よ-19-3

吉田修一
横道世之介
大学進学のため長崎から上京した横道世之介十八歳。愛すべき押しの弱さと隠された芯の強さで、様々な出会いと笑いを引き寄せる。誰の人生にも温かな光を灯す青春小説の金字塔。

よ-19-5

吉田修一
路《ルウ》
台湾に日本の新幹線が走る。新幹線事業を背景に、若者から老人まで、日台の人々の国を越え時間を越えて繋がる想いを色鮮やかに描く。台湾でも大きな話題を呼んだ著者渾身の感動傑作。

よ-19-6

吉本ばなな
体は全部知っている
日常に慣れることで忘れていた、ささやかだけれど、とても大切な感情――心と体、風景までもがひとつになって癒される傑作短篇集。「みどりのゆび」「黒いあげは」他、全十三篇収録。

よ-20-1

よしもとばなな
デッドエンドの思い出
人の心の中にはどれだけの宝が眠っているのだろうか――。どんなにつらくても、時の流れとともにいきいきと輝いてくる思い出の数々、かけがえのない一瞬を鮮やかに描く珠玉の短篇集。

よ-20-2

（　）内は解説者。品切の節はご容赦下さい。

よしもとばなな
ジュージュー
下町の小さなハンバーグ店に集う、おかしくも愛しき人たち。つらいことがあっても、生きることってやっぱり素晴らしい！　おなかも心もみたされる、栄養満点・熱々ふっくらの感動作。

よ-20-7

よしもとばなな
スナックちどり
離婚し仕事をやめた「私」と身寄りをすべてなくしたばかりのいとこのちどり。傷付いた女二人がたどりついたのはイギリス西端の小さな田舎町だった。寂しさを包み合う旅を描く。

よ-20-8

吉村萬壱
ボラード病
こんな町、本当にあるんですか―〈空気〉に支配された海辺の町で少女が見たものは？　震災後の社会の硬直・ひずみを「小説」にしかできない方法で描いた話題作。　（いとうせいこう）
よ-25-3

米澤穂信　編
世界堂書店
不思議な物語、いじわるな話、おそろしい結末、驚愕の真相。あの米澤穂信が世界の名作から厳選した最愛の短編小説が一堂に！　あらゆるジャンルを横断する珠玉のアンソロジー。

よ-29-2

渡辺淳一
光と影
西南戦争で共に腕を負傷した二人の軍人。片や腕を切断され、片や軍医の気まぐれで残される。運命の皮肉を描いた直木賞受賞作「光と影」をはじめ初期の傑作全四篇を収録。　（小松伸六）
わ-1-26

綿矢りさ
かわいそうだね？
同情は美しい？　卑しい？　美人の親友のこと本当に好き？　滑稽でブラックで愛おしい女同士の世界。本音がこぼれる瞬間を描いた二篇を収録。第六回大江健三郎賞受賞作。　（東　直子）
わ-17-2

（　）内は解説者。品切の節はご容赦下さい。

宮本 輝
焚火の終わり（上下）
妻を喪った茂樹と、岬の町で育った美花。二人は本当に兄妹なのか。母が書き遺した〈許すという刑罰〉とは。燃え上がる想いの果てに二人は……。生への歓びに満ちた長編小説。（池上冬樹）
み-3-26

皆川博子
蝶
妻と情夫を撃ち、出所後、廃屋同然の司祭館で暮らす男の生活に映画のロケ隊が闖入してきた――現代最高の幻視者が詩句から触発された、戦慄の短篇世界。表題作ほか全八篇。（齋藤愼爾）
み-13-8

三田 完
あしたのこころだ
小沢昭一的風景を巡る
俳優や俳人、エッセイスト、ラジオの司会者など多才だった小沢昭一さんを偲び、「小沢昭一的こころ」の筋書作家を務めた著者が向島や下諏訪温泉など所縁の地を訪ねて足跡をたどる。
み-37-3

辻村深月・万城目 学・湊 かなえ・米澤穂信
時の罠
辻村深月、万城目学、湊かなえ、米澤穂信――綺羅、星のごとく輝く人気作家四人がつづる〝時〟をめぐる物語。宝石箱のようにきらめく贅沢な、文庫オリジナル・アンソロジー。
み-44-30

宮内悠介
カブールの園
カリフォルニアのベンチャー企業で働く日系三世のレイ。祖父母がいた強制収容所跡を訪ねたレイは問う――世代の最良の精神はどこにある？　三島賞受賞の鮮烈な感動作。（鴻巣友季子）
み-60-1

向田邦子
あ・うん
神社に並ぶ一対の狛犬《こまいぬ》のように親密な男の友情と、親友の妻への密かな思慕が織りなす情景を、太平洋戦争間近の世相を背景に描く。著者が最も愛着を抱いた長篇小説。（山口　瞳）
む-1-20

向田邦子
隣りの女
平凡な主婦の恋の道行を描いた表題作をはじめ、嫁き遅れた女の心の揺れを浮かび上がらせた「幸福」「胡桃の部屋」、絶筆となった「春が来た」等、珠玉の五篇を収録。（浅生憲章・中島淳彦）
む-1-22

（　）内は解説者。品切の節はご容赦下さい。

村上春樹
TVピープル

「TVピープルが僕の部屋にやってきたのは日曜日の夕方だった」。得体の知れないものが迫る恐怖を現実と非現実の間に見事に描く。他に「加納クレタ」「ゾンビ」「眠り」など全六篇を収録。

む-5-2

村上春樹
レキシントンの幽霊

古い館で「僕」が見たもの、いや、見なかったものは何だったのか？　表題作の他「氷男」「緑色の獣」「七番目の男」など全七篇を収録。不思議で楽しく、底無しの怖さを感じさせる短篇集。

む-5-3

村上春樹
パン屋再襲撃

彼女は断言した、「もう一度パン屋を襲うのよ」。学生時代にパン屋を襲撃したあの夜以来、かけられた呪いをとくために。〝ねじまき鳥〟の原型となった作品を含む、初期の傑作短篇集。

む-5-11

村上春樹
色彩を持たない多崎つくると、彼の巡礼の年

多崎つくるは駅をつくるのが仕事。十六年前、親友四人から理由も告げられず絶縁された彼は、恋人に促され、真相を探るべく一歩を踏み出す――全米第一位に輝いたベストセラー。

む-5-13

村上春樹
女のいない男たち

六人の男たちは何を失い、何を残されたのか？　「ドライブ・マイ・カー」「イエスタデイ」「独立器官」など全六篇。見慣れたはずのこの世界に潜む秘密を探る、めくるめく短篇集。

む-5-14

村田喜代子
鍋の中

その夏、少女は初めて大人の秘密に、生きる哀しみにふれた。ひと夏をともに過ごす祖母と孫たちの心の交流を描く芥川賞受賞作。「鍋の中」「水中の声」「熱愛」「盟友」収録。（川村　湊）

む-6-1

村上　龍
希望の国のエクソダス

二〇〇一年秋、八十万人の中学生が学校を捨てた！　経済の大停滞が続く日本で彼らはネットビジネスを展開し、遂には世界経済を覆すが……。現代日本の絶望と希望を描いた傑作長篇。

む-11-2

文春文庫　最新刊

泥濘　黒川博行
今度の標的は警察OBや！「疫病神」シリーズ最新作

梅花下駄　照降町四季（三）　佐伯泰英
大火で町が焼けた。佳乃は吉原の花魁とある計画を練る

神様の罠　辻村深月　乾くるみ　米澤穂信　芦沢央　大山誠一郎　有栖川有栖
人気作家が贈る罠、罠、罠。豪華ミステリーアンソロジー

江戸彩り見立て帖　**色にいでにけり**　坂井希久子
鋭い色彩感覚を持つお彩。謎の京男と〝色〟の難題に挑む

あなたのためなら　藍千堂菓子噺　田牧大和
絶望した人を和菓子で笑顔にしたい。垂涎の甘味時代小説

特急ゆふいんの森殺人事件　〈新装版〉十津川警部クラシックス　西村京太郎
殺人容疑者の探偵。記憶を失くした空白の一日に何が？

へぼ侍　坂上泉
錬一郎はお家再興のため西南戦争へ。松本清張賞受賞作

立ち上がれ、何度でも　行成薫
真の強さを求めて二人はリングに上がる。傑作青春小説

悪人　吉田修一
本当の悪人は—。交差する想いが心揺さぶる不朽の名作

ヒヨコの猫またぎ〈新装版〉　群ようこ
地味なのに、なぜか火の車の毎日を描く爆笑エッセイ集

美しく、狂おしく　岩下志麻の女優道　春日太一
医者志望の高校生から「極道の妻」に。名女優の年代記

堤清二　罪と業　最後の「告白」　児玉博
死の間際に明かした堤一族の栄華と崩壊。大宅賞受賞作

小林秀雄　美しい花　若松英輔
詩のような批評をうみだした稀代の文学者の精神的評伝

合成生物学の衝撃　須田桃子
DNAを設計し人工生命体を作る。最先端科学の光と影

沢村さん家のこんな毎日　久しぶりの旅行と日々ごはん篇　益田ミリ
ヒトミさん、初ひとり旅へ。「週刊文春」連載を文庫化

世界を変えた14の密約　ジャック・ペレッティ　関美和訳
金融、食品、政治…十四の切り口から世界を描く衝撃作

父・福田恆存　〈学藝ライブラリー〉　福田逸
劇作家の父と、同じ道を歩んだ子。親愛と葛藤の追想録